फिर मिलोगी ?

(उपन्यास)

फिर मिलोगी ?

मधु चतुर्वेदी

हिन्द युग्म

ISBN: 978-81-19555-74-1

प्रकाशक :
हिंद युग्म
सी-31, सेक्टर-20, नोएडा (उ.प्र.)-201301
फ़ोन- +91-120-4374046

मुद्रक : थॉमसन प्रेस
कला-निर्देशन : विजेन्द्र एस विज

पहला संस्करण : जून 2025
दूसरा संस्करण : जुलाई 2026
मूल्य : ₹349

Phir Milogi ?
A novel by *Madhu Chturvedi*

Published By
Hind Yugm
C-31, Sector-20, Noida (UP)-201301
Phone- +91-120-4374046
Email- sampadak@hindyugm.com
Website- www.hindyugm.com

First Edition: Jun 2025
Second Edition: Jul 2026
Price: ₹349

समर्पित—

कॉलेज के उन दोस्तों को
जो ग़ैर-मुनासिब वजहों से आज मेरी ज़िंदगी में नहीं हैं।

भूमिका

ये ख़ूबसूरत प्रेम कहानी बताती है कि कुछ आँसुओं की क़ीमत नहीं होती, क्योंकि वो जिन पर ख़र्चे गए हैं, वहाँ तक उनकी नमी नहीं पहुँचती।

हालात कुछ सपनों को हमेशा के लिए रद्द करना सिखाते हैं। परिस्थितियाँ कुछ ख़्वाबों को मुल्तवी का रास्ता दिखाती हैं। जीवन इतना छोटा है कि एक ज़िद पर रुक गए, तो आगे कैसे बढ़ेंगे?

यह प्रेम कहानी बताती है कि कुछ यात्राओं का हासिल सिर्फ़ थकान है। इन रास्तों पर चलकर कोई कहीं नहीं पहुँचता।

दूध से उजले वर्ण के लड़के और मैरी गोल्ड बिस्किट-सी रंगत वाली लड़की, बारिश में भीगते हुए सिर्फ़ इसलिए साथ चलते हैं कि ताउम्र ये सावन याद रहे। वे साथ चलते हैं, लेकिन उन्हें साथ कहीं पहुँचना नहीं है।

प्रेम की राहों के वो पथिक जो ऐसी बंजर राहों से गुज़रे हैं, प्रायः उन्हें दूसरों के मन की भीतरी परतों में छिपाए गए दर्द का अंदाज़ा होता है। किसी ख़्वाब का पीछा कब छोड़ देना है, उस सही समय का अंदाज़ा कम लोग कर पाते हैं। तबीयत से उछाला हर पत्थर आसमान तक नहीं पहुँचता, ये कुछ लोग ही समझ पाते हैं। ये कहानी है चंद ऐसे लोगों की, जो साथ चल तो रहे हैं, मगर ग्रहों की तरह अपने-अपने कक्ष में।

नदी समंदर के क़रीब आते-आते ख़ुद में गाद बढ़ा लेती है। पकी देह में भी ऐसे ही ढहे सपनों का मलबा बढ़ने लगता है। इस उपन्यास के चरित्रों के जीवन में वही विराट ख़ालीपन है, जो विदाई के पहले मायके में गुज़ारी आख़िरी रात में

होता है; पात्रों के जीवन में दहशतों की वे आहटें हैं, जो आधी रात बजी दरवाज़े की घंटी में हैं; उनके मन में वो उल्लास भी है, जो पौ फटे झोला-झंगड़ा लेकर ट्रेन पकड़ने टेसन जाने वालों के मन में होता है; ये किरदार एक ऐसी उलझन में हैं, जो अलमारी खोलने के बाद, अलमारी क्यों खोला था ? जैसे विभ्रम में है। इनके जीवन में अनायास ही ऐसे इत्तिफ़ाक़ आते हैं, जो ऐसे अचरज से भर देते हैं, जो नौ माह कोख की क़ैद से बाहर निकले नवजात आँखों में होता है।

अलग-अलग रास्तों से गुज़रते हुए इन किरदारों की यात्राएँ इन्हें कहाँ ला छोड़ती हैं, ये जानने के लिए पढ़ना होगा- फिर मिलोगी ? इस उपन्यास से पन्ना-दर-पन्ना गुज़रते हुए, हर पढ़ने वाला ख़ुद से रिश्ता प्रगाढ़ करता चलेगा।

—मधु चतुर्वेदी

1

दोपहर 12 बजे बालकनी में अकेली बैठी वसुधा धूप को चीरकर आती झमाझम बारिश देख रही है। मीकू को स्कूल से आने में अभी दो घंटे से ज़्यादा है। नीचे सास-ससुर को खाना खिलाकर अभी-अभी ऊपर आई है। आराम कुर्सी में सिर टिकाए वसुधा सोच रही है कि कड़कड़ाते आसमान से पानी में घुलकर ऐसा क्या बरसता है जो मन इतना अकेला हो जाता है, जैसे ब्रह्मांड में मैं अकेली प्राणी हूँ। आज बादल ऐसे काले हैं कि भर घाम एकाएक साँझ ढल गई। थोड़ी-थोड़ी देर में आसमान से आती सिंह गर्जना से रूह काँप जाए। मेरे भीतर इतना सूनापन क्यों है कि आँखों के आगे की दुनिया धुँधली हो जाती है? भीतर के संसार में जैसे कोई चेहरा रह-रहकर कौंधता है। अब किसी से भी मिलने की लहक नहीं, किसी के आने पर ख़ुशी नहीं, किसी अवसर का उत्साह नहीं। बस एक ही शौक़ रह गया है, इस बालकनी में बेंत कुर्सी पर पड़े घंटों आसमान ताकते रहना। यहाँ बैठने से नीचे के ड्राइंग रूम से मम्मी जी और पापा जी की आवाज़ें नहीं आतीं तो ऊपर का ये सन्नाटा अपना लगता है। बालकनी से दिख रही ये बहुमंज़िला इमारतें अनमनी भीग रही हैं। पानी के थपेड़े सहते हुए ऐसे भीगना इनकी मर्ज़ी नहीं है। ये मजबूर हैं इसे झेलने को—क्योंकि ज़मीन ने जकड़ रखे हैं इनके पैर। मैं भी तो इन बेजान इमारतों की तरह बंधनों में जकड़ी तारीख़ों के दरिया में बहने के लिए बाध्य हूँ। क्यों इतने बेबस हो जाते हैं हम रिश्तों की बेड़ियों से?

आज बारिश पूरे चंडीगढ़ को धुआँधार नहला रही है। दोपहर जब सूरज सिर पर चढ़ा दमकता है, आज उस वक़्त आसमान में साँवली चुनर छाई है। वसुधा आराम कुर्सी में डोलती, गालों में पानी के बारीक छींटे समो रही है। इतनी नमी सोखकर भी मन में विराट सूखा है। ज़िंदगी से क्या चाहिए मालूम नहीं। नलिन की इंजीनियर की ऊँची तनख़्वाह, मीकू जैसा होनहार बच्चा, चंडीगढ़ में इतना बड़ा घर। ख़ुशी के मापदंडों पर पूरी तरह खरी उतरती ज़िंदगी। हाँ! ये बात और है कि ऑफ़िस से घर आने के बाद निढाल नलिन को हमेशा आराम करना होता है। शादी के पंद्रह सालों में कभी उसकी तरफ़ से कहीं बाहर घूमने का कोई प्रस्ताव नहीं आया, क्योंकि उसपर अपने मम्मी-पापा का अनकहा दबाव है। बाहर घूमने जाने के लिए या तो पाँचों लोग कार में धँसकर साथ चलेंगे या कोई नहीं जाएगा। जाने क्यों नलिन को कभी समझ नहीं आया कि वसुधा के लिए भी यह घर किसी ऑफ़िस की तरह अनुशासन से भरा हुआ है। क्यों नहीं समझता कि वसुधा को अकेले बाहर घुमाने ले जाने पर उसे भी घड़ी भर को सास-ससुर के बॉसिज़्म से मुक्ति मिलेगी। नलिन वसुधा को अकेले तभी लेकर जाता, जब साल-दो-साल में ऑफ़िस के किसी स्टाफ़ के घर पार्टी हो, या हॉस्पिटल जाना हो। कभी-कभी वसुधा को ख़ुश करने दो-चार साड़ियाँ और ड्रेसेज़ ख़रीदवा देता है, जिन्हें पहनकर जाने के लिए वसुधा के पास कोई जगह नहीं है। वसुधा के पास टैग लगे कितने ही नए कपड़ों को पहनने का अवसर नहीं आया। अब तो धीरे-धीरे कपड़े, मेकअप, ज्वैलरी की भी चाह मर गई। आईना देखे हफ़्तों बीत जाते हैं और घर से बाहर निकले महीनों। नलिन ने मीकू की देखभाल के लिए वसुधा को जॉब नहीं करने दी और सास-ससुर को औरतों का किटी खेलना आवारगी लगता है। इन शर्तों के बीच वसुधा की ज़िंदगी क़ैद हो गई। परिचय क्षेत्र के नाम पर सास-ससुर के रिश्तेदार हैं या नलिन के कलीग्स की बीवियाँ, जिनसे कभी कोई व्यक्तिगत रिश्ता नहीं बन पाया क्योंकि यहाँ बात करते समय सतर्क रहना पड़ता है।

वसुधा के ज़ेहन में आज भी बारिश देखते हुए बहुत देर तक वही ख़याल दिमाग़ में आ रहे थे जो हर बार आते हैं। बरसात इस क़दर उचाट कर देती है जैसे किसी अधभूले गीत के अंतरे का छोर होंठों तक पहुँचकर भी पकड़ में ही ना आ रहा हो। बार-बार की कोशिशों के बावजूद मुखड़े पर ही अटकी खड़ी हूँ। क्या बारिश बरसों पहले नागपुर में बनी एक ख़ूबसूरत पेंटिंग के कुछ टुकड़े मेरे हाथ में थमाकर बाक़ी बचा सब शिलांग की गारो पहाड़ियों में फेंक आई है? चंडीगढ़ में

शिवालिक के पहाड़ों को सहलाती आई ये बारिश हर बार हाथों में एक बंद ताला थमा जाती है, जिसकी चाबी बरसों पहले भुवनेश्वर की ट्रेन में छूट गई थी। क्या नागपुर के गर्ल्स हॉस्टल से झूठ बोलकर निकली वो लड़की उस लड़के के साथ बारिश में गीले फुटपाथ पर इसलिए भीगती चल रही थी कि उसके बाद जीवन की तमाम बारिशें उस इकलौते सावन को याद करते हुए गुज़ारनी हैं। कितनी भली बात है कि गहन विरह एकांत में कराहता है। जिन पीड़ाओं का कोई उपचार नहीं उनका रुदन बेआवाज़ ही उचित है। समाधानरहित विलाप को एक समय बाद दुनिया शोर क़रार दे देती है।

2

उस साल वसुधा बी.कॉम. के अंतिम वर्ष में थी। नागपुर के उस कॉलेज में वसुधा के फ़ाइनल एग्ज़ाम शुरू हो चुके थे। जाने ये कैसा अप्रैल था कि आज पहले पेपर के दिन ही तेज़ बरसात हो रही थी। वसुधा छाता लिए पूनम और सना के साथ हॉस्टल से समय से पहले ही कॉलेज के लिए निकल गई थी। कॉलेज के गीले कॉरीडोर में भीगे हुए छात्रों के धक्कम-धक्के से जूझते हुए नोटिस बोर्ड में अपने रोल नंबर के साथ लिखा एग्ज़ाम रूम चेक किया। जैसी उम्मीद थी, वही हुआ। वसुधा, पूनम और सना तीन पक्की सहेलियों के एग्ज़ाम रूम अलग-अलग थे। एक-दूसरे को 'बेस्ट ऑफ़ लक' कहकर तीनों अलग-अलग दिशा में मक्खियों की तरह भिनभिनाते छात्रों से भरे कॉरीडोर में गुम हो गईं। पूरे साल क्लास से नदारद रहने वाले कुछ लड़के भी आज हाथ में किताब खोले अंतिम घड़ी में किसी से कुछ पूछते नज़र आ रहे थे। ज़्यादातर लड़कियों के चेहरों पर तनाव स्पष्ट दिख रहा था। कॉरीडोर जूते-चप्पलों में लगे कीचड़ से करकरा रहा था। वसुधा ने दरवाज़े के ऊपर लिखा अपना एग्ज़ाम रूम नंबर पढ़ा और भीतर चली गई। क़तार में रखीं टेबलों की गलियों के बीच अपना रोल नंबर लिखे टेबल पर आकर बैठ गई। जितना कुछ कल रात भर जागकर पढ़ा था उसे एक बार फिर आँखें मूँदे मन ही मन दोहरा रही थी। आधे भीगे छात्र एक-एक करके एग्ज़ाम हॉल के भीतर आकर अपने टेबल पर बैठते जा रहे थे। अभी-अभी भीतर आई सुरंगमा ने वसुधा

से फुसफुसाकर कुछ कहा, मगर बारिश के शोर में वसुधा को सुनाई नहीं दिया।

वसुधा ने आँखें खोलीं, "सॉरी क्या बोली?"

"अरे! बाहर एक बहुत हैंडसम लड़का तुझे पूछ रहा है।"

वसुधा को बहुत अजीब लगा। इस बेगाने शहर में अपने क्लासमेट्स और हॉस्टल की लड़कियों के अलावा एक आदमी को नहीं जानती। अभी कॉलेज आने से पहले वो टेलीफ़ोन बूथ से घर पर भी बात करके आई है। वहाँ भी सब ठीक है। यहाँ कॉलेज में मुझसे मिलने नागपुर कौन आ गया? एग्ज़ाम रूम में अभी तक टीचर्स नहीं आए थे। सुरंगमा भी नहीं पहचानती, मतलब वो लड़का हमारे कॉलेज का नहीं है। वसुधा हड़बड़ी में जैसे ही क्लास से बाहर निकली, कॉरीडोर पर आधी भीगी हालत में आशीष उसके बाहर निकलने का इंतज़ार करता खड़ा था। आशीष को देखकर आश्चर्य से वसुधा का कलेजा मुँह को आ गया, छाती धक्क हो गई। आँखों पर भरोसा नहीं हुआ। आशीष को मेरा पता कैसे मिला?

दिल के उछाल को नियंत्रित करते हुए अनायास मुँह से यही सवाल निकला, "अरे! आप यहाँ कैसे?"

आशीष वसुधा को देखते ही उस सुकून से मुस्कुरा उठा, जैसे घंटों की कठिन चढ़ाई के बाद आख़िरकार केदारनाथ का शिखर नज़र आ गया हो, जैसे जंगल में भटके को कई रातों बाद वापसी का रास्ता नज़र आ गया हो। आशीष की जिस शालीन मुस्कुराहट पर वसुधा साल भर से दिल हारे बैठी थी आज वह सामने खड़ा था।

आशीष मुस्कुराया, "तुमसे मिलने आया हूँ।"

वसुधा अभी भी बदहवास थी, "लेकिन अभी पाँच मिनट में मेरा पेपर शुरू होने वाला है। आप नागपुर किसी काम से आए हो?"

आशीष बोला, "बताया न तुमसे मिलने।"

वसुधा अचरज से भर गई, "आपको इतने बड़े शहर में मेरे कॉलेज का पता कैसे चला? मैंने तो अपने बारे में आपको कुछ भी नहीं बताया था। आप अभी शिलांग से सीधे यहाँ आ रहे हो?"

आशीष फिर मुस्कुराया, "तुम्हें याद है वसुधा जब हम लास्ट टाइम अकोला वाली ट्रेन में मिले थे, तब तुमने बताया था कि नागपुर में एप्टेक कंप्यूटर सेंटर तुम्हारे

कॉलेज की बिल्डिंग में ही चलता है। आज नागपुर स्टेशन से बाहर निकलकर दो-चार लड़कों को पकड़कर पूछा तो पता चला कि नागपुर में तो दो एप्टेक कंप्यूटर सेंटर हैं। फिर पता किया कि कौन-सा सेंटर है जो किसी कॉलेज की बिल्डिंग में चलता है। पहला वाला सेंटर शहर के मेन मार्केट में किसी कमर्शियल प्लाज़ा में है। दूसरे सेंटर का एड्रेस मिलते ही तुम्हारे कॉलेज का लोकेशन पता चल गया और मैं टैक्सी पकड़कर यहाँ पहुँच गया। अभी दस मिनट पहले ही कॉलेज में एंट्री की और मालूम किया कि बी.कॉम. फ़ाइनल की क्लासेस कहाँ हैं। एक लड़के ने बताया कि बी.कॉम. फ़ाइनल ईयर के भी चार सेक्शन हैं और आज पहला पेपर है। इससे पहले दो रूम में जाकर पूछा, वसुधा शुक्ला यहाँ है क्या। दोनों कमरों के लड़कों ने कहा, नहीं यहाँ कोई वसुधा नहीं है। फिर एक दो लड़कियों से पूछने के बाद, ये लड़की जो अभी अंदर गई, मुझे तुम तक ले आई। तुम्हारा कोई कॉन्टेक्ट नंबर तो था नहीं मेरे पास कि तुमको ख़बर करके आता। मालूम था कि अप्रैल में एग्ज़ाम होते हैं। फ़ाइनल ईयर है तो फिर तुम एग्ज़ाम के बाद वर्धा लौट जाओगी और तब तुम्हें ढूँढ़ना नामुमकिन हो जाता।"

वसुधा आँखें फाड़े आश्चर्य से आशीष को सुन रही थी। इतना सुदर्शन लड़का उम्मीद का एक कच्चा धागा थामे हज़ारों किलोमीटर का सफ़र करके ऐसी लड़की से मिलने आया है जिसके साथ दो बार इत्तिफ़ाक़न मुलाक़ात हुई। कितनी दूर! शिलांग से नागपुर आ गया। कोई केवल दिल्लगी में ऐसा नहीं कर सकता। क्या मैं किसी को इतनी अच्छी लग सकती हूँ। आज तक ख़ुद को इतना क़ीमती कभी महसूस नहीं किया जितना इस लड़के ने मुझे महसूस करा दिया। किसी पसंदीदा शख़्स के लिए ख़ुद का भी इतना ख़ास होना सातवें आसमान में होने का एहसास है।

कॉरीडोर में प्रश्नपत्रों के बंडल थामे अलग-अलग कमरों की तरफ़ बढ़ते प्रोफ़ेसर्स को देख वसुधा हिचकिचाई, "आशीष लेकिन अभी तो मेरा पेपर शुरू होने वाला है।"

आशीष ने आश्वस्त किया, "कोई बात नहीं। मैं तीन घंटे बाद बाहर पार्किंग में तुम्हारा वेट करता मिलूँगा।"

तभी वसुधा ने दूर से चौहान सर को इस आख़िरी रूम की तरफ़ क्वेश्चन पेपर और कॉपियों के बंडल के साथ आते देखा, "आशीष अब मुझे भीतर जाना होगा।"

आशीष ने अंगूठा दिखाया, "बेस्ट ऑफ़ लक। टेंशन फ्री होकर लिखना।"

वसुधा की मुस्कुराहट में अपनत्व सनी मृदुलता थी, "थैंक यू।"

भीतर घुसते ही सुरंगमा ने वसुधा का हाथ खींचा, "कौन है यार ये हैंडसम? साला एग्ज़ाम के ठीक पहले मेरा माइंड डाइवर्ट कर दिया बंदे ने। क्या ग़ज़ब आवाज़ में पूछा था- एक्स्क्यूज़ मी वसुधा शुक्ला किस रूम में मिलेगी, जानती हैं क्या? मेरी तो आँखें फट गईं कि आज तक कॉलेज में इसपर नज़र कैसे नहीं पड़ी।"

वसुधा ने चेहरे की ललाई, हवाइयाँ और ख़ुशी छिपाते हुए सहज दिखने का भरसक प्रयास किया, "अरे मेरे एक अंकल का बेटा है। उसे नागपुर में कंप्यूटर कोर्स पता करना है। कॉलेज आया था तो मुझसे मिलने भी आ गया।"

सुरंगमा की आँखों में अविश्वास साफ़ झलक रहा था। चौहान सर ने आते ही पहले आंसर शीट और फिर पाँच मिनट के बाद एक और घंटी बजते ही प्रश्न पत्र बाँट दिए। तेज़ बारिश के शोर से कमरा गूँज रहा था। आंसर शीट में लिखते हुए भी वसुधा के दिमाग़ में रह-रहकर बाहर इंतज़ार करते आशीष का ख़याल आ रहा था। इस कड़कती बिजली और झमाझम बारिश में तीन घंटे वो कहाँ गुज़ार रहा होगा! बेचारा मुझसे मिलने कितनी दूर चला आया! वो तो भगवान का शुक्र है कि आज एग्ज़ाम की वजह से मैं कॉलेज आई हूँ। पिछले महीने भर से एग्ज़ाम के लिए लगी प्रिपरेशन लीव की वजह से कॉलेज आना हुआ ही नहीं। अगर छुट्टियों के बीच आशीष मुझे ढूँढ़ता कॉलेज आया होता तो मैं कभी जान ही नहीं पाती कि वो आया था। बाद के दिनों में कोई मुझे बताता भी कि लंबे क़द का गोरा लड़का, आँखों का रंग कैडबरी, मुझे पूछता कॉलेज में घूम रहा था तो मुझे, आशीष ही होगा, लगता ज़रूर मगर फिर सोचती कि वो आशीष नहीं होगा क्योंकि वो बिना एड्रेस के नागपुर में मुझ तक कैसे आ सकता है। आज वो इतनी दूर कुछ अधपके सुराग़ों का पीछा करते चला आया।

वसुधा आंसर शीट में लिखती जा रही थी और साथ ही दिल में आशीष के साथ गुज़री दो लंबी ट्रेन यात्राओं की स्मृतियाँ वापस सफ़र पर थीं। वसुधा ने कलाई में बँधी घड़ी को हल्के झटके के साथ घुमाकर समय देखा। पेपर ख़त्म होने में अब केवल पंद्रह मिनट बाक़ी हैं। सना और पूनम बाहर निकलते ही मुझे कॉरीडोर में ढूँढ़ेंगी। उनसे कैसे पीछा छुड़ाऊँगी! वो दोनों मेरे बिना हॉस्टल लौटेंगी ही नहीं। सना का एग्ज़ाम रूम कॉरीडोर नंबर थ्री में है और पूनम तो फ़र्स्ट फ़्लोर पर ही

है। दोनों को किसी से कहलवा भेजूँगी कि मेरा वेट ना करें। नीरज भैया को मुझसे कुछ ज़रूरी काम है इसलिए मुझे लेने कॉलेज आ गए। पेपर ख़त्म होने की घंटी बजते ही बाहर पार्किंग की तरफ़ भागना है ताकि मैं सबसे पहले वहाँ पहुँच जाऊँ और मुझे आशीष के साथ कोई देख ना पाए। एग्ज़ाम छह बजे ख़त्म हो रहा है। मैं छह से आठ बजे तक ही आशीष के साथ रह सकती हूँ। उधर रात नौ बजे तक हॉस्टल न पहुँचने पर वार्डन लड़कियों के घर फ़ोन कर देती है। आशीष के साथ बिताने दो घंटे मिल जाएँगे।

क्या वास्तविक जीवन में ऐसे अविश्वसनीय संयोग होते हैं? कि दूर देश के दो लोग एक रेल यात्रा में मिलें-बिछड़ें और छह माह बाद फिर देश के किसी सुदूर कोने में दुबारा टकरा जाएँ? करोड़ों लोग ज़मीन पर बिना मिले मर जाते हैं। वसुधा और आशीष की मुलाक़ात सैकड़ों सालों में दो ग्रहों के आज़ू-बाज़ू से गुज़रने जैसी दुर्लभ खगोलीय घटना-सी ही थी। ऐसी अकल्पनीय यात्राएँ भी होती हैं क्या? कि हज़ारों किलोमीटर दूर दुबारा वही सहयात्री मिल जाए? इतना बड़ा देश, इतने सारे राज्य, उत्तर से दक्षिण, पूरब से पश्चिम पटरियों पर दौड़ती हज़ारों ट्रेनों में लाखों लोग दूर-दराज़ के स्टेशनों से चढ़-उतर, मिल-बिछड़ रहे हैं। धक्कम-धक्का स्टेशनों से गुज़रती ट्रेनों की इन उलझी लड़ियों में ही किसी ट्रेन में दूध-सी उजास लिए एक लड़का और बिस्किट की रंगत वाली एक लड़की आमने-सामने की सीट पर बैठे नौ घंटे का सफ़र करते हैं, बातें करते हैं, बिना एक-दूसरे का नाम पूछे। नौ घंटे बाद एक स्टेशन आता है और लड़की उतर जाती है। वे दोनों दुनिया की भीड़ में गुम हो जाते हैं, इंसानों के समंदर में विलीन हो जाते हैं, हमेशा के लिए। लेकिन इस मुलाक़ात के महीनों बाद भी दोनों के जवान मन में एक-दूसरे का गुलाबी ख़याल बदरंग नहीं हुआ। लड़का शिलांग की ठंडी, पहाड़ी रातों में हज़ारों किलोमीटर दूर मैदानों में रहने वाली उस साँवली लड़की को हर दिन बेवजह याद करता था। सादे से चेहरे वाली वो लड़की भी मीलों दूर एक घर की छत पर चाँद को तकते हुए लड़के को निस्वार्थ याद करती थी। क्या तारे आकाश से टूटने के बाद कभी वापस आसमान से जुड़ते हैं? क्या कपूर एक बार उड़ने के बाद दुबारा आकार में आता है? क्या नदियाँ सागर में विलीन हो जाने के बाद पलटकर धारा बनती हैं? क्या किसी सफ़र में मिले और फिर बिना नाम-पता के बिछड़े लोग धरती के किसी दूसरे कोने में वापस मिलते हैं? छह महीने बाद ही? क्या इसको ही वह गहरा लगाव कहते हैं जब सारी कायनात दो लोगों को मिलाने

की कोशिश करती है?

मैदानों में रहने वाली ये लड़की भुवनेश्वर तक की उस पहली मुलाक़ात के छह महीने बाद, दूर-दराज़ में महाराष्ट्र के एक शहर के भीड़ भरे स्टेशन से चढ़ती है यात्रियों से ठस्सम-ठस्सा भरी ट्रेन में। इस सफ़र में उसे फिर मिल जाता है वही लड़का, जिसका ख़ूबसूरत चेहरा पिछले छह माह से उसकी स्याह रातों को जगमगाता आया था। इस दूसरी मुलाक़ात में दोनों ने एक-दूसरे का नाम पूछ लिया, मगर संकोच और मजबूरी की ऐसी गहरी खाई थी जो एकांत के अभाव में पाटी नहीं जा सकी और फिर दुबारा दोनों एक स्टेशन के आते ही जुदा हो गए। मगर उस लड़के ने बातों ही बातों में गिरी कुछ लड़ियों को जोड़ एक डोर बुन ली और जिसे थामकर वो नागपुर के कॉलेज पहुँच गया। उस क्रिश्चियन लड़के के घर पर लाल पुट्ठे वाली रामायण न होगी, नहीं तो उसे मालूम होता कि श्री राम ने इसी तरह माता सीता के गिराए आभूषणों का पीछा करते हुए लंका की दिशा मालूम की थी।

वसुधा साल भर पहले दादी के साथ उनकी छोटी बहन की तेरहवी के लिए कलकत्ता गई थी। माँ-बाबा तो छोटी दादी के यमलोक जाने की ख़बर आने पर एक दिन के लिए कलकत्ता गए और तुरंत ही वर्धा लौट आए। बाबा के लिए दो दिन से ज़्यादा दुकान बंद रखना संभव न था। छोटी दादी की तेरहवी के लिए बाबा ने पहले दादी और मुन्ना चाचा को जाने के लिए कहा था। मुन्ना चाचा के ना-नुकुर के बाद ना चाहते हुए भी वसुधा को ही मजबूरी में दादी के साथ कलकत्ता जाना पड़ा। तेरहवी वाले घर में दादी को जाने क्या सूझी कि वसुधा से बोलने लगीं, "जाने अब मैं कब कलकत्ता आऊँगी, मेरी बहन जो नहीं रही अब यहाँ। जब इतनी दूर आए हैं तो भुवनेश्वर के लिंगराज मंदिर के दर्शन कर लेते है। राजू बोल रहा है कि वहाँ उसके साले के घर पर एक दिन रुक जाना। राजू अपने साले को भुवनेश्वर में हमारे आने के बारे में फ़ोन कर देगा। हमारी पुरानी टिकट, डायरेक्ट वर्धा वाली कैंसल करवाकर भुवनेश्वर से वर्धा की नई टिकट करवा देगा। राजू ने भुवनेश्वर जाने को बढ़िया ए.सी. में रिज़र्वेशन करा दिया है। तेरे बाप को फ़ोन पर बता दी हूँ। वैसे भी तेरे कॉलेज की छुट्टियाँ चल रही हैं।"

वसुधा को भुवनेश्वर जाने का ज़रा भी मन नहीं था। वसुधा के लिए भुवनेश्वर में किसी अजनबी रिश्तेदार के घर पर ठहरने के बजाय वर्धा लौटना ज़्यादा सुविधाजनक था, मगर दादी अब उस उम्र में थीं जहाँ उन्हें कोई भी सुअवसर अपने

जीवन का आख़िरी मौक़ा लगता था।

इस तरह वसुधा के ना चाहते हुए भी कलकत्ता से सीधे वर्धा जाने वाली टिकट कैंसल हुई। नई टिकट राजू चाचा ने ए.सी. बोगी में करवाई जिसका हल्ला वर्धा तक हो गया। कलकत्ता में ट्रेन की ए.सी. बोगी में चढ़ते हुए दादी ने नॉन ए.सी. मुसाफ़िरों पर हेय दृष्टि डाली, हालाँकि वसुधा और दादी दो दिन पहले ही नॉन ए.सी. ट्रेन में ही आए थे। बर्थ पर पहुँचकर वसुधा पंजों के बल बैठी दादी के छोटे सूटकेस को सीट के नीचे अच्छी तरह पीछे की ओर धकेल रही थी, ताकि दो बैग के लिए जगह निकले। अभी वो लगेज जमा ही रही थी कि उसे अहसास हुआ कि कोई बिलकुल पास खड़ा उसके हटने का इंतज़ार कर रहा है। नज़दीक खड़े उन स्पोर्ट्र्स जूतों से नज़र हटा सिर ऊपर करके देखा तो देखती ही रह गई। ये तो टीवी विज्ञापनों में दिखने वाले लड़कों जैसा है। मैंने इतना ख़ूबसूरत लड़का अपनी ज़िंदगी में नहीं देखा। वसुधा उसे जगह देने फ़ौरन खड़ी हो गई। लड़के ने अपना छोटा-सा एयर बैग सीट के नीचे रखे सूटकेस से लगाकर रख दिया। वसुधा और वो लड़का बिलकुल आमने-सामने की खिड़की वाली सीट पर बैठे थे। ट्रेन हल्के से झटके के साथ कलकत्ता रेलवे स्टेशन से सरकने लगी। वसुधा के दिमाग़ में एक शैतानी ख़याल आया कि यदि सना और पूनम साथ में होते तो कितना मज़ा आता। हम तीनों मिलकर सामने की सीट पर बैठे इस हॉलीवुड हीरो को निहारते। कहाँ हम ज़मीन के कंकर पत्थर-सी लड़कियाँ और कहाँ ये आसमान के चाँद-सा लड़का। हाय! काश ये ट्रेन रास्ता भटककर विश्व भ्रमण पर निकल जाए।

दादी के ऊपर उम्र का असर हो चुका है। वो ताड़ नहीं पाई कि वसुधा के लहजे में जो नज़ाकत आज है, ऐसे इठलाकर तो वो कभी बात नहीं करती। उसकी आवाज़ में अतिरिक्त मिठास आ गई थी, "दादी खिड़की पर पर्दा कर दूँ? दादी चादर ओढ़ा दूँ?"

खिड़की के बाहर दृश्य तेज़ी से दौड़ रहे थे। इस कंपार्टमेंट में अभी भी सिर्फ़ तीन ही लोग बैठे थे, क्योंकि ट्रेन कलकत्ता से ही शुरू हुई थी। ज़रा-ज़रा देर में ट्रेन में चाय, सैंडविच, कोल्ड ड्रिंक वाले गुज़र रहे थे। दादी ने साथ में रखे अंगूर की दो झिल्लियाँ निकालीं। सिर्फ़ तीन लोगों में दो लोग खाएँ और ठीक सामने बैठे उस अकेले को ना पूछें, दादी ऐसा होने देने वालों में नहीं थीं। दादी ने अंगूर की एक झिल्ली वसुधा को थमाकर दूसरी आशीष की तरफ़ बढ़ाई, "लो बेटा खाओ।"

आशीष ने औपचारिक मुस्कान के साथ झिझकते हुए मना किया। दादी मानने वालों में भी नहीं थी, "अरे! लो लो।" लड़के को दो-चार दाने उठाने ही पड़े।

दादी के लिए लंबे सफ़र में समय गुज़ारने का सबसे अच्छा उपाय सहयात्रियों के जीवन के बारे में अधिक से अधिक जानना है। यदि दादी गप्पें मारने के लिए हमउम्र की तलाश करने लगें तो ज़्यादातर वक़्त उन्हें चुप रहकर ही गुज़ारना पड़ेगा, इसलिए वो सभी उम्र के लोगों से मैत्री भाव से बात करतीं। नए लोगों से बात करने में दादी को बहुत संतोष मिलता। दादी ने आशीष की तरफ़ फिर अंगूर बढ़ाया, "लो, अरे! खाओ तो। कहाँ जा रहे हो बेटा ?"

"बस दादी और नहीं लूँगा। मैं राउरकेला जा रहा हूँ।"

"अच्छा राउरकेला में रहते हो ?"

"नहीं दादी, ऑफ़िस वर्क से जा रहा हूँ।"

"अरे! तुमको देखकर तो लगता है कॉलेज में पढ़ते होगे। हम लोग महाराष्ट्र के वर्धा में रहते हैं। मैं कलकत्ता अपनी छोटी बहन की तेरहवी में आई थी। अभी लिंगराज मंदिर के लिए भुवनेश्वर उतर रही हूँ। एक पंडा है वहाँ जो बरसों से हमारे परिवार का सब काम करता आया है। फ़ोन पर बात हो गई है उनसे। वो पंडा एक जगह रुद्राभिषेक भी करवा देगा। जगन्नाथ दर्शन तो मैं दस साल पहले ही कर चुकी हूँ। तब तुम्हारे दादा जी ज़िंदा थे। चारों धाम हो गए मेरे। बारह ज्योतिर्लिंग भी हो आई। कहीं भी तीर्थ करके घर लौटने के बाद मैं सत्यनारायण की कथा करवाती हूँ। मेरा अमरनाथ दर्शन नहीं हो पाया। अब इस उम्र में तो सोच भी नहीं सकती। केदारनाथ बहुत पहले गई थी। उस समय शरीर में ताक़त थी तो चढ़ गई। दो बेटे हैं मेरे। मेरी पोती है ये। इसके पापा की वर्धा में कपड़े की दुकान है। इसका एक बड़ा भाई है। दोनों भाई-बहन नागपुर के अलग-अलग कॉलेज में हॉस्टल में रहकर पढ़ रहे हैं।"

दादी के इतनी देर से चल रहे एकतरफ़ा संवाद में यही वह क्षण था जब दादी के दिए इस परिचय के बाद आशीष और वसुधा ने मुस्कुराहट से आँखों ही आँखों में एक-दूसरे का अभिवादन किया। लड़कों की आँखें भी इतनी ख़ूबसूरत हो सकती हैं, वसुधा को आज मालूम हुआ। आँखें थी या सात समंदर की गहराई समेट दी गई थी। दादी के सवालों का संक्षिप्त जवाब हल्की मुस्कान से देने में गालों में बादाम जितने गड्ढे बन रहे थे। वसुधा के मन में वर्धा की टिकट कैंसल कराने का मलाल

जाता रहा। किसे कल्पना थी कि ये सफ़र इतना ख़ूबसूरत होने वाला है। रब्बा किस जगह रहता है ये देवदूत?

राकेट की गति से भागती ट्रेन में भी दादी के सवाल अनवरत चल रहे थे, "राऊरकेला में नहीं रहते तो क्या तुम कलकत्ता में रहते हो?"

"नहीं दादी, कलकत्ता में मेरा हेड ऑफ़िस है। मैं शिलांग में रहता हूँ।"

दादी अचकचाई, "शिलांग वो किधर है? जिधर कामाख्या मंदिर है?"

वसुधा ने दादी को टोका, "अरे दादी, शिलांग मणिपुर की राजधानी है।"

आशीष ने वसुधा की ग़लती सुधारी, "मेघालय की राजधानी है। आई फ़ील वीयर्ड कि मणिपुर, असम, मेघालय, मिज़ोरम, नागालैंड को नॉर्थ इंडिया या इवन साउथ इंडिया वाले भी इतना कम जानते हैं कि मैप में इन स्टेट्स की लोकेशन या कैपिटल सिटी तक नहीं बता पाते। आई एम नॉट सरप्राइज़्ड विथ योर आंसर। एक बार मैं लखनऊ में था तो कॉलेज गोइंग लड़के ने कहा- अच्छा! आप मेघालय से हो। मेघालय तो नागालैंड की कैपिटल है। फ़ीलिंग आती है कि जैसे हम किसी और ही कंट्री के हैं और आप बाक़ी लोग इंडिया में रहते हैं।"

दादी को तंज़ समझ नहीं आया, "सही बोले बेटा। अब हम लोगों को बंगाली समझता नहीं। फिर शिलांग में कोई रिश्तेदारी नहीं, तो हम तुमको नहीं जानते, तुम हमको नहीं जानते। उधर कोई बड़ा मंदिर होता तो जानते हम लोग।"

दादी को आशीष की बात सुनने में दिक़्क़त हो रही थी। वैसे भी थोड़ी देर बाद आशीष से बात करने की उनकी रुचि ख़त्म हो गई, क्योंकि वो जितना जानना चाहती थीं, जान चुकी थीं। दादी सिर पर चादर खींचकर सो गईं। सोने के पहले वे आशीष और वसुधा को परिचय का एक सिरा थमाकर सोई थीं। आशीष की गोद में अंग्रेज़ी की एक बिज़नेस मैगज़ीन थी। वसुधा को महसूस हुआ कि थोड़ी-थोड़ी देर में आशीष मैगज़ीन से आँखें हटा उड़ती नज़र उसपर डाल रहा है।

आशीष ने पहल की, "आप कौन-सी क्लास में हैं?"

"अभी बी.कॉम. सेकेंड ईयर में हूँ।"

"इस साइड से जाने पर नागपुर क्रास करने के बाद वर्धा आएगा न?"

"जी।"

जब दो गुदगुदाते दिलों के बीच ख़ामोशी हो तो आँखें, धड़कन, संकोच, हवा,

हरकतें सब मिलकर दोतरफ़ा संवाद करते हैं, ये बिलकुल सच है। वसुधा बार-बार ख़ुद को समझा रही थी कि यह लड़का मेरे बारे में सोच ही नहीं सकता। ये मेरा दिमाग़ी दिवालियापन है कि मुझे ऐसा लग रहा है कि वो मुझसे बात करना चाहता है, मगर फिर ऐसा क्यों है कि मैं खिड़की से जितनी बार नज़र हटा उसको देखती हूँ तो वो मुझसे नज़र हटा खिड़की के बाहर देखने लगता है। मुझे क्यों लग रहा है कि वो बिज़नेस मैगज़ीन सिर्फ़ खोले बैठा है, पढ़ नहीं रहा है।

"मसाला चाय... चाय... चाय... अदरक वाली चाय..."

इस आवाज़ से दादी भी उठ गई। आशीष ने चायवाले को तीन कप चाय देने के लिए कहा। दादी चाय वाले को पैसे देने ब्लाउज़ के भीतर कोहनी तक हाथ घुसा इधर-उधर खदबदाते रुपया तलाशने लगी। आशीष ने चाय वाले को रुपए पकड़ा दिए तो दादी की छापेमार तलाशी बंद हुई। भगवान का लाख-लाख शुक्र है कि दादी की इस बेजा हरकत को आशीष ने नहीं देखा या कह सकते हैं कि शर्मिंदगी से अनदेखा कर दिया। दादी और वसुधा को चाय देने के बाद आशीष ने आख़िर में अपनी चाय ली। अब तक कुछ और यात्री भी आसपास की बर्थ पर बैठ चुके थे। ट्रेन भुवनेश्वर की तरफ़ लगातार बढ़ रही थी। ये ख़ूबसूरत समय तेज़ी से बीत रहा है या घटता जा रहा है, कभी न लौटने के लिए। लड़के और लड़की दोनों को समझ आ रहा है कि दोनों एक-दूसरे को पसंद आ रहे हैं।

आशीष ने बेवजह ही बात बढ़ाने के लिए बात की, "चाय कितनी ख़राब है। इस मामले में नॉर्थ से साउथ, ईस्ट से वेस्ट तक भारत एक है। हर जगह की ट्रेन में रद्दी चाय।"

दादी ने चाय की पहली चुस्की के साथ सवाल किया, "तुम कहाँ नौकरी करते हो बेटा?"

"दादी मैं पेप्सी का मार्केटिंग मैनेजर हूँ। पूरा ईस्ट और मिडिल इंडिया सँभाल रहा हूँ।"

वसुधा दादी का अगला संभावित सवाल समझ चुकी थी इसलिए इससे पहले कि दादी आशीष की पगार या जात पूछें, वसुधा ने दादी को रोकने बात का रुख़ मोड़ दिया, "आपका पूरा एजुकेशन शिलांग का है?"

"मेरा बर्थ प्लेस, स्कूलिंग और एम.बी.ए. सब शिलांग का ही है। चाहता तो एम.बी.ए. आई.आई.एम. अहमदाबाद से भी कर सकता था, लेकिन शिलांग से

अहमदाबाद दूर बहुत था। शिलांग यूनिवर्सिटी की रैंकिंग भी बहुत अच्छी है, फिर वहीं से किया। ये मेरी पहली ही जॉब है। हमारा घर तो अभी भी शिलांग में है लेकिन अब मैं जॉब के बाद इतना ज़्यादा टूरिंग पर रहता हूँ कि मम्मा के पास शिलांग वंस इन अ मंथ ही जा पाता हूँ।"

वसुधा ने पूछा, "ओह तो आपके मम्मी-पापा शिलांग में रहते हैं?"

"मैं क्लास 6 में था तब पापा एक एक्सीडेंट में एक्सपायर हो गए थे। पापा कमिश्नर थे। मम्मी जॉब में हैं। वो शिलांग यूनिवर्सिटी में इंग्लिश डिपार्टमेंट की एच.ओ.डी. हैं।"

दादी ने आशीष के पापा की मृत्यु पर ग़ैर-ज़रूरी करुणा प्रदर्शन किया, "अरे, अरे... चचच्च्च।"

वसुधा और आशीष दोनों को मालूम था कि वे सिर्फ़ बात करने के लिए बेमतलब की बातें कर रहे हैं। मतलब की बातें आँखें कर रही थीं।

"आप बी.कॉम. के बाद क्या करेंगी? एम.बी.ए. या एम.कॉम. ?"

वसुधा सकपका गई। उसे ख़ुद मालूम नहीं कि बी.कॉम. के बाद वो क्या करेगी। एम.बी.ए. की दो साल की फ़ीस और दो साल के हॉस्टल के ख़र्चे में बाबा एक एम.बी.ए. दामाद जुगाड़ने में सफल होना ज़्यादा पसंद करेंगे। बाबा और नीरज भैया अगले साल तक उसकी शादी करवा ही देंगे। वसुधा को आशीष के उदास कर देने वाले इस सवाल का कोई जवाब न सुझा तो कह दिया, "अभी सोचा नहीं कुछ। अभी तो बी.कॉम. सेकेंड ईयर है।"

वसुधा को आशीष का हिंदी उच्चारण बांग्ला भाषियों के हिंदी उच्चारण-सा लग रहा था, "आपकी मदर टंग क्या है? मतलब मेघालय में लोग किस भाषा में बात करते हैं?"

आशीष ने जवाब दिया, "वहाँ हर आदमी दो से ज़्यादा ही लैंग्वेज बोलता है। लोकल्स के लिए मेन तो खासी और गारो है। इंग्लिश, बांग्ला, नेपाली बोलने वाले भी बहुत हैं।

वसुधा चौंकी, "अरे! खासी और गारो ऐसी भी कोई लैंग्वेज हैं मुझे नहीं मालूम था।"

आशीष ने बताया, "हम लोग घर में इंग्लिश में बातें करते हैं।"

दादी ने पान के डब्बे से एक बीड़ा निकाल जीभ के नीचे रखते हुए अपनी विशेषज्ञ राय दी, "खासी बंगाली टैप होगी। तुम बंगालियों जैसे र को ड़ बोल रहे हो।"

आशीष हँसने लगा। कुछ चतुर सहयात्रियों को एक तरुणी और एक गंभीर युवा की पल्लवित होती आसक्ति समझ आ रही थी। एक-दूसरे के विषय में ज़्यादा से ज़्यादा जान लेने की उनकी कोशिशों से रोमांचित कुछ यात्रियों के लंबे सफ़र की बोरियत कम हो गई थी। लड़का और लड़की इस सफ़र का एक पल भी नहीं गँवाना चाह रहे थे। वसुधा का मन था कि दादी फिर सो जाए। मगर दादी सवालों की दूसरी खेप के साथ तैयार थी।

दादी ने फिर पूछा, "शिलांग में तुम्हारी मम्मी अभी भी पढ़ाती हैं?"

"जी दादी। मम्मी इंग्लिश पढ़ाती हैं कॉलेज के बच्चों को।"

दादी को अचंभा हुआ कि आशीष की मम्मी इतनी पढ़ी-लिखी हैं कि कॉलेज के लड़कों को पढ़ाती हैं। उन्होंने आशीष को बताया, "हमारे यहाँ भी अब लड़कियों को पढ़ा-लिखा दे रहे हैं लोग-बाग। ये वसुधा को पहले इसके पापा नागपुर के हॉस्टल में रखने को तैयार नहीं थे। उनका कहना था वर्धा में ही रहकर पढ़ ले। इसका बड़ा भाई नीरज दो साल पहले से ही नागपुर से इंजीनियरिंग पढ़ रहा है तो फिर उसकी नज़र में रहेगी सोचकर इसको भी भेज दिए।"

वसुधा को दादी की ये बात बिलकुल अच्छी नहीं लगी। नीरज भैया मुझ पर नज़र रखेगा। मतलब मैं कोई चोर हूँ? या धोखा देने वाली हूँ, या फ़िराक़ में रहती हूँ? नीरज भैया पर कौन नज़र रखेगा? ये गोरा-चिट्टा लड़का हमारी दकियानूस फ़ैमिली के बारे में क्या सोच रहा होगा? दादी को शांत कराने का एक ही उपाय समझ आ रहा है। वसुधा ने चादर फैलाकर दादी के लिए और जगह बनाई, "दादी आप सो जाओ आराम से। मैं तो जाग ही रही हूँ। भुवनेश्वर आने पर उठा दूँगी।"

दादी मुँह में पान दबाए हुए ही फिर लुढ़क गई।

"आपने बी.कॉम. सेकेंड ईयर का पेपर अभी दिया है?" आशीष ने पूछा।

"जी, आपके मेघालय में बहुत बारिश होती है न?"

आशीष अपनी बिज़नेस मैगज़ीन किनारे रख चुका था, "हाँ। शिलांग स्पेशली। अंग्रेज़ इसे ईस्ट का स्कॉटलैंड कहते थे। मेरी यूनिवर्सिटी बहुत ब्यूटीफ़ुल है। हिली

एरिया है तो बारिश तो बहुत होती है। वहाँ हमको किसी फ्रेंड के घर जाना है सपोज़। सूखा मौसम देख कोई लाइट कलर की पेंट पहन ली। आधे रास्ते निकले नहीं कि आल ऑफ़ सडन हैवी रेन स्टार्ट। वहाँ के पहाड़ों में वेदर अनप्रिडिक्टेबल होता है। कीचड़ वाली सड़कों पर जब हम कॉलेज जाते थे तो बाइक के चक्कों से कीचड़ पूरे कपड़ों पर बॉबी प्रिंट बना देता था। मेरी मम्मी बहुत परेशान होती थीं। शाम को मम्मी के कॉलेज से लौटने के बाद घर के गार्डन में मैं और मम्मा चाय पीने बैठते हैं तो अक्सर बारिश शुरू हो जाती है। खिड़की खोलने से बादल कमरे में आ जाते हैं। टी गार्डन्स हैं, ढेरों वाटरफ़ॉल हैं। बहुत टूरिस्ट आते हैं। आप शिलांग से एम.बी.ए. कर लो। आपके कॉलेज डेज़ मेमोरेबल हो जाएँगे।"

सहयात्रियों की आँखों में जिज्ञासा थी। क्या लड़की शिलांग से एम.बी.ए. करने के बहाने प्रेम विस्तार की संभावनाओं से भरे प्रस्ताव को स्वीकार करेगी? इस कूपे में बैठे लोगों के पास फ़िलहाल इन दोनों के बीच की ये शुरुआती मुदित हिचकिचाहट, हया, झिझक, उलझन से ज़्यादा आकर्षक दृश्य खिड़की के बाहर न था। एक खिड़की पर साँवली, सादी, लजाई-सी लड़की... दूसरी खिड़की पर गोरा, गंभीर, आतुर-सा लड़का और इन दोनों को जल्द से जल्द अलग करने दौड़ती क्रूर ट्रेन।

वसुधा ने जुदाई की घड़ी पास आते देख सवाल किया, "भुवनेश्वर आने में कितनी देर है?"

आशीष ने कलाई में बँधी महँगी घड़ी पर नज़र डाली, "एक घंटे में आ जाएगा। मुझे तो आप लोगों से और आगे जाना है। इस रूट का एक-एक स्टेशन याद हो चुका है। मेरी जॉब ही ऐसी है कि ईस्ट से लेकर पूरा मिडिल इंडिया घूम रहा हूँ।"

वसुधा ने कहा, "कितना बढ़िया तो है। इस बहाने दुनिया देख रहे हैं।"

आशीष हँसा, "अरे कुछ बढ़िया नहीं। मेरा एम.बी.ए. मार्केटिंग में है। मार्केटिंग में कितना प्रेशर होता है। टार्गेट सेल तक पहुँचने शहर-शहर घूमकर वर्किंग टीम को मोटिवेट करो, उनके लिए मार्केटिंग स्ट्रेटजीज़ बनाओ, मीटिंग्स लो। अपने शहर में रहते हुए कितना भी हार्ड वर्क कर लो। शाम को लौटने पर अपना घर हो, रात में अपना बिस्तर हो, सुबह की चाय अपने किचन की हो तो थकान ख़त्म हो जाती है। मेरा फ़ील्ड ऐसा है कि पूरा महीना ट्रेन, एयरपोर्ट, बस स्टैंड, टैक्सी, होटल और

सड़कों पर निकल रहा है। महीनों अकेला भटकना और हर रात अकेले बैठकर चुपचाप खाना खाना, क्वाइट डिप्रेसिव। अभी अनमैरिड हूँ तो चल जा रहा है। वहाँ शिलांग में मम्मी भी अकेली पड़ जाती हैं। मुझे एम.बी.ए. मार्केटिंग में न करके फ़ाइनेंस में करना चाहिए था। फ़ाइनेंस वालों की पोस्टिंग हमेशा हेड ऑफ़िस में होती है। नौ से पाँच की ड्यूटी करो, टाइम पर अपने घर लौट आओ।"

वसुधा ने जीवन में पहली बार किसी बाहरी लड़के से इतनी बातें की थीं। घर पर बाबा और नीरज भैया तो किसी जवान लड़के को घर में घुसने ही नहीं देते हैं। रिश्तेदारी या पास-पड़ोस का कोई लड़का आ भी गया तो वसुधा चाय लेकर कभी उनके सामने नहीं गई। वसुधा ने स्कूल-कॉलेज या गली के उन्हीं लड़कों को देखा था जो आते-जाते लड़कियों को ताड़ते, चुंबन की तेज़ आवाज़ निकालते, फ़िल्मी गाने गाते और फ़िक़रे कसते हैं। लड़के भी इतनी समझदारी से बात करते हैं, उसे मालूम ही नहीं था। रिश्तेदारी के भाइयों को बड़ी-बड़ी लफ़्फ़ाज़ी करते देखा था, या फिर ये कहते कि बहन अपनी सहेली से मिलवा दे। शायद हमारा परिवार इस लड़के के जितना पढ़ा-लिखा नहीं है। आज भी सफ़र में अगर बाबा या नीरज भैया साथ होते तो आशीष से एक शब्द बात ना हुई होती।

आशीष ने पूछा, "आप दोनों ही भुवनेश्वर जा रहे हो तो होटल की बुकिंग हो गई है?"

वसुधा सकुचा गई, "हम एक रिलेटिव के यहाँ रुकेंगे।"

आशीष ने फिर पूछा, "उन्हें मालूम है न आप लोग आ रहे हैं।"

"हाँ फ़ोन पर बात हो चुकी है। क्या आप भी भुवनेश्वर के लिंगराज मंदिर गए हैं?"

"नहीं, कभी नहीं गया। मैं क्रिश्चियन हूँ। इसका ये मतलब नहीं है कि मंदिर नहीं जा सकता। अकेले जाकर क्या करूँगा? प्रेयर कैसे ऑफ़र करते हैं मुझे नहीं आता। ईश्वर तो सभी एक हैं। आदमियों के अलग-अलग झुंड ने अपने-अपने लिए अलग-अलग भगवान और वरशिप के अलग-अलग तरीक़े डिसाइड कर लिए हैं। मेरे लिए रिलिजन इससे ज़्यादा कुछ नहीं।"

'क्रिश्चियन!!!' इतना सुनते ही भारत-पाकिस्तान के बीच की डिवीज़न लाइन खिंच गई। वसुधा सहम गई। आसपास बैठे श्रोताओं को झटका लगा- लड़का क्रिश्चियन और लड़की लिंगराज मंदिर जा रही है। नींद में खोई दादी परलोक

सुधारीकरण हेतु रुद्राभिषेक करवाने लिंगराज मंदिर जा रही है और अभी-अभी एक बिधर्मी के हाथ से छुई चाय गटक गईं, ये ख़बर नहीं थी उन्हें। क्रिश्चियन की छुई चाय पी ली है, जानकर तो दादी न जाने प्रायश्चित के कितने कर्मकांड करती।

आशीष ने पास से ही गुज़रते सैंडविच वाले को रोका, "भैया तीन सैंडविच देना।"

दादी सो रही थी इसलिए आशीष ने उनका सैंडविच सामने बने ट्रे स्टैंड में रखकर दूसरा सैंडविच वसुधा की तरफ़ बढ़ा दिया। वसुधा ने मन ही मन भगवान का लाख शुक्र मनाया कि दादी सो रही है। ये लड़का क्रिश्चियन है, सुनने के बाद तो दादी उसके हाथ का छुआ सैंडविच भी नहीं खाती। जो उनके ठाकुर जी को नहीं मानता वो ऐसे किसी व्यक्ति से खाने-पीने का संबंध नहीं रखना चाहती। घर पर माँ-बाबा और नीरज भैया भी ग़ैर हिंदू घरों से दुवारी तक का ही रिश्ता रखते हैं। गए साल नीरज भैया तो मोहल्ले के 'नवयुवक गणेश मंडल' के उपाध्यक्ष भी बने थे। गणपति के समय जब मंडल के विशालकाय पोस्टर पर नीरज भैया की फ़ोटो चौराहे पर लगी थी, तब से नीरज भैया नियमित जनेऊ भी पहनने लगे थे। उनकी मुंज तो ग्यारह साल में हो गई थी। पिछले साल से हनुमान व्यायाम शाला में कुश्ती करने जाने लगे तो मंगलवार और शनिवार का व्रत भी रखते हैं। दादी सुबह पाँच बजे से ठाकुर जी के सामने दीया-बत्ती करती हैं। आँगन में छड़ा-छींटा देकर चौक पूरती हैं। भुनसारे ही चावल आटे से द्वार के दोनों तरफ़ लक्ष्मी पाँव बनाती हैं। शाम घर पर चाहे कोई भी मेहमान बैठा हो मगर तुलसी में दीपक का वक़्त होते ही उठ जाती हैं। पूरे सावन लहसुन-प्याज़ नहीं खातीं। हर एकादशी उपवास रखती और एकादशी के दिन घर भर के लिए खाने में चावल का निषेध करती हैं। चौथ का चाँद भूल से देख लेने पर छिपकर पड़ोसी के घर पत्थर मारतीं और उनके बाहर निकलकर गाली देने पर चाँद देख लेने के कलंक से निजात पातीं। कार्तिक स्नान करने वाली सनातनी दादी क्या किसी क्रिश्चियन लड़के के हाथ का छुआ सैंडविच खाकर बुढ़ापे में धर्म भ्रष्ट करतीं? राम... राम... राम... हरि हरि हरि। वसुधा ने देखा दादी हिचकोले खाती मुँह फाड़े सो रही थी।

लड़के का गोरा मुखड़ा देख वसुधा के दिमाग़ में आने लगा कि काश इस ट्रेन का ब्रेक फ़ेल हो जाए और ये भुवनेश्वर में रुके ही ना, या फिर भुवनेश्वर के पहले कहीं पटरी उखड़ जाए और ट्रेन घंटों के लिए रुक जाए। न्यूज़ में पढ़ा है

मालगाड़ी के डिब्बे आए दिन तो पटरी से उतरते हैं। आज ट्रेन क्यों इतने सलीक़े से चल रही है। ज़रा देर बाद भुवनेश्वर आ जाएगा और फिर ये लड़का मेरी आँखों के सामने नहीं होगा। बिलकुल अभी जो समय गुज़र रहा है, ये कभी नहीं आएगा। मैं वर्धा के अपने उस छोटे से घर, नागपुर के हॉस्टल की दुनिया में खो जाऊँगी और ये शिलांग के पहाड़ी घुमावदार रास्तों की बरसात में गुम हो जाएगा। कितना प्यारा और समझदार लड़का है। बस आधे घंटे और फिर हम कभी न मिलने के लिए अलग हो जाएँगे। वसुधा खिड़की से बाहर देखती सैंडविच खा रही थी। मन तो बाहर देखने का बिलकुल न था। वसुधा ने उड़ती नज़र लड़के पर डाली तो वो वसुधा को ही देख रहा था, मगर इस बार उसने वसुधा से नज़र नहीं फेरी। हताश-सी मुस्कान थी उसके चेहरे पर। एक बेनाम लड़का जो शिलांग के पहाड़ी रास्तों से होता हुआ हर रविवार चर्च जाता है और एक अनजानी लड़की जो हर सोमवार शिवलिंग में बेलपत्र पर चंदन से 'ॐ नमः शिवाय' लिख चढ़ाती है।

दोनों अपने-अपने ईश्वर से प्रार्थना करते हुए ट्रेन की ज़ंजीर खींचने के अलावा ट्रेन रुकने के सभी उपाय सोच रहे थे। तभी दादी उठ गई। ये उनके महामृत्युंजय जाप का वक़्त था। कंठी माला में इक्कीस जाप पूरा करके उन्होंने सैंडविच खा लिया। अनजाने में हुई भूल-चूक तो भोलेनाथ भी क्षमा करते हैं। खिड़की के बाहर ढलता सूरज कितना उदास दौड़ रहा था! सूरज के साथ-साथ दो दिलों के बीच भी बहुत कुछ डूब रहा था। इतनी बड़ी दुनिया में कोई आपको बहुत-बहुत अच्छा लग जाए, आप भी उसे उतने ही अच्छे लगें, मगर दुनिया के लिए ये अच्छा लगना जैसी बात बहुत मामूली और ग़ैर-ज़रूरी है जबकि ज़िंदगी के लिए ये अच्छा लगना ही सबसे ज़रूरी बात है।

वसुधा अपने क्लास फ़ाइव के जियोग्राफ़ी के पेपर में राज्यों की राजधानी में मेघालय की राजधानी 'इंफाल' लिखकर आई थी। घर आकर देखा कि मेघालय की राजधानी तो शिलांग है तो बहुत पछताई। आज देश के उसी आख़िरी राज्य की राजधानी शिलांग के इस लड़के, जिसका नाम तक नहीं जानती, से ऐसा लगाव क्यों महसूस कर रही हूँ? इतनी बातें करने के बाद भी दोनों की एक-दूसरे का नाम पूछने की हिम्मत नहीं पड़ रही। नाम पूछना पर्सनल इंटरेस्ट वाली बात लगेगी। यदि ट्रेन से उतरते हुए मैं जाते-जाते बेवक़ूफ़ की तरह 'आपका नाम क्या है?' पूछूँ तो! नाम जानकर मुझे क्या करना है? क्या हथेली पर फिर मेहँदी में छिपाकर इसका

नाम लिखूँगी? नाम जानकार मुझे करना क्या है? क्या इसके और मेरे नाम की स्पेलिंग काटकर फ़्लेम खेलूँगी? हे भगवान! ये क्या सोच रही हूँ मैं? क्या इसको भी मेरा नाम जानने की इच्छा नहीं हो रही है? इसका नाम पक्का जार्ज, चार्ल्स, ज्यूड, बेंजामिन, थॉमस या फिर... क्या होगा?

ट्रेन की रफ़्तार धीमी होने लगी और अब भुवनेश्वर स्टेशन का प्लेटफ़ॉर्म शुरू हो गया। वसुधा सीट के नीचे से बैग और सूटकेस निकालने जैसे ही झुकी, तो आशीष ने रोका, "तुम हटो।" आशीष ने एक-एक करके सारा लगेज सीट के नीचे से बाहर खींचकर गेट की तरफ़ बढ़ना शुरू किया। सहयात्रियों की आँखों में जिज्ञासा और सहानुभूति के मिले-जुले भाव थे। क्या लड़की अपने घर का फ़ोन नंबर एक काग़ज़ में लिखकर लड़के को चुपचाप थमाएगी? ट्रेन अभी रुकी नहीं थी। आशीष खिड़की के काले काँच में ठीक अपने पीछे खड़ी वसुधा को देख पा रहा था। काँच में नज़रें मिलीं और दोनों मुस्कुरा दिए। कुछ मुस्कुराहटें कितनी हारी हुई होती हैं। वसुधा के पीछे खड़ी दादी अपना मुँह खोले खिड़की के काले काँच से बाहर देखने की कोशिश कर रही थी।

आशीष ने सूटकेस और बैग ट्रेन से उतारकर प्लेटफ़ॉर्म पर रख दिया, "चलिए मैं फिर अकेला हो गया। ठीक है दादी जी। बहुत अच्छा लगा आप लोगों से मिलकर।"

आशीष की कत्थई आँखें कह रही थीं कि उसे ऐसी ही लड़की की चाहत थी। मैं इतना ज़्यादा सफ़र में रहता हूँ कि कभी किसी से ठहरकर बात ही नहीं की। पापा के बाद मम्मी के अकेलेपन को भरने की कोशिश में, उनका साथ देने के फेर में कभी फ़ील ही नहीं हुआ कि मुझे भी किसी के साथ की ज़रूरत है। अब तक शायद मुझे ही किसी की ज़रूरत नहीं लगी। इस लड़की को स्टेशन से बाहर निकलता देखकर पहली बार लग रहा है कि मैं अकेला हूँ। इसने मुझे अकेला कर दिया, या भीतर छिपे अकेलेपन से मिलवा दिया नहीं मालूम।

भुवनेश्वर स्टेशन से बाहर दादी के साथ ऑटो में बैठकर भी वसुधा को स्टेशन छोड़कर जाती ट्रेन की आवाज़ आ रही थी। हर अगले सेकेंड और दूर-दूर होता वो लड़का दुनिया के क्षितिज विस्तृत समंदर में समा गया, कभी ना दिखने के लिए। दादी के साथ ऑटो में जाते हुए चमचमाता भुवनेश्वर शहर बे-रौनक़ लगने लगा। रात में सोते समय ट्रेन का पूरा सफ़र बार-बार घूमने लगा। उस लड़के के

परफ़्यूम की महक, आसमानी शर्ट और चॉकलेटी आँखें रह-रहकर याद आ रही थीं। हॉस्टल पहुँचते ही पूनम और सना को सफ़र की पूरी बात बतानी है कि लड़के अच्छे भी होते हैं। कितना उदास लग रहा है आज। क्या वो अभी... बिलकुल अभी, राऊरकेला के किसी होटल में लेटे मुझे सोच रहा होगा?

इस एक रात के बाद आने वाली कई रातों में लड़के और लड़की दोनों ने एक-दूसरे को बहुत याद किया, बिना एक-दूसरे की ख़बर के। कुछ मुलाक़ातें छोटी होती हैं मगर दिल में उनकी बैठक ज़िंदगी जितनी लंबी हो जाती है।

3

हॉस्टल में वसुधा और रेवा का रूम नंबर 204 है, मगर वसुधा का पूरा समय बाज़ू वाले रूम नंबर 203 में बीतता है जो सना और पूनम का है। रूम नंबर 203 की पूनम और सना गोंदिया जैसी छोटी जगह से आई थीं। वे दोनों गोंदिया में भी नर्सरी से लेकर बारहवीं तक साथ ही पढ़ीं और एक ही मोहल्ले की थीं। वसुधा के संग रूम नंबर 204 शेयर करने वाली चंद्रपुर की रेवा से वसुधा का जुड़ाव कम है, जबकि पूनम और सना के कमरे में वो आधी रात तक गप्पे मारती है। सना, वसुधा और पूनम तीनों बी.कॉम. में एक ही सेक्शन में हैं, जबकि रेवा उसी कॉलेज में बी.बी.ए. कर रही है, इसलिए भी रेवा इन तीनों से अलग-थलग पड़ जाती थी। वसुधा, पूनम और सना कॉलेज के लिए एक साथ ही हॉस्टल से निकलते। वसुधा प्रायः इसलिए भी अपना कमरा छोड़कर रूम नंबर 203 में चली जाती क्योंकि रेवा उसके कमरे में दिन भर पढ़ाई करती रहती। रेवा के डॉक्टर माता-पिता पढ़ाई का महत्व समझते थे इसलिए उन्होंने रेवा को बी.बी.ए. करने नागपुर भेजा था। रेवा नागपुर में एम.बी.ए. के एंट्रेंस एग्ज़ाम की कोचिंग भी कर रही है। वो अपना एम.बी.ए. नागपुर से ना करके आई.आई.एम या फिर देश के बाहर किसी अच्छी यूनिवर्सिटी से करना चाहती है। घर में इतने नौकर हैं कि रेवा ने दूसरों के लिए क्या, ख़ुद के लिए भी कभी एक ग्लास पानी रसोई से नहीं लिया। रेवा के उच्च शिक्षित, धनाड्य परिवार से बिलकुल अलग वसुधा, पूनम और सना

छोटे शहरों के मध्यवर्गीय परिवारों की वो पंछी थीं जो सिर्फ़ इसलिए तीन साल की जमानत पर नागपुर जाने रिहा की गई थीं कि नागपुर में रहते हुए वे बी.कॉम. के साथ-साथ क्लर्क की कोचिंग, कंप्यूटर या बैंकिंग के कुछ कोर्स कर लें।

लड़कियों के बड़े शहर जाकर किसी दुर्भाग्य में फँसने की इक्का-दुक्का स्याह कहानियों की बदलियाँ छोटे शहर की लड़कियों के हिस्से का आसमान ढँक लेती हैं। छोटे शहरों में बेटियों के बैंक क्लर्क या टीचर बन जाने पर माता-पिता स्वयं को आज़ाद ख़याल घोषित कर ख़ुद की पीठ, ख़ुद ही थपथपाते हैं। कोई भी उड़ान नीची या ऊँची नहीं होती, मगर ऊँचा उड़ने पर प्रतिबंध अनुचित है। परों की ताक़त को रोकने का फंदा अनैतिक है। छोटे शहर की लड़कियों के लिए सबसे बड़ी मुश्किल यह है कि अच्छे कॉलेज, एडवांस कोर्स, रेप्यूटेड यूनिवर्सिटी, रैंक होल्डर स्टूडेंट्स वाली कोचिंग बड़े शहरों में ही हैं। छोटे क़स्बों में किसी लड़के के साथ भाग गई लड़की जाते-जाते दूसरी लड़कियों के लिए सारे दरवाज़े बंद कर जाती हैं। लड़कियों को महानगरों में भेजकर पढ़ाने के सख़्त ख़िलाफ़ इन छोटे क़स्बों के पान-ठेलों, चौराहों और चौबारों पर ढेरों बातें होती हैं- भइय्या बड़े शहर जाते ही लड़की का आवारा होना तय है। चाहो तो सौ रुपए के स्टांप पेपर पर लिखवा लो। वहाँ जाते ही पर निकल जाते है। बड़े शहर में पास-पड़ोस का कोई लिहाज़ नहीं होता। वहाँ तो सामने वाले फ़्लैट में कौन रहता है, पहचानते नहीं। अपने यहाँ जैसे गली-मोहल्ले के रिश्ते काका, ताऊ, चाचा, भैया का संकोच नहीं, लिहाज़ नहीं। कौन किससे मिल रहा है, कौन किसके संग एक ही घर में बिना शादी रह रहा है, कौन लड़की दो दिन से ग़ायब है, किसके घर में रात बिताने कौन आ रहा है ? से किसी को मतलब नहीं। अरे ! कल के न्यूज़ पेपर में पढ़े नहीं इंदौर का केस ? माँ-बाप ने भरोसा करके लड़की को देवास से इंदौर पढ़ने भेजा। लड़की इंदौर में किसी लड़के के संग एक ही फ़्लैट में साल भर से रह रही थी। क्या बोलते हैं आजकल... वो लिव-इन। आज़ू-बाज़ू के फ़्लैट वालों को तो नज़र रखना चाहिए था। जब देख रहे हैं कि लड़की सिंदूर-बिछवा कुछ में नहीं है तो पता लगाएँ कि भाई तेरे संग रहने वाला ये जवान आदमी कौन है, जिसके संग रहती है, रिश्ते में क्या लगता है तुम्हारा। लड़की प्रेग्नेंट हो गई तो लड़के पर शादी का दबाव बनाई। लड़के ने मर्डर कर दिया और लाश शहर के बाहर फेंक आया। आजकल मर्डर करना, ज़हर खाना, अबॉर्शन कराना फ़ैशन हो गया है। माँ-बाप के विश्वास, इज़्ज़त की ढेला भर परवाह नहीं। प्रेग्नेंट होकर आत्महत्या तो कर लेती हैं मगर मरते-मरते भी बाप

को मुँह दिखाने लायक़ नहीं छोड़तीं। वो लड़की अभी देवास में रह रही होती तो मजाल है किसी लड़के के साथ लफ़ड़ा चला पाती। हमारे यहाँ लड़की का अफ़ेयर तो दूर... दोनों में सिर्फ़ नैन-मटक्का ही शुरू हुआ नहीं कि नाते-रिश्ते, पास-पड़ोस के लोग फ़ौरन बाप-भाई को बेटी को सँभालने की इत्तिला कर देते हैं। लड़की को दो-चार हाथ पड़ते ही इश्क़ का भूत उतर जाता है। कोई लड़का घर के आगे दो चक्कर लगाए नहीं कि मोहल्ले में कोई भी उसका रास्ता छेक ले कि क्यों भाई इस गली के फेरे ज़्यादा लगा रहे हो। यहाँ कौन क़र्ज़ा खाकर बैठा है तुम्हारा। आइंदा दिखना नहीं बेटा। नहीं तो कूट दिए जाओगे।

ये हॉस्टल में रहने वाली लड़कियाँ तो लड़कों को मात दे रही हैं लफ़ंगई में। वहाँ उन पर कोई पाबंदी नहीं। दारू पी रही हैं, पार्टी कर रही हैं, पब जा रही हैं, चड्डी बराबर कपड़े पहन रही हैं। बाप यहाँ से हर महीने ख़र्चा भेज रहा कि बिटिया हॉस्टल में रहकर पढ़ रही होगी और उधर बिटिया कुछ और ही पढ़ाई में लगी है। भइय्या सबसे सही बात तो ये है कि लड़की को आँख के सामने रखो। हमारी बेटी की भलाई हमसे ज़्यादा कौन जानेगा। पढ़ाई करनी हो तो घर पर रहकर करे, शादी के बाद आगे की फिर उसके पति की मर्ज़ी से।

वसुधा के नीरज भैया और बाबा इन विचारों के प्रबल प्रचारक, प्रवर्तक, समर्थक और उपदेशक रहे हैं। बाबा परदेशी ब्राह्मण समाज के अध्यक्ष हैं और उनका नाम 'बद्रीधर शुक्ला' का पूरे वर्धा में सम्मान है। नीरज भैया हिंदू युवा संगठन की मासिक बैठकों में जाते हैं। महाराष्ट्र के चुनाव में हिंदू युवा संगठन की अहम भूमिका रहती है। नीरज भैया पार्टी के भी सक्रिय कार्यकर्ता हैं। इतनी सामाजिकता निभाने के बाद भी मजाल है कि घर के भीतर कोई जवान लड़का आए। वसुधा की वजह से घर में ऐसे ढेरों अनकहे नियम हैं। वसुधा घर के बाहर निकलती है तो एक कंधे पर बद्रीधर शुक्ला और दूसरे कंधे पर नीरज शुक्ला की इज़्ज़त का हिमालय उठाकर निकलती है। सड़क पर ज़ोर से हँस दे या कोई शोहदा बाइक से निकलते हुए सीटी मार दे तो वसुधा के कंधे से इज़्ज़त का ये तमग़ा सरककर गिरने को हो आता है। वसुधा का नागपुर के हॉस्टल जाना सिर्फ़ इसलिए संभव हुआ कि नीरज भैया का कॉलेज वसुधा के कॉलेज के पास ही है।

दादी वसुधा को लाड़ तो बहुत करती मगर बेटियों को नियंत्रण में रखने की पक्षधर तो वो भी है। वो अत्यधिक सतर्क हो जाती जब पास-पड़ोस में कोई लड़की

भाग जाती या किसी लड़की के प्रेम-प्रसंग के क़िस्से सुनाई देने लगते। उनकी आँखें फट जातीं, "राम-राम कितनी आग लगी है इन लड़कियों को। आज ही सत्संग में भजन सुनी- लड़की कितनी भी प्यारी हो उसे दुवार-दुवार घुमाना नहीं। आधी ग़लती माँ-बाप की है। इतना भरोसा करो ही मत। कहाँ जा रही, किससे मिल रही घर वालों को मालूम ही नहीं। बेहरे की बेटी उधर बाहर नौकरी करती थी वहीं ऑफ़िस के किसी दूसरी जात के लड़के से शादी कर ली। लड़कियों को पढ़ने, नौकरी करने बाहर भेजो तो मन की हो जाती है, छुट्टा सांड हो जाती है। हमारे यहाँ वसुधा और नीरज दोनों का कॉलेज अलग-अलग है, मगर बड़ा भाई पूरी नज़र रखता है। आज ठेले पर चाट खाने गई से लेकर कितने बजे हॉस्टल से निकली, नीरज को सब मालूम होता है।"

दादी दरवाज़े के बाहर बने चौरे पर अपनी बूढ़ी सहेलियों के साथ बैठी घर-गृहस्थी, बेटे-बहुओं, रिश्तेदारी की बातें करती रहती, "अरे! भोसले साहब के यहाँ महालक्ष्मी पूजन के लिए गई थी मैं आज। उनकी छोटी लड़की जो बंबई में जॉब करती है आई हुई है। राम-राम! वाह री पोट्टी। मजाल है, एक बार तो सोफ़े से उठकर किचन में औरतों के पास जाती, मर्दों के बराबरी बैठी हीही-ठाठा करती रही। बैठने-उठने में लुगाइयों वाले कोई लच्छन नहीं। कल को ब्याह कर दूसरे घर जाना है भाई। उसको टांग पर टांग चढ़ाकर बाप-भाई के साथ गप्प सड़ाके की आदत हो गई है, तो रसोई में कहाँ मन लगेगा। जब ससुराल जाकर ससुर-जेठ की बराबरी बैठकर चाय पिएगी तो उनको बर्दाश्त होगा? भोसले साहब बता रहे थे कि मोना की तनख़्वाह बहुत ज़्यादा है। कार ख़रीदने वाली है। अब इतना कमाएगी तो कल को शादी के बाद पति से काहे दबेगी? बराबरी का कमा रही हूँ। मैं क्यों खाना परसूँ, चाय बनाऊँ।"

दादी की सहेली तमेरीन दादी सूती साड़ी का पल्ला सिर पर खींचते हुए हाँ में हाँ मिलाती, "भगवान का नियम है बीवी कम कमाए... बीवी ज़रा दबने वाली हो वो परिवार सही चलता है, नहीं तो तलाक़ पक्का। लड़कियाँ जो ऑफ़िस में अपने नीचे काम करने वाले मर्दों को फटकारकर घर आ रही है वो घर पर किसी की एक घुड़की भी सुनेगी? यहाँ परिवार में निभने कितनी बातों को समझना, सहना, सीखना पड़ता है। देखी नहीं जोगेवार की बड़ी वाली लड़की का तलाक़ हो गया। जोगेवार ने बेटी को डॉक्टर बनाया। डॉक्टर लड़के से शादी के बाद लड़की अड़ गई- मैं भी

डॉक्टर हूँ, मैं भी पूरी रात जागकर नाइट ड्यूटी करके आई हूँ, घर में पैसा ला रही हूँ तो घर के काम दोनों मिलकर करेंगे। बताओ भला रोटी बेलते मर्द अच्छे लगते हैं क्या? अब उनकी डॉक्टर बेटी बैठी है घर में तलाक़ के बाद। उसके आदमी को समझ आ गया बीवी की कमाई का लालच करोगे तो घर बसने से रहा। दूसरी शादी घरेलू लड़की से किया है। अब तो एक बेटा भी हो गया। ये बैठी है जबलपुर में अपनी डॉक्टरी करती। ख़ुद की कोख बंजर और दुनिया भर की औरतों की जचकी करवा रही है हॉस्पिटल में। सुनने में कड़वी लगती हैं लेकिन सही बात ये है कि शादी को बनाए रखने के लिए ज़रूरी यह है कि औरत की कमाई इतनी कभी नहीं होना चाहिए कि वो अकेले के दम पर जी पाए, नहीं तो घर टूट जाता है।"

गजानन मंदिर से आती आरती की आवाज़ से दादी ने शाम की सभा का विसर्जन किया, "चलूँ मैं भी दिया बत्ती कर लूँ। वैसे भी लक्ष्मी फेरे के बखत हम लोग दुवारी छेंककर बैठ गए है।"

वसुधा के कॉमर्स सब्जेक्ट लेने के बाद बाबा का मन था कि वसुधा क्लर्क का एग्ज़ाम निकाल ले। अक्सर कहते हैं- बेटी की शादी के बाद का भविष्य किसने देखा है। कम-से-कम आड़े वक़्त अपनी नौकरी होने से किसी पे आश्रित नहीं रहेगी, लेकिन बैंक एग्ज़ाम की अच्छी कोचिंग नागपुर में ही थी। वसुधा को नागपुर बी.कॉम. करने भेजने से पहले बाबा, नीरज भैया और मुन्ना चाचा ने सैकड़ों हिदायतें और दबाव से भरी सलाहें दीं, जो सलाह कम, धमकी ज़्यादा लग रही थीं। माँ और दादी ने हॉस्टल की लड़कियों की आवारगी से लेकर प्रेग्नेंट, सोसाइड, मर्डर के क़िस्सों का बोझ वसुधा के सिर पर रखकर नागपुर के लिए हाँ कहा। वसुधा बी.कॉम. की बजाय बी.बी.ए में एडमिशन लेना चाहती थी, मगर कहने की हिम्मत न कर सकी। बी.बी.ए. की फ़ीस ज़्यादा थी और फिर बी.बी.ए. के बाद एम.बी.ए. करने का मन होगा ही। एम.बी.ए. के दो साल की फ़ीस नीरज भैया के चार साल की इंजीनियरिंग से ज़्यादा है।

लड़कियों को इतनी महँगी पढ़ाई पैसे वाले लोग करवा सकते हैं। एक तो बाबा पहले ही नीरज भैया के प्राइवेट इंजीनियरिंग कॉलेज और हॉस्टल का भारी ख़र्च उठा रहे हैं। कल देशलहरा अंकल बाबा को बता रहे थे कि नीरज भैया के कॉलेज के पासआउट लड़कों को कोई ख़ास अच्छी जॉब नहीं मिलती। इंजीनियरिंग के बाद भी नीरज भैया को कोई एडवांस कंप्यूटर कोर्स या एम.बी.ए. करके अपना

क्वालिफ़िकेशन बढ़ाना पड़ेगा तब जाकर उसे नौकरी मिल पाएगी। ईश्वर जाने बाबा उस छोटी-सी कपड़ा दुकान से इतना ख़र्च कैसे निकालेंगे। वसुधा की शादी और नीरज भैया का सेटलमेंट दो बड़े ख़र्च उनके सिर पर खड़े हैं।

वसुधा अपनी रूममेट रेवा की बी.बी.ए. की किताबें बड़ी हसरत से देखती, "अरे! रेवा ये अकाउंट तो हम लोग भी बी.कॉम. में पढ़ रहे हैं।"

रेवा ने समझाया, "वसुधा तेरे बी.कॉम. के अकाउंट और मेरे बी.बी.ए. के अकाउंट में फ़र्क़ है। हम मार्केटिंग, फ़ाइनेंस, प्रोडक्ट डिज़ाइनिंग, ब्रांडिंग, पैकेजिंग, ब्रांड प्रमोशन भी पढ़ते हैं। नए बिज़नेस को कैसे ग्लोबल ब्रांड बनाकर मार्केट में इस्टेब्लिश किया जाता है। सेल बढ़ाने क्या स्ट्रेटजी होनी चाहिए। कंपनीज़ को एंप्लाईज़ के साथ किस तरह रिलेशन रखना चाहिए। इसके लिए बाक़ायदा हम ह्यूमन रिसोर्स की भी पढ़ाई करते हैं। नए बिज़नेस को बढ़ाने मार्केट में पहले से मौजूद कॉम्पटीटर कंपनी से कैसे निपटना है। प्रॉफ़िट का डिस्ट्रिब्यूशन कैसे होना चाहिए। शेयर होल्डर को क्या मिलना चाहिए। लॉस की रिकवरी कहाँ से की जा सकती है। जैसे मैं किसी कंपनी की मैनेजर बनती हूँ तो मैं अपनी टीम के साथ मिलकर कैसे टार्गेट सेट करूँगी और उसे अचीव करूँगी। बी.बी.ए. और एम.बी.ए. में ये सब मैनेजमेंट पढ़ते हैं हम। मुझे तो समझ नहीं आ रहा है कि तू प्लेन बी.कॉम. पढ़कर क्या करेगी, क्योंकि इसका कोई स्कोप नहीं है अब। हमारे पापा लोगों के ज़माने में एम.कॉम. वालों को बैंक में बिना एग्ज़ाम दिए शायद जॉब मिलती थी। अब तो तू बैंकिंग एग्ज़ाम पास करेगी तब ही जॉब मिलेगी। बैंक की जॉब के लिए भी कॉम्पिटीशन टफ़ है। केवल कॉमर्स स्टूडेंट्स ही नहीं, अब तो वहाँ मैथ्स और बायो वाले भी एग्ज़ाम देते हैं। वेकेंसी भी बहुत लिमिटेड हैं। अब तो मल्टीनेशनल कंपनीज़ का ज़माना है जहाँ प्रोफ़ेशनल क्वालिफ़िकेशन वालों के लिए ही जगह है। एम.बी.ए. या बी.ई. की पढ़ाई बहुत महँगी है लेकिन जॉब स्योरिटी है, ग्रोथ और ऑपरच्युनिटी अच्छी है। तू बी.कॉम. के बाद या तो एम.बी.ए. कर ले या कोई एडवांस सॉफ़्टवेयर कोर्स कर ले। एडवांस कोर्स किए लोगों को भी आई.टी. सेक्टर में सॉफ़्टवेयर इंजीनियर्स का वेटेज मिल रहा है।"

वसुधा उदास हो गई, "रेवा हर परिवार अलग होता है। हर घर का फ़ाइनेंशियल स्टेटस अलग होता है। मेरे घर वालों के सोचने का तरीक़ा अलग है। मेरे घर में नागपुर भेजने का ख़र्च बहुत ज़्यादा है। मेरे यहाँ यदि पैसे ज़्यादा भी होते तो माँ

बाबा उस पैसे से ज़्यादा दहेज में अमीर लड़का तलाशते। ख़र्च मुझ पर ही करेंगे मगर कॉलेज की फ़ीस पर नहीं, दामाद को ख़ुश करने लाखों ख़र्च कर देंगे।"

रेवा को वसुधा की बातें सुनकर आश्चर्य नहीं हुआ, "हाँ सही बोल रही है। हमारे चंद्रपुर में मेरी एक फ्रेंड की मम्मी ही उसकी सबसे बड़ी दुश्मन है। उनके यहाँ दब्बू अंकल की बिलकुल नहीं चलती। मेरी फ्रेंड सिर्फ़ दो बहनें हैं। भाई नहीं है। अंकल टीचर हैं। उसने अपनी मम्मी से कहा कि मुझे भी रेवा के जैसे एम.बी.ए. करना है। टीचर नहीं बनना है। आंटी ने ग़ुस्से में उससे कहा कि तू जो ये खाना खा रही है न ये टीचर की कमाई का है। वसुधा टीचर बनना बुरी बात नहीं है यार मगर यदि लड़की थोड़ा ज़्यादा का सपना देख रही है तो आंटी को इतनी चिढ़ है कि एजुकेशन में पैसा जाएगा तो उनके लिए क्या बचेगा। बार-बार बोलती हैं- हमारा बेटा नहीं है तो बैंक का जमा पैसा ही बुढ़ापे में हमारा बेटा रहेगा। बेटियाँ हमारे बुढ़ापे के पैसे लेकर दूसरे घर चली जाएँगी। यार! जबकि आंटी के पास रिटायरमेंट के बाद भी बँधी पेंशन आएगी। ऐसे लोग जिन्हें बेटियाँ इतना बड़ा बोझ लगती हैं तो पैदा क्यों कर देते हैं? आंटी को लगता है कि जिनके बेटे हैं उन लोगों को बुढ़ापे की फ़िक्र नहीं है। बच्चों के भविष्य की बजाय अपने भविष्य की फ़िक्र ज़्यादा है।"

वसुधा कभी भी रेवा के संग हँसी ठिठोली नहीं कर पाती। रेवा आर्या ज़िंदगी को लेकर इतनी फ़ोकस्ड है किसी को हँसते हुए भी देखती तो उसे लगता है कि वो लड़का या लड़की अपने भविष्य के प्रति गंभीर नहीं है। रेवा की सोच है कि हॉस्टल या कॉलेज में बने ये रिश्ते सिवाय समय की बर्बादी के और कुछ नहीं। एक बार किसी ऊँची जगह पर पहुँच जाओ तो मज़े करने के लिए पूरा जीवन पड़ा है। ये कड़ी मेहनत के दिन हैं जब स्टूडेंट्स को यारी दोस्ती से दूर रहना चाहिए या फिर सिर्फ़ पढ़ने वाले फ़ोकस्ड दोस्तों के बीच रहना चाहिए। लक्ष्य के दबाव ने रेवा को चिड़चिड़ा बना दिया है। वो हर वक़्त अति कॉम्पटेटीव रहती है इस वजह से ईर्ष्यालु हो गई है। उसका दुबला, खिंचा हुआ चेहरा इस उम्र में ही एक खूसट बॉस का लगता है। वसुधा को रेवा की महत्वाकांक्षी बातें सुनकर भीतर से रीता-रीता लगता। ख़ुद को छोटा महसूस करती- मैं भी तो उतना ही ऊँचा उड़ना चाहती हूँ। खूँटे से बँधा जानवर धीरे-धीरे सीमित दायरे का अभ्यस्त हो जाता है। उसे पूनम और सना के साथ ज़्यादा सहज लगता। सही भी है एक ऊँचाई पर उड़ने वाले पंछियों का ही समूह बन पाता है।

रूम नंबर 203 की सना अग्रवाल की ख़ुशमिज़ाजी ऐसी कि कोई कितना भी उदास हो उसके रूम से हँसते हुए बाहर आता। सना के पापा की गोंदिया में फ़र्नीचर बनाने वाली लकड़ियों की छोटी-सी दुकान है। कम पढ़े लिखे पिता ने सिर्फ़ इतना सीखा कि बच्चे यदि कोई बड़ी ग़लती नहीं कर रहे हैं तो उन पर विश्वास कर छोटी ग़लतियों के लिए स्वतंत्र छोड़ दो। सना और उसका छोटा भाई शैंकी, दोनों को बराबर की आज़ादी है। सना को किसी बड़े मुक़ाम तक पहुँचना नहीं है। एक टेबल कुर्सी में बैठकर घंटों किताबों में उलझे रहने जैसा कष्टप्रद काम उसके वश का नहीं। उसे जीवन के इस छोटे सफ़र का आनंद उठाना है। कल की कोई योजना नहीं, गुज़रे के लिए कोई पछतावा नहीं। सना कहती भी है- ज़िंदगी के पास अलग-अलग लोगों के लिए अलग-अलग प्लानिंग है इसलिए बहुत ज़्यादा प्लानिंग करना तनाव बढ़ाने के अलावा कुछ नहीं। सना दार्शनिकों की तरह कहती, "मैं ज़िंदगी की रेस्पेक्ट करती हूँ। किसी भी सपने को पाने के लिए यदि ज़िंदगी निचोड़नी पड़ रही है तो जब वो सपना हमको मिलेगा ज़िंदगी का सारा रस जा चुका होगा। हमारी तबीयत नीरस हो चुकी होगी। लाइफ़ जिधर ले जाएगी, मैं उधर बह जाऊँगी। यार ये रेवा जैसी लड़कियाँ जिसे जीवन का उद्देश्य कहती है, वो उद्देश्य क्या है ? अल्टिमेटली ज़्यादा पैसा। ज़्यादा पैसा की कोई डेफ़िनेशन नहीं है। इनकी लाइफ़ का उद्देश्य कभी पूरा नहीं होगा। ये कभी लक्ष्य तक पहुँच ही नहीं सकते, क्योंकि ज़्यादा पैसा मिल गया ये कैसे और कौन डिसाइड होगा ? मुझे फ़िलहाल नहीं मालूम कि मेरी लाइफ़ में मुझे क्या चाहिए। आगे चलकर कभी समझ आए तो आए। रेवा ने जिसे जीवन का लक्ष्य समझा है, उसमें तो बुढ़ापे तक उसको नहीं मिलने वाला कुछ। आप जीवन भर से किसी चीज़ का पीछा कर रहे हो और वहाँ पहुँचकर समझ आए कि अभी तो और आगे चलना है तो थकोगे, तनाव में रहोगे। पुत्री वसुधा कैसा लगा मेरा ज्ञान।" और फिर ख़ुद ही बड़ा-सा मुँह फाड़ हँसने लगती। सना के ख़ूबसूरत चेहरे को उसकी साफ़दिली और ख़ुशमिज़ाजी ज़्यादा आकर्षक बना देती है। रेवा में अपनी मेहनत से धारा को मोड़ने का जज़्बा है तो सना में धारा के साथ बहने की तरलता है।

रेवा और सना से अलग पूनम तिवारी और वसुधा ऐसे परिवारों से थीं जहाँ लड़कियाँ ख़ुद के लिए कोई सपना नहीं देखतीं। उनके हिस्से के सपने, प्लानिंग, लक्ष्य माँ-बाप, दादा-दादी, भाई, चाचा, मामा तय करते हैं। सना के साथ गोंदिया के एक ही स्कूल में पढ़ी पूनम स्कूल के दिनों से ही बिना किसी ट्यूशन के टॉप

करती आई। सना और पूनम गोंदिया के स्कूल से नागपुर हॉस्टल भी साथ आए। सना जैसी शरारती और पूनम जैसी संजीदा लड़की की पक्की दोस्ती देख लोग अचंभा करते। दोनों गोंदिया में पड़ोसी भी थीं, इसलिए हॉस्टल में भी कमरा नंबर 203 में भी साथ रह रही थी।

हॉस्टल के मेस में डिनर के बाद रेवा अक्सर रूम नंबर 204 में प्रॉफ़िट एंड लॉस, परसेंट वाले अकाउंट्स साल्व करती, प्रोजेक्ट बनाती, इन्कम ग्राफ़ से लेकर डिमांड-सप्लाई ग्राफ़ खींचती। वसुधा थोड़ी देर उसे देखती फिर कमरा नंबर 203 में सना और पूनम के पास गप्पें मारने चली जाती। इन तीनों लड़कियों को मालूम था कि उन्हें इसलिए पढ़ाया जा रहा है कि लड़के वालों को भेजने उनके बायोडाटा के आगे ग्रेजुएट लिखा जा सके। सना के वश में होता तो बारहवीं के आगे पढ़ती ही नहीं। किताबें देखकर उसे रोना आता, टीचर्स के लेक्चर सुनकर नींद और एग्ज़ाम की डेट सुनकर बुख़ार चढ़ जाता है। माँ ने समझाया कि आजकल के पढ़े-लिखे लड़के बारहवीं पास लड़की से शादी नहीं करते। लड़की भले जॉब न करे, मगर पढ़ी-लिखी होनी ही चाहिए। सना की शैतानियों को देख वसुधा ने पूछा, "तेरे घर वालों को टीवी की ज़रूरत नहीं होती होगी न? दिन भर जो तू ये ड्रामा करती है। सब लोग टीवी छोड़ तुझे सुनने घेरा बनाकर बैठते होंगे।"

सना के कुछ कहने से पहले ही पूनम हँसने लगी, "मैं तेरे को सना की नौटंकी का एक क़िस्सा बताती हूँ। क्लास एलेवंथ में थे हम लोग तब। सना का एक लड़के पर दिल आ गया था, जिसके पापा की मार्केट में चप्पलों की छोटी-सी दुकान थी। असल में ये और आंटी जब पहली बार उसकी दुकान पर गए तो सना उसे देखते ही लट्टू हो गई। अगले दिन से सना उसकी दुकान के सामने से रोज़ गुज़रने लगी। हर बार दुकान से बाहर रखे एक स्टूल में उसके पापा बैठे दिखते, लड़का नही। एक दिन वो लड़का लंच टाइम पर ग्राहक नहीं होने पर दुकान के बाहर ही एक चेयर पर बैठा आते-जाते लोगों को देख रहा था। हमारी सना दुकान के सामने से निकल रही थी। इसने लड़के को देखते ही स्कूटी से उसकी दुकान के सामने से हार्न बजाते हुए लगातार तब तक चक्कर लगाया जब तक कि उस लड़के ने अपने पड़ोसी दुकानदारों की शर्म से शटर नहीं गिरा दी। वो डर गया कि उसके पापा के आने पर पड़ोसी दुकानदार बताएँगे कि तुम्हारे छोकरे के लिए एक लड़की चक्कर काट रही थी। सना ने कम-से-कम 22 से 25 चक्कर फुल बेशर्मी से काटे।"

सना पेट पकड़कर हँसते-हँसते बिस्तर पर लोट गई, "हाँ यार पूनम तूने क्या याद दिला दी मेरे उस लख़्ते-जिगर की। पता वसुधा मैंने आधे घंटे के भीतर तीस चक्कर मारे होंगे। सब दुकानदारों को समझ आ गया कि लड़की इस लड़के के ख़ूब मज़े ले रही है।"

वसुधा सन्न थी, "सना तुझे डर नहीं लगा कि वो तेरे बारे में क्या सोचेंगे? शर्म नहीं आई?"

सना अभी भी हँस रही थी, "जो सोचना है सोचे। मैंने क्या ग़लत किया यार। बंदा बहुत हैंडसम था। मज़ा तो उसको भी आ रहा था मगर उसने डर के मारे शटर गिराया। उसके पापा के दोस्त थे पड़ोसी दुकानदार। लड़का दुकान पर कभी-कभार शाम-वाम को बैठता था। इतने दिन बाद फिर बैठा दिख गया। उस दिन मेरे चक्कर काटने के बाद उसने दुकान में बैठना ही छोड़ दिया था शायद।"

वसुधा अभी भी सकते में थी, "ओह गॉड तू तो ग़ज़ब है सना अग्रवाल।"

सना की हँसी नहीं रुक रही थी, "पूनम को मेरे बचपन के सारे कच्चे-चिठ्ठे पता हैं। वसुधा सुन ना यार, कौन-सा मैंने किसी के साथ कुछ ग़लत किया। उल्टा उस लड़के के पास आगे चलकर अपनी बीवी को फ़ख़्र से बताने एक क़िस्सा हो गया कि लड़कियाँ मेरे चक्कर काटती थीं।"

वसुधा ने फिर डपटा, "पापा की इज़्ज़त के बारे में सोचना चाहिए। उनकी बेटी लड़कों के फेरे लगाती है।"

अबकी बार सना तमक गई, "मैंने ऐसा क्या कर दिया यार। पापा ने मेरी उम्र में शरारत नहीं की होगी? क्या उनको किसी से प्यार नहीं हुआ होगा, कोई अच्छा नहीं लगा होगा? क्या मेरे भाई शैंकी को कोई लड़की पसंद नहीं आई होगी? प्यार की शुरुआत अच्छा लगना, हेल्दी फ़्लर्टिंग से ही होती है न? बात नहीं बढ़ी तो कोई बात नहीं। अच्छा लगना भी तो एक मोमेंट है न? तुझे कोई अच्छा लगेगा तो तू भी उसे जताने की कोशिश करेगी ही। ये बात और है कि तेरा तरीक़ा अलग होगा। तू मेरी तरह एक्स्प्रेसिव न सही मगर बेटा तू भी किसी-न-किसी तरीक़े से लड़के को जता तो देगी ही। शादी या अफ़ेयर एक सीरियस कमिटमेंट है इसमें हमेशा ईमानदार रहो। दो लोगों के दिल के मामले में तू पापा की इज़्ज़त कहाँ से ले आई बे? मेरे पापा और मैं एक-दूसरे से बहुत प्यार करते हैं मगर हम एक-दूसरे की इज़्ज़त का बटुवा अपने पास नहीं रखते। अपने यंग बच्चों में रोमांटिक फ़ीलिंग होने पर दुनिया

के आगे पैरेंट्स बेइज़्ज़त होते हैं, मुझे नहीं लगता। यार बच्चे कोई ग़लत काम करें, किसी को हर्ट करें, बेईमानी करें, किसी को ठगें या लोगों के साथ बदतमीज़ रवैया हो तो पैरेंट्स को शेम फ़ील होगा। आख़िर तुझे भी तो ट्रेन में मिला वो पहाड़ी लड़का अच्छा लगा न?"

वसुधा इस मुद्दे पर सना को नीचा नहीं दिखाना चाहती थी इसलिए चुप रही, लेकिन उसके लिए रिश्तेदारी, मोहल्ला-पड़ोस के बीच अपने बाबा बद्रीधर शुक्ला की इज़्ज़त सबसे बड़ी चीज़ थी। बाबा की वजह से वो स्कूल से सीधे घर आती थी। यदि सहेलियों के साथ फ़िल्म भी जाना होता तो नीरज भैया टॉकीज़ के गेट तक छोड़ने जाते। टॉकीज़ के बाहर खड़े रहकर नीरज भैया वसुधा को सभी सहेलियों के साथ भीतर जाते देखते और फ़िल्म ख़त्म होने के बाद जब वो बाहर निकलती तो पहले से ही बाहर खड़े मिलते। बाबा से छिपकर कोई काम करना जीवन के सबसे सम्मानित व्यक्ति से दग़ा करना है। बाबा छोटी-सी कपड़ा दुकान में बहुत संघर्ष करके घर का ख़र्च चला रहे हैं। माँ तो वसुधा के हॉस्टल का ख़र्च नहीं उठाना चाहती थी। वो चाहती थी कि वसुधा वर्धा से ही बी.कॉम. कर ले। ससुराल वालों को नौकरी कराना हो तो इसको शादी के बाद कराएँ बैंक कोचिंग या एडवांस कंप्यूटर कोर्स। वसुधा कमाएगी तो पैसा भी तो ससुराल वालों को मिलेगा, तो फिर वही करें कोचिंग-फोचिंग पर ख़र्चा। बाबा ने माँ की असहमति के बावजूद वसुधा को नागपुर भेजा। ये बात और है कि एक रात पहले पास बुलाकर दबंग आवाज़ में बस इतना कहा, "देख बहुत भरोसा करके तेरे को भेज रहा हूँ। यदि तूने प्रमिला की तरह कुछ भी ऊँच-नीच की, तो मैं भी उसके बाप की तरह फंदा बनाकर झूल जाऊँगा। जिस लिए भेज रहा हूँ उसपर ध्यान लगाना। मेरे ऊपर नीरज का हॉस्टल ख़र्च भारी पड़ रहा है इसपर अब तेरा हॉस्टल और बढ़ गया। तेरे से रिटर्न भी कुछ नहीं चाहिए मुझे, सिर्फ़ भरोसा बनाए रखने के वादे के सिवाय। तू कोई ऐसा-वैसा काम मत करना।"

वसुधा को अच्छी तरह मालूम था कि ऐसा-वैसा काम का मतलब क्या है। पिता की इज़्ज़त की क़ीमत बेटी अपने दिल के दरवाज़े बंद कर अदा करती है। वसुधा को सना की बातें और समझ अपनी जगह बिलकुल सही लगती थी लेकिन कोई इंसान आज जैसा है, वैसा एक दिन में नहीं बनता। इंसान की सोच बरसो-बरस की परवरिश, परिस्थिति और माहौल से बनती है। सना के मज़बूत और

क्लियर कट माइंडसेट के पीछे उसके पैरेंट्स का दिया निडर माहौल, संवेदनशील परवरिश है, जहाँ उसे पैरेंट्स से भी बहस करने या अपनी बात रखने का अधिकार है। बच्चे को डरपोक दुनिया नहीं बनाती है बल्कि माता-पिता ख़ुद की इज़्ज़त कराने के नाम पर चुप रहने के लिए प्रशिक्षित करते हैं। मैं भी सना जितनी साफ़ दिली से बातें करना चाहती हूँ, मगर अपने मन की बात कहने से पहले मुझे बाबा, नीरज भैया, माँ, मुन्ना चाचा की इज़्ज़त ध्यान में रखनी होती है। कोई मुझे लूज़ करैक्टर ना समझ ले, ये सोचकर मैं मन की बात खुलकर नहीं कहती। मैं दोग़ली हूँ। जो मन में होता है उसको छिपाकर बोलती हूँ, जबकि सना झूठ नहीं बोलती। मैं उसके जैसा बनना चाहती हूँ, मगर मुझमें हिम्मत नहीं। सना को ये हिम्मत कहाँ से मिली? उसके घर से?

मैं भी तो रेवा जैसे किसी महानगर की चमचमाती बहुमंज़िला इमारत की मल्टी नेशनल कंपनी में ऑफ़िसर बनना चाहती हूँ। सना और रेवा एक-दूसरे से बिलकुल अलग हैं फिर भी कुछ बातें दोनों में एक-सी हैं। दोनों अपने मन का जीवन जी रही हैं। सना को बी.कॉम. ही करना था, क्योंकि साइंस की कड़ी मेहनत वाली पढ़ाई से उसका जी घबराता है। बी.कॉम. वो गोंदिया में रहकर भी कर सकती थी, मगर उसे कुछ साल हॉस्टल में रहने का मन था इसलिए पैरेंट्स ने भेज दिया। पूनम तो सना का सहारा लेकर आ गई। पूनम को आस थी कि नागपुर में रहकर पढ़ने से उसे अलग-अलग कोर्स, जॉब्स के एग्ज़ाम की जानकारी होगी। गोंदिया में पता ही नहीं चल पाता है कि महानगरों में किस कोर्स का बोल-बाला है या किस जॉब के फ़ॉर्म आ गए हैं। छोटे शहरों में एग्ज़ाम की डेट निकल जाने पर ख़बर होती है।

हॉस्टल के गार्डन की बेंच पर बैठे हुए एक दिन वसुधा ने सना से पूछा, "क्यों सना तुझे भी हॉस्टल भेजने से पहली रात अपने पापा से धमकी वाला फ़ेयरवेल लेक्चर सुनने मिला? उधर हॉस्टल में कोई ऐसे-वैसे काम मत करना। मैंने पैसा-कौड़ी कमाया हो न हो, लेकिन सम्मान बहुत कमाया है। तेरी चमड़ी उधेड़ दूँगा या ज़हर खा लूँगा टाइप की बातें?"

सना बेंच से उठकर सामने की घास में लेट गई, "अरे नहीं यार। मेरे घर ऐसा कोई सीन नहीं था। पहली रात मम्मी रोते-रोते सामान पैक करवा रही थीं। मेरे घर वाले पढ़ाई में मेरा डब्बा गोल जानते ही हैं। मुझे तो नागपुर आकर मज़े करना था हालाँकि यहाँ आकर मुझे ऐसा कुछ लगा नहीं कि मैंने बहुत चिल मारा। यार

गोंदिया में लाइफ़ बहुत बोरिंग लगती थी। सोचा हॉस्टल में अच्छा नहीं लगा तो लौट जाऊँगी। हमारे यहाँ लौटने पर भी डाँट नहीं पड़ेगी यदि मैंने बता दिया कि हॉस्टल में अच्छा नहीं लगता है। कल अगर मैंने कह दिया कि अकेला लगता है तो पापा बोलेंगे कि आजा, परेशान मत हो। पापा के लिए सबसे इंपोर्टेंट है, हमें क्या अच्छा लगता है। वो कहते हैं जो अच्छा लगे, वही करो। बस इतना ध्यान रखना कि हमारी हरकत से किसी को परेशानी ना हो, किसी का नुक़सान ना हो। बाक़ी हम कहाँ जा रहे हैं, क्या कर रहे हैं, किससे शादी कर रहे हैं, इसके लिए दूसरों को क्यों तवज्जो देना। मेरा भाई शैंकी भी पुणे में पढ़ रहा है तो मुझे भी बाहर रहकर पढ़ना था। हमारे घर पर मम्मी-पापा को लगता है कि बच्चे तो हमसे अलग सोचेंगे ही। हाँ में हाँ थोड़े मिलाएँगे। हमने अपने एंटरटेनमेंट के लिए कठपुतली थोड़ी ना ख़रीदी है। उनकी सोच, इच्छा, हमसे अलग होगी ही क्योंकि वो अलग इंसान हैं, हमसे अलग समय की सोसाइटी में पल और बढ़ रहे हैं। यहाँ तक कि मुझे कोई लड़का पसंद आए तो मैं शैंकी को बता दूँगी। वो ध्यान से सुनेगा यदि लड़का उसे नहीं जमा तो मुझे थोड़ा समझाएगा, मगर ऐसी मार-काट वाली पोज़ीशन में नहीं आएगा। फ़ैमिली में एक-दूसरे के लिए प्यार साबित करने को यदि उनकी बात मानने की मजबूरी है तो एक दिन प्यार ख़त्म ही होगा। मेरे पापा कहते हैं- इस दुनिया में मेरे बच्चों से बढ़कर मेरा सगा कोई नहीं, इसलिए बच्चों की ख़ुशी मेरी ज़िम्मेदारी है क्योंकि मैं उन्हें इस दुनिया में लेकर आया हूँ। मेरे बच्चों के पर्सनल डिसीज़न के बीच यदि फ़लाँ रिश्तेदार, पड़ोसी या दोस्त क्या सोचेंगे तो मैं अपने बच्चों की ख़ुशी और अपनी इमेज में अपने बच्चों की ख़ुशी चुनूँगा। बच्चों की उम्र मुझसे ज़्यादा पड़ी है तो जिनका जीवन अभी लंबा बचा है, डिसीज़न उनके मन मुताबिक़ होना चाहिए। पापा तो बोलते हैं किसी के भी सारे डिसीज़न सही नहीं हो सकते। तेरी मम्मी बरसों से रोज़ रोटी बना रही हैं मगर अभी भी कितनी बार रोटी जल जाती है, इसका मतलब ये नहीं कि उसे खाना बनाना नहीं आता। मैं दुकान में कितनी बार ग़लत लकड़ी ख़रीद लेता हूँ जिसमें दीमक जल्दी लग जाती है और नुक़सान हो जाता है। हम सबसे भूल हो जाती है। हॉस्टल भेजने से पहले उन्होंने बस इतना कहा कि सना बेटा तेरे से कोई ग़लती हो तो निडर बता देना। डरना मत। मैंने भी यंग एज में ग़लतियाँ की हैं। हमको बता देगी तो परेशानी में अकेली नहीं पड़ेगी। तेरी किसी भी ग़लती को सँभालने शैंकी और मेरे से सगा कोई नहीं है दुनिया में।"

सना की बातें सुनकर वसुधा को भीतर से ख़ाली लगने लगा। क्या पैरेंट्स ऐसे

भी होते हैं कि बच्चों की ग़लतियों को सहज मानें और छोटी ग़लतियों के लिए स्वतंत्र छोड़ें!

"सना तेरे पापा कितना पढ़े हैं?"

सना हँसने लगी, "आठवीं। दादा जी की डेथ की वजह से पापा कम एज से दुकान सँभालने लगे थे न यार। हमारी फ़र्नीचर बनाने वाली लकड़ियों की दुकान है। छोटी उम्र से बड़ी ज़िम्मेदारी अकेले सँभालने वाले दुनिया को तवज्जो देना छोड़ देते हैं।"

वसुधा ने हॉस्टल की बाहरी दीवार पर टँगी घड़ी पे नज़र डाली, "चलो यार। आज सोने के लिए बहुत लेट हो गए। बारह बज रहे हैं। रेवा वैसे भी मुझे रोज़ ताने मारती है- वसुधा तू वार्डन मैम के पास जाकर रजिस्टर में अपने नाम के आगे रूम नंबर 203 लिखवा दे। तू 204 में सिर्फ़ सोने के लिए आती है। रहती तो तू सना और पूनम के साथ ही है। चल उठ भीतर चलते हैं।"

4

आज सुबह-सुबह ही बाहर से आती सना की तेज़ हँसी से वसुधा की नींद खुली। कॉरीडोर में क्या हंगामा चल रहा है, ये जानने वसुधा हड़बड़ी में स्लीपर पहनकर बाहर जाने बेड से उठी ही थी कि चादर के भीतर से ही रेवा की भुनभुनाहट सुनाई दी, "यार ये सना पूरी देहातन है, जाहिल है, इडियट है। इस जंगली को सुबह से इतना हँसना होता है। दूसरे सो रहे हैं इसको फ़िक्र ही नहीं है। इसकी आदतें बताती हैं कि अनपढ़ बैकग्राउंड से है। मैनरलेस लड़की।"

वसुधा ने टोका, "सात बज गए हैं रेवा। कोई बहुत सुबह नहीं है। वैसे भी सब लोग जाग चुके हैं। चाय के लिए मेस जा रहे हैं। सना अकेली शोर नहीं कर रही है।"

कमरे का दरवाज़ा खोलकर वसुधा बाहर निकली तो देखा कि सना कॉरीडोर की फ़र्श पर बैठी, चाय का ख़ाली कप पकड़े इतना हँस रही है कि उसके गोरे गाल कान तक लाल हो गए हैं। वसुधा को देखते ही हँसते-हँसते इशारे से अपने पास बुलाने लगी, "सुन सुन। हाय मैं आज हार्ट-अटैक से ना मर जाऊँ।"

सना हँसते-हँसते इतना हाँफ रही थी कि बात ही नहीं कर पा रही थी। खिलखिलाते हुए जो कह रही थी, वो भी स्पष्ट नहीं था। वसुधा ने मुसकुराते हुए उसका कंधा थपथपाया, "तू या तो हँस ही ले या बात ही कर ले।"

सना पेट पर हाथ रखकर झुक गई, "रब्बा! मेरा गाल, पेट, जबड़ा सब दुख

गया। सुन, आज ऊपर वाली फ़्लोर पर किसी ने अपनी चड्डी सुखाई थी। कल से नीचे मेस के किचन में सिलेंडर ख़त्म हो गया है। चंदर भैया अभी पीछे वाले कोर्टयार्ड में चूल्हा जलाकर बड़े से गंज में सुबह की चाय चढ़ाए। ज़ोर की हवा चली और ऊपर के फ़्लोर से उड़ती हुई चड्डी चाय के गंज में गिर गई। चंदर भैया ने इधर-उधर देखा और एक डंडी से चुपचाप चड्डी निकालकर..." सना फिर पागलों की तरह हँसने लगी, "चंदर भैया ने चड्डी निकालकर... अरे अपनी चड्डी नहीं निकाली रे! मतलब उबलती चाय के गंज से चड्डी निकालकर पीछे फेंक दी और चाय छानकर सबको पिला दी। सरस्वती अम्मा ने किचन में प्याज़ काटते हुए मुझे इशारे से चाय पीने से मना किया। चंदर भैया ने ये सोचकर कि इतनी गंज भरकर चाय का नुक़सान न हो या फिर उन्हें फिर से चाय न बनानी पड़े, सबको चड्डी वाली चाय पिला दी। अब वो सबके सामने मान ही नहीं रहे हैं कि उन्होंने सबको चड्डी वाली चाय पिलाई। बाउंड्रीवॉल के बाहर जिधर उन्होंने चड्डी फेंकी थी, मैं पीछे साइड देखने गई थी। चायपत्ती से सनी हुई गरम धुआँ उड़ाती चड्डी अभी भी पड़ी है। चड्डी का जंबो साइज़ देखकर तो मंजू दीदी की लग रही है। ऊपर के फ़्लोर में उस साइज़ की इकलौती मंजू दीदी ही हैं। वो मान ही नहीं रहीं कि उनकी चड्डी उड़कर नीचे गई है। उनको भी ख़राब लग रहा होगा कि सबने मेरी चड्डी वाली चाय पी। उनकी रूममेट प्रतिमा भी बोल रही है कि उसने यही चड्डी मंजू दीदी को कपड़े फ़ोल्ड करते समय रखते देखा है। पीछे फेंकी चड्डी मंजू की ही है।"

अब वसुधा और सना ज़मीन में बैठे हँस रहे थे, "अच्छा हुआ आज मैं सोकर लेट उठी। किसने-किसने चाय पी ली है?" वसुधा ने पूछा।

सना ने वसुधा की जाँघ पर ताली मारी, "ऑल मोस्ट सभी ने पी ली। कुछ लोग शर्म से बोल रहे हैं कि हमने नहीं पी। जिन्होंने सबके सामने पी, वे घिन के मारे उल्टियाँ कर रहे हैं। चंदर भैया की शिकायत लेकर वार्डेन कश्यप मैम के पास जाएँगे। रब्बा हँस-हँसकर गाल दुःख गए यार। तू कल रात जल्दी क्यों सो गई थी। रात में छत पर ग़ज़ब तमाशा चला है। करवा चौथ का व्रत तोड़ने वाली लड़कियों का जलवा था।"

वसुधा ने ताना मारा, "हाय तूने मुझे रात में फिर बुलाया क्यों नहीं?"

सना ने सफ़ाई दी, "तेरे कमरे की लाइट ऑफ़ थी। मैंने धीरे से खिड़की का

काँच ठोका। रेवा पागल के कारण दरवाज़ा नॉक करने की हिम्मत नहीं की। वैसे ही वो मुझसे नफ़रत करती है, फिर कहती आधी रात वसुधा को करवा-चौथ की पूजा दिखाने मैंने उसकी नींद ख़राब कर दी। यार सोच, कब इन लड़कियों ने आधे घंटे के लिए कश्यप मैम से छिपकर चंदर भैया को पटा लिया और छत की चाबी जुगाड़ ली। लड़कियाँ पूजा की थाली में नारियल, चलनी, दीपक लिए सीढ़ियों पर बिना आवाज़ गईं। गेस कर, पूजा की थाल लिए सोच कौन-कौन था ? साला ऐसी-ऐसी लड़कियों के बॉयफ्रेंड हैं, सोचकर मैं दंग रह गई। रेखा, पूर्णिमा, वर्षा, रीता दीदी सब ख़ुद को हीरोइन समझ रही थीं। चलनी से चाँद देखकर अपने बॉयफ्रेंड का चेहरा इमेजिन कर रही थीं। मैंने भी उनसे चलनी माँगकर चाँद को देखा तो मुझे तो कॉलेज के चार-पाँच लौंडों के चेहरे चलनी में एक साथ दिख गए बहन। अकाउंट पढ़ाने वाले मुकुल सर, अपना सीनियर उमेश, मेरा गोंदिया का क्लासमेट पारस, वो चप्पल दुकान वाला लड़का, सब एक-दूसरे को ओवर लैप कर रहे थे। साला एक चलनी के भीतर इतने लोग मुश्किल से एडजस्ट हुए। लड़कियों ने चाँद की पूजा की फिर कुछ के बॉयफ्रेंड बाहर सड़क पर दर्शन देने आए। सड़क से ही उछल-उछलकर छत में अपनी वाली को देखकर फ़्लाइंग किस दे रहे थे। मैं तो सबके मज़े ले रही थी। रेखा का बॉयफ्रेंड फ्लाइंग किस देते हुए इतना उछल रहा था कि लगा चमगादड़ की तरह उड़कर हॉस्टल की छत पर आ जाएगा। गार्ड भैया ज़ोर से चिल्लाए, पुलिस को फ़ोन करूँ क्या ? हरामख़ोरों हॉस्टल के सामने आधी रात में चक्कर काट रहे हो। उन लड़कियों ने कल रात करवा चौथ करने के बाद आज सुबह चड्डी वाली चाय पी। हाय रब्बा मेरी हँसी नहीं रुक रही कि मंजू दीदी ने कितनी बार उसमें पादा होगा।"

वसुधा चिढ़ गई, "जब सब कांड हो जाता है तब बताती है। जब कल रात ये सब हुआ तब अकेले एंजॉय की।"

सना ने वसुधा का हाथ खींचते हुए कहा "चल, चल नाराज़ नहीं होते। चल सरस्वती अम्मा नई चाय बना रही है। आज चाय हंगामे की वजह से सुबह से ही पूरा हॉस्टल जाग गया यार। चल जल्दी करना आज एक्स्ट्रा क्लास है। ब्रेकफ़ास्ट ज़्यादा कर लेना। आज लंच के पहले ही क्लास है। इतने हो-हल्ले में तेरी रेवा उठी या अभी भी सो रही है ?"

एक्स्ट्रा क्लास के लिए कॉलेज जल्दी पहुँचने के बाद सना, पूनम और वसुधा

सबसे पीछे बैठीं। लगातार दो पीरियड के बीच मिले ब्रेक में सना टेबल पर सिर रखकर फुसफुसाई, "वसुधा सुन यदि किसी बंदे का नेचर जानना है, तू उसकी कॉपी का लास्ट पेज खोल ले तो तेरे को उसकी पूरी कुंडली मिल जाएगी। देख कॉपी के पहले पन्ने पर तो सभी आर्टिस्टिक तरीक़े से अपना नाम, सब्जेक्ट लिखते हैं। पूरी कॉपी फिर नोट्स और क्वेश्चन-आंसर से भरी होती है। बेटा असल मज़ा तो लास्ट पेज में होता है। कोई बंदा अपनी सीट छोड़कर ज़रा-सा इधर-उधर हुआ नहीं कि मैं फट से उसकी कॉपी खोलती हूँ और उसका असल चेहरा देख लेती हूँ।"

वसुधा को अचंभा हुआ, "तुझे छिपकर उनकी कॉपी अलट-पलट करने में क्या मिलता है ?"

सना मुँह दबाकर हँसती है, "मज़ा। मज़ा मिलता है। सुन ना, वो मनीष है न, उसने कॉपी के पहले पन्ने पर सरस्वती नमः लिखा है। अकाउंट वाले सर ने उसकी कॉपी के सारे केलकुलेश तो रांग किए ही, साथ में स्कूल डेज़ वाला प्रसाद `इम्प्रूव योर हैंडराइटिंग` अलग से दे दिया है। हेहेहे। मनीष की कॉपी के आख़िरी पन्ने में किचन के सामानों की लिस्ट थी यार। उसके पापा नहीं हैं न। देख मुझे सामानों की लिस्ट देखकर लगा ही था कि या तो इसके पापा बाहर रहते है या इसकी मम्मी सिंगल मदर है। भला कॉलेज के किस लड़के की कॉपी के लास्ट पेज पर सूजी, पोहा, कपड़े धोने का साबुन, खाने का सोडा, एक पैकेट फल्ली तेल लिखा होता है ? लास्ट पन्ना किसी भी आदमी का वो चेहरा दिखाता है जो दुनिया ने नहीं देखा है। अपने यहाँ का टॉपर आनंद रॉय स्कूल डेज़ से टॉप करता आया है तो वो ख़ुद को कॉमर्स स्टूडेंट के साथ-साथ आइंस्टीन, टालस्टाय, शेक्सपीयर सब समझता है। यार लेकिन आनंद की एक बात तो माननी पड़ेगी। बंदा टॉप भी करता है, गुड लुकिंग भी है और पूरे कॉलेज में फ़ुल अकड़ में घूमता है। तुझे मालूम है, मैंने उसकी भी कॉपी चेक की। उस पागल की रफ़ कॉपी हमारी फ़ेयर कॉपी से ज़्यादा साफ़ सुथरी है। मगर इसका आख़िरी पन्ना कोरा ही है। इसका मतलब आनंद बहुत सार्टेड और रिज़र्व है। उसके मन की उगलवाना किसी के वश की नहीं। वो फ़र्स्ट ईयर से सी.ए. की तैयारी कर रहा है। बन भी जाएगा देखना।"

तभी सामने की सीट पर बैठे आनंद को महसूस हुआ कि सना उसे ही टार्गेट कर रही है। अपनी सीट पर बैठे हुए ही पलटा, "एक्सक्यूज़ मी सना, तू मेरे लिए कुछ बोल रही है ?"

सना हड़बड़ा गई, "बोल रही हूँ तेरा सी.ए. बनना कन्फ़र्म है आनंद। जब क्वालिफ़ाई होगा तो याद रखना सना ने आशीर्वाद दिया था।"

आनंद के सीधे होते ही वसुधा के कान में फुसफुसाई, "देख कितना स्मार्ट है। वहाँ से जान गया कि पीछे की सीट पर उसके बारे में बात हो रही है।"

पूनम आनंद से झेंप रही थी, "सना देवी जी तू जितना ज़ोर से फुसफुसाती है न, दो क्लास तक आवाज़ जाती है। आनंद हमारे बारे में क्या सोच रहा होगा? कितनी पंचायती लड़कियाँ हैं।"

"आनंद रॉय की हमारे बारे में क्या राय है, से हमें क्या फ़र्क़ पड़ता है।" सना हँसने लगी।

क्लास में वसुधा यदि सना से दूर बैठ जाए तो सना को चैन नहीं पड़ता। श्रीवास्तव सर जैसे ख़ूँख़ार टीचर तक के लेक्चर के बीच जब पूरी क्लास में दहशत भरा तनाव होता है, सना कॉपी के आख़िरी पन्ने पर वसुधा को पैग़ाम लिखकर टेबल के नीचे-नीचे कई हाथों से गुज़ारते हुए भेजती। अनेक संवदियों के हाथ से गुज़रती उसकी कॉपी भूगर्भीय जलधाराओं की तरह बहती हुई श्रीवास्तव सर को भनक लगे बिना गंतव्य तक पहुँचती। सना की कॉपी को वसुधा तक पहुँचाने में किए गए ऐसे सामूहिक सहयोग का इतना ख़ामोश उदाहरण संसार में बिरले ही नज़र आया होगा। टेबल के नीचे से कॉपी आगे बढ़ाते हुए मजाल है कि लड़के-लड़कियों की आँखें एक पल के लिए भी श्रीवास्तव सर के चेहरे से हटें।

इस कॉपी में वसुधा के लिए कोई महत्वपूर्ण ख़ुफ़िया सूचना या इमरजेंसी ज़रूरत नहीं लिखी होती थी, प्राय: कॉपी आगे बढ़ाने वाले वाहक संदेश को पढ़ने के बाद ही आगे बढ़ाते, सो इसमें गोपनीयता का प्रबंधन भी न था, सना द्वारा भेजे इस पैग़ाम के मज़मून कुछ इस तरीक़े के होते... अगले पीरियड में तू मेरी सीट पर आ जाना प्लीज़, सुमन से सीट एक्सचेंज कर लेना, शाम को अनिल बुक डिपो चलेंगे, आज तू हम लोगों के रूम पर ही सो जाना, रेवा तो चंद्रपुर गई है ना... तू उससे दूर रहा कर, उसके साथ रह-रहकर तेरी शक्ल भी उसके जैसी ख़ूँख़ार होती जा रही है, वसुधा देख मैम अभी जो साड़ी पहनी हैं इसी साड़ी में मुझे मार्केट में मिली थी, कल एक्स्ट्रा क्लास का टाइम क्या है, सुन कल मेस में साथ बैठकर टीवी देखेंगे, सोनी चैनल पर शाहरुख़ की फ़िल्म आने वाली है। सना के मैसेज वाली ये कॉपी कई बार क्लास के टॉपर आनंद रॉय के हाथ से भी गुज़रती। प्रिंसिपल सर

को उम्मीद है कि आनंद इस साल कॉलेज ही नहीं यूनिवर्सिटी टॉप करेगा। बहुत कम हँसने वाला आनंद सना के इस दिमाग़ी फ़ितूर को पढ़कर मुस्कुराते हुए कॉपी आगे बढ़ा देता।

सना को चलती क्लास में जवाब भी चाहिए होता। वसुधा को हर बार उसके फ़ालतू सवालों के जवाब लिखकर भेजने होते थे। सना तक कॉपी वापस भेजने का मार्ग भी बिलकुल वही होता, जो आने का था। हद तो तब हो गई जब एक दिन कॉपी की इस आवाजाही में आनंद ने अपनी तरफ़ से सना के लिए एक लाइन लिखकर आगे बढ़ा दी- सना तुम पोस्टमैन के लिए अप्लाई क्यों नहीं करती? सना ने इस बार वसुधा की बजाय आनंद के लिए लिखकर भेजा- आनंद पोस्ट वीमेन के लिए वेकेंसी निकलने का वेट कर रही हूँ।

सना ने वसुधा के लिए फिर कॉपी में कुछ लिखकर भिजवाया। आनंद ने वसुधा को कॉपी देने से पहले पढ़ा- वसुधा मैम को देख आज कितना ऊँघ रही हैं। एकदम कादर ख़ान जैसी दिख रही हैं। इनके घरवाले लोक-लाज का डर दिखाकर मेकअप कम क्यों नहीं करवाते यार। डिस्टेंपर में क्रेक की तरह इनके मेकअप में क्रेक आ गया है, उनका माथा देख।

ये सब पढ़ने के बाद आनंद को ये समझ नहीं आ रहा था कि सना को चलती क्लास में ये लिखकर भेजना इतना ज़रूरी क्यों लगा। इस बात को पाँच मिनट में पीरियड ख़त्म होने के बाद भी वसुधा को बताया जा सकता था। मानो अभी मैडम के मेकअप के बारे में तुरंत लिखकर न भेजा होता तो कॉलेज ब्लास्ट से उड़ जाता। मानो किसी फ़िल्म की तरह संदेश लिखकर वसुधा को फ़ौरन चलते पीरियड में सचेत करना था कि तुम जिस कुर्सी पर बैठी हो उससे मत उठना क्योंकि तुम्हारे कुर्सी से उठते ही बम ब्लास्ट हो जाएगा और हम सब मारे जाएँगे। कॉपी वसुधा की ओर बढ़ाकर आनंद ने मैम का चेहरा देखा तो वाक़ई वो कादर ख़ान-सी लग रही थीं। आनंद टेबल के नीचे सिर छिपाकर हँसते-हँसते दोहरा होने लगा, आँखों से आँसू निकलने लगे। आनंद को देखने वाले आश्चर्य में थे कि उसे भी इतनी हँसी आती है। वसुधा ने कॉपी में कुछ लिखकर वापस भिजवाया मगर इस बार आनंद ने कॉपी सना को वापस नहीं दी। वसुधा ने सना को जवाब में क्या लिखा है, जानने की उत्सुकता भी नहीं थी। उसे समझ आ गया कि सना पूरा पीरियड ये बकवास कर सकती है। पीरियड ख़त्म होते ही सना आनंद से अपनी कॉपी छीनकर ले आई।

5

सना रूम नंबर 204 तक वसुधा को बुलाने आई मगर रेवा को पढ़ता देख दरवाज़े पर ही ठिठककर खड़ी हो गई, "वसुधा डिनर के बाद रूम में आना।"

वसुधा लंच या डिनर के लिए मेस तक रेवा के साथ ही जाती। वसुधा को मालूम था कि यदि वो रेवा के साथ नहीं गई तो रेवा को वहाँ अकेले ही खाना होगा। रेवा के चिड़चिड़े की हद तक नीरस स्वभाव की वजह से अक्सर वो अकेली रहती है। रेवा को देखकर वसुधा कभी नहीं समझ पाई कि क्या सपनों का दबाव इतना होना चाहिए कि मुस्कुराहट धूमिल पड़ जाए? रेवा के साथ हड़बड़ी में डिनर ख़त्म करके वसुधा किसी पर्दाफ़ाश के प्रलोभन में सना और पूनम के पास पहुँच गई। वैसे भी सना के साथ समय गुज़ारना बेहद सुकूनदायक होता है। रूम नंबर 203 में घुसते ही पूनम की टेबल पर रखी डिब्बी से सौंफ फाँकते हुए वसुधा ने पूछा "अब तेरे पास बताने के लिए कौन-सा टॉप-सीक्रेट है सना देवी?"

सना इंतज़ार में ही बैठी थी, "यार तूने आने में कितनी देर कर दी। मैं कब से बात पचाकर बैठी हूँ। पेट दर्द होने लगा। पूनम पूछ भी रही थी तो मैंने कहा वसुधा को आने दे फिर एक साथ ही बताऊँगी। जब महफ़िल सजती है तो बताने का मज़ा दुगुना हो जाता है। सुन तुझे एक टॉप सीक्रेट बताती हूँ। रीना की कॉपी के लास्ट पन्ने में पहले उसने पान पत्ती वाला दिल बनाया, फिर उसपर एक सनसनाता तीर

चुभा दिया जैसे राम जी का तीर रावण की नाभी भेद रहा हो। तीर के अंतिम छोर पर पंख भी बने थे और उसके नीचे लिखा था S+R। R मतलब तो रीना ख़ुद और अब ये S का क्या मतलब है ये हमें पता लगाना है। रीना इतनी सीधी दिखती है। उसका अफ़ेयर तो पक्का नहीं है। इसका वन साइडेड लव वाला मामला है, साइलेंट मूवी के ज़माने का। रीना मन ही मन किसी एस नाम वाले को लाइक करती है। तू क्या कहती है S मतलब कौन? सुधीर, शैलेंद्र या शशांक?"

वसुधा सना की गप्पों के जाल में ख़ुशी-ख़ुशी उलझ आती, "नहीं यार, ये तीनों लड़के नहीं हो सकते। सुधीर निरा झोलटू है। शैलेंद्र कितना बकवास करता है, ओवर स्मार्ट बनने की कोशिश। उसे रीना क्या, कोई भी लड़की पसंद नहीं करेगी। तीसरा बचा शशांक, तो शशांक और रीना को देखकर मुझे ऐसा कभी लगा नहीं। अब रीना का कोई पड़ोसी या कॉलेज के बाहर का लड़का भी हो सकता है। उसने किसको याद करके S लिखा हम क्या जानें।"

सना ने बिस्तर पर पालथी मोड़ी, "अरे! सुन तो मैंने उसकी कॉपी में S के इस कोड वर्ड का सीक्रेट पता करने उसके लिखे एस प्लस आर के ठीक नीचे शायरी लिख दी है—मरता हूँ इश्क़ में ज़िंदा न समझना... आशिक़ हूँ तेरा, तेरी सहेली का न समझना... तुम्हारा S। किसी से पूछ तो पाएगी नहीं कि ये किसने लिखा, क्योंकि उस शायरी के ठीक ऊपर R +S लिखा है। ले तेरे S के साइड से लव लैटर।"

सना खिलखिलाते हुए वसुधा की गोद में लोट गई, "यार देखना उसको मेरी थकेली शायरी पढ़ने के बाद मज़ा ही आएगा।"

पूनम ने हँसते हुए पूछा, "उसको मज़ा आएगा मगर तुझे क्या मिला?"

"मुझे उससे ज़्यादा मज़ा मिला।"

"तू सबकी कुंडली उनकी कॉपियों के आख़िरी पन्ने से पता करती है। चल तू बता मैं कैसी हूँ।"

सना ने वसुधा के चेहरे पर नज़र जमा दी, "असल में तू क्या चाहती है, तुझे ख़ुद पता नहीं। तेरे बिहाफ़ में बॉल कोई और फेंक रहा है। तू अपनी लाइफ़ ख़ुद ऑपरेट नहीं करती इसलिए ये दूसरों से कंट्रोल होना तुझे हमेशा उदास और क्न्फ़्यूज़ रखेगा।"

वसुधा को अपने लिए ये सुनना पसंद नहीं आया, "इतनी भी बेचारी नहीं हूँ

मैं। तुझे कैसे पता मेरा नेचर क्या है?"

सना बोली, "वेरी सिंपल। तेरे लास्ट पेज पर 'टिक-टो' के चिन्ह वाला गेम खेला गया है।"

वसुधा झुँझलाई, "देवी माँ तू क्या टैरो कार्ड रीडर है। तेरी गैसिंग ग़लत भी हो सकती है। टिक-टो तो पूरी दुनिया खेलती है। इसमें कन्फ़्यूज़ वाली बात नहीं है।"

"तेरी कॉपी में जो गोदा-गादी भी है न, वो बेतरतीबी है। पेन बस चल रही है... घिसट रही है। पेन को क्या लिखना है, नहीं मालूम। बस फ़्लो में जिधर घूमना है घूम जाए।"

इतनी देर से कोहनी की टेक लिए बिस्तर पर अधलेटी चुप सुन रही पूनम ने पूछा, "चल बता प्रीति चौरसिया के दिमाग़ में क्या चलता है?"

सना ने हँसते हुए हथेली वसुधा के आगे कर दी ताकि वो उसपर ताली मारे, "मत पूछ बड़ी वाली है वो। उसकी कॉपी के लास्ट पेज में फ़्लेम खेला गया था। प्रीति ने बड़ी चंटई दिखाई। चतुरी ने सिर्फ़ अपने नाम की स्पेलिंग लिखकर और लड़के के नाम की स्पेलिंग दिमाग़ में रखकर लैटर्स काटे थे। मैं तो उसको भी डीकोड कर लेती। दोनों के नाम में जो कॉमन वर्ड्स हों फ़्लेम खेलने पर वही लैटर्स कटते हैं। मतलब कटे लैटर्स लड़के के नाम में हैं। उससे मैं पता कर लेती, मगर वो उसी टाइम मेरी तरफ़ मुड़ी तो मैंने उसके देखने के पहले झट से कॉपी बंद कर दी। देखते हैं अब उसकी कॉपी फिर कब हाथ लगती है। प्रीती दिलफेंक लड़की है। उसने कई लड़कों के नाम की स्पेलिंग के साथ फ़्लेम खेला था यार। पचासों बार अलग-अलग डिज़ाइन से अपना सिग्नेचर बनाकर प्रैक्टिस की थी। राम ही जाने उसे किस बिज़नेस पेपर में साइन करना है। पूरा पन्ना अच्छे सिग्नेचर की प्रैक्टिस से भरा था।"

वसुधा और पूनम को इस खेल में मज़ा आने लगा, क्योंकि सना के अनुमान काफ़ी कुछ सच थे, "तू रेवा के बारे में बता।"

अपनी बातों में पूनम और वसुधा को रुचि लेते देख सना का उत्साह दुगुना हो गया, "देख वो तेरी रेवा बी.बी.ए. क्या कर रही है, ख़ुद को हम बी.कॉम. वालों से सुपीरियर मानती है। पढ़ाई से बचे समय में वो ख़ुद को महान चित्रकार की श्रेणी में रखती है। तेरे रूम में एक बार मैंने उसकी भी कॉपी पलटी थी। कॉपी में नशीली आँखें, मिकी माउस, रंगोली, मेहँदी की डिज़ाइन खींची थीं। ख़ूबसूरत पंखुड़ियों

वाला गुलाब भी बना था, जिसके लंबे डंठल पर एक पत्ता था। रेवा परफ़ेक्शन के पीछे पागल है, इसलिए ही तो एक चित्र को बार-बार बनाई थी। प्रीति को देख वो अपने नाम का सिग्नेचर हर बार अलग तरीक़े से बनाई थी। रेवा एक ही सिग्नेचर को बार-बार बनाकर उसी को परफ़ेक्ट बनाना चाहती है। रेवा को जब दुनिया की सबसे अच्छी चीज़ मिलेगी, तब ही वो ख़ुश रहेगी। ख़ुश तो नहीं, मतलब शांत रहेगी। ख़ुश तो वो रह ही नहीं सकती। प्रीति का ऐसा है, जो उसे मिलेगा वो उसी को परफ़ेक्ट मानकर ख़ुश रह लेगी। प्रीति को किसी भी हाल में ख़ुशी ढूँढ़ना आता है।"

वसुधा ने सना के आगे दोनों हाथ जोड़े, "देवी आपके चरण कहाँ हैं? ला तेरी कॉपी देखूँ तो। मैं तेरा नेचर बताती हूँ।"

सना अपनी कॉपी देती, उसके पहले पूनम ने ही सना की कॉपी वसुधा को दे दी। वसुधा ने कॉपी खोली तो पिछले पन्ने बेहद मज़ेदार थे। एक कार्टून चेहरा, जिसके सिर पर आसमान की तरफ़ खड़े सिर्फ़ तीन या चार बाल जिग-जैग की तरह और माचिस की तीली-से सींकिया हाथ-पैर बने थे। उसके ऊपर श्रीवास्तव सर लिखा था। श्रीवास्तव सर की इस ड्राइंग से ज़रा दूर बनर्जी मैम की साड़ी पहनी ड्राइंग बनी थी, जो श्रीवास्तव सर को घूर रही थी। श्रीवास्तव सर के दाहिनी ओर पहाड़ों के पीछे से मुस्कुराता हुआ सूरज झाँक रहा था। बैनर्जी मैम के बाईं ओर इंडियन फ़्लैग सिर्फ़ ब्लू पेन से बना था। इसके बीच बने चक्र से जान सकते थे कि ये तिरंगा है। तिरंगे के नीचे एक लड़का बना था जो सैल्यूट के पोज़ में खड़ा था, मगर इस लड़के का श्रीवास्तव सर, बैनर्जी मैम, हँसते सूरज से क्या संबंध था, ये सपष्ट नहीं है। इस सुहाने परिवेश को धता बताते हुए इकोनॉमिक्स फ़र्स्ट पार्ट के कुछ चैप्टर्स के नाम लिखे थे। आगे बैनर्जी मैम के सिग्नेचर की नक़ल की कोशिश की गई थी। अकाउंट सर के कॉपी चेकिंग के लंबे राइट टिक और इकोनॉमिक्स वाले सर के छोटे टिक बनाकर उनके कॉपी करेक्सन की नक़ल की गई थी। जाने क्यों इंग्लिश का आठ (8) लिखकर फिर उसी आठ के ऊपर बार-बार बिना पेन उठाए 108 रुद्राक्ष अटूट जप की तर्ज़ पर इतना गहराया गया था कि आठ की व्यूह रचना से काग़ज़ की ऐसी-तैसी हो गई थी। पेन की वर्किंग कंडीशन चेक करने, किए ट्रायल के अनगिनत जिग-जैग, जैसे पन्ने से लहराता कोई भँवर गुज़रा हो। पन्ने में साइड मार्जिन की खड़ी लाल लकीर पर ऊपर से नीचे पूरी लंबाई से नीली

पेन से एक साँप मार्जिन लकीर को किसी पेड़ की तरह लपेटते ऊपर तक गया था। कॉपी के सबसे ऊपरी किनारे जहाँ रेड मार्जिन लकीर एक-दूसरे को क्रॉस करते हुए चौकोर डेट कॉलम बनाती हैं, उसपर ढेरों आड़ी धारियाँ बना देख वसुधा ने पूछा, "सना तुझे क्या मिला कॉपी में ये बवाल काटकर?"

वसुधा को भ्रमित देख सना हँसी, "ये सब करके मुझे मज़ा मिला। कुछ करने के बाद मन को अच्छा लगना सबसे इंपोर्टेंट बात है। आगे चलकर हमारी ज़िंदगी में ऐसी भी ढेरों चीज़ें होंगी जो हमें अच्छी नहीं लगेंगी। मुश्किल समय में भी हमको ख़ुद को पेंपर करने जो अच्छा लगे, ज़रूर करना चाहिए। मुझे जब कभी बहुत डिप्रेस फ़ील होता है तो मैं कॉपी के पीछे कुछ-कुछ करते हुए अच्छा फ़ील करने लगती हूँ। मेरी कॉपी से तू बता मेरा नेचर कैसा है?"

वसुधा ने दुलार भरकर कहा, "तेरे लास्ट पेज ने बताया कि सना का नेचर अबूझा है... क्लूलेस है।

सना देर तक अपनी ही कॉपी की कलाकृतियाँ देखती रही और फिर हँसने लगी, "यार मैंने ये क्यों बनाया था, मुझे ख़ुद याद नहीं? पता नहीं उस टाइम मेरे दिमाग़ में क्या चल रहा था। पूनम सुन... सुन प्लीज़ऽऽऽ... एक बात बता रही हूँ। ओए ओए तुम दोनों एकदम से नहीं पलटना। तेरे पीछे बाहर रेवा हम लोगों को घूरते हुए जा रही है। मानना पड़ेगा वसुधा, उसे तेरी बहुत चिंता रहती है। तू हमारे रूम में आती है, उसे पसंद नहीं आता। चल जा यहाँ से।"

वसुधा दरवाज़े के बाहर देखती हुई खड़ी हो गई, "अरे उसे मेरी चिंता-विंता नहीं है। असल में उसको किसी के साथ मिक्स होना ही नहीं है। जब उसकी पढ़ाई कंप्लीट हो जाती है, तो घूम-घूमकर अपने फ्री टाइम में लड़कियों के रूम में जाती है। जब वो दूसरों को सिर्फ़ अपने एंटरटेनमेंट के लिए यूज़ करना चाहती है तो लोग भी इससे सच्चा इमोशनल रिश्ता नहीं रख पाते। इसको इतना भी समझ आता है कि बीच-बीच में जब ये घर जाती है तो हॉस्टल या क्लास में कोई इसको मिस नहीं करता। बाक़ी के लोग भी इसके साथ सिर्फ़ टाइम पास कर लेते हैं। लोगों का व्यवहार इसके साथ ठंडा क्यों है, ये नहीं समझती। रिश्तों को प्यार और समय देना बेसिक चीज़ है, अब रेवा को ये बात किसी कॉलेज या स्कूल में नहीं सिखाई जा सकती। मैंने कोशिश भी की उसे समझाने की कि तू भी तो हॉस्टल की एक भी लड़की को मिस नहीं करती। सना उसके घर पर इतने नौकर हैं कि कभी इसने

किसी के लिए थाली में दो रोटी निकालकर सर्व नहीं किया है। हमारे यहाँ मैं, हर रात दादी का बिस्तर लगाना, सिरहाने पानी रखना, सबको खाना सर्व करना, बाबा को दौड़कर टॉवेल देना, खाना बनाना जैसे काम करती हूँ। इसने किसी की केयर नहीं की है तो गिविंग नेचर नहीं है। आगे भी लाइफ़ में अकेली तो पड़ेगी ही। तेरी, मेरी, पूनम की बांडिंग रीयल है, ये उसको समझ आता है तो हम तीनों को साथ देखकर फ्रस्टेट हो जाती है। हमारी गप्पों की आवाज़ से इरिटेट हो रही है और दरवाज़े के बाहर टहल रही है। अभी भीतर भी बुलाउँगी तो मना कर देगी, पढ़ना है बोलकर। उसको तसल्ली है कि हम कम-से-कम पढ़ाई में उससे पीछे हैं। चल मैं जा रही, नहीं तो मुझे अपने ही कमरे में घुसने से डर लगेगा।" वसुधा हँसते हुए कमरे से बाहर निकल गई।

6

"वसुधा सुन ना। अपना अगला पीरियड फ्री है। श्रीवास्तव सर आज छुट्टी पर हैं। अपने हैंडसम हीरो मुकुल सर फ़ाइनल ईयर को पढ़ा रहे होंगे। चल ना, ऊपर वाले फ़्लोर में वो क्लास ले रहे होंगे। एक नज़र उनकी क्लास के बाहर से गुज़रते हैं। मैंने बी.कॉम .से आगे पढ़ने का सोचा ही नहीं था, मगर अब मुकुल सर की वजह से एम.कॉम. करने की सोचने लगी हूँ। वो एम.कॉम. के दोनों साल पढ़ाएँगे। क्या ग़ज़ब दिखते हैं! रितिक रौशन फ़ेल है यार। मैं एम.कॉम. में फ़ेल हो जाऊँगी ताकि तीन साल सर को देख लूँ।"

पूनम ने टोका, "स्कूल में जैन सर के कारण तू 12th फ़ेल होना चाहती थी। तब बोलती थी तेरा नाम सना जैन है।"

सना ने हँसते हुए बनावटी ग़ुस्सा दिखाया, "फ़ालतू बकवास ना कर। वो मेरा बचपना था। वसुधा तू इस पूनम की बातों में न आ। चल बाहर मुकुल सर को देखकर आते हैं। सुन ना, मैं अकेली नहीं पूरे कॉलेज की लड़कियाँ उन पर जान देती हैं। जंगल सफारी में लोग जैसे जीप में घूमते हुए टाइगर साइटिंग के लिए घंटों भटकते हैं न? लड़कियाँ सर को एक नज़र देखने कॉरीडोर, क्लासरूम, स्टाफ़ रूम, पार्किंग, लाइब्रेरी में भटकती हैं... सिर्फ़ एक झलक के लिए। तुझे मालूम है जब बाज़ू से निकलते हैं तो हवा दस मिनट तक महकती है? लड़कियाँ किसी भी बहाने से सर से बात करती हैं- सर एक्स्ट्रा क्लास ले लीजिए, सर बी.डी.

अग्रवाल की बुक में तो ये चैप्टर नहीं दिया है, मुकुल सर आपके पास कोई बुक है क्या? लड़के उनको देखने के बाद गे होने को तैयार हो जाएँ यार। भगवान का लाख-लाख शुक्र है कि सर घर पर ट्यूशन नहीं पढ़ाते, नहीं तो कॉलेज से ज़्यादा एडमिशन उनके घर पर होते।"

पूनम ने सना के कंधे पर हाथ रखा, "एक दुख की बात सुन। मुझे अभी पाँच मिनट पहले प्रणव से मालूम हुआ, सर मैरिड हैं। इतना भारी झटका लगा मुझे कि मेरी सना पर तो दुख का पहाड़ टूट पड़ेगा। कैसे बर्दाश्त कर पाएगी वो?"

सना आश्चर्य से आँखें फाड़ कृतिम रुआँसी हो गई, "नहींऽऽऽ नहीं... नहीं... पूनम कह दे ये झूठ है। वो मैरिड नहीं हो सकते। इतने ख़ूबसूरत लड़के को शादी करने का कोई हक़ नहीं है। चाँद, हवा, पानी, गुल किसी एक का नहीं होता। उसमें सबका हिस्सा है।"

पूनम किसी तरह अपनी हँसी पर नियंत्रण रखती सना की नौटंकियों में साथ देने लगी, "सना सँभाल अपने आप को। होनी को कौन टाल सकता है। तुझे इस सच्चाई को स्वीकारना होगा। मुकुल सर मैरिड हैं। अभी तो तुझे ये पहाड़-सा जीवन उनके बिना काटना है।"

सना दीवार पर हाथ मार-मारकर अपनी अदृश्य चूड़ियाँ तोड़ने लगी, "नहीं... नहीं... मुकुल सर... नहीं। आप अपनी सना के साथ ऐसा कैसे कर सकते हैं। आप शादीशुदा होने का गुनाह कैसे कर सकते हैं।"

वसुधा ने अपनी हँसी दबाते हुए दौड़कर सना को दीवार से अलग कर, गले से लगा लिया, "नहीं, मेरी बच्ची, नहीं। च्च् च्च् च्च् नहीं रोते... नहीं। अभी तो तुम्हारे इस फूल से दिल को चार मुक्के और झेलने हैं।"

सना ने सिर ऊपर करके नाटकीयता से पूछा, "अब और बचा ही क्या सुनने और कहने।"

वसुधा धीरे-धीरे सना का सिर सहलाती रही, "तू दिल थोड़ा कड़ा कर और सुन मेरी बच्ची। मुकुल सर शादीशुदा हैं, मगर उनकी शादी अरेंज नहीं, लव मैरिज है।"

सना ने दोनों कानों पर हाथ रख लिया, "हे भगवान! ये सुनने से पहले मैं मर क्यों नहीं गई। ये धरती फट जाए और मैं समा जाऊँ इसमें।"

पास ही खड़ी रेखा ने टेबल पर रखी पानी की बॉटल खोली, "चल पानी पी। आ पहले आराम से बैठ इस जगह। एक बात और, प्रणव कल ही मुकुल सर के घर गया था। बता रहा था सर की बीवी परी है, अप्सरा है, हीरोइन है।"

सना ने मुँह फाड़ा और फिर दाहिने हाथ की मुठ्ठी बना अपना सीना ठोकने लगी, "देवा! हाय, हाय, हाय... मुझ मनहूस मारिया को मौत क्यों नहीं आती!"

पूनम की हँसी नहीं रुक रही थी, "वसुधा इसके सीने पर पड़ने वाले दो मुक्के तो पड़ चुके। सर की लव मैरेज है एक मुक्का, उनकी बीवी सुंदर है दूसरा मुक्का। सना का दर्द मुझसे देखा नहीं जा रहा। बाक़ी के दो मुक्के भी तू मार दे। देख अब तो रो भी नहीं रही। कैसे पत्थर की हो गई। सदमा बैठ गया। इसे रुलाना होगा। वसुधा बाक़ी की बात तू इसे बता दे।"

वसुधा ने मोर्चा सँभाला, "सना समझ रही हूँ तेरा दुःख। मगर सच कहना भी ज़रूरी है। तीसरी बात उनकी मैरिड लाइफ़ बहुत हैप्पी है। वो हर शाम बीवी के साथ आइसक्रीम खाने, मूवी या रेस्टोरेंट जाते हैं।"

सना हथेलियों में चेहरा छिपाए हुलस रही थी। अपने इस तमाशे में वसुधा और पूनम की बढ़-चढ़कर भागीदारी से उसे बहुत मज़ा आ रहा था। फिर अचानक चेहरे से हाथ हटाया और खिड़की की तरफ़ भागी। वसुधा और पूनम उसे देखने लगे। सना खिड़की के पास पहुँचकर पलटी, "अरे! कुत्तों मुझे पकोड़ोगे या कूद जाऊँ? बचाने नहीं आ रहे हो। सालों तुम चाहते ही हो कि मैं मर जाऊँ और मुकुल सर के लिए तुम लोगों का कॉम्पटीशन कम हो जाए।"

पूनम सना को खिड़की से वापस सीट पर ले आई, "देख इतनी कम ऊँचाई से कूदेगी तो सिर्फ़ हाथ पैर टूटेंगे। अभी दीनानाथ भैया छत झाड़ने टेरेस का ताला खोलने वाले हैं तो वहाँ से कूदना। मरने के पहले आख़िरी मुक्का तो खा ले बहन। सर की वाइफ़ प्रेग्नेंट है। अब तू रो ले, चूड़ी तोड़ ले या छत से कूद जा। वसुधा देख ये रो क्यों नहीं रही। सुन, सर मैरिड हैं... सुन रही है सना मुकुल सर शादीशुदा हैं। अब हम लड़कियों का कोई चांस नहीं बनता। रो रो बहन रो।"

सना टेबल पर रखी पानी की बॉटल पकड़कर नशे में झूमने की एक्टिंग करने लगी, "...ओ राम जी बड़ा दुख दीना। तेरे लखन ने बड़ा दुख दीना..."

मालूम नहीं आनंद कब से कॉरीडोर वाली खिड़की पर बाहर से खड़ा ये तमाशा देख रहा था। उस जैसे गंभीर, दबंग, पढ़ाकू और धनाड्य लड़के को

सना की बेजा हरकतें प्यारी लगने लगी थीं। हँसता हुआ भीतर आया, "सना तेरा प्रपोज़ल लेकर मुकुल सर के पास जाऊँगा। कौन जाने तेरा डेडिकेशन देखकर सर डिवोर्स फ़ाइल कर दें।"

आनंद राय की आवाज़ से सना झेंप गई और क्लास में देर से चल रहे इस ड्रामे का पटाक्षेप हो गया।

7

वसुधा हॉस्टल के सामने वाले टेलीफ़ोन बूथ से वर्धा फ़ोन करके हॉस्टल के भीतर आ रही थी, तभी देखा पूनम नारियल, अगरबत्ती और पूजा के सामान की पोलिथीन के साथ रूम नंबर 312 वाली संध्या दीदी के साथ मंदिर निकल रही थी। हॉस्टल के एंट्री रजिस्टर में साइन करके वसुधा अंदर आई तो सना अपने कमरे में आँखों पर हाथ रखे लेटी थी।

"तू मंदिर नहीं गई पूनम लोगों के साथ।" वसुधा ने पूछा।

सना ने बैठते हुए कहा, "अरे मेरे पीरियड्स चल रहे हैं। सुन ना, तेरे साथ बहुत दिनों से एक बात शेयर करनी थी, मगर हमेशा पूनम हमारे साथ होती थी तो बता नहीं पाई। देख पूनम का कहीं अफ़ेयर नहीं है लेकिन मैं श्योर हूँ वो पक्का किसी को लाइक करती है लेकिन इसमें अफ़ेयर करने की हिम्मत नहीं है। ये किसी लड़के को हाँ नहीं कर पाएगी। इसकी मम्मी बहुत ख़ूँख़ार है। लेकिन संध्या दीदी के साथ ये जो हमेशा मंदिर जाती है न, भगवान से प्रार्थना करती होगी कि कुछ ऐसा चमत्कार हो जाए कि उस लड़के से इसकी बात बन जाए। मुझे तो लगता है उसी फेर में मंदिर जाती है इतना।"

वसुधा ने असहमति जताई, "अरे यार! यदि पूनम किसी को लाइक करती तो तुझे ज़रूर बताती। तुम दोनों बचपन से साथ हो।"

सना ने समझाया, "चाहे वो पूरे हॉस्टल को बता दे मगर मुझे तो वो बिलकुल नहीं बताएगी। मैं उसके शहर की हूँ। यदि मैंने गोंदिया में किसी फ्रेंड या पड़ोसी को बता दिया तो वहाँ बात फैल जाएगी। हमारे गोंदिया में कोई लड़की किसी लड़के को सिर्फ़ वन साइडेड लाइक करने से भी बदनाम हो जाती है। लड़के को केवल अंदाज़ा बस हो जाय कि लड़की उसको पसंद करने लगी है तो वो दोस्तों को चौड़े में बताता फिरता है कि फ़लाँ लड़की मुझे ताड़ती है। सुन, तुझे बता रही हूँ उस दिन की बात। पूनम ने कॉपी के लास्ट पेज में हार्ट बनाकर कोई नाम लिखा था और फिर उसके ऊपर पेन चला-चलाकर इतना गोद दिया था कि समझ ही नहीं आए कि उसने क्या लिखा है। उसको अचानक याद आया होगा कि सना की आदत सबका लास्ट पेज पढ़ने की है तो पन्ना फाड़कर डस्टबिन में भी डाल दी। मुझे पता नहीं क्यों डाउट हुआ कि पेज क्यों फाड़ दी। वो बाहर गई तो मैंने डस्टबिन से उठाकर पढ़ लिया। पन्ना देखकर पूनम पर बहुत दया आई। हम दोनों के ही घर की कमाई बहुत ज़्यादा नहीं है, मगर मेरे घर पर बच्चों के मज़े पर भी पैसा ज़रूरी ख़र्च समझकर किया जाता है। सामने ठेले से चाट या आइसक्रीम जा रहा हो तो हमारे यहाँ मम्मी-पापा महीने में एक बार खिलाते ही हैं। पूनम लोग बिहार के हैं, जहाँ दहेज के बिना लड़कियों की शादी नहीं होती। फ़्यूचर की तैयारी के लिए इतनी कंजूसी, इतना मन मारकर जीने पर अंकल आंटी ख़ुशमिज़ाज तो रहेंगे नहीं। चिड़चिड़े पैरेंट्स की वजह से पूनम इतनी शांत है। यार मैं ये नहीं कहती कि फ़्यूचर की मत सोचो। मानती हूँ फ़िज़ूल ख़र्ची मत करो, मगर बात ये भी है न कि अपनी आमदनी के हिसाब से लोग डिसाइड करते हैं क्या ज़रूरी और क्या फ़िज़ूल। अति कंजूस पैरेंट्स अजीब तरीक़े से दिमाग़ी उलझन में फँसे रहते हैं। मेहमान की चाय में दूध कितना पड़ेगा की तिकड़म तो दलीदरी है। दूसरी बात भविष्य के लिए हमेशा चिंतित रहने वाले आदमी के साथ कौन समय गुज़ारना चाहेगा? दहेज जोड़ने की चिंता में माँ-बाप और ये तीनों बहनें मन मारकर उम्र गुज़ार रहे हैं।"

वसुधा ने उदासी से कहा, "सना सबके पैरेंट्स तेरे घरवालों की तरह फ्रेंडली नहीं होते। मेरे घर पर भी मैं कोई भी बात नहीं बता सकती। नीरज भैया हमारी गली का गुंडा ही है मान ले। तेरे भाई शैंकी के साथ तू सहेलियों या बहनों टाइप बात करती है। मेरे लिए तुम भाई-बहन का रिश्ता सरप्राइज़िंग है। भाई-बहन का ऐसा दोस्ताना रिश्ता?"

"वसुधा असल में मेरे मम्मी-पापा ने कभी भी मुझे शैंकी से कम समझा ही नहीं तो शैंकी कैसे मुझे इंपोर्टेंस नहीं देगा। माँ-बाप से हमें शक्ल, क़द-काठी, बीमारियाँ या प्रॉपर्टी ही नहीं मिलती, उनके डर, सनक, एंग्ज़ायटी भी मिलती है। पूनम के पापा पूरी तरह आंटी के कंट्रोल में हैं। तेरे को छह महीने पहले की बात बता रही हूँ। पूनम और मैं गोंदिया में एक सहेली के बर्थडे में गए थे। पूनम आंटी को लौटने का टाइम शाम सात बजे बताकर आई थी। जब हम बर्थडे में थे तब पूनम के घर अचानक कोई मेहमान आ गए। पूनम को तो नहीं मालूम ना कि घर पर मेहमान आए हैं। आंटी को था कि पूनम के आने के बाद वो उन मेहमानों के साथ मार्केट जाएँगी। यार आंटी को एंजाइटी इशू है। धैर्य नाम की चीज़ नहीं। उनको लगने लगा कि पूनम शाम सात बजे आएगी तो मैं मेहमानों के साथ मार्केट नहीं जा पाऊँगी। रात का खाना पूनम बनाएगी तभी वो जा पाएँगी। उनको ख़ूब ग़ुस्सा आने लगा। पूनम के छोटे भाई ने बाद में पूनम को बताया था कि आंटी ने अंकल के आगे ख़ूब बड़बड़ाया था। अंकल को भी ग़ुस्सा आना शुरू हो गया। वो आंटी को ख़ुश रखने किसी भी हद तक जा सकते हैं। आंटी उस दिन मार्केट नहीं जा पाईं।"

वसुधा को उत्सुकता हुई, "फिर तुम लोग बर्थडे से कितने बजे लौटे?"

"यार हम लोग सात बजने के पाँच मिनट पहले ही घर पहुँच गए। मतलब पूनम दिए टाइम से पहले ही घर के सामने खड़ी थी। मैं अपनी स्कूटी से पूनम को उसके घर छोड़ने गई तो छोटा भाई दौड़कर बाहर निकला और पूनम को बताया कि मम्मी बहुत ग़ुस्सा हैं। पूनम डर के मारे मेरे को बाय कहे बिना अंदर भाग गई। पूनम के भीतर क़दम रखते ही बिना एक सेकेंड गँवाए अंकल ने ज़ोर का एक थप्पड़ लगा दिया। पूनम और अंकल को नहीं पता था कि मैं उस वक़्त भी उनके घर के बाहर खड़ी थी। पूनम की कोई ग़लती ही नहीं थी। पैरेंट्स का मन हुआ जड़ दिया कसकर थप्पड़, छोटे भाई-बहनों के सामने। थप्पड़ गाल पर नहीं आत्मा पर पड़ने की उम्र है। बेवजह मार खाने के बाद भी आपको उसी घर में रहना है। क्या बच्चे की कोई रिस्पेक्ट नहीं होती? क्योंकि उसके पास आपको छोड़कर जाने का आप्शन नहीं है। ऐसे घर में बच्चे अपने मन की बात किसी से नहीं कह पाते। इनका नेचर ही दब्बू बन जाता है। हमारी पर्सनैलिटी बताती है कि हमारे घर का माहौल कैसा है।"

वसुधा विस्मय से बोली, "यार ये तो बड़ा ग़ज़ब है! हमारे यहाँ तेरे पैरेंट्स

जैसा दोस्ताना रवैया तो नहीं है लेकिन पूनम की मम्मी जैसी तानाशाही भी नहीं है। मेरे माँ-बाबा शांत लोग हैं।"

सना ने वसुधा के सिर पर चिपके एक तिनके को हटाते हुए समझाया, "ऐसा नहीं है कि पूनम के यहाँ रोज़ ही मार-पीट होती रहती है। गोंदिया में पूनम को एक बहुत डीसेंट लड़का लाइक करता था। मजाल है पूनम ने उसको घास डाली होगी। वसुधा मैंने एक बात नोटिस की है। सारी सक्सेसफ़ुल औरतें, चाहे वो फ़िल्म, कॉर्पोरेट, आर्ट, फ़ैशन, खेल, म्यूज़िक से हों, सभी ने लव-मैरिज की है। इसका मतलब ये नहीं है कि लव-मैरिज करने से सफल हो जाते हैं। इसका मतलब ये है कि इन लेडीज़ को यदि इनके घर में अपनी मर्ज़ी की शादी का अधिकार था तो इसका मतलब है बचपन से ही इन्हें पढ़ाई, करियर, जॉब जैसे फ़ैसलों में ख़ुद की मर्ज़ी का अधिकार भी मिला था जिससे ये अपने फ़ील्ड का बड़ा नाम है। कितनी टैलेंटेड औरतें जो बहुत कुछ कर सकती थीं, ग़लत घर पैदा होने की वजह से मर्ज़ी का जी नहीं पाईं।"

पूनम के बारे में सोचकर वसुधा उदास हो गई, "यार सना हम पैरेंट्स को अपनी मर्ज़ी से सलेक्ट नहीं करते हैं। यदि किसी को बात सुनने में बुरी लगती है, मगर क्या वो हर इंसान जो पैरेंट बन गया है, भगवान है? जिनमें कोई खोट नहीं? वो कहेंगे खोट वाला आदमी भी अपनी संतान को तो प्रेम करता ही है। पैरेंट्स के प्रेम पर मुझे शक नहीं है लेकिन प्रेम देने से ज़्यादा ज़रूरी सम्मान देना है। जिन बच्चों को घर में अपमानित किया जाता है वो आगे चलकर या तो बहुत क्रूर हो जाते हैं या पूनम की तरह बेहद दब्बू।"

सना ने दरवाज़ा खोलकर एक बार बाहर कॉरीडोर में झाँका, "यार डर लगा कि कहीं पूनम मंदिर से आ तो नहीं गई और बाहर खड़ी हमारी बात सुन रही हो। सुन पता अभी न्यूज़ पेपर में पढ़ा। एक एकदम यंग बॉक्सर लड़की है मैरी कॉम नाम की। उसके फ़ादर ने कहा कि तू बॉक्सिंग छोड़ दे। ये कैसा खेल है, लड़कियों के मारपीट, दाँत-नाक तुड़वाने वाला। उसके फ़ादर ने कहा कि मेरे जान-पहचान वाले और पड़ोसी मज़ाक़ बना रहे हैं कि मैं अपनी बेटी को पैसे के लिए मुक्के मरवाता हूँ। सोसाइटी में मेरी बेइज़्ज़ती हो रही है। उसके फ़ादर ने बेटी के बॉक्सिंग ग्लब्स जलते चूल्हे में डाल दिए थे। मैरी कॉम ने उसी समय अपने माँ-बाप को छोड़ दिया। वो जो मैरी कॉम है न, यार इतने मैडल जीतकर नेशनल के लिए

सिलेक्ट हुई है। रिश्तेदार और पड़ोसी के हिसाब से बच्चों की शादी करना, समाज के हिसाब से उन्हें पालने का चलन अपने देश में ज़्यादा है यार। जाने हमारे यहाँ के लोग कब मैच्योर होंगे? यदि बच्चों को दुनिया के हिसाब से चलाने का शौक़ है तो बच्चे पैदा मत करो। जाने कितनी मैरी कॉम होंगी जो ग्लब्स जलने के बाद उसी चूल्हे के सामने रोटियाँ बना रही होंगी। कमज़ोर मानसिकता वाले पैरेंट्स के दबाव में बच्चे कितने अकेले होते हैं कोई नहीं जान पाता।"

वसुधा सोचने लगी कि सना वही सब कह रही है जो मैं बचपन से सोचती आ रही हूँ, लेकिन मेरा स्वभाव ऐसा है या घर का दबाव ऐसा है कि माता-पिता को ग़लत बताना या उनकी कमियों पर चर्चा करना भी बदतमीज़ी लगता है। माँ-बाप के किसी फ़ैसले से अलग फ़ैसला लेने का मतलब बड़ों का अपमान है। क्या माता-पिता ख़ुद एक एररप्रूफ़ मशीन हैं जो कभी ग़लत हो ही नहीं सकते? उन्हें सिर्फ़ इसलिए हक़ है बेदर्दी से फ़ैसले लेकर दिल दुखाने का क्योंकि वे बच्चों को प्यार भी करते हैं? प्रेम का मतलब घर में रहने देना नहीं बल्कि उसी घर में साँस लेने की जगह देना है।

थोड़ी देर चुप रहने के बाद वसुधा ने जैसे खखारते हुए गला साफ़ किया या फिर उछवास से छाती में भरी घुटन को फूँक मारी, "सना, किसी भी चीज़ को करने के बाद, क्या मिला? पूछने पर तू जो हमेशा कहती है न, मज़ा मिला या अच्छा लगा। ये अच्छा फ़ील करना ही एक इंसान की सबसे बड़ी ज़रूरत है। मन को इस अच्छा लगने के प्रोसेस में किसी और का जीवन प्रभावित न हो बस इतना ख़याल रहे। कौन-सा लड़का मुझे अच्छा लगता है या मुझे क्या खेलना या पढ़ना अच्छा लगता है, इसपर सिर्फ़ मेरे राइट्स होने चाहिए। माँ-बाप या लड़की का चुना लड़का ग़लत निकल जाए तब भी शादी में बने रहो का हंगामा। शादी बने रहना इतनी इंपोर्टेंट चीज़ नहीं है कि उसके लिए 'अच्छा लगना' जैसी ज़रूरी चीज़ ताक पर रख दी जाए। बेटी मायके वापस आ गई तो बिरादरी में नाक कट जाएगी, लड़की को छोड़ दिया लड़के ने। तेरे को मालूम है मेरी सगी बुआ ने अपने पसंद से शादी की थी बीस साल पहले। मैंने तो अपनी बुआ को आज तक देखा ही नहीं है। रिश्तेदारों से सुनी हूँ कि फूफाजी बहुत अच्छे इंसान हैं। शादी करने के बाद बुआ को फिर कभी घर में घुसने को नहीं मिला, जबकि इकलौती लड़की थी। मेरे बाबा और मुन्ना चाचा दो भाई और बुआ अकेली बहन। लोगों से सुनने मिलता है, बाबा

और चाचा की शादी हुई तो बुआ ने कहीं दूर से छिपकर सड़क पर जाती बारात देखी। जब दादाजी की डेथ हुई तब घर आईं तो पापा और चाचा ने सबके आगे गेट से भगाया कि तूने जिस बाप की नाक कटाई उसको मरा मुँह देखकर ख़ुशी मनाने आई है। यार सना तूने आज ये टॉपिक क्यों छेड़ा। शाम मनहूस हो गई साली।"

सना ने होंठ बिचकाए, "हम्म सही बोल रही है। माँ-बाप सोचते हैं कि यंग बच्चों को कोई प्रेशर नहीं होता। कुछ पैरेंट्स बच्चों से ज़्यादा सगे तो पड़ोसियों और रिश्तेदारों के होते हैं। यार यदि आप बच्चे के इमोशन और इच्छाओं की इज़्ज़त नहीं कर रहे हो तो वो भी आगे चलकर इमोशनलेस आदमी बनेगा। आज अगर पैरेंट्स अपने रिश्तेदारों की शर्म में बच्चों को मेंटली टॉर्चर करते हैं तो क्या भरोसा कल को वो बच्चे अपने माँ-बाप के आगे शर्त रखे कि आप मेरी मर्ज़ी मानो नहीं तो हमारा घर छोड़ दो या कहे कि ऐसे नहीं रहे तो मैं आपसे रिश्ता नहीं रखूँगा। मैरी कॉम ने अपने पिता को छोड़ा, क्योंकि उसके फ़ादर ने उसके जीवन के सबसे बड़े सपने की इज़्ज़त नहीं की। वसुधा मैं जब किसी बच्चे को अपने माँ-बाप से लॉजिकल बहस करते देखती हूँ तो लगता है कि माँ-बाप ने बहुत अच्छी परवरिश की है। परवरिश का क़र्ज़ा उतारने असहमति के बावजूद चुप रहना सही है क्या? तेरी बुआ तो पैरेंट्स और लवर दोनों को चाहती थीं। एक को चुन, एक को चुन... शर्त रखी थी। तेरे दादा, चाचा ने अपने ईगो और इमेज के लिए रिश्ता तोड़ लिया। बेटी न हुई, एक ज़िंदा खिलौना मिल गया, जिसकी ख़ुद की कोई मर्ज़ी न हो।"

वसुधा चुप सुन रही थी। इस बोझिल तनाव को दूर करने विषय बदला, "सुन कल सेमिनार हाल में आई.आई.एम. अहमदाबाद के किसी प्रोफ़ेसर का गेस्ट लेक्चर है। चलेंगे सुनने। मालूम तो हो हम कॉमर्स वालों के लिए क्या-क्या लाइन है। कंपनी सेक्रेटरी, बैंकर, पी.आर.ओ, मैनेजमेंट, सी.ए. से लेकर बहुत कुछ बताएँगे। जानती हूँ मेरे घर वाले किसी भी एग्ज़ाम की तैयारी के लिए अलाउ तो नहीं करेंगे लेकिन बड़े सपने देखने वालों या उनको इंस्पायर करने वालों को सुनना बहुत अच्छा लगता है। देखना रेवा और आनंद तो आधे घंटे पहले जाकर फ्रंट सीट पर बैठेंगे। रेवा बी.बी.ए. वाली और आनंद बी.कॉम. वाला, फिर भी रेवा को मालूम है कि आनंद कॉमर्स में टॉपर है। उसको अपने सिवा किसी और के अच्छे नंबर अच्छे नहीं लगते, जबकि आनंद को देख, वो कहीं से भी कॉम्पिटिटिव या

जेलस नहीं लगता। बड़ा कूल रहता है। चल यार चलती हूँ। पूनम भी आती ही होगी मंदिर से।"

सना भी स्लीपर पहनते हुए बाहर जाने निकली, "कल तेरी रेवा और अपनी क्लास के आनंद के लिए त्यौहार रहेगा आख़िर आई.आई.एम. के प्रोफ़ेसर का लेक्चर है भाई। चल मैं तो मेस जा रही बाय।"

8

अगले दिन कॉलेज के सीढ़ीनुमा सेमिनार हाल में पूनम, सना और वसुधा सबसे पीछे की लाइन में बैठे। सना ने वसुधा को चहकते हुए कोहनी मारी, "देख, देख आनंद टॉपर और रेवा टॉपर सबसे आगे बैठे हैं। सोच दोनों की शादी हो गई न तो इनके बच्चे पेट से इनकम टैक्स रिटर्न फ़ॉर्म भरते या आडिट चार्ट बनाते निकलेंगे। ही ही ही...। मुझे दोनों को आजू-बाजू बैठे देखकर ख़ूब हँसी आ रही है। ये दोनों अलग ही दुनिया के लोग लगते हैं। देख, देख मेरी आवाज़ सुनकर आनंद पलटा। मुझे घूम-घूमकर ग़ुस्से में देख रहा है। मेरी फुसफुस से उसे डिस्टर्ब हो रहा है।"

सना ने मंच पर माइक में बोल रहे वक़्ता की एक्टिंग करते हुए बिना आवाज़ होंठ हिलाना शुरू कर दिया, "माननीय विधायक ताम्रध्वज राठौर जी, सभापति राधेश्याम अग्रवाल जी, आदरणीय अमित राठी जी... अध्यक्ष चार्टड अकाउंटेंट एसोसिएशन, सुमित गर्ग जी सेक्रेटरी जिला व्यापारी संघ, उपस्थित अतिथिगण और प्यारे छात्र छात्राओं।"

वसुधा ने सना का हाथ दबाकर एक्टिंग करने से रोका, "चुप कर देवी।"

सना ने सामने बैठे लोगों के सिर के पीछे छिपते हुए मुँह में हाथ रखकर दबी आवाज़ में पूछा, "कॉलेज के फ़ंक्शन में सी.ए. अमित राठी को बुलाना समझ आता है लेकिन ये विधायक को गेस्ट बनाकर क्यों बुला लिए यार। इसका भाषण

कब ख़त्म होगा ? कब से बोल रहा है। ये तो कॉलेज में भी अपनी पार्टी का चुनाव प्रचार कर रहा है। ख़ुद बारहवीं पास और आई.आई.एम. के प्रोफ़ेसर को भी इसको सुनना पड़ रहा है। आया है तो कम-से-कम हमारे काम की बात करे। बिना सिर पैर की बात कर रहा है।"

जब तक नीरस भाषण चला तब तक इस मंद समय को गुज़ारने के मनोरंजक इंतज़ाम सना ने ख़ुद किए। सामने बैठे लोगों के पीछे चेहरा छिपाए वो चुपचाप इधर-उधर देखने लगी, 'हॉल के भीतर किस लड़की ने प्लेन कुर्ती के साथ प्रिंटेड दुपट्टा डाला है। कौन लड़का बार-बार किस लड़की पर उड़ती नज़र डाल रहा है। कौन अपने नाख़ून दाँतों से काट-काटकर रॉकेट लांचर जीभ से दूर दूर तक थूक रहा है। कौन देर से एक के ऊपर एक पैर चढ़ाकर बैठने की वजह से झंझनाए कूल्हे को पदभार से मुक्त करने पोज़ीशन बदल रहा है। मंच पर बैठे कौन से प्रोफ़ेसर को नींद आ रही है। मंच में बैठी मैडम किस खुसुर-पुसुर करते लड़के को आग्नेय दृष्टि डाल ज़िंदा भष्म करना चाहती है। मुख्य अतिथियों के जलपान के लिए बाज़ू वाले हॉल में व्यवस्था की गई है, जहाँ से समोसे की ख़ुशबू सेमिनार हॉल तक आ रही है। सना सोचने लगी- अभी तो प्रोग्राम शुरू भी नहीं हुआ है और इन लोगों ने अभी से समोसे मँगवा लिए। प्रोग्राम कम-से-कम दो घंटे तो चलेगा ही। उसके बाद ये लोग नाश्ता करने बाज़ू वाले कमरे में जाएँगे। समोसे तो ठंडे खाए ही नहीं जाते हैं। ठंडे समोसे चबाने पर जाने कैसे गत्ता चगले जैसा लगता है। दीनानाथ भैया समोसे चौकसे होटल से लाए होंगे। चौकसे होटल ही तो कॉलेज के सबसे पास पड़ता है। कॉलेज वालों ने इतने सारे समोसे मँगाए हैं तो कल ही ऑर्डर दे दिया होगा। बाहर... अरे! ये बाहर सड़क से गुज़रता ऑटो किस फ़िल्म के प्रचार के लिए भोंपू में चीख़ रहा है। फ़िल्म का नाम छोड़कर बाक़ी सारी डीटेल सुनाई दी मुझे। टॉकीज़ में महिलाओं की भारी भीड़ का चौथा दिन... सुपरहीट गानों से सजी... कृपया भीड़ में बच्चे और पर्स सँभालकर रखें। इस सेमिनार हॉल में हमारे सिर के ऊपर लगा पँखा यदि नीचे गिरता है तो वो कृष्ण जी के सुदर्शन चक्र की तरह पूरे हाल की परिक्रमा कर घूमता हुआ नीचे आएगा या धम्म से ठीक वहीं नीचे गिरेगा ? या डिस्कस थ्रो-सा लहराकर झटके से कहीं और जाएगा ? हॉल के एंट्रेंस दरवाज़े की तरफ़ से तीसरे नंबर की खिड़की के टूटे काँच की डिज़ाइन अंग्रेज़ी के लैटर एन (N) की तरह दिख रही है। एन से याद आया अपने सीनियर नवीन रावत का अफ़ेयर तिवारी मैम की बेटी से है। तिवारी मैडम को भनक भी लगी तो

नवीन को फ़ेल करवा देगी। पक्का उसकी कॉपी में एन प्लस एस लिखा होगा। वैसे दोनों का लंबा चल नहीं पाएगा। टाइम पास वाला अफ़ेयर है इनका। शादी-वादी करने से रहे। यदि इस हाल में अभी टेररिस्ट अटैक हुआ तो क्या होगा? कुछ लोगों को तो मरना ही होगा। मैंने इस टेबल के पीछे छिपकर यदि एक भी टेररिस्ट की राइफ़ल छीन ली तो पूरा खेल बदल जाएगा। सबकी जान बचाने में सफल हो जाऊँगी। लोग मुझे सिर आँखों पर बैठा लेंगे, या हो सकता है मैं मरने की एक्टिंग करके लाश की तरह ज़मीन में पड़ी रहूँ और अपनी जान बचाने सफल हो जाऊँ। वैसे पीछे के दरवाज़े से भी भागा जा सकता है।'

तभी वसुधा ने सना पर तिरछी नज़र डाली। पिछले पाँच मिनट से सना शांत थी तो लगा शायद उसका मन लेक्चर सुनने में लग गया है। सना के दिमाग़ में लेक्चर के सिवाय पूरी दुनिया थी। वो अपने ही ख़यालों में गुम थी- सामने स्टेज पर रखे माइक के स्टील के डंडे पर लगी मेटल की पट्टी पर रा.कु. साउंड सर्विस लिखा है। रा.कु. का फ़ुल फ़ॉर्म क्या होगा? राज कुमार साउंड सर्विस, राजेश कुर्मी साउंड सर्विस, रामानंद कुलकर्णी साउंड सर्विस या राहुल कसेर साउंड सर्विस? ब्लैक बोर्ड पर रंगीन चॉक से लिखे `अभिनंदन-समारोह` के बीच में पीली चॉक से बना फूल गेंदे का है या सूरजमुखी का?

सामने की सीट पर बैठी रेवा बीच-बीच में हिक़ारत से पलटकर वसुधा को देखती। उसे इस बात की नाराज़गी थी कि वसुधा उसकी रूममेट होकर पूनम और सना के साथ बैठी है। वसुधा रेवा के साथ नहीं बैठी क्योंकि रेवा के साथ बैठने पर ना चाहते हुए भी वसुधा को वो सब कुछ एक कॉपी में नोट करना पड़ता, जो स्टेज पर बोला जा रहा था। रेवा को मुंबई जाकर एम.बी.ए. करना था, इसलिए ये नोट्स उसके काम के थे, मगर वसुधा के नहीं। तभी सेमिनार हॉल के दरवाज़े पर एम.कॉम. फ़ाइनल ईयर का सीनियर लड़का शेखर पँवार हाँफता हुआ आया, "मे आई कम इन सर।"

उसे देखते ही सना धीमी आवाज़ में गुनगुनाने लगी, "आइए आपका इंतज़ार था। देर लगी आने में तुमको शुक्र है फिर भी आए तो, आपने दिल का साथ न छोड़ा वैसे हम घबराए तो।"

हँसी रोकने के फेर में वसुधा और पूनम की आँखों से पानी गिरने लगा, दिमाग़ की नसें दुखने लगीं। मंच पर क्या चल रहा है, से उदासीन इन लड़कियों

के कानों को बीच-बीच में प्रेरक भाषण के कुछ-कुछ शब्द याद रहे- मार्केटिंग, शेयर, कंपनीज़, इनवेस्टमेंट, प्लेसमेंट, पैकेज, स्टार्टअप, करियर, स्पीकिंग स्किल। आख़िरी में मोटिवेशनल पंक्तियाँ सुनाई दीं, "एक पत्थर तो तबीयत से उछालो यारो... मेरा मक़सद हंगामा खड़ा करना नहीं... ख़ुदा ख़ुद बंदे से पूछे बता तेरी रज़ा क्या है... हौसलों से उड़ान होती है... अंत में मैं यही कहते हुए अपनी वाणी को विराम देता हूँ।" लेकिन उन्होंने वाणी को विराम नहीं दिया। वे अगले आधे घंटे और मोटिवेशन देते रहे, जिसकी रेवा के सिवाय किसी को ज़रूरत नहीं थी। सना अपने मुँह पर हाथ रखकर फिर फुसफुसाई, "मुझे मेरे भगवान की क़सम वाणी को विराम देता हूँ बोले पंद्रह मिनट से ज़्यादा हो गए हैं। कीर्ति को देख हर थोड़ी देर में नाक से मटेरियल निकालकर गोलियाँ बना रही है।" वसुधा ने अपने मुँह पर उँगली रख सना को चुप रहने कहा। आनंद बीच-बीच में पलटकर सना पर नज़र डालता। गोल-मटोल सना को उस ज्ञानी लड़के की कड़क नज़र की परवाह न थी। स्टेज में एक के बाद एक माइक पर चेहरे बदलते जा रहे थे। सभा के अंत में धन्यवाद ज्ञापन के लिए मिश्रा सर आए तो सबने राहत की साँस ली, मगर धन्यवाद ज्ञापन मुख्य भाषण से अधिक लंबा निकला।

सभी अतिथिगण जलपान के लिए सेमिनार के बाज़ू वाली क्लास में चले गए। वसुधा, पूनम और सना अभी भी पीछे वाली बेंच में हँसते-हँसते पागल हो रही थीं। सामने की सीट पर बैठा आनंद सीढ़ियाँ चढ़ता सबसे पीछे आ गया, "सना पीछे तेरा अलग ही सेमिनार चल रहा था न? सामने तक सब समझ आ रहा था।"

सना ने आँखें फाड़ दीं, "हाय रब्बा! खा भगवान क़सम? सामने तक सुनाई पड़ रहा था? सर लोग क्या सोचेंगे। अब जाने दे। वैसे भी मुकुल सर तो आए ही नहीं थे कि मेरा मन स्टेज में लगता। वो आए होते तो मैं टकटकी लगाकर सामने देखती।"

आनंद के जाने के बाद वसुधा ने सना को पास खींचा, "सना दुनिया जहाँ के लिए तू भविष्यवाणी करती है। कभी कहती है कि देखना जल्दी ही ऋचा का अफ़ेयर स्टार्ट होने वाला है, कभी बोलेती है देखना-देखना गीतेश अब विनीता को देखने पलटेगा, देख अब प्रवीणा भी वही ट्यूशन ज्वाइन करेगी जहाँ मनीष जा रहा है, एक महीने के भीतर इनका चक्कर शुरू हो जाएगा। अब बेटा तेरी भविष्यवाणी मैं कर रही हूँ। आनंद तुझे प्रपोज़ करने वाला है।"

सना ने अबूझा भाव दिया, "चल हट। तू ग़लत सोच रही है। हम दोनों बिलकुल अलग हैं। हम में कोई भी चीज़ कॉमन नहीं है। उसमें भी वो कहाँ टॉपर, हैंडसम, इंग्लिश में बात करने वाला ऑफ़िसर का बेटा। मैं पासिंग मार्क्स के साथ पास होने वाली।"

वसुधा मुस्कुराई, "कभी-कभी जैसा हम चाहकर भी नहीं बन सकते, वैसे लोगों के साथ बने रहकर अपनी वो इच्छा पूरी करते हैं। वो तेरे जैसा नहीं बन सकता इसलिए बहुत प्यार से तुझे देखता है। तुझे मालूम नहीं तू अपने आप में अकेला पीस है। दो अपोज़िट चीज़ का मिलना और बने रहना सबसे सुंदर बात होती है।"

सना ने वसुधा को सीट से खींचकर उठाया, "चल क्या तुझे अभी भी यहीं बैठना है। इस लंबे सेमिनार से मेरा सिर दुखने लगा। चल यार मेस में चाय का टाइम निकल गया होगा। आज कैंटीन में पी लेते हैं।"

9

बाहर से उजाड़ दिखते हॉस्टल की पुरानी बिल्डिंग के अलग-अलग कमरों के भीतर अलग-अलग ज़िंदगियाँ और उन अलग-अलग ज़िंदगियों की अलग-अलग कहानियाँ। हॉस्टल सालों से देखता आया है, सूटकेस लेकर घुसती नई लड़कियों और उन्हें छोड़ने आए पैरेंट्स के आँसुओं को। अब तो यह इमारत इतनी अभ्यस्त हो गई है बिछोह की पीड़ा की, कि इसका दिल नहीं भीगता इन आँसुओं की नमी से। हॉस्टल की फ़ितरत भी दुनिया जैसी है जहाँ हर साल पुराने चेहरे घटते और नए चेहरे जुड़ते हैं। सफ़ाई करने वाली गंगा दीदी बरसों से डस्टबिन से ख़ून सने सेनेटरी पैड बीनते हुए घिन से बड़बड़ाती हैं। सरस्वती दीदी लंबे-चौड़े कॉरीडोर को झाड़ते हुए फ़र्श पर फैले लड़कियों के लंबे बालों को समेटते-समेटते बताती हैं कि इन बालों को विग बनाने बेचा जा सकता है। बालाजी मंदिर में बालों का बहुत बड़ा बिज़नेस है। नाइट ड्यूटी वाले गार्ड भैया को रात में हॉस्टल के बाहर चक्कर काटने वाले लड़कों की वजह से शहर भर के लड़कों से नफ़रत हो चुकी है। हॉस्टल वार्डेन कश्यप मैडम एंट्री रूम में बैठी विजिटर्स रजिस्टर मेंटेन करने, लड़कियों के आने-जाने का समय नोट करने और टेलीफ़ोन अटैंड करने का काम करते हुए पूरी तरह पुलिसिया दिमाग़ की हो चुकी हैं। किस लड़की के लिए रोज़ फ़ोन आते हैं और फ़ोन पर हमेशा मर्दाना आवाज़ में कोई संदेहास्पद भाई का फ़ोन कमरा नंबर और लड़की का नाम बताकर बुलाने

के लिए कहता है। किस लड़की के लिए आने वाले फ़ोन में लड़की को बुलाने वाली आवाज़ तो महिला की होती है कि मैं उसकी बहन बोल रही हूँ या माँ बोल रही हूँ, मगर जब लड़की आकर फ़ोन पर बात करती है तो कश्यप मैम को समझ आ जाता कि इस नखरे और नज़ाकत से माँ से बात नहीं की जाती है। कश्यप मैम खा जाने वाली नज़रों से लड़की को घूरतीं। भला कौन लड़की अपनी माँ से चंद शब्दों हम्म्म, हाँ, नहीं, धत्त, बिलकुल नहीं के पूर्ण वाक्य कहती है। अब कौन लड़की बहन से बात करते वक़्त घड़ी-घड़ी मुस्काए, शरमाए और तिरछी नज़र कश्यप मैडम की ओर देखती हुई 'नहीं... अभी नहीं' बोलती है। हर चार दिन में कश्यप मैम हॉस्टल में मुनादी करवाती- अब मैं फ़ोन टैपिंग में डालूँगी और जिस नंबर से फ़ोन आया था उस फ़ोन नंबर पर कॉल बैक करूँगी। उस दिन के हफ़्ता भर बाद तक लड़कियों की माँ के फ़ोन आने बंद हो जाते। चार दिन पूरे हॉस्टल में हंगामा रहता कि फ़ोन टैपिंग पर है। हॉस्टल से आउट गोइंग फ़ोन करने की सुविधा नहीं थी। सिर्फ़ इनकमिंग था। लड़कियाँ हॉस्टल के बाहर पब्लिक बूथ से फ़ोन करती थीं।

इस हॉस्टल ने बरसों से देखा है न जाने कितनी ही लड़कियों को छुट्टी लेकर शादी करने घर जाते। शादी के बाद ये हॉस्टल लौटती हैं—आख़िरी के कुछ महीने एग्ज़ाम के काटने लकदक करती लाल चूड़े, झनकती पायल, आँखों में लाल डोरों के काजल लगाए। कश्यप मैडम के कमरे में जब फ़ोन आता इन नई नवेली दुल्हन के लिए तो मैडम का मिज़ाज बिलकुल बदल जाता। इनके लिए आने वाले फ़ोन पर जब चंद हफ़्ते पहले का दूल्हा नव ब्याहता पत्नी का नाम बताकर बुलवाता तो कश्यप मैडम की आवाज़ में वो मिठास होती जैसे उनका ही दामाद बात कर रहा है। जब तक लड़की फ़ोन पर बतियाती, कश्यप मैडम कमरे से बाहर निकल जाती।

इसी हॉस्टल की दीवारों ने सुना है दुखों का पहाड़ बनकर आने वाले वो फ़ोन कॉल जब घर से आई किसी बुरी ख़बर के आने के बाद बिलखती हुई घर जाती हैं बदहवास लड़कियाँ। इन ख़ामोश दीवारों के पास हैं सुख-दुख की अनगिनत कहानियाँ। इतने सालों बाद हॉस्टल के लिए अब कोई भी कहानी नई नहीं है... अब हर कहानी यहाँ पर सिर्फ़ दोहराई जा रही है। जैसे मौसम बारंबार ख़ुद को दोहराते हैं, मगर इस बरस की बारिश पिछले साल की बारिश नहीं है। हाल गुज़रती ठंड कभी नहीं लौटेगी। वो विदा लेगी हमेशा के लिए। हॉस्टल के अलग-अलग

कमरों में हादसे, पीड़ा, प्रेम मात्र दोहराव है इंसानों की दुनिया का। वे दर्द बार-बार लौटते हैं मगर हर बार चेहरे बदल जाते हैं। ठंड धीरे-धीरे कम होती जाती है, बसंत को जगह देने के लिए। फिर गुज़र जाता है हौले से जाड़ों का मौसम। जैसे ठंड, बारिश, गर्मी रातो-रात नहीं जाती। घटते-घटते क्रमशः लुप्त हो जाते हैं मौसम के मिज़ाज नई रुत की आवक को राह देने। ऐसे ही जीवन से प्रेम, दुःख एकाएक ख़त्म नहीं होता। फीका पड़ता है हर भाव धीरे-धीरे। अपने परिवार से दूर यहाँ रहते हुए कभी किसी लड़की के मन में प्रेम अंकुरित हुआ भी तो अपने घर लौटते हुए वो दफ़ना जाती है उस तरुण अनुराग को इसी हॉस्टल कैंपस में। यहाँ के कमरों, मेस, गलियारों, हवा और आसमान के लिए कोई भी क़िस्सा, राग-अनुराग या मौसम नया नहीं है। कोई भी दुःख यहाँ पहली बार अवतरित नहीं या कोई भी लगाव यहाँ पहली बार प्रकट नहीं हुआ। हॉस्टल ने देखे हैं पहले भी कितनी ही स्नेहिल आँखों के रतजगे। किसी भी पीड़ा का अन्वेषण हाल-फ़िलहाल नहीं हुआ। हॉस्टल के बाहर की दुनिया में भी लोग बहुत कुछ भुगत रहे हैं और बहुत कुछ भोग चुके हैं। ये दुख, दर्द, प्रेम, घृणा पहले भी कई शरीरों को पहन-ओढ़ चुके हैं। ये सब उतरन है कई बदन से होकर आई। आज रात भी हॉस्टल के किसी कमरे में किसी तकिए पर सावन बरस रहा होगा। किसी कमरे में एक उदास मन जेठ की वीरान दोपहर-सा बिस्तर पर चुप लेटा कमरे की छत को देर तक ताकता होगा। कहीं पूस की शीत का पाला किसी चेहरे पर पड़ रहा होगा। जाने कितनी तकलीफ़ों से कौन, कब, कहाँ गुज़रता है।

लंबे गलियारे में थोड़ी-थोड़ी दूर पर दरवाज़ों पर लिखा कमरा नंबर। बंद दरवाज़े के भीतर रहने वाले की मनःस्थिति उस कमरे से बाहर आते गानों की आवाज़ से समझ आती है। एक कमरे में गाना बज रहा था- अपनी शादी के दिन अब नहीं दूर हैं। अगले दिन कहीं बज रहा था- किसका रास्ता देखे, ऐ दिल ऐ सौदाई। हॉस्टल के मेस में रोटियों का इंतज़ार हो या नहाने के लिए बाथरूम के बंद दरवाज़े के आस-पास मँडराते हुए बाथरूम ख़ाली होने की प्रतीक्षा, छात्राओं में ख़ामोश सब्र दिखता है। पहले दिन हॉस्टल के कमरे में सूटकेस के साथ घुसने वाली छात्रा की मुलाक़ात होती है, यहाँ से जा चुकी अनुपस्थित सीनियर लड़की से—उसकी छोड़ी निशानियों के मार्फ़त। नई आई छात्रा देखती है अलमारी पर चिपके स्टिकर, दीवार पर लटके कैलेंडर पर टिक के निशान, दरवाज़े के पीछे ठुके हैंगर पर कुछ पुराने हेयरबैंड। कौन और कैसी होगी वो लड़की जिसका नाम

खिड़की के पल्ले पर युविका लिखा है? एक अनदेखे व्यक्ति से बन जाता है अजनबी रिश्ता। अलग-अलग समय में इस कमरे के रहवासी होने का राब्ता। आने वाले सालों में यहाँ ख़ून के रिश्तों से ज़्यादा गाढ़े रिश्ते बनते हैं, ताउम्र न भूल सकने वाली यादें बनती हैं। दोस्तों के परिवार से बिना मिले ही उनके परिवार को भी अपना लिया जाता है। कमरे में एक बेड, टेबल, कुर्सी और एक कोने में रखी बाल्टी-मग्गा कुल-जमा यही गृहस्थी। संडे के दिन मिलने वाला स्पेशल खाना बड़ी उपलब्धि होता है। लंबी गप्पें होती हैं, हालिया रिलीज़ फ़िल्म, फ़ैशन, कॉलेज में किसका अफ़ेयर किसके साथ, दूसरे कमरे के लड़ाई-झगड़े और भूतों के विषय पर। कभी-कभी दो लोगों में तीखी बहस और बातचीत बंद। यहाँ हुड़दंग भी है, लाइट चले जाने पर अंधेरे में चीख़ने-चिल्लाने के तमाशे और हॉस्टल वार्डन की आख़िरी हिदायत वाली धमकी भी है। हॉस्टल में दोस्त नहीं बनते हैं, बहनें बनती हैं। सीमित पैसों में भी दोस्तों की मदद करना और नहीं जताना। जिस कमरे में नाश्ता मिलने की उम्मीद हो वहाँ बिना काम घुस जाना। कपड़े-लत्ते, क्रीम-पॉवडर, बाइक-साइकल सब माँगे और दिए जाते हैं, चाहे ख़ुशी-ख़ुशी, चाहे मन-मसोसकर। हॉस्टल के ये दोस्त बवाल करते हैं, कांड में फँसाते हैं, रायता फैलाते हैं, फिर ख़ुद ही रायता समेटते और समाधान निकालते हैं।

कुछ सालों बाद हॉस्टल के आख़िरी दिन कमरे को छोड़ते हुए वो भी अनजाने में कुछ स्मृति चिन्ह छोड़ जाते हैं—इस कमरे में पहले रहने वालों की तरह। हॉस्टल छोड़कर जाते हुए वो पल भी आता है जब अलमारियों से सारा सामान निकालकर सूटकेस में वापस भरा जाता है। जब आख़िरी बार इस कमरे से बाहर निकलते हैं, जब कपड़ा प्रेस करने वाली आयरन बाज़ू के कमरे वालों में से किसी को और मैगी बनाने हीटर किसी को बाँट दिया जाता है। आख़िरी बार मेस की तरफ देखते हैं, अंतिम दफ़ा परिचित गलियारे से होते हुए बाहर आते हैं। दूसरे कमरे में रहने वाले दोस्तों, जूनियर, गार्ड, वार्डन सबको अलविदा। गुज़रते हैं उस ठेले के सामने से जहाँ दोस्तों के साथ अनगिनत समोसा पार्टी की थीं। बहुत प्यारे से रिश्तों और इस बेफ़िक्र ज़िंदगी को हमेशा के लिए छोड़, गुम हो जाते हैं दुनिया की भीड़ में, एक झूठे वादे के साथ कि—मिलते रहेंगे, उस दुनिया में जहाँ बहुत झमेले हैं। नौकरी, घर के इंस्टॉलमेंट, गृहस्थी के ख़र्चे, रिश्तेदारी के तनाव के जाल से वो हॉस्टल वाली दुनिया, जान छिड़कने वाले दोस्त धूमिल पड़ने लगते हैं।

हॉस्टल अपने आप में एक पूरी दुनिया है। हॉस्टल की ये इमारत भी हर सुबह अँगड़ाई लेती हुई जागती है, जहाँ मेस से आती बर्तनों की खड़खड़ से चाय-नाश्ते का टाइम हो गया, की ख़बर होती है। बदरंग खिड़कियों पर सुबह की धूप रेंगने लगती है। हर रात यहाँ की दीवारें लट्टुओं की पीली मद्धिम रौशनी में ऊँघती-सी लगती हैं। हर कमरे की ज़िंदगी और समस्याएँ अलग हैं। ये दुनिया भी तो एक हॉस्टल ही है जहाँ पुराने लोग नए आने वालों के लिए जगह छोड़ देते हैं, जहाँ हम रिश्ते बनाते हैं, लोगों से मिलते-बिछड़ते हैं और जहाँ हम अपनी-अपनी उम्र का कोर्स पूरा होते ही सबका मोह छोड़कर दूर चले जाते हैं। हॉस्टल की दीवारें कहती हैं कि मौसम, प्रेम, दुःख, विरह, क्षोभ, छल ही यहाँ के स्थाई निवासी हैं। लड़कियाँ तो केवल राहगीर हैं जिन्हें यहाँ से बस गुज़रना है। हॉस्टल कहता है, मैं सड़क हूँ जिसे कहीं नहीं जाना है। रिश्ता हो या इमारत, यदि राब्ता अस्थाई हो तो एक समय बाद उपेक्षित हो ही जाता है।

10

आज वसुधा अपने कमरे में बैठी बालों में तेल लगा रही थी, तभी दरवाज़े के बाहर देखा कि पूनम उसे इशारे से बुला रही है। वसुधा को जल्दी आने के लिए कहकर पूनम वहाँ से फुर्ती से हट गई। वसुधा ने रेवा पर नज़र डाली कि उसने पूनम को देखा तो नहीं? रेवा को हमेशा ये अपमानजनक लगता था कि पूनम और सना उसे शामिल नहीं करना चाहते हैं इसलिए छिपकर वसुधा को बुलाते हैं। रेवा जानती थी कि वे रूम में भी वसुधा के लिए ही आते हैं। रेवा की दिक़्क़त ये थी कि उसे सभी से दिक़्क़त थी। भूले-भटके कभी मंदिर जाने भी चारों एक साथ निकलते, तो रेवा शुरुआत के दस मिनट ख़ुश हूँ, दिखने के दबाव में फ़िजूल के ठहाके लगाती रहती। मुझे भी दोस्त बनाना आता है, जताने लगातार बात करती, लेकिन ज़रा देर बाद दबाव बनाकर सभी को अपनी मर्ज़ी से चलाती, "अरे यार! बहुत भीड़ है। जाने तुम लोग इन बदबू मारती भीड़ में घुस कैसे जाते हो। मैं तो दूर से प्रणाम करती हूँ। क्या मिला मंदिर आकर।"वो लगातार पूनम और सना को भी नियंत्रित करने की कोशिश करती, जिससे वो दोनों ही क्या सभी लड़कियाँ उससे दूर रहना पसंद करतीं और लोग उससे दूरी चाहते हैं, ये बात रेवा को उदास करती थी।

वसुधा को हॉस्टल में इतने सारे लोगों के साथ रहते-रहते एक बात बड़ी अच्छी तरह समझ आ गई थी कि हर इंसान अलग स्वभाव का है और किसी का भी मूल

स्वभाव नहीं बदला जा सकता। यदि हम किसी पर बदलने का दबाव बना रहे हैं तो वो उसकी बुनियाद से अलग है। बदलने का दबाव बनाने से रिश्तों में तनाव आएगा। संबंधों की गरिमा बनाए रखने के लिए ज़रूरी है किसी को बदले बिना, वैसा ही स्वीकार कर लें और यदि वैसा स्वीकार करने में हमें बहुत तकलीफ़ है तो उससे दूर हो जाएँ। इतने छोटे जीवन में किसी और को बदलने का तनाव देना या किसी और के लिए ख़ुद को बदलने की तकलीफ़ सहने की बजाए अपने जैसे लोगों के साथ रहकर सफ़र को आसान बना लो। मुझे वर्धा में रहते तक ये बात समझ नहीं आई थी। जो मेरे जैसे स्वभाव के नहीं थे उन्हें मैं हमेशा अजीब समझती थी। आज ये समझ आता है कि शायद रेवा को हम तीनों अजीब लगते होंगे। वो हमें नीरस, स्वार्थी लगती है और उसे हम तीनों बिलो स्टैंडर्ड और फूहड़।

वसुधा ने तेल लगे बालों का जूड़ा बाँधा और स्लीपर पहनते हुए रेवा को बता दिया, "सुन ना मैं बाज़ू वाले रूम में जाकर नोट्स कंप्लीट कर लेती हूँ।"

रेवा ने अकाउंट्स बनाते हुए रजिस्टर से बिना सिर उठाए ही कहा, "जा जा, दौड़। पूनम तुझे कोई सीक्रेट बताने वाली है। देख चुकी हूँ उसे कमरे के बाहर से इशारे करके तुझे बुलाते।"

रूम नंबर 203 में घुसते ही वसुधा ने दरवाज़ा बंद किया, "तुम लोगों के पास सुनाने के लिए पक्का कोई बड़ी बात है। पूनम की शक्ल देखकर मैं बता सकती हूँ।"

सना हँसने लगी, "आज मैंने पूनम को बुलाने भेजा। मैं सोची रेवा मुझे देखकर फिर अपना छटाक भर ख़ून ना जला ले। पूनम तो अकेले में ही मुझे कोई बड़ी न्यूज़ देने वाली थी। मैंने कहा नहीं पहले त्रिमूर्ति में एक कम है उसको भी बुला लिया जाए। अब पूनम की वो एटम बम ख़बर क्या है वो तो सुनकर ही मालूम होगा। पूनम तो फ़ालतू बातों को भी ब्लॉक बस्टर बताती रहती है। मान ले यदि सरस्वती दीदी ने आज कमरे का पोंछा नहीं किया तो इस बात को भी पूनम ऐसे बताएगी- सुन आज की बड़ी हिट न्यूज़ देती हूँ। सरस्वती दीदी ने आज पोंछा नहीं किया। चल पूनम बता तेरे पास कौन-सा एटम बम है फोड़ने को।"

पूनम ने सना की बातों को अनसुना करते हुए आँखें फाड़ीं, "सुन ना ऊपर वाले फ़्लोर में तुमसर से एक सीनियर लड़की आई है न वंदना, वो कल रात हॉस्टल से ग़ायब थी। किसी से उसने रजिस्टर में लौटने की एंट्री चढ़वा दी थी। पक्का

बॉयफ्रेंड के साथ होगी।"

वसुधा चौंकी, "अबे ओए! वो वंदना तो लेस्बियन है। पहले सबको शक था। बाई गॉड! उसको प्रिया को लिप किस करते मैंने ख़ुद ने देखा है। मैं उनके रूम पर चार्ट पूछने गई थी। दोनों एक बेड में लगे पड़े थे। मेरे को देखते ही अलग हो गए। मैं उस दर्दनाक सीन को देखने के बाद भूल गई कि उनके रूम में किस काम से गई थी। मालूम मैंने जाकर क्या पूछा? मैंने पूछा, सना को देखे क्या दीदी। मुझे आज ही अंकिता बता रही थी कि हर गर्ल्स हॉस्टल में एक नमूना ऐसा होता ही है। इन लोगों को साइकोलॉजिकल ट्रीटमेंट की ज़रूरत होती है। वंदना को हॉस्टल से ग़ायब होने की क्या ज़रूरत है। उसका अफ़ेयर तो यहीं हॉस्टल में प्रिया से चल रहा है।"

सना ने वसुधा को झिड़का, "यार वसुधा ऐसा मत बोल। वंदना दीदी यदि लेसबियन है तो भी कोई फ़र्क़ नहीं पड़ता। पूरे हॉस्टल में सबसे अच्छा नेचर है वंदना दीदी का और लेसबियंस को कोई ट्रीटमेंट की ज़रूरत नहीं होती बे। यदि ज़्यादातर लोग एक जैसा सोचते हैं तो कुछ लोग जो उनसे अलग सोचने वालों को ट्रीटमेंट की ज़रूरत है? दुनिया अंडरवियर के भीतर देखकर डिसाइड करती है कि कौन लड़का है या लड़की। मन के अंदर झाँकने का साहस या फ़ुर्सत किसी को नहीं है। जेंडर पेंटी के भीतर नहीं बल्कि मन के भीतर है। हम तीनों ख़ुद को बॉडी की वजह से नहीं, मन की वजह से फ़ीमेल फ़ील करते हैं। हमारा बॉडी और मन का जेंडर सेम है। एक बार इमेजीन कर कि अभी के अभी तेरी बॉडी एक लड़के की हो जाए तो तुझे अपनी बॉडी से कितनी घिन होगी, क्योंकि तेरा मन ख़ुद को फ़ीमेल मानता है। तू फिर उस शख़्स के क़रीब होगी जो तेरी मर्दाना बॉडी को इगनोर करके तुझे एक लड़की की तरह ट्रीट कर रहा है। वो इंसान तू ख़ुद को जो मानती है बिलकुल वही तुझे फ़ील करा रहा है। मतलब वो तेरा मन पढ़ रहा है। तुम दोनों का अफ़ेयर आराम से स्टार्ट हो सकता है क्योंकि वो लड़का तुझे लड़की मान रहा है, लेकिन फिर तुम दोनों दुनिया की नज़र में गे हो जाओगे। यार लोग समझते क्यों नहीं अच्छा लगना सबसे ज़रूरी बात है। मन मारकर जीना मौत से ज़्यादा दर्दनाक है। ये धरती सबकी है। मन शरीर की दीवार के पीछे छिपा है और वो क्या फ़ील करें, ये दुनिया नहीं डिसाइड कर सकती। हम अपने से अलग फ़ील करने वालों की फ़ीलिंग्स की रिस्पेक्ट क्यों नहीं करते?"

पूनम ने वसुधा को चुप देख बीच-बचाव किया, "यार वसुधा वंदना दीदी को

बुरा थोड़ी न बोल रही है। हम लोगों को भी वो बहुत पसंद हैं। मालूम है तेरी उनसे बहुत जमती है। तू तो एकदम से मोर्चा खोल ली। हर हॉस्टल में ऐसा कपल होता ही है। ये बात नार्मल तो नहीं है, तो हम उनकी बात तो करेंगे ही। हम कौन उन्हें बुरा बोल रहे हैं।"

सना झुँझला गई, "बार-बार मत बोलो, ये नार्मल नहीं है। ये बात दिल से निकाल क्यों नहीं देते। ऐसा सोचने वालों की वजह से लेसबियन या गे लोगों के ऊपर दबाव बनता है कि हम एबनार्मल हैं। उन्हें सेक्सुअलिटी छिपानी पड़ती है। उन्हें एबनार्मल होने का गिल्ट होता है या लगता है कि अपनी फ़ैमिली के लिए वो शर्मिंदगी भरा क्रिएचर हैं। तुझे पता है देवास का एक लड़का ख़ुद को बिलकुल लड़की फ़ील करता था। उसकी शादी ज़बरदस्ती लड़की से कराई गई ताकि सो कॉल्ड नार्मल सोसाइटी में उसे जोड़ा जाए। ये समझ ले, उस बेचारे लड़के को अपनी बीवी से कैसे कोई फ़ीलिंग आएगी? जैसे तुझे मेरे साथ सुहाग रात मनाने बोल दें। उसे अपनी वाइफ़ को छूने का मन ही नहीं हुआ। वो वाइफ़ को बोला हम बहुत अच्छे फ्रेंड्स की तरह रह सकते हैं। मुझे अपनी सहेली की तरह लो। लड़की चार दिन में वापस लौट गई। क्या ज़रूरत थी उस लड़के की ज़बरदस्ती शादी कराने की?"

वसुधा ने सना को टोका, "तू क्या कहना चाह रही है? हम वंदना दीदी और प्रिया जैसे लोगों को समझ नहीं पाते?"

सना की आवाज़ में नरमाई आ गई, "यार तू समझ कि गे और लेसबियन को पार्टनर बहुत मुश्किल से मिलते हैं, क्योंकि इस दुनिया में मन के भीतर कितने ही लोग झाँक पाते हैं? वंदना दीदी अपनी लड़की की बॉडी के साथ कंफ़र्टेबल ही नहीं हैं। देखती नहीं, हर समय जींस, ढीली टी शर्ट, एकदम छोटे बाल, लड़कों वाले जूते। वो इशारों में अपने भीतर के पुरुष को दुनिया से मिलाना चाहती है। वंदना दीदी में इतनी हिम्मत तो है कि वो इशारों में जताना चाहती है। जो मज़ाक़ बनने के डर से अपनी पहचान छिपाकर जी रहे हैं वो दबाव में साइको हो जाते हैं। यार भगवान यदि बॉडी में मेल और फ़ीमेल का कुछ मिसिंग कर दे तो ऐसे बच्चों को जन्म के बाद माँ-बाप ही सड़कों पर ताली बजाकर भीख माँगने छोड़ देते हैं। किसी की बॉडी कंप्लीट नहीं है या किसी का मन उसकी बॉडी के मुताबिक़ नहीं है तो माँ-बाप, सोसाइटी सब मिलकर उसको बुली करते हैं। ये जो हम इतनी देर

से उनके बारे में बात कर रहे हैं, ये भी तो एक तरीक़े से उन्हें एबनार्मल मानना है। इंसान असल में बॉडी नहीं, फ़ीलिंग्स का नाम है। अपने मन के मुताबिक़ हर कोई जेंडर चेंज का महँगा ऑपरेशन नहीं करा सकता शरीर बदलने। ईश्वर को धन्यवाद कर कि हम सोसाइटी के नार्म्स से दिमाग़ और शरीर के सही असेंबलिंग में हैं। प्रिया ने वंदना दीदी को वैसे अपनाया, जैसा वो चाहती थी। एक-दूसरे की फ़ीलिंग्स को रिस्पेक्ट देना इससे ज़्यादा किसी रिश्ते में ख़ुश रहने और क्या चाहिए? हो सकता है वंदना दीदी और प्रिया एक मेल-फ़ीमेल से ज़्यादा अच्छे पार्टनर हों।"

थोड़ी देर के लिए रूम नंबर 203 में तीनों लड़कियों के बीच तनाव भरी चुप्पी थी। वसुधा को सना आज पराई-सी लग रही थी।

क्या हम क़रीबियों के बीच असहमत होने से दूरी महसूस करते है? क्या हमारा ईगो असहमति को स्वीकारने तैयार नहीं होता। या फिर तर्कों का जवाब नहीं होने पर हम ख़ुद को पराजित महसूस करते हैं? वसुधा को लगा जैसे सना ने पूनम के आगे उसे नेरो माइंडेड कैटेगरी में रखकर नीचा दिखा दिया।

तभी पूनम को जैसे याद आया, "यार सना तेरी कही बात सही है। बहुत दिन हुए न्यूज़ पेपर में पढ़ी थी कि एक पंद्रह साल का लड़का थोड़ा-सा गर्लिश लगता था। उसके साथ के सब लड़कों की गर्लफ्रेंड्स बननी शुरू हो गई थीं, लेकिन वो रूम बंद कर अपनी बहन के कपड़े पहनता और शेविंग करके मेकअप करता था। उसकी माँ ने एक बार उसे लिपिस्टिक लगाए देख लिया तो उसने अपनी माँ को बताया कि वो ख़ुद को लड़की ही मानता है और दीदी की तरह लंबे बाल रखना चाहता है। लड़के के पिता की एक रोड एक्सीडेंट में डेथ हो चुकी थी। माँ को लगा कि उसने बेटे की परवरिश सही नहीं की है। माँ ने बिना किसी को कुछ बताए सोसाइड कर लिया लेकिन आत्महत्या का कारण नहीं लिखा, क्योंकि बेटे को बदनाम नहीं करना चाहती थी। बेटा जानता था कि हफ़्ता भर पहले माँ को बताया था कि मैं ख़ुद को लड़की मानता हूँ और तब से माँ एकदम चुप थी। सिर्फ़ बेटा ही माँ की मौत की असल वजह जानता था। बेटे ने ख़ुद को अपनी माँ की मौत का ज़िम्मेदार माना और सदमे में सोसाइड कर लिया, पर मरने से पहले माँ और अपने सोसाइड का कारण लैटर में लिख दिया। वसुधा सच बता रही हूँ, इस न्यूज़ को पढ़ने के बाद इतना दुख हुआ मेरे को। मतलब वो लड़का, उसने दुनिया छोड़ दी यार। मैं कहती हूँ छोड़ दो ऐसी सोसाइटी, ऐसा देश, ऐसा परिवार, मगर अपनी

जान मत दो। बच्चे का आउटर लूक सोसाइटी के हिसाब का होना चाहिए, नहीं तो पैरेंट्स शर्मिंदा होते हैं। ऐसे भी पैरेंट्स हैं जो अपने हैंडीकैप बच्चों से शर्मिंदगी महसूस करते हैं और अनाथ आश्रम में छोड़ देते हैं। मुझे दया आती है उन बच्चों पर जिनके स्वार्थी माँ-बाप ने बच्चों से ज़्यादा अपनी इमेज को तवज्जो दी। ये इनकी कौन-सी कमज़ोर इज़्ज़त है जो बात-बात पर लुटती है। बच्चे से ज़्यादा क़ीमती इनकी इज़्ज़त? विदेशों में कितने ही लोग हैं जो अपंग बच्चों को गोद लेते हैं, ताकि उनकी सेवा कर सकें। हमारे यहाँ तो अपनी सेवा कराने बच्चे पैदा करते हैं तो अपंग बच्चा गोद लेने जैसी बातें ही कहाँ।"

दो पल चुप रहने के बाद सना ने फिर कहा, "प्रिया की किसी-न-किसी लड़के से शादी कर दी जाएगी और वंदना दीदी जिस मर्दाना तरीक़े से पहनती-ओढ़ती है, उनसे शायद ही कोई लड़का शादी करेगा। इस हॉस्टल से जाने के बाद दोनों ज़िंदगी भर अधूरे जिएँगे। दो कौड़ी की दुनिया के पीछे हीरे-सी अनमोल ज़िंदगी मिट्टी के मोल बिक जाती है और इस फ़टीचर दुनिया को फ़र्क़ नहीं पड़ता।"

पूनम और वसुधा चुप सुन रहे थे। तभी जैसे वसुधा को कुछ याद आया, "चल चलती हूँ यार। रेवा को हल्का फ़ीवर है। शायद खाना नहीं खाएगी। सरस्वती दीदी से बोलकर उसके लिए दलिया बनवा लेती हूँ।"

सना ने हँसते हुए पूछा, "तेरी रेवा को कब से बुख़ार है? उस दिन सेमिनार में आनंद के बाज़ू में बैठने से तो नहीं हो गया। आनंद इतना हॉट बंदा है यार किसी को भी फ़ीवर हो जाए।"

वसुधा ने बताया, "कल से फ़ीवर है। तू इतना हँस क्यों रही है लेकिन?"

सना अपनी हँसी नहीं रोक पा रही थी, "एक बात बताऊँगी तो तू ग़ुस्सा मत होना प्लीज़। मैंने कल टेलीफ़ोन बूथ से हॉस्टल में फ़ोन किया। कश्यप मैम मेरी आवाज़ नहीं पहचान पाईं। मैंने कहा रूम नंबर 204 की रेवा की मम्मी बोल रही हूँ, बात करा दीजिए। रेवा जब फ़ोन पर आई तो मैंने कहा कि मेरा भाई आपके कॉलेज में पढ़ता है। वो आपको बहुत लाइक करता है, लेकिन आपको बताने की हिम्मत नहीं कर पाया। कल आप यलो सूट पहनकर आई थी न? उसने बताया, आप पर बहुत सूट कर रहा था। रेवा ने मुझे सुपरफ़ास्ट गालियाँ देकर फ़ोन काट दिया। हा हा हा।"

वसुधा झुँझला गई, "सना ये सब करके तुझे क्या मिला? टेंशन में उसकी

तबीयत ख़राब हो गई।"

"यार वो बौखलाई घूमती है मुंबई या अहमदाबाद में एम.बी.ए. एडमिशन के लिए। बेचारी को वैसा चिड़चिड़ा उसके पापा-मम्मी ने बना दिया। कश्यप मैम बता रही थीं कि रेवा के घर से फ़ोन आता है तो सिर्फ़ कैरियर, एग्ज़ाम, पर्सेंटेज, एंट्रेंस फ़ॉर्म और कॉम्पटीशन की ही बात होती है। रेवा के यहाँ लाइफ़ को लाइटली नहीं लेते शायद। ज़िंदगी एक जंग है और तुम एक सिपाही। रेवा बेटी परचम लहराना है तो शत्रु पर नज़र रखो।' बेचारी रेवा रानी ज़िंदगी से महरूम हर किसी को अपना दुश्मन समझती है, क्योंकि यही लोग रेवा को कुचलेंगे। वो हँसी-मज़ाक़ करने वालों को हिक़ारत से देखती है। मानो कि हम जैसे लोग अपना क़ीमती जीवन बर्बाद कर रहे मूर्ख हैं। मान ले मैं किसी के साथ हँस रही हूँ और वो मुझे देख ले तो मैं गिल्ट में आ जाती हूँ। उसको देखते ही हँसना भूल जाती हूँ। मैं रेवा से जितना डरती हूँ इतना तो अपने पापा से नहीं डरती यार।"

वसुधा ने रेवा का पक्ष रखा, "वो मन की बुरी नहीं है सना। वो इतना सिस्टमेटिक जीना चाहती है कि सब कुछ परफ़ेक्ट टाइमिंग में हो जाए। प्राबल्म प्रूफ़, प्लांड लाइफ़। बेतरतीब जीने वाले लोग उसे चीप लगते हैं।"

सना किसी भी हाल में इस तर्क से सहमत नहीं थी, "कौन जानता है यार, मान ले मैं इस धरती पर सिर्फ़ पच्चीस साल तक की ही लाइफ़ लेकर आई हूँ तो? ज़िंदगी को बिताते हुए भी हर पल को जीते चलना ज़रूरी है। जीवन का पूरा रस निचोड़कर फ़्यूचर के लिए जमा करने के बाद मिला रिज़ल्ट भी बुरादा है... सिठ्ठा बुरादा। अपने यहाँ के आनंद रॉय को देख ले। लाइफ़ एंजॉय करते हुए पढ़ रहा है। एग्ज़ाम के कुछ हफ़्तों या महीनों के लिए दोस्तों से दूरी समझ आती है। रेवा सोचती है कि गर्मियों की छुट्टी के एक दो महीने कनेक्टेड रहूँगी और फिर उन्हें साल भर के लिए फिर छोड़ दूँगी। दुनिया तुम्हारे लिए, तुम्हारी मर्ज़ी के हिसाब से क्यों अवैलेबल रहे? रेवा पर दया आती है, क्योंकि उसे लगता है कि लोग उसे पसंद नहीं करते। मुझे लगा था कि मैं ऐसे ही लड़का बनकर एक रेंडम कॉल करूँगी और कोई लड़का तुम्हें पसंद करता है, बताऊँगी तो उसे अच्छा फ़ील होगा। मैं तुम दोनों के हाथ जोड़ती हूँ ये लेक्चर मत देना किसी को प्रेम करने से कैरेक्टर ख़राब होता है, माँ-बाप के साथ धोखा देना होता है।"

वसुधा को हँसी आ गई, "सुन तू ये समाज सेवा का काम बंद कर और रेवा

की चिंता छोड़। उसको पढ़ने में ही मज़ा आता है।"

सना फिर हँसने लगी, "पढ़ाई इतनी मज़ेदार होती न तो एग्ज़ाम पास करने के बाद भी लोग बार-बार कोर्स की किताबें पढ़ते। पढ़ाई ज़रूरी चीज़ है मगर एंटरटेनिंग नहीं। कम-से-कम इंडिया का एजुकेशन ऐसा है कि लाइफ़ में दुबारा काम नहीं आता। नाचना, खेलना, म्यूज़िक सुनना, पेंटिंग करना मज़ेदार चीज़ है, इसलिए हम बार-बार करते हैं। एग्ज़ाम के बाद बार-बार क्यों नहीं पढ़ते। पढ़ाई किसी की लाइफ़ का पैशन नहीं हो सकती, क्योंकि ये क्रिएटिव नहीं है, आप कोई नया इन्वेंशन नहीं कर रहे। कोई लिखकर मर गया, उसे पढ़ो और एग्ज़ाम में उतार कर आ जाओ। ज़्यादातर लोग सिर्फ़ नौकरी के लिए पढ़ते हैं, न कि पैशन के लिए। मुझे भी तो ये बी.कॉम. का एग्ज़ाम सिर्फ़ डिग्री के लिए देना है।"

वसुधा को सना हमेशा सही क्यों लगती है? शायद वो हमेशा सही होती है। वसुधा पास पड़ी तकिया में कोहनी टिका अधलेटी हो गई, "सना तू पढ़ना नहीं चाहती तो क्या करना चाहती है?"

सना ने गोद में पड़े तकिए को साइड में रखा, "हो सकता है आगे चलकर मुझे समझ आए कि मैं लाइफ़ में क्या करना चाहती हूँ। ज़रूरी है क्या कि हर चीज़ की प्लानिंग आज ही पंचवर्षीय योजना की तरह तय कर ली जाए? ज़िंदगी भी तो कुछ प्लान करके बैठती है। बहुत प्लांड जीने वाले लोग अक्सर डिप्रेस रहते हैं, क्योंकि प्लान हर बार कामयाब नहीं होते। सुना नहीं है क्या कि पास्ट को सोचते रहने वाले दुखी और फ़्यूचर को सोचने वाले को एंग्ज़ायटी होती है, मतलब दोनों टाइप के लोग दुखी रहते हैं। रेवा फ़्यूचर को सोचकर टेंस्ड और पूनम बचपन के अकेलेपन को सोचकर दुखी रहती है। यार ज़िंदगी को बहने दो और प्रेज़ेंट को एंजॉय करो। सिर्फ़ माँ-बाप के लिए अपना प्रेम साबित करने किताबों में अपना दिमाग़, ख़ून-पसीना, हँसी नहीं निचोड़ सकती। मेरे माँ-बाप जानते हैं कि मैं उन्हें बहुत प्यार करती हूँ। एग्ज़ाम के नंबर मेरा प्यार साबित नहीं करेंगे। पास हो जाऊँगी इतना मालूम है।"

वसुधा ने हँसते हुए चेताया, "सुन तू अब रेवा को कभी फ़ोन मत करना।"

सना ने हाथ जोड़कर आश्वस्त किया, "अरे नहीं बाबा। देखना तेरी रेवा जीवन में पैसे बहुत कमाएगी, क्योंकि पैसे के लिए ही वो अपनी ज़िंदगी के सारे रस निचोड़ रही है तो वो पैसा तो आएगा ही उसके पास। लेकिन बंदी इतनी फ़ोकस्ड

है कि इमोशनलेस हो चुकी है। ख़ुश रहने के लिए इमोशनल होना बहुत ज़रूरी है और सबसे बड़ी मुश्किल ये है कि रेवा आगे चलकर इमोशन की कोचिंग नहीं ले सकती। उसके पैरेंट्स ने माहौल नहीं दिया कि वो लोगों की क़द्र करे या दूसरों की फ़ीलिंग्स के लिए सेंसिटिव होना सीख पाए। वो हर उस इंसान को घृणा से देखती है जो पढ़ने में कमज़ोर है। इंसान को तौलने का इतना हल्का तराज़ू माँ-बाप ने ही थमाया है। आगे चलकर सभी को पैसे के स्केल में नापेगी। अभी उसका है सिर्फ़ वही रेस्पेक्टेबल है जो पढ़ने में अच्छा है। जब जॉब करेगी तो जिसकी पोस्ट अच्छी है उसको ही इज़्ज़त के क़ाबिल मानेगी।"

पूनम ने सना को कंधे से पकड़कर झकझोर दिया, "सना बहन तू पढ़ाई-वढ़ाई छोड़। प्रवचन दे ना बहन, इस फ़ील्ड में बहुत कमाई है। मैं बोल रही हूँ तू अपनी लाइफ़ का यही टार्गेट रख। गुरुमाई बन। मैं और वसुधा तेरे आज़ू-बाज़ू हाथ जोड़कर चलने वाले चेले बन जाएँगे। हमको हाथ जोड़े देख तेरा धंधा चल निकलेगा। जिस हिसाब का अपना देश है, आगे चलकर ये करियर बूम करेगा। मस्त फ़ेशियल करवाकर फ़ुल मेकअप में रहना। तेरे प्रवचन ट्रिप फ़ॉरेन में होंगे, सत्संग होंगे, टेंट लगेंगे, अभिनंदन रैली निकलेगी, पोस्टर लगेंगे।"

वसुधा खड़ी हो गई, "चलो अब निकलती हूँ। मेस बंद हो जाएगा तो रेवा भूखी रह जाएगी।"

11

वसुधा जब से दादी के साथ के भुवनेश्वर वाले ट्रिप के बाद हॉस्टल आई थी, आशीष उसके दिमाग़ से उतर ही नहीं रहा था। सना ने उस दिन मेस में खाना खाते हुए कहा भी था, "जब ट्रेन में नौ घंटे इतनी बातें कीं तो नाम पूछने में तुझे क्यों शर्म आ रही थी। पूछ लेना था नाम। अब तेरे नाम की स्पेलिंग और उस लड़के के नाम की स्पेलिंग से कॉपी में फ़्लेम खेलते समय वसुधा और पहाड़ी लड़का लिखकर स्पेलिंग काटनी पड़ेगी। कॉपी में दिल बनाएगी तो वसुधा प्लस पहाड़ी लड़का, तेरी हथेली में मेहँदी से पहाड़ी लड़का लिखना। नाम क्यों नहीं पूछी?"

वसुधा को पछतावा ज़रूर था, "अरे यार! वो लड़का ट्रेन में मिला। बातें तो कैज़ुवल ही शुरू हुई थीं। नौ घंटे में इतनी ग्रेट लाइकिंग हो जाएगी अंदाज़ा नहीं था। आख़िरी में सूटकेस उतारने के बाद दादी के आगे नाम पूछने में अटपटा लगा, सेंसलेस लगा, बेशर्मी लगी। यदि वो पूछता तो मैं भी पूछ लेती। लड़का होकर उसने भी तो नहीं पूछा। पता नहीं यार उसकी याद आने से अखर जाता है... जीने का मन मर जाता है। दुनिया इतनी बड़ी क्यों है किसी से बिछड़ने के बाद हम उसे ढूँढ़ नहीं पाते? कल न्यूज़ में बता रहे थे कि शिलांग में लैंड स्लाइडिंग में दो लोगों की डेथ हो गई। मुझे लगा कहीं उन दो में वो भी तो नहीं? उसको कुछ हो भी गया तो मुझे कभी पता नहीं चल पाएगा।"

सना ने खाना ख़त्म करके थाली सिंक में रखने उठाई, "बहन बिना नाम, पता के दुनिया क्या मोहल्ले में भी किसी को नहीं ढूँढ़ सकते। एक लड़का जिसका रंग गोरा और आँखें चॉकलेटी है, इस पहचान के साथ किसी को इतनी बड़ी दुनिया में नहीं ढूँढ़ा जा सकता। ख़ैर ऐसे सफ़र में इत्तेफ़ाक़ से हुई मुलाक़ातों की याद गहरी होती है और अंजाम तक भी नहीं पहुँचती। वो लड़का भी पक्का तुझे याद करता होगा। चल हाथ धोकर आती हूँ।"

वसुधा ने अपने रूम में आज फिर एटलस निकाला, जो घर से जनरल नॉलेज की तैयारी के नाम पर लेकर आई थी। एटलस खोलकर भारत के नक़्शे में वर्धा और शिलांग के बीच की दूरी बारहवीं बार देखने लगी। दो हज़ार किलोमीटर से भी ज़्यादा दूर, दो दिन का रास्ता। इस काग़ज़ पर मेघालय के नक़्शे में लिखे शिलांग के किस घर में आशीष रहता होगा। वसुधा ने रेवा की ट्रेन के टाइम-टेबल वाली रेलवे बुक में पन्ने पलटते हुए शिलांग जाने की ट्रेन का नाम देखा था। रेलवे टाइम-टेबल से मालूम चला वहाँ तक ट्रेन नहीं जाती। गुवाहाटी के आगे बस से जाना होता है। वसुधा बार-बार ये सब क्यों देखती रहती है, उसे ख़ुद नहीं मालूम। ऊपर वाले रूम नंबर 307 की सुरंगमा के पास मासिक पत्रिका सरिता का पर्यटन विशेषांक रखा था। वसुधा ने फटाफट पन्ने पलटे। उस पत्रिका में देश के अलग-अलग प्रसिद्ध पर्यटन स्थलों की जानकारियाँ और तस्वीरें थी। पन्ने पलटते गई। गोआ, महाबलेश्वर, केरल, शिलांग... शिलांग। शिलांग की तस्वीरों पर हाथ फेरकर जैसे उस लड़के से मिल रही थी। उसका शहर कितना ख़ूबसूरत है। ऊँची-नीची कंच हरी पहाड़ियाँ, पहाड़ों से गिरती दूधिया जल धाराएँ, दूर-दूर तक फैली हरी मख़मली चादर पर बादलों की तरल सफ़ेदी बह रही है। बादल ओढ़े पहाड़ों के बीच से साँप की तरह लहराती शिलांग की इन्हीं सड़कों से वो भी अपनी बाइक से गुज़रता होगा। अभी भी यहाँ की हवा में उसकी साँस घुल रही होगी। क्या वो मुझे याद करता होगा? मुझमें ऐसा क्या है जो कोई मुझे याद करें?

वसुधा को रातें भली लगतीं, क्योंकि कमरे के शांत अँधेरे में ट्रेन का वो सफ़र दुबारा, तिबारा, चौबारा चलने लगता। कल नीरज भैया हॉस्टल में मिलने आए थे। वे बात-बेबात जताना नहीं भूलते कि वे अक्सर हॉस्टल के सामने से गुज़रते हैं और वसुधा की ख़बर रखते हैं। बता रहे थे कि उनके कई दोस्त नागपुर में भी उसे नीरज की बहन के नाम से जानते हैं जिन्हें वो नहीं जानती। कल नीरज भैया को हॉस्टल

में देखते ही दिल जाने क्यों धक्क हो गया? मानो उन्हें कोई गुप्त सिद्धि प्राप्त है जिससे वे जान सकते है कि वसुधा शिलांग के एक लड़के को मन ही मन बहुत याद करती है। माँ वर्धा में एक-एक दिन गिन रही है कि कैसे वसुधा का बी.कॉम. पूरा हो जाए और वो बिना किसी कलंक वापस आ जाए।

वसुधा के दिमाग़ में बार-बार आता कि क्या उस लड़के को भी उसके साथ गुज़ारे नौ घंटे याद आते होंगे। शायद नहीं आते हों। वो इतनी अंग्रेज़ी बोलने वाला बड़ी पोस्ट में काम करने वाला ख़ूबसूरत लड़का। ये ख़बर वसुधा को कौन देता कि उससे मिलने के पंद्रह दिन बाद ही उस पहाड़ी लड़के को एक मीटिंग के लिए भुवनेश्वर आना पड़ा और वो लिंगराज मंदिर इसलिए गया, क्योंकि पंद्रह दिन पहले इसी जगह पर वो लड़की आई थी। मंदिर के प्रांगण में बैठा सोच रहा था कि पंद्रह दिन पहले वो साँवली-सी लड़की इस जगह कहाँ पर बैठी होगी! क्या ठीक इसी जगह अपनी दादी के साथ बैठी होगी? इस द्वार के नीचे से तो पक्का गुज़री होगी। उस लड़की के मन में मुझे याद करके हलचल होती होगी या वो इतनी गहरी है जहाँ सेंध मारना मेरे वश का नहीं। काश उससे फ़ोन नंबर माँग लिया होता। नहीं देती शायद बल्कि मुझे छिछोरा और समझती। कुछ लोग हमारे जीवन में बिना मतलब भी तो आते हैं... सिर्फ़ याद आने के लिए।

निरुपाय प्रेमी बिछोह की पीड़ा से थक-हारकर स्मृतियों के दुहराव को ही प्रेम मान लेते हैं। अवशेष या स्मृति चिन्हों को संरक्षित रखना एक प्रकार से अतीत को जीने का सुख देता है। मूर्खता ही है एक मुलाक़ात को इतना याद करना। इस उम्र में उदासियों का शग़ल भी तो होता है। वसुधा बिस्तर में औंधी लेटी एटलस पलटती रही कि पूनम ख़ुशी से दौड़ते हुए भीतर आई, "सना को किसने लव लैटर दिया होगा? एनी गेस?

वसुधा उठकर बैठ गई, "आनंद ने?"

"हाँ यार ग़ज़ब। भाईसाहब ने शेक्सपियर वाली इंग्लिश में लैटर लिखा है। सना को दस बार तो डिक्शनरी खोलनी पड़ी लैटर पढ़ने। अभी टेलीफ़ोन बूथ गई है उससे बात करने। दो घंटे से बात कर रही है। मैं बूथ के बाहर सना के आने का इंतज़ार करती-करती थक गई और उसे वहीं छोड़कर आ गई।"

वसुधा अभी भी आश्चर्य से बाहर नहीं आ पा रही थी, "ये तो कमाल हो

गया। दोनों कितने अलग हैं। एक को हँसना बहुत पसंद है, दूसरे को उसको हँसता देखना।"

थोड़ी देर बाद हॉस्टल के गेट से सना मुस्कुराती हुई भीतर आ रही थी। पूनम और वसुधा दौड़ते हुए उसका हाथ पकड़कर रूम में खींचकर ले गए, "क्या बात हुई? क्या बात हुई?"

सना हँसने लगी, "अरे कुछ ख़ास नहीं। मैंने आनंद से कहा कि तूने बताने में इतना टाइम क्यों लिया। तुझे ये बात और पहले कह देनी थी। जब पूरी क्लास को मालूम हो गया कि मैं तुझे अच्छी लगने लगी हूँ, उसके बाद तू आख़िरी में बोल रहा है। वो बोला कि तू भी बोल सकती थी मुझसे। मैंने कहा कि टॉपर को प्रपोज़ करने की अपनी औक़ात नहीं थी तो बोला, प्यार मार्कशीट देखकर होता है क्या? तू जिसके साथ रहेगी उसकी ज़िंदगी ख़ूबसूरत हो जाएगी। यार! वो मुझे इतना ज़्यादा पसंद करता है, आज मालूम हुआ। आनंद की बात सुनकर लग रहा है, मैं सच में क्यूट हूँ। मुझे तो लगा था कि मैं बकवास करती हूँ।"

पूनम ने सवाल किया, "मतलब प्रोपर अफ़ेयर शुरू? तेरे घर में शादी के लिए कोई दिक़्क़त नहीं होगी?"

सना झुँझला गई, "हद है यार! अभी शादी-वादी उतनी दूर की कौन सोचता है। मैं ये जानती हूँ वो बहुत-बहुत अच्छा और सच्चा लड़का है। उसकी हर बात पर मैं ट्रस्ट कर सकती हूँ। एक-दूसरे को दो साल से देख ही रहे हैं क्लास में। उसके साथ मेरा कंफ़र्ट लेवल कुछ दिन समय साथ बिताने से समझ आएगा कि हम साथ ज़िंदगी बिता सकते हैं या नहीं। नहीं जमा तो अलग हो जाएँगे। पहले मैं ख़ुद तो मेरी फ़ैमिली से मिलाने लायक़ स्योर हो जाऊँ? हाँ कहने का मतलब रिलेशनशिप में रहने के लिए हाँ है, शादी के लिए नहीं। ये तो समय बताएगा कि हम दोनों की बॉन्डिंग कैसी रहेगी। यदि लड़के में कोई मेजर फ़ॉल्ट नहीं है, जैसे एकदम गुंडा, शराबी न हो, फिर मेरे पैरेंट्स कोई दिक़्क़त नहीं करेंगे।"

12

सना अब क्लास में हर पीरियड के बाद मिलने वाले पाँच मिनट के ब्रेक में भी आनंद के पास जाकर गप्पें मारने लगती। अक्सर वो उसके ठीक पीछे वाली बेंच पर बैठती और लगातार छेड़ती रहती, "तू इस पेन से क्यों लिखता है? मैं जिससे लिखती हूँ उससे लिखा कर। मेरी राइटिंग इस पेन की वजह से ही इतनी सुंदर है। हमारे हॉस्टल की लड़कियों को जब बॉयफ्रेंड को ग्रीटिंग भेजना हो तो सभी लोग मुझसे ही लिखवाती हैं।"

आनंद हँसा, "तेरी पेन से मेरी राइटिंग भी तेरी राइटिंग जितनी सुंदर हो जाएगी, लेकिन यदि नंबर भी तेरे नंबर जैसे आने लगे तो?"

सभी ठहाका लगाने लगे तो आनंद ने सना के सिर पर प्यार से हाथ फेर दिया। हालाँकि सना इन हँसने वालों से बिलकुल बेअसर थी, "हाँ यार! बात तो तेरी सही है। कहीं मेरे जैसे नंबर ना आने लगें। तू जानता है, पढ़ाई पसंद नहीं मुझे। तू बता पढ़ाई के अलावा तुझे और क्या पसंद है?"

आनंद हँसा, "तेरी बकवास।"

सना की सुंदर आँखें प्रेम से भर गईं। सना के चेहरे पर आई ये ललाई पहले किसी ने नहीं देखी थी।

अपनी चेयर पर बैठे हुए पीछे पलटकर आनंद ने फिर कहा, "क्लास में ये जो

तू लास्ट बेंच पर अपनी गप्पों की दुकान चलाती है और सुनने वालों से घिरी होती है, ये मुझे पसंद है।"

सना को सुनकर अच्छा लगा, "अच्छा! लेकिन मेरी इस गप्पबाज़ी का जीवन में कोई फ़ायदा नहीं। इससे आख़िर में मुझे क्या मिलेगा?"

आनंद गंभीर हो गया, "तुझे मज़ा आता है। लाइफ़ में मज़ा आना या अच्छा लगना सबसे इंपोर्टेंट बात है। यार क्या हर चीज़ से कुछ मटेरियलिस्टिक मिलना ज़रूरी है? लोग तुझे इसलिए प्यार करते हैं क्योंकि तू बहुत पॉज़िटिव रहती है। मेरा तो बस नाम आनंद है लेकिन असल आनंद में हमेशा तू रहती है।"

सना ख़ुद को आनंद के नज़रिए से देख रही थी, "अच्छा मेरी कौन-सी बात तुझे नापसंद है?"

आनंद फिर मुस्कुराया, "तेरा एब्सेंट होना।"

सना के सवालों का सिलसिला जारी रहा, "मुझसे पूछ ना कि सना तुझे मुझमें क्या पसंद है?"

"मैं जानता हूँ तुझे क्या पसंद है?"

सना हँसने लगी, "बता मुझे क्या पसंद है?"

"तुझे अपने चारों तरफ़ दरबार लगाना पसंद है।"

सना ने ग़ुस्से में घूरा, "तूने अगर मेरे साइड से ये बकवास आंसर नहीं दिया होता तो तुझे ज़्यादा अच्छा आंसर सुनने मिलता कि मुझे क्या पसंद है।"

आनंद जैसे पहले से ही सना का शरारती उत्तर जानता था। उसने नरमाई से सना की नाक पकड़कर खींच दी।

13

ट्रेन वाले उस लड़के से वसुधा की मुलाक़ात हुए पाँच माह गुज़र चुके हैं। आज तक कोई रात ऐसी न गुज़री जब वसुधा ने नींद के आग़ोश में जाते तक उसे याद न किया हो। उसने बताया था कि वो महीने के पच्चीस दिन तो शिलांग से बाहर ही रहता है। अपने कमरे में चेतना शून्य लेटी वसुधा की नज़र दीवार पर टँगे कैलेंडर पर पड़ी तो अचानक ख़याल आया कि अगले हफ़्ते बाबा का बर्थडे है। वसुधा पहली बार बाबा के बर्थडे पर साथ नहीं है। पिछले बर्थडे में चुनाव की वजह से कॉलेज में चार दिन की छुट्टी थी तो वर्धा चली गई थी। वैसे तो घर में किसी के भी बर्थडे पर कुछ ख़ास नहीं करते लेकिन बाबा के बर्थडे पर वसुधा हर बार केक ज़रूर बनाती है। दादी अक्सर बाबा की पसंद की उड़द दाल की पूरी और आलू की सब्ज़ी बनाती हैं। वसुधा अपने बचाए पैसों से कभी परफ़्यूम, तो कभी शर्ट ले आती है। बाबा अपने जन्मदिन पर सुबह से नहा धोकर मंदिर में पूजा करने के बाद जब दादी के पैर छूते तो दादी बाबा को 500 रुपए देतीं। माना मेरा घर सना या रेवा जितना आधुनिक सोच वाला नहीं है, मगर मुझे बहुत प्यारा है। माँ-बाबा ने हमें अपनी समझ और परिस्थिति के मुताबिक़ हमें पाला है। हर इंसान, हर परिवार, हर घर एक-दूसरे से अलग हैं। अब चाहे तो हम इसमें ख़ुश रहें या उदास। अभी मेरी जो उम्र है उसमें मुझे अपनी पसंद के लड़के के साथ जीवन बिताना और अपने लिए अच्छी पढ़ाई सबसे बड़ी ख़ुशी है, मगर दोनों ही मेरे बाबा

के वश की नहीं। बाबा ख़ुद कौन-सा किसी आधुनिक परिवेश में पले-बढ़े हैं या वो कौन-सा ख़ुद पर ख़र्च करते हैं। छोटी-सी दुकान से दो बच्चों के हॉस्टल का ख़र्चा निकालना कितना मुश्किल है। मुन्ना चाचा और चाची तो ईश्वर से मनाते होंगे कि वसुधा का कोई लफ़ड़ा चले तो माँ-बाबा को नीचा दिखा सकें।

हॉस्टल के बिस्तर में लेटे हुए वसुधा को बाबा और वर्धा का अपना छोटा-सा घर याद आने लगा, जहाँ हर रात दस बजे दुकान बढ़ाकर बाबा पुराने स्कूटर से लौटते हैं। हाथ-मुँह धोकर टीवी पर न्यूज़ लगाते हैं। माँ खाना परसती है और पास बैठी दादी सरौते से सुपारी काटती, पान लगाती हुई दिन भर की आई चिठ्ठी-पतरी, गली के लड़ाई-झगड़े की जानकारी देती हैं। नीरज भैया देर रात तक बाहर के दरवाज़े में अपने दोस्तों के साथ खड़े हुए नई बाइक्स, फ़िल्म और क्रिकेट पर बातें करते रहते हैं। अब तो नीरज भैया भी नागपुर में है। बाबा अकेले इतने लोगों का ख़र्च चलाने दिन-रात मेहनत कर रहे हैं। दुकान छोटी है तो ग्राहक भी निम्न आर्थिक स्तर के आते है। बाबा दुकान में सस्ते कपड़े ही रखते हैं। आसपास के गाँवों से आए कृषक, श्रमिक और औरतें बाबा से एक-एक रुपए के लिए झिक-झिक करते, पचासों कपड़े खुलवाकर भी बिना ख़रीदे चल देते हैं। कई बार फूहड़ औरतें मोल-भाव करती हुई गरियाकर कपड़े फेंक चली जाती हैं। कितनी बार बाबा के लाए कपड़े ग्राहकों की पसंद के ही नहीं होते, वो माल बिना बिका फँस जाता है। नीरज भैया को निचले तबक़े के ग्राहकों के साथ जूझना पसंद नहीं, सो वो कभी बाबा की मदद के लिए दुकान पर नहीं बैठते हैं। वसुधा को लगता कि बाबा कितनी मुश्किल से उसके हॉस्टल का ख़र्च उठा रहे हैं। नीरज भैया पर ख़र्च कर रहे हैं तो सही है। वो आगे चलकर इंजीनियर बनने के बाद बाबा को इस दुकान की झिकझिक से बाहर निकाल लेगा। मैं तो बाबा पर क़र्ज़ा चढ़ाकर अपने पति के घर निकल जाऊँगी। जॉब करने पर भी मेरा ससुराल हर महीने मायके पैसे भेजने नहीं देगा। बाबा के जन्मदिन पर आज यदि वर्धा में होती तो पक्का केक बनाती। बाबा ज़्यादा बात नहीं करते तो वसुधा उन्हें कभी बता नहीं पाई कि वो उन्हें बहुत प्यार करती है। हॉस्टल में रहकर उनके लिए क्या किया जा सकता है? झट से रजिस्टर खोला और अपने जीवन की पहली चिठ्ठी बाबा के नाम लिखी—

प्यारे बाबा,

आपसे दूर होकर समझ आया कि आपने हम सबके लिए कितना त्याग किया है। इस कठोर दुनिया में कितना संघर्ष है घर से बाहर निकलकर देख रही हूँ। हॉस्टल में रहकर मालूम हुआ कि घर से बाहर, कभी घर नहीं मिलता। बाबा जब मैं छोटी थी तो मुझे बहुत शर्मिंदगी होती थी। आप मोहल्ले की बजबजाती नाली रापा उठाकर ख़ुद ही साफ़ कर देते थे। मैं और नीरज भैया ग़ुस्सा होते कि गली में और भी लोग तो गंदगी देख रहे हैं लेकिन कोई भी साफ़ नहीं कर रहा है। हमें लगता था कि दूसरे लोग जिस तरह नालियों की बदहाली के विषय में पान ठेले और चौराहे पर सिर्फ़ चर्चा करते हैं, आप भी वैसा क्यों नहीं करते?

आप निगम को फ़ोन करने के बाद तीन दिन से ज़्यादा इंतज़ार नहीं करते हैं। लुंगी पहनकर गली में बनी नई सीमेंटेड नाली को मज़बूती देने दूसरों के घर के सामने भी घूम-घूमकर बाल्टियों से पानी डालते हैं। बाबा मुझे आज भी वो दर्दनाक हादसा नहीं भूलता, जब मोहल्ले में फारुख भैया की बकरी को 12 से 15 कुत्तों के ख़ूँखार झुंड ने घेर लिया था। भारी शोर-शराबा, चीख़-पुकार और कुत्तों के गुर्राने की आवाज़ से गली में शोर मच गया। फारुख भैया सहित गली के सब लोग उन दर्जन भर कुत्तों की गुर्राहट से डरे ज़ोर-ज़ोर से चीख़ रहे थे। बकरी को चार कुत्तों ने जबड़ों से दबोच रखा था और खींच-तान कर रहे थे। आप नहाने जा रहे थे कि अचानक हुए इस हंगामे से गमछे में ही बाहर निकलकर लट्ठ ले सड़क में कूद पड़े। कुत्तों को संगठित समूह में शिकार करता देख भीड़ दहशत से काँप रही थी। भेड़िया बन चुके भूखे कुत्तों के मुँह से निवाला छीनना बहुत ख़तरनाक था। आप डंडा लेकर कुत्तों पर पिल पड़े। आपकी वजह से बकरी की जान तो बच गई लेकिन माँ और मैं आपकी वेशभूषा के कारण बहुत दिनों तक पास-पड़ोस से झेंपते रहे। तब मैं बहुत छोटी थी न बाबा।

बारिश के दिनों में सड़क के कीचड़ भरे गड्ढों की वजह से लोगों को दूसरा लंबा रास्ता तय कर मुख्य सड़क तक पहुँचना पड़ता था। तालाब बन चुकी गली की बदहाल तस्वीर अख़बारों में भी ख़ूब आई, लेकिन निगम ने सुध न ली। एक दिन जब मैं सहेलियों के साथ स्कूल से लौट रही थी तो देखा कि कीचड़ भरी इस गली में किसी ने तरतीब से पैरों की चौड़ाई जितनी चौड़ी ईंटें, एक-एक फ़ीट की दूरी में पैरों की स्वभाविक चाल के मुताबिक़ दाएँ-बाएँ करते पूरी गली में बिछा दी

थीं। ईंटें गीली मिट्टी में धँस न जाएँ इसलिए उनके नीचे रेत बिछाई गई थी। उस दिन महीनों बाद हमारे यूनिफ़ॉर्म के सफ़ेद जूते गंदे नहीं हुए और उस दिन हम छोटे रास्ते से जल्दी घर आ पाए। मैं उन ईंटों पर पैर रख कूद-कूदकर आगे बढ़ते हुए हर क़दम पर नारे लगाती जा रही थी... जिसने पत्थर जमाए, भगवान उसका भला करे, जिसने पत्थर जमाए, भगवान उसका भला करे... । गली ख़त्म होते-होते हम सहेलियों का ये नारा दुआओं और उद्घोष के रूप में हृदय की गहराइयों से आने लगा। सूखे और साफ़ जूतों के साथ ड्राइंग रूम में घुसते ही दादी को बताया "दादी अब छोटे रास्ते से जा सकते हैं। किसी ने पूरी गली में पत्थर जमा दिए हैं।" उन्होंने मुस्कुराते हुए बताया, "सुबह से तेरे बाबा वहाँ रापा फावड़ा लेकर कीचड़ में सने काम कर रहे थे।" तब पहली बार मुझे आप पर शर्मिंदगी नहीं हुई। हम सहेलियाँ जिस अंजान आदमी को दुआ देती आ रही थीं वो मेरे बाबा ही थे, मेरे प्यारे बाबा।

बाबा आज भी वैनगंगा नदी के किनारे वाले आपके पुराने परिचित हमें आपके क़िस्से सुनाते हैं। सावन की उफनती वैनगंगा में एक नाव पलट गई। आपकी उम्र केवल बीस साल थी। लोगों को डूबता देख आपने गहरे पानी में कूदकर तीन औरतों को डूबने से बचाया था। तीन बार में तीन औरतों को तट तक लाने के बाद आप चौथी बार फिर लहरों की तरफ़ बढ़े। आख़िरी महिला को बचाने जब आप आगे गए तो साँसों के लिए जूझती उस कातर महिला ने घबराहट में आपका गला जकड़ लिया और आपको गहरे पानी में खींचने लगी। अपनी जान बचाने के लिए आप उसका हाथ छुड़ा लौट आए थे। उस महिला को न बचा पाने का अफ़सोस आपको आज तक है। जब लोग आपके द्वारा की गई उस प्राण रक्षा पर प्रशंसा करते हैं, तब आप हर बार सरलता से बोलते हैं कि ये कोई बड़ी बात नहीं है। मेरी जगह कोई भी व्यक्ति जिसे तैरना आता है वह डूबते व्यक्ति को देखकर यही करता।

बाबा आपसे दूर होने के बाद कितनी बातें याद आती हैं। ट्रेन में कहीं भी जाना हो तो आप हमें एक घंटा पहले प्लेटफ़ॉर्म पर पहुँचा देते हो। मुझे वो यात्रा कभी नहीं भूलेगी जब हम रानू बुआ से मिलने मुंबई जा रहे थे। प्रीतम भैया ने अपनी पहली सैलरी से दादी के लिए 1000 रुपए की चप्पल ख़रीदी थीं। दादी को जब चप्पल का रेट पता चला तो सिर धुन लिया था। लगातार दो घंटे तक बड़बड़ाती रही, "दुकान वाले को बोलकर चप्पल वापस नहीं हो सकती क्या रे? इतने में तो मेरी ज़िंदगी भर की सारी चप्पलें आ जातीं। बाबूजी ज़िंदा होते तो बहुत ग़ुस्सा होते

इस फ़िज़ूलख़र्ची पर। मैंने कभी 200 रुपए के ऊपर की साड़ी नहीं पहनी और ये 1000 रुपए की चप्पल। राम राम! प्रीतम ने जब चप्पल ख़रीदी होगी तो दुकानदार ख़ुश हुआ होगा कि आज एक मूरख ग्राहक आया था। मेरी 100 रुपए की चप्पल इससे ज़्यादा टिकाऊ हैं रे। इतने की चप्पल भी आती हैं, मैंने कभी सुना तक नहीं है।" नीरज भैया ने दादी को छेड़ते हुए कहा था, "दादी इन्हें अब मूड़ पे धर के न चलना। पैरों में पहनने की हैं।" मुंबई जाते वक़्त दादी ने चप्पल को 'नवलखा हार' की तरह पहली बार पहना था। एक साल से पुट्ठे के डब्बे में बंद इस चप्पल को ट्रेन में बाहर की हवा में साँस लेने का सौभाग्य मिला। बाबा आपको याद है न ट्रेन में दादी ने हम सबसे पूछा, "मैं बाथरूम जा रही हूँ। भीगने पर ये चप्पल ख़राब तो न होंगी?" वैसे हमारे घर में आप में से किसी को भी वॉशरूम और बाथरूम में फ़र्क़ नहीं पता था। ट्रेन में बैठे-बैठे दादी खिड़की से बाहर के हसीं नज़ारों का आनंद ले रही थीं। ईश्वर जानता है कि दादी ने सिर्फ़ दो मिनट के लिए अपनी चप्पल उतारीं और पैर ऊपर मोड़ खिड़की की तरफ़ घूमी थी, पल भर की चूक और नीचे से चप्पल ग़ायब। हम सबका कलेजा धक् हो गया। हाय! हमें चप्पल के नुक़सान से ज़्यादा ट्रेन में दादी के हंगागे की चिंता थी। सबसे पहले सभी ने मिलकर सीट के नीचे ढेरों बैग और सूटकेस हटाकर तलाशी ली। बदहवास दादी सीट के नीचे मुसाफ़िरों के पैर हटा-हटाकर पूरी परिक्रमा कर हाँफती बाहर निकली, लेकिन चप्पल न मिलीं। सहयात्रियों से मिली पुष्ट ख़बरों से निश्चित हो गया कि झाड़ू लगाने आया छोकरा ही चप्पल ले गया है। दादी ट्रेन के भीतर पहली से लेकर आख़िरी बोगी तक झाड़ू लगाने आए उस लड़के की सात पुश्तों को गरियाती हुई ढूँढ़ती रही। वो तो उस दिन उस लड़के की मौत न बदी थी, सो हाथ न आया। दादी की गालियों के मुताबिक़ सकल विश्व में इंसानियत के ख़ात्मे का अकेला कारण वो चप्पल चोर लड़का ही था। उसकी वजह से ही कलयुग का आगमन हुआ था। एक-एक मुसाफ़िर को दादी की चप्पल की क़ीमत पता चल चुकी थी। ज़रा देर बाद दादी को सनक सवार हुई कि मैं भी दूसरे की चप्पल चोरी करके पहनूँगी। ट्रेन रुकने पर मुंबई के विशाल, चमचमाते प्लेटफ़ॉर्म में लुटी हुई दादी नंगे पैर उतरी। दादी ने रानू बुआ के लिए मुंबई लाने वाले सामानों में जयपुरी रजाई, आँवले का अचार, बुकनू, सत्तू, चावल का आटा जैसी चीज़ों से सामान इतना बढ़ा लिया था कि हमारी टैक्सी छत पर लदे सामानों की वजह से अपनी ऊँचाई से दो गुनी हो गई थी। बुआ-फूफाजी जब हमारी अगवानी करने अपार्टमेंट के मुख्य द्वार तक नीचे

पहुँचे तो टैक्सी से एक के बाद एक उतरते सूटकेस और बैग के ढेर देख फूफाजी के मुँह से निकल ही गया "लगता है दादी वर्धा से घर शिफ़्ट करके आ रही हैं।"

बाबा हम सब साथ में दो या तीन बार ही कहीं घूमने जा पाए, मगर इन ख़ूबसूरत यात्राओं की याद बहुत गहरी है। बाबा यदि आज मैं घर पर होती तो पक्का आपके लिए केक बनाती। जब वर्धा आऊँगी तब केक बनाऊँगी। बाबा आपके जन्मदिन पर एक तोहफ़ा ये कविता भेज रही हूँ। जब-जब आप वर्धा स्टेशन पर मुझे छोड़ने आते हैं तो आपको देखकर मुझे क्या ख़याल आता है। इसे ट्रेन में बैठे-बैठे ही लिखा था—

बाबा मुझे छोड़ने स्टेशन आया न करो...
आँसू छिपाते हो फेरकर नज़रें
इतना फीका मुस्कुराया न करो
बाबा मुझे छोड़ने आया न करो...
हिदायत दे घर भर की लाइट्स बुझाते
अपनी ज़रूरतें ग़ैर-ज़रूरी बता टालते
गाड़ी का माइलेज चेक कर हिसाबते
मेरे हाथ में ए टी एम यूँ थमाया न करो
बाबा मुझे छोड़ने स्टेशन आया न करो...
पानी की बॉटल रखी या नहीं
टिकट कहीं तुम भूली तो नहीं
पर्स में खुले पैसे रखे या नहीं
इतना नम प्यार जताया न करो
बाबा मुझे छोड़ने आया न करो...
सीट के नीचे मेरे बैग जमाते
ध्यान रखना अकेली जा रही
साथ की किसी महिला को बताते
पल-पल इतनी चिंता जताया न करो
बाबा मुझे छोड़ने आया न करो...
पहुँचते ही वहाँ करना फ़ोन
'अब कब होगा आना' पूछकर
रगों में तन्हाई भर चप्पा-चप्पा वीरान करते

उदास हाथ मेरे सिर पर फिराया न करो
आप स्टेशन आया न करो...
मैं ख़ामोश रीती हो जाती बिखरकर
ग़मगीन खड़े यूँ हाथ हिलाया न करो
आप स्टेशन आया न करो...
जी भर ऐसे गले लगाया न करो
दूर तक देखती रहती हूँ खिड़की से
सिग्नल हरा हो गया कह चेहरा फेरते
रुँधा गला बेमतलब बातों में छिपाया न करो
मेरा आगा-पीछा सोच-सोच आप
अपना कलेजा दुखाया न करो
मुझे छोड़ने स्टेशन आया न करो...
'लो बात करो' कह फ़ोन माँ को थमाते
बाद में पूछते उनसे ब्यौरा सारा
बरसों पुराने स्कूटर पर घूमते
हमारे नाम पाई-पाई के काग़ज़ बनवाया न करो
बाबा आप मुझे छोड़ने स्टेशन आया न करो...

बाबा आपसे दूर हूँ मगर मैं यहाँ पर भी बिलकुल वैसे ही रहती हूँ जैसा आप चाहते हैं। मेरे साइड से आप कोई चिंता न पालना। मैं कभी आपका सिर नीचा नहीं होने दूँगी। आपके बर्थडे पर ये भरोसा ही गिफ़्ट में दे सकती हूँ।

आपकी वसुधा

लिखना ख़त्म होते-होते वसुधा का मन भर आया। आँसू बह रहे थे। हमारे घर प्यार जताने का रिवाज़ ही नहीं है। जाने क्यों बाबा और माँ हमें गले ही नहीं लगाते। लजाते हैं या उन्हें ज़रूरत नहीं लगती। वे शायद इसे चोचला समझते हैं। लगा महीनों से उस पहाड़ी लड़के की याद में घुलकर बाबा के साथ जो दग़ा कर रही थी, आज सब पाप धुल गए। बाबा से बढ़कर कुछ भी नहीं। वसुधा अगले दिन बाबा की चिट्ठी वर्धा के घर का एड्रेस लिखे लिफ़ाफ़े में पोस्ट करते हुए पूनम और सना के साथ कॉलेज निकल गई।

क्लास में आज सना ने आनंद के आने के पहले ही उसकी सीट पर ढेर सारे फूल रख दिए थे और उसके आने का इंतज़ार करती कॉरीडोर पर नज़र रखे थी। जैसे ही आनंद आता दिखा तो तेज़ी से अपनी सीट पर आकर चुपचाप कॉपी में लिखने बैठ गई। जैसे उसे कुछ मालूम ही नहीं कि आनंद क्लास में आ चुका है। आनंद ने अपनी सीट पर महकते फूल देखकर सबसे पहले पीछे की सीट पर नज़र डाली। सना को पढ़ाई में व्यस्त देख उसकी भी हँसी छूट गई, "हो गई तेरी नौटंकी? इतना मत पढ़ कि फ़र्स्ट डिवीज़न आ जाए। तेरे ख़ानदान की नाक कट जाएगी।"

सना जैसे चौंक गई, "हाय क्या हुआ? हाय बता तो सही क्या हुआ? मैंने क्या नौटंकी की?"

"मोटी थैंक यू इन फ़्लावर्स के लिए।"

"हाय! मैं क्यों तुझे गुलाब दूँ? तुझे किसी ने फूल दिए? काश मेरे को भी कोई देता यार। मेरी क़िस्मत कहाँ ऐसी।"

आनंद ने सना का हाथ खींच अपनी नाक से सटाते हुए गहरी साँस ली।

"तेरी उँगलियाँ गुलाब से महक रही हैं। दिमाग़ कम है तो बचाकर रख।"

सना ने आनंद की चतुराई देख अदा के साथ ताली बजाई, "मान गए भाई तू ऐसे ही टॉप नहीं करता। सोच तू सी.ए. बन रहा है तो मेरा दिमाग़ न भी हुआ तो चलेगा। मैं ज़िंदगी भर किटी पार्टी में मज़े करते आराम से गुज़ार दूँगी। ये देख मेरी कॉपी। मुझे 100 में 100 मिले। स्कूल का सपना कॉलेज में पूरा हुआ।"सना ने अपनी नोट्स कॉपी आगे बढ़ा दी। किसी से लाल पेन उधार लेकर सना ने अपनी कॉपी पर ढेर सारे राइट बनाकर वेरी गुड लिखने के बाद 100 बटा 100 लिखकर ख़ुद ही साइन भी किया था। कॉपी देखकर आनंद मुस्कुरा दिया। सना और आनंद जब बातें करते तो ऐसा लगता कि वे क्लासरूम में अकेले हैं। उनको एक-दूसरे के सिवाय कोई नज़र ही नहीं आता। आनंद बाज़ू से निकलते हुए कभी उसकी चोटी खींच देता, तो कभी लाड़ से गाल खींच देता। आनंद और सना का लगाव देखने के बाद वसुधा और पूनम को पहली बार लगा कि प्रेम में कैरेक्टर ख़राब नहीं होता। मन से सुंदर दो लोग जब क़रीब आते हैं तो आसपास की दुनिया को और भी ख़ूबसूरत बना देते हैं। सना आनंद की ऐसे परवाह करती, जैसे एक माँ अपने बच्चे की चिंता करती है। आनंद उसके लिए इतनी मज़बूती से खड़ा रहता है जैसे पिता बल देता है।

वसुधा शाम को कॉलेज से लौटकर अपने कमरे में घुसी तो देखा रेवा पहले से ही कमरे में है, "अरे आज कॉलेज से सीधे आ गई? तेरी कोचिंग की छुट्टी है क्या?"

"नहीं आज कोचिंग नहीं गई। यार! कल टेस्ट है तो पढ़ना है। कोचिंग जाने पर केवल टाइम वेस्ट हो रहा है। सर अभी जो पढ़ा रहे हैं, वो सब मैं पहले ही पढ़ चुकी हूँ। अभी कोचिंग जाने की बजाय उसी टाइम में रूम पर रहकर लास्ट ईयर के क्वेश्चन पेपर सॉल्व कर लूँगी। मुंबई के कॉलेज के लिए मुझे बहुत हार्ड वर्क करना होगा।"

"तू लगातार पढ़ती है थकान नहीं होती?" वसुधा ने पूछा।

रेवा वसुधा की मूर्खता पर खीज गई, "क्यों नहीं थकान होगी? वसुधा मज़ा मारने ज़िंदगी पड़ी है यार। अभी मेहनत के दिन हैं। मुझे बहुत अच्छी लाइफ़-स्टाइल चाहिए। कुछ पाने के लिए कुछ खोना ही पड़ता है। एक बार सेटेलमेंट हो जाए फिर दुनिया घूमूँगी।"

"वो सब तो ठीक है रेवा, मगर ये कौन डिसाइड करेगा कि जो खोया वो ज़्यादा क़ीमती था या जो पाया वो ज़्यादा क़ीमती है। ये जो तू दिन भर कमरे में बैठी रहती है। हॉस्टल में किसकी तबीयत ख़राब थी तो उसके रूम में जाकर किसने रात भर जागकर उसे स्पंजिंग की, तुझे ख़बर नहीं। जानती है रिया के घर से फ़ादर की डेथ का फ़ोन आया था। वो रो-रोकर बेहाल थी। तुझे एक बार भी चिंता हुई कि वो अपने घर तक अकेले कैसे जाएगी ये बुरी ख़बर पता लगने के बाद? ऐसी हालत में तो कम-से-कम तुझे उसके कमरे में जाना चाहिए था।"

रेवा ने बेरुख़ी से कहा, "देख मैं यहाँ किसी से रिश्ता बनाने नहीं आई हूँ, न ही मैं लोगों के रूम में जाकर गप्पें मारते समय बर्बाद करती हूँ। रिया के साथ हुई इमरजेंसी में उसके साथ उसकी सहेलियाँ थीं। मैं अचानक, रो मत, रो मत कहने कैसे जाऊँ? मेरा किसी से कोई हार्ट टू हार्ट कनेक्शन नहीं है यहाँ। मैं जाकर कंसोल भी करती तो वो मुझसे कनेक्ट नहीं कर पाती। समाज सेवा करने तेरी सना है न इस हॉस्टल में। मुझे मालूम है उसने अपने किसी कज़िन को उसके साथ भेजा था। मैं सना की तरह अपने माँ-बाप का पैसा बर्बाद करने हॉस्टल नहीं आई हूँ। अभी पाँच मिनट पहले मैं टॉयलेट से आ रही थी तो वो अंकिता के गले में हाथ डाली कुछ समझाती जा रही थी कि लव लैटर कैसे लिखना चाहिए। अंकिता को ज्ञान दे

रही थी कि तू अपनी हैंड राइटिंग में मत लिख सुबूत हो जाएगा लड़के के पास। मैं लिख देती हूँ। मेरी हैंड राइटिंग बहुत सुंदर है।"

अंकिता के लव लैटर की बात सुन वसुधा की आँखों में आई चमक देखकर रेवा चिढ़ गई, "जा अब तू भी दौड़ उसके पास। तेरे को भी देखना होगा कि अंकिता और सना बैठकर क्या लिख रही हैं। सना उसका शर्तिया पैचअप वाला रामबाण लैटर लिखवा रही है। सना कितने इललिटरेट घर की है उसकी बेवक़ूफ़ी भरी बातें सुनकर समझ आ जाता है। चेहरा ही सुंदर है उसका। मुँह खोलती है तो पूरी फ़ैमिली का क्लास समझ आ जाता है।"

रेवा की बोरिंग बातों से घबराकर वसुधा रूम नंबर 203 की तरफ़ भागी। अंकिता वहाँ पहले से बैठी थी। सना तो ख़ुद ही लिखना चाहती थी, मगर अंकिता ने बताया कि हर्षित उसकी हैंड राइटिंग पहचानता है। मन मसोसकर सना बताती जा रही थी और अंकिता लिखती जा रही थी। सना काग़ज़ पर पूरी तरह झुकी हुई एक एक जगह उँगली रखकर निर्देश दे रही थी, "यहाँ लिख प्यारे प्राणनाथ, सादर चरण स्पर्श।"

अंकिता एकदम से बिदक गई, "ऐसा अब के ज़माने में कौन लिखता है ? मैंने हर्षित को जब-जब ग्रीटिंग दिया है तो हमेशा डियर हर्षित लिखा है।"

सना ने उसे अपनेपन से डाँटा, "पागल वो तेरा होने वाला पति है, पति। पति भगवान होता है... देवता होता है... और जान होता है। तेरे प्राण का नाथ मतलब प्राणनाथ। चल ये तुझे पसंद नहीं तो लिख मेरे स्वामी सादर नमन।"

अंकिता को प्राणनाथ की जगह स्वामी और चरण स्पर्श की जगह नमन ज़्यादा आधुनिक लगा और उसने यही लिखा। सना की शरारत से नावाक़िफ़ अंकिता कॉपी पर झुकी हुई मुँह खोले सना जैसा-जैसा बोल रही थी, वैसा लिखने लगी। अंकिता की मासूमियत पर पूनम और वसुधा मुँह दबाकर हँसते-हँसते दोहरी हुई जा रही थीं मगर सना के चेहरे पर हास्य का कोई भाव नहीं था। अंकिता से दुनिया जहान का आडंबर लिखवाने के बाद सना ने दो सड़कछाप शायरी लिखवाकर लैटर के अंत में दीपावली पर बनाए जाने वाले लक्ष्मी पैर बनवाए। उन पदचिन्हों के ठीक ऊपर लिखवाया 'आपके' और चरण की तस्वीर के नीचे लिखवाया 'की दासी'। मतलब था आपके चरणों की दासी। सना अंकिता के हाथ से चिठ्ठी लेकर अपने ठहाकों को किसी तरह नियंत्रित कर एक बार पढ़ी और बेहद अदा से उस

चिठ्ठी को मोड़कर अलमारी से अपना परफ़्यूम निकालकर स्प्रे मारा और अंकिता को लौटा दिया, "कबूतर जा जा जा, कबूतर जा जा जा... पहले प्यार की पहली चिठ्ठी साजन को दे आ। देख अंकिता मेरी फ़ीस बस इतनी है कि हर्षित की जवाबी चिठ्ठी पहले मुझे पढ़ने दे देना बहन।"

अंकिता ख़ुशी-ख़ुशी रूम से बाहर चली गई। उसके जाते ही सना कमरे के गंदे फ़र्श पर ही लोटकर हँसने लगी, "तुम्हारे चरणों की दासी। देख ये पगलेट अपने से कुछ लिखती तो भी इसका रिश्ता बचना पॉसिबल नहीं है। भगवान क़सम इसने जो पहले लिखा था इतना घटिया था पूछ मत। अभी हर्षित कम-से-कम कनफ़्यूज़न में रहेगा कि अंकिता ने उसे हँसाने के लिए ये सब लिखा है। सोचेगा लड़की का सेंस ऑफ़ ह्यूमर अच्छा है। मस्ती करने को लिखा है। मैंने पूछा भी था कि तू क्या लिखना चाहती है, तो बोली तू मुझे छोड़कर पछताएगा। मेरे लिए उसको बदलना होगा। उसको बोलूँगी कि मैं उसे प्यार करती हूँ लेकिन वो ख़ुद को बदल ले। उस बोरिंग लैटर से तो मेरा लैटर ज़्यादा अच्छा है न? अभी-अभी तो इनका अफ़ेयर स्टार्ट हुआ था। रिश्ता लंबा चलेगा तो हर्षित को पता तो चल ही जाएगा कि लड़की दिमाग़ से ख़ाली है। पूनम यार! लैटर लिखवाते टाइम मैंने कैसे हँसी रोकी मैं ही जानती हूँ। मुझे पीछे से तुम दोनों की हँसी की आवाज़ आ रही थी। वो पागल लिखने में इतनी मस्त थी कि उसे समझ ही नहीं आया।"

वसुधा को अचानक कुछ शक हुआ। बंद दरवाज़े की तरफ़ देख फुसफुसाई, "सना अंकिता गई नहीं है अभी। यहीं खड़ी है शायद?"

सना सहम गई और दरवाज़े की तरफ़ बढ़ी, "देख अब मैं उसके खिलाफ़ इतना बक चुकी हूँ कि वो अगर सुन भी चुकी होगी तो बात सँभालने कोई झूठ नहीं है मेरे पास। नहीं खड़ी है यार। वसुधा तू ने मेरी जान ले ली थी।"

सना के चहरे पर उड़ती हवाइयाँ देख पूनम और वसुधा को हँसी आ गई। सना ने प्लास्टिक का एक डब्बा निकालकर वसुधा की ओर बढ़ाया, "घर से लड्डू आए हैं। तू खा और तेरी रेवा के लिए भी ले जा। मम्मी ने घी बादाम के बनाए हैं। रेवा मेहनत कर करके काँटा हो चुकी है। उसे इन लड्डुओं की ज़रूरत है।"

सना, पूनम और वसुधा को आज कॉलेज पहुँचते ही पता चला कि कॉलेज एडमिनिस्ट्रेशन ने बच्चों के हित में एक बड़ा फ़ैसला लिया है। एग्ज़ाम के दो महीने पहले फ़ाइनल एग्ज़ाम की तरह मॉक टेस्ट होगा जिससे बच्चों की फ़ाइनल एग्ज़ाम

की तैयारी हो जाएगी। बिलकुल फ़ाइनल एग्ज़ाम की ही तरह छात्रों को रोल नंबर के मुताबिक़ एग्ज़ाम हॉल में बैठना है और उतने ही नंबर के, उतने ही विषयों के तीन घंटे के पेपर होंगे। जिस चैप्टर का जितना वेटेज यूनिवर्सिटी ने दिया है, वैसे ही सवाल कॉलेज के बनाए पेपर्स में आएँगे। क्लास में सभी कह रहे थे, असल में ये मॉक टेस्ट के अस्सी प्रतिशत प्रश्न फ़ाइनल एग्ज़ाम में आएँगे। प्रोफ़ेसर्स का कहना था कि इस एग्ज़ाम को जो बच्चे गंभीरता से नहीं लेंगे उन्हें हम फ़ाइनल में देख लेने। ये धमकी साइंस स्टूडेंट्स को प्रैक्टिकल में देख लेने जैसी थी। प्रिंसिपल सर की दिली तमन्ना थी कि यूनिवर्सिटी टॉपर उन्हीं के कॉलेज से निकले। उन्हें बी.कॉम. में आनंद रॉय और बी.बी.ए. में रेवा आर्या से बहुत उम्मीदे हैं। एग्ज़ाम के दो महीने पहले ही मॉक टेस्ट सुनकर सना अग्रवाल, वसुधा शुक्ला और पूनम तिवारी के सिर पर बिजली गिरी। पूनम शुरुआत से ही पढ़ाई के प्रति बेहद सजग थी। मॉक टेस्ट का टाइम टेबल आने के बाद वसुधा का अब रूम नंबर 203 में आना-जाना ज़रा कम हो गया। सना और पूनम तो पहले से ही वसुधा के कमरे में रेवा की वजह से नहीं आते थे। रेवा के बी.बी.ए. में भी मॉक टेस्ट होने वाले थे। अब तक के सारे टेस्ट में वो टॉप करती आई थी। उसने वसुधा को बताया था कि नर्सरी से बारहवीं तक स्कूल में भी वो कभी सेकेंड नहीं आई। टाइम टेबल आने के बाद हॉस्टल के गार्डन, मेस और गलियारों में सन्नाटा पसरने लगा। कमरों से अब वॉकमैन में बजने वाले पॉप म्यूज़िक, हँसी ठहाकों की आवाज़ें आनी बंद हो गईं। रेवा का तनाव अलग स्तर पर पहुँच चुका था।

उस दिन तनावग्रस्त रेवा मेस की तरफ़ जा रही थी इस बात से अंजान कि सना ठीक उसके पीछे नौटंकी करती चल रही है। सना चुपचाप ठीक पीछे चलते हुए जहाँ-जहाँ रेवा पैर रखकर आगे बढ़ रही थी वहाँ-वहाँ की फ़र्श को छूकर अपना हाथ माथे पर लगाते हुए बढ़ती जा रही थी। वसुधा ने रेवा के पीछे सना को ऐसा करता देखकर किसी तरह हँसी रोकी, क्योंकि इससे रेवा को पता चल जाता कि सना उसके पीछे कोई ड्रामा करती चली आ रही है और वो सना से और चिढ़ जाती। सना जैसे ही अपने कमरे में घुसी वसुधा भी हँसते-हँसते सना के पीछे उसके कमरे के भीतर आ गई। सना ने हँसते हुए वसुधा के गले में हाथ डाल दिया, "तू मान न मान। भगवान न करे रेवा अगर क्लास में सेकेंड आ जाएगी तो अटैक से मर जाएगी। इसकी क्लास में जो लड़का सेकेंड आता है जतिन वो अभी दो नंबर से ही पीछे चल रहा है। हमारे यहाँ मेरा भाई शैंकी और मैं पास होने पर जश्न मनाते हैं,

तीन दिन तक पार्टी करते हैं। ऐसे लोग जीतने के इतने यूज़्ड टू होते है कि ट्रेन आई तो सबसे पहले इनको चढ़ना है, टिकट की लाइन में सबसे आगे इनको होना है, ईवन यदि लंगर के प्रसाद में भी है तो सबसे पहले लेकर प्रसाद खाने को उपलब्धि बताना। ड्रेस सबसे सुंदर इनको चाहिए। हर चीज़ के लिए कॉम्पिटीटिव। इनको नहीं मालूम कि ज़िंदगी बड़ी बेरहम है। आपकी लाख कोशिशों के बाद भी कभी-कभी हरा देती है तब ऐसे लोग साइको हो जाते हैं। बर्दाश्त नहीं कर पाते। हारना सीखना, जीतने से ज़्यादा ज़रूरी है। सर्टिफ़िकेट में सबसे ज़्यादा नंबर के लिए इतना तनाव ? इतनी कठिन पढ़ाई ज़्यादा पैसे कमाने के लिए की जा रही है। मानती हूँ कि मन लगाकर पढ़ना चाहिए। पढ़ाई तो आनंद भी करता है, मगर वो लाइफ़, दोस्ती, फ़िल्में सब एंजॉय करते हुए पढ़ रहा है। यदि आप बहुत कॉम्पिटिटिव नेचर के हो तो इंसिक्योरिटी फ़ीलिंग आएगी, लोगों की हेल्प करने से बचोगे, नोट्स छिपाओगे, रेफ़रेंस बुक्स के बारे में नहीं बताओगे। रेवा हर वक़्त एंग्ज़ायटी में रहती है। डिसिप्लिन के नाम पर ख़ुद को ज़िंदगी से काटकर अपने साथ ही इतनी क्रूरता कर रही है तो बाक़ियों के साथ वो दयालु हो ही नहीं सकती। पढ़ाई में एवरेज होना शर्म की बात नहीं है। मैं यदि ऐसे चौबीस घंटे मेहनत करूँगी तो मैं भी रेवा जैसे नंबर ले आऊँ शायद।"

सना की बातें सुनकर वसुधा को लगता कि इस खिलंदड़ी के भीतर कोई संजीदा पुरखिन बैठी है जिसने ज़िंदगी की थाह पा ली है। सना जैसे कोई साइकेट्रिस्ट है जिसे मानव स्वभाव की गहरी परख है। वसुधा ने परेशान होकर पूछा, "यार! तेरी बात सही है लेकिन फ़िलहाल परसों अकाउंट का पेपर है। मुझे जो कैलकुलेशन समझ ही नहीं आ रहा है। तुम लोगों की तैयारी कैसी है ?

सना ने टेबल पर पड़ा पूनम का रजिस्टर खोलकर दिखाया, "ये देख। पूनम ने प्रैक्टिस कर करके रजिस्टर भर रखे हैं।"

वसुधा ने रजिस्टर की तरफ़ देखते हुए सना से सवाल किया, "पूनम की छोड़। वो तो आनंद के बाद सेकेंड टॉपर बन ही जाएगी। तेरी तैयारी का क्या हाल है मैडम ?"

सना ने वसुधा का सवाल हवा में उड़ा दिया, "यार ये फ़ाइनल एग्ज़ाम थोड़ी न है। बस पास हो जाऊँ इतना पढ़ना है। फ़ाइनल में देखी जाएगी। ये कॉलेज वाले तो स्कूल जैसा आतंक कॉलेज में मचा रखे हैं। देख, कॉमर्स में भी अकाउंट

उन्हीं का अच्छा होता है जिनका मैथ्स अच्छा होता है। मेरा मैथ्स अच्छा होता तो इंजीनियर न बन जाती?"

पूनम ने हाथ जोड़े, "ठीक है लेकिन परसों सुबह पेपर है देवी। मेरी नानी मर रही डर के मारे।"

आख़िरकार अकाउंट के पेपर का दिन भी आ गया। वसुधा कॉलेज जाने के लिए फटाफट पेन, कॉपी, स्केल एक पाउच में रख रही है। रेवा ने अपनी किताब से पल भर के लिए सिर उठाया, "बेस्ट ऑफ़ लक। अच्छे से बनाना।"

"थैंक यू यार। आज केवल और केवल गुड विशेस का ही सहारा है। बहुत घबराहट हो रही है। मुझे ट्यूशन की बहुत ज़रूरत थी, मगर फिर एक नया ख़र्च सोचकर ट्यूशन नहीं लिया। आज पेपर में क्या लिखूँगी नहीं मालूम। चल बाय।"

कॉलेज के लिए पूनम, वसुधा और सना तीनों को साथ ही निकलना था। वसुधा रूम नंबर 203 में गई तो देखा सना छत निहारती बिस्तर पर लेटी है और पूनम खड़े-खड़े ही फ़ॉर्मूला वाली कॉपी के पन्ने आख़िरी बार पलट रही है।

सना को लेटे देख वसुधा अवाक् रह गई, "क्या हुआ? कॉलेज का टाइम हो गया है भाई। अभी दस मिनट तो सड़क पर ऑटो ढूँढ़ने में लगेंगे। यदि और पढ़ने का मूड है तो किताब रख लो। ऑटो में पढ़ते-पढ़ते जाना।"

पूनम ने कुर्सी पर टँगी चुन्नी लेते हुए बताया, "ये देवी जी का दिमाग़ घूम गया है।"

सना उठकर बैठ गई, "वसुधा तेरी तैयारी कैसी है?"

"ज़ीरो।" वसुधा ने बताया।

सना उत्साहित हो गई, "वैसे भी ये मॉक टेस्ट है। मीनिंगलेस। इस एग्ज़ाम का हमारे रिपोर्ट कार्ड या आगे की लाइफ़ में ज़ीरो वैल्यू है। जब तैयारी ज़ीरो है तो नंबर भी ज़ीरो ही आएँगे न?"

वसुधा की आवाज़ में हताशा थी, "अरे ये सेल्फ़ प्रिपरेशन के लिए है। नंबर नहीं जुड़ेंगे। कॉलेज हमारे भले के लिए करा रहा है।"

सना पूरी तरह मोर्चा सँभाल चुकी थी, "कॉलेज अपने भले के लिए करा रहा है। प्रिंसिपल सर मेरिट लिस्ट में हमारे कॉलेज के बच्चे चाहते हैं और हम तीनों जान झोंककर भी मेरिट में नहीं आएँगे, मैं स्टांप पेपर पर लिखकर गारंटी दे रही हूँ।

जब एग्ज़ाम की तैयारी नहीं है तो क्या सिर्फ़ अपना कॉन्फ़िडेंस लो करने पेपर दें? हमारा फ़्यूचर हमसे ज़्यादा तो प्रोफ़ेसर्स नहीं सोचते। इतनी फ़िक्र थी तो दो महीने जब अकाउंट्स के टीचर नहीं थे, पीरियड्स ख़ाली गए, तब हमारी चिंता क्यों नहीं हुई? हम सबने प्रिंसिपल सर को जाकर इतना कहा मगर कुछ नहीं किया। ये मॉक टेस्ट भी महाजन सर उनके घर की ट्यूशन पढ़ने पर ज़ोर देने के लिए करवा रहे हैं। इस टेस्ट के रिज़ल्ट से हमें दहशत में लाकर फ़ाइनल एग्ज़ाम के पहले एक महीने का क्रेश कोर्स तगड़ी फ़ीस लेकर कराएँगे। एग्ज़ाम पक्का उसी लिए है। मैं फ़ेल होने पेपर नहीं दूँगी। एक या दो महीने बाद फ़ाइनल है। उसमें पास होना मेरी ज़िम्मेदारी है। वो तैयारी मैं कर लूँगी। कोई मतलब का नहीं है ये टेस्ट।"

वसुधा की भी तैयारी नहीं हुई थी। सना की बात सुनकर रही-सही हिम्मत जाने लगी। जो बात उसके मन के भीतर थी, जैसे सना ने उसे आवाज़ दे दी।

वसुधा ने लाचारी दिखाई, "लेकिन मुझे एग्ज़ाम के टाइम पर हॉस्टल छोड़ना ही पड़ेगा। रेवा जान जाएगी कि मैंने आज का पेपर नहीं दिया।"

सना ने सुझाया, "उसकी दिक़्क़त नहीं है। वैसे भी हॉस्टल में किसी को पता नहीं चलेगा हमने पेपर नहीं दिया। हॉस्टल से तो अभी हम निकल जाते हैं और लगभग चार घंटे बाद लौटेंगे।"

पूनम ग़ुस्से में बिफर गई, "तुम दोनों को शर्म नहीं है। मैं तो एग्ज़ाम दूँगी। मैंने कभी भी अपने पैरेंट्स से झूठ नहीं कहा है। उन लोगों ने भरोसा करके मुझे यहाँ भेजा है। एग्ज़ाम देना छोड़कर उन तीन घंटों में शहर में भटकने जैसा घटिया काम मैं नहीं करूँगी।"

रूम नंबर 203 का माहौल बेहद तनाव भरा हो गया। पूनम ने कमरे में ताला लगाया और तीनों लड़कियाँ बिना बात किए एक साथ बाहर निकलीं। बाहर निकलते समय कश्यप मैडम के रजिस्टर के आउट गोइंग कॉलम में टाइम लिखा, साइन किया और गेट से बाहर सड़क पर आ गए। ऑटो लेने से पहले ये सोचना था कि तीन घंटे के लिए जाना कहाँ है? सना लीडर की तरह सड़क पर सबसे आगे चल रही थी। ज़रा दूर चलकर सना चौराहे से कॉलेज की विपरीत दिशा में मुड़ गई।

पूनम ने पीछे से पूरी ताक़त से पुकारा, "सना, सना मत कर। शर्म कर। मैं तुझसे कभी बात नहीं करूँगी। लौट आ।"

वसुधा भ्रमित हो चौराहे पर खड़ी हो गई। पूनम ने कॉलेज की दिशा में चलना

शुरू कर दिया। वसुधा एक बार पूनम की ओर पलटी और फिर चुपचाप सना के पीछे हो ली। सना के पीछे देर तक सिर झुकाए चलने के बाद वसुधा ने आवाज़ लगाई "सना किधर जा रही है देवी?"

सना ने बिना पलटे जवाब दिया, "सोचने दे।"

आगे-आगे सना और उसके पीछे वसुधा सड़क के किनारे-किनारे स्कूल के बच्चों की तरह पंक्ति में बिना बात किए ढीले क़दमों से चल रहे थे। थोड़ी देर बाद ही कॉलेज की विपरीत दिशा वाली इस सड़क पर एक के पीछे एक तीन लड़कियाँ चल रही थीं। वसुधा और सना को अदृश्य ताक़त से मालूम था कि सबसे पीछे पूनम आ रही है, मगर उन्होंनें पलटकर नहीं देखा। पूनम से दोनों बेतहाशा डरे हुए थे और एग्ज़ाम छोड़ने के अपराधबोध से भी माहौल में तनाव था। लड़कियाँ जिस क्रम में चल रही थीं, अपराधबोध की भावना उसी क्रम में पीछे की तरफ़ बढ़ती जा रही थी। सना को लग रहा था कि एक टेस्ट न देना कोई बाप की छाती में ख़ंजर भोंकना नहीं होता है। दो-चार दिन बाद वो तो फ़ोन पर मम्मी को बता भी देगी। वसुधा को लग रहा था कि उसे पढ़ने भेजा गया है और यदि टेस्ट छोड़ने की बात वो घरवालों से छिपा रही है तो टेस्ट छोड़ना अपराध है। मानती हूँ कि सना की ये बात सही है कि इस टेस्ट का कोई महत्व नहीं है। पूनम का दिल, दिमाग़, रग-रग चीख़ रहा था कि ये पाप है, अनर्थ है लेकिन सना और वसुधा को पेपर छोड़ता देख उसके भीतर का विद्यार्थी कमज़ोर हो गया... कामचोर हो गया। सड़क के किनारे क़तार में चलती तीनों एक चौराहे तक आ गई। वहाँ पहुँचते ही सना पीछे पलटी और पूनम को अनदेखा करते हुए वसुधा से कहा, "सुन अब ये सामने वाली टॉकीज़ में फ़िल्म देखने जाने के सिवाय हमारे पास कोई चारा नहीं है। अभी एग्ज़ाम शुरू होने में एक घंटा है और एग्ज़ाम के तीन घंटे भी जोड़ ले। टोटल चार घंटे। चार घंटे हम सड़क किनारे नहीं बैठ सकते। फ़िल्म शुरू हुए दस मिनट हो चुके होंगे।"

पूनम की आवाज़ में अब ग़ुस्से की जगह याचना थी, "अभी भी एग्ज़ाम शुरू होने में टाइम है। शराफ़त से कॉलेज चलो, टाइम पर पहुँच जाएँगे। ज़्यादा से ज़्यादा क्या होगा? फ़ेल होंगे। कौन-सा ये फ़ाइनल पेपर है। हम एग्ज़ाम में बैठेंगे तो कुछ सीखने ही मिलेगा। हमको अपनी औक़ात पता चलेगी। ये बहुत-बहुत ग़लत कर रहे हो।"

वसुधा और सना ने पूनम को अदृश्य मान लिया था। फ़िलहाल उससे बात करने का मतलब एग्ज़ाम हॉल की तरफ़ घसीटे जाने का दबाव, माँ-बाप को धोखा देने का धिक्कार, धर्म-कर्म से पथभ्रष्ट होने जैसी लानत सुनना था। पूनम दोनों से घृणा कर रही थी, मगर किसी चुंबकीय शक्ति से पीछे-पीछे खिंची चली जा रही थी। वसुधा और सना में पूनम की तरफ़ न देखने का अनकहा समझौता था। उनके हाव-भाव से स्पष्ट था कि हमने तुझे अपने साथ घसीटा नहीं था, न ही कहा था कि तू एग्ज़ाम छोड़ दे। तू अपनी मर्ज़ी से हमारे पीछे आई है। हालाँकि पूनम के साथ होने से वसुधा और सना को हिम्मत ही मिल रही थी। दो से भले तीन। पूनम को वसुधा और सना से नफ़रत हो रही थी मगर इनको छोड़कर टेस्ट देने क्यों नहीं गई इस सवाल का जवाब उसे ख़ुद नहीं मालूम।

चौराहे से तीनों एक शब्द बात किए बिना उस खंडहर टॉकीज़ की तरफ़ बढ़े। नज़दीक पहुँचे तो वहाँ कि जर्जर दीवार पर मल्लिका शेरावत की बोल्ड फ़िल्म मर्डर का पोस्टर लगा था, जिसमें नायिका बिकनी पहने मदहोशी से अंगडाई ले रही थी और नायक उसकी गर्दन चूम रहा था। दूसरे पोस्टर में एक बिल्डिंग की छत पर नायक-नायिका कंबल ओढ़े अर्धनग्न लेटे हैं। तीसरे पोस्टर में नायिका अमेज़न के आदिवासियों से भी कम कपड़ों में समुद्र के किनारे दौड़ रही है। वसुधा को पोस्टर देखते ही याद आया कि कश्यप मैडम के रूम में पड़े न्यूज़ पेपर में पढ़ा था कि फ़िल्म में कुल मिलाकर बत्तीस चुंबन दृश्य हैं और हिंदी फ़िल्म जगत की सबसे बोल्ड फ़िल्म है। पोस्टर देखकर वसुधा का चेहरा सफ़ेद पड़ गया। गला सूख गया। इसी फ़िल्म का एक और पोस्टर दूसरी दीवार पर लगा था जिसमें नायक और नायिका समुद्र के किनारे बैठे हैं। दोनों की पीछे से तस्वीर ली गई थी जिसमें दोनों ने कमर पर टॉवेल बाँधा है और ऊपर कुछ नहीं पहना है। नायिका की नंगी पीठ दिख रही थी। तीनों लड़कियाँ अपने छोटे से शहर में ऐसी फ़िल्म देखने की बात सपने में भी नहीं सोच सकती थीं। उनके घर पर देशभक्ति की फ़िल्म बॉर्डर, गदर या सूरज बड़जात्या की फ़िल्म, 'हम आपके हैं कौन' ही देखने मिलती है।

बाहर टॉकीज़ के पोर्च में सड़क की तरफ़ मुँह करके ग़ुस्से में खड़ी पूनम ने अभी पोस्टर नहीं देखा था। टिकट ख़रीदने के लिए आतुर सना से एकदम चिपककर वसुधा फुसफुसाई, "सना बहन। फ़िल्म तो बहुत बोल्ड है। अंदर घुसने की हिम्मत नहीं हो रही। टिकट काउंटर में बैठे लड़के से टिकट ख़रीदने में ही शर्म

आएगी। लोग सोचेंगे, देखो इन लड़कियों को कैसे आग लगी है।"

सना ने वसुधा को चुप कराया, "चुप कर बहन। अब कोई चारा नहीं है। पूनम क्यों आ गई यार हमारे साथ। अब पोस्टर देखने के बाद उसका दिमाग़ और ज़्यादा ख़राब हुआ तो अभी फिर कॉलेज चलो... कॉलेज चलो... करने लगेगी। वसुधा टॉकीज़ के अंदर तो अपने को जाना ही पड़ेगा। तू बता हम तीनों चार घंटे किस सड़क के किनारे गुज़ारेंगे। अभी दोपहर में सभी पार्क के दरवाज़ों पर ताले होंगे। हॉस्टल लौट नहीं सकते। कश्यप मैडम सहित बाक़ी की लड़कियाँ जान खा जाएँगी। साला देखना इस एग्ज़ाम की कॉपियाँ तक चेक नहीं करेंगे प्रोफ़ेसर।"

पूनम ने घड़ी पर नज़र डाली। एग्ज़ाम शुरू होने में पाँच मिनट ही बाक़ी थे। अब किसी हाल कॉलेज नहीं पहुँचा जा सकता था। टॉकीज़ के भीतर से फ़िल्म की आवाज़ आ रही थी। इस बीच सना दौड़कर टिकट काउंटर से तीन टिकट ले आई और टॉकीज़ के अँधेरे हाल में घुसने के लिए एक बड़े दरवाज़े, जिसके ऊपर लाल लाइट से एंट्री लिखा था, की तरफ़ बढ़ी। पोर्च से रिसेप्शन एरिया में सिर झुकाकर आ रही पूनम ने पोस्टर देखा ही नहीं। सना के अंदर जाते ही वसुधा और पूनम उसके पीछे दौड़े। हॉल के अंदर घुप्प अँधेरा था। टिकट चेकर ने देर से आई इन लड़कियों को रास्ता दिखाने टॉर्च की रौशनी ऊपर कुर्सियों की तरफ़ जाती मख़मली सीढ़ियों पर डाली। तीनों डगमगाते, टटोलते धीरे-धीरे ऊपर बढ़ रही थीं। अँधेरे में चमचमाती बड़ी-सी स्क्रीन पर आहें भरते हीरो-हीरोइन के बीच रोमांस चल रहा था। सना अगुवाई करती हुई पीछे जाकर ठिठक गई। अँधेरे में किस सीट पर टिकट नंबर छपा है, समझ नहीं आ रहा था। तभी टिकट चेकर ने दाहिने तरफ़ की कुर्सियों में शुरुआत की ही एक कुर्सी पर टॉर्च मारकर नंबर दिखाया। तनाव कम करने वसुधा सना और पूनम के बीच में बैठी। पूनम से इससे ज़्यादा दूरी रखना सना के लिए संभव नहीं था। दाहिने से मुख्य अपराधी सना, सहयोगी वसुधा और अंत में पीड़िता पूनम बैठी थी। स्क्रीन पर चलते मादक दृश्यों से पहले से ही बौखलाई पूनम का आक्रोश और बढ़ गया। वो लगातार धीमी आवाज़ में बड़बड़ा रही थी, "मैंने कभी नहीं सोचा था कि इतना नीच काम करूँगी। सना के साथ रहकर ग़लत रास्ते पर चल रही हूँ। उसको बोल अभी इंटरवेल होगा तो दारु और सिगरेट भी ले आए। बस अब यही कमी रह गई है। मैंने आज तक ऐसा कोई काम नहीं किया जिससे मेरे माँ-बाप को नीचा देखना पड़े। वसुधा तेरे को ये सब गंदा नहीं लग रहा।

मेरे घर में पता भर चले कि एग्ज़ाम छोड़कर मैं इतनी गंदी फ़िल्म देखने आई हूँ तो कल ही बोरिया बिस्तर समेटकर हॉस्टल से ले जाएँगे। पढ़ाई छुडा देंगे।"

सना अब तक फ़िल्म में मशग़ूल हो चुकी थी। रह-रहकर स्क्रीन से आती तेज़ रौशनी की कौंध से हॉल का अँधियार पल भर को उजास से भर जाता। पहले से ही पान ठेलों में हीट हो चुका गाना शुरू हो गया- भीगे होंठ तेरे... प्यासा दिल मेरा... लगे अब्र-सा मुझे तन तेरा, जम के बरसा दे मुझ पर घटाए... तू ही मेरी प्यास तू ही मेरा जाम। नायिका अंग-प्रत्यंग के उभार दिखाती करवटें ले रही थी। हॉल का अँधेरा मर्दाना शोर, अश्लील फब्तियों और सीटियों से गूँज रहा था। वसुधा को डर लगने लगा कि नीरज भैया का कोई दोस्त टॉकीज़ में ना हो। आँखें अब टॉकीज़ के भीतर के अँधेरे की अभ्यस्त हो गई थीं। सबसे आख़िरी की सीट से इन्हें सामने की सीट पर मानव आकृतियों की स्याह परछाई दिखने लगी। तभी पूनम ने दहशत में वसुधा की कलाई लगभग निचोड़ दी, "वसुधाऽऽऽ... देख-देख मुझे लग रहा है पूरी टॉकीज़ में सिर्फ़ हम तीन ही लड़कियाँ हैं। सबकी छाया देख। किसी की भी चोटी नहीं है। एक तो गिनकर पचास से ज़्यादा लोग नहीं हैं। हे भगवान मैं क्यों सना की बात में आई। अच्छा-ख़ासा अभी एग्ज़ाम हॉल में बैठी पेपर दे रही होती। सारे अच्छे बच्चे एग्ज़ाम दे रहे होंगे।"

वसुधा ने अँधेरे में आँखें फाड़-फाड़कर देखा। पूनम की बात सच थी। दूर-दूर छिटके बैठे दर्शकों में शायद सभी पुरुष थे।

वसुधा ने सना को झकझोरा, "सना पूरी टॉकीज़ में सिर्फ़ हम तीन लड़कियाँ हैं। इस टाइप की फ़िल्में देखने अच्छी लड़कियाँ नहीं आतीं यार।"

सना ने सहमी आवाज़ में कहा, "टिकट काउंटर वाले लड़के ने मुझे बता दिया था कि अंदर एक भी लड़की नहीं है। पूरे शहर में छिपने के लिए यही एक सुरक्षित गुफा थी। हम फ़िल्म छूटने के पाँच मिनट पहले निकल जाएँगे, ताकि कोई हमें देख न पाए।"

तीनों ऐसी सुकुड़ दुम चुप बैठीं, जैसे दुश्मन सेना के बीच कोई सिपाही किसी खंदक में छिपा हो। पूनम की आँखें बार-बार पश्चाताप में भीग रही थीं, "छी! मैं एग्ज़ाम छोड़कर इन शोहदों के बीच इतनी गंदी फ़िल्म देख रही हूँ। आनंद, प्रणव, सुरंगमा, विनीता कितने शरीफ़ लोग हैं जो अभी एग्ज़ाम हॉल में आंसर शीट पर लिख रहे होंगे। मैं भी उनमें हो सकती थी, मगर सना की वजह से आज यहाँ बैठी

हूँ।" वसुधा को ये इतना बड़ा अपराध नहीं लग रहा था कि पूनम की तरह रो दे और इतनी छोटी बात भी नहीं लग थी कि सना की तरह फ़िल्म में खो जाए। इंटरवल में लाइट जलते ही तीनों सबसे पीछे की अपनी सीट में सिर झुकाकर धँस गईं। गिने-चुने दर्शक पॉपकार्न, कोल्डड्रिंक, समोसे के लिए बाहर जाते और लौटते दिख रहे थे। किसी ने सबसे पीछे की इस सीट की तरफ़ ध्यान ही नहीं दिया। इंटरवल ख़त्म हो गया। फ़िल्म फिर शुरू हो गई। हीरो-हीरोइन एक-दूसरे पर चढ़कर देर तक चूम रहे थे। इतने ज़्यादा चुंबन दृश्य थे कि लड़कों की सीटियाँ भी अब थक चुकी थीं। वसुधा के कान में सना धीरे से फुसफुसाई, "मुझे इन लड़कों से उतना डर नहीं लग रहा जितना तेरे बाज़ू में बैठी राक्षसनी से लग रहा है। ये हमारे साथ क्यों आ गई। हमने तो इसे नहीं बुलाया था और साला ये इमरान हाशमी। पूरी फ़िल्म में हेरोइन को चूमने के सिवाय इसे कोई काम ही नहीं है। चरस बो दी साले ने। पूनम से जितना डर लग रहा है, उतना तो मैं अपने बाप से नहीं डरी यार।"

फ़िल्म ख़त्म होता जानकर सना पाँच मिनट पहले ही सीट से खड़ी हुई "चलो, चलो जल्दी बाहर चलो। अँधेरे में सबके निकलने से पहले हम फटाफट बाहर हो जाएँगे।"

तीनों उन मख़मली सीढ़ियों से तेज़ी से उतरते हुए अंततः बाहर खुले आसमान की रौशनी में आ गईं। लगभग दौड़ते हुए टॉकीज़ के अहाते से दूर जाने लगीं, ताकि फ़िल्म छूटने के बाद सड़क पर आती उस भीड़ का हिस्सा न दिखें। एग्ज़ाम ख़त्म होने में अभी भी एक घंटा बाक़ी था। टॉकीज़ से कुछ दूर पर एक हथकरघा प्रदर्शनी लगी थी। पंद्रह मिनट इस हथकरघा प्रदर्शनी में एक स्टॉल से दूसरे स्टॉल पर कपड़े निहारकर तीनों हॉस्टल की तरफ़ पैदल चलने लगीं। प्रदर्शनी में सुंदर-सुंदर कपड़े देखने के बाद टॉकीज़ के भीतर का अँधेरा ज़ेहन से छँटने लगा। वसुधा को मन ही मन लगने लगा, ठीक है, हमने इतना भी ग़लत काम नहीं किया। तैयारी नहीं थी तो टेस्ट नहीं दिया। सना के लिए इतना बुरा सोचना ठीक नहीं। मैं और पूनम यदि कॉलेज जाने अड़ जाते तो बेचारी हमारे संग एग्ज़ाम देने भी चल देती। उसने हमारे हाथ-पाँव बाँधकर टॉकीज़ की तरफ़ नहीं घसीटा था, या तलवार की नोक पर कॉलेज जाने से नहीं रोका था। हम अपनी मर्ज़ी से गए थे। उसको ही दोष देना ग़लत है।

सना को पूनम का ग़ुस्सा भी ज़रा कम हुआ लग रहा था। हॉस्टल पहुँचकर

कश्यप मैडम के रजिस्टर में साइन कर भीतर जाते ही, तीनों बिना बात किए अपने-अपने कमरे में चली गईं।

वसुधा के घुसते ही रेवा ने पूछा, "कैसा गया पेपर?"

"कुछ ख़ास नहीं।"

"चल कोई बात नहीं नेक्स्ट की तैयारी अच्छे से कर लेना।"

वसुधा, सना और पूनम ने बाक़ी के सारे टेस्ट पूरी ईमानदारी से दिए। प्रोफ़ेसर्स ने मॉक टेस्ट की कॉपियाँ ही नहीं चेक कीं। उनका कहना था कि अब तो फ़ाइनल एग्ज़ाम का टाइम-टेबल आ गया। सना की भविष्यवाणी सच साबित हुई कि मॉक टेस्ट सिर्फ़ दहशत फैलाने का तरीक़ा था। फ़ाइनल एग्ज़ाम्स सभी ने अच्छी तैयारी के साथ दिए। अलग-अलग क्लास की लड़कियों के एक-दो दिन आगे-पीछे करके एग्ज़ाम ख़त्म हो रहे थे। दो महीने की छुट्टी बिताने हॉस्टल से बैग लिए बाहर निकलती लड़कियाँ बस स्टैंड और रेलवे स्टेशन के लिए ऑटो पकड़ती दिखतीं। धीरे-धीरे कमरों पर ताले झूलने लगे, रजिस्टर पर आने-जाने वाले सिग्नेचर घटने लगे, मेस में शोर कम होने लगा। हॉस्टल सूना होने लगा। आज पूनम और सना गोंदिया के लिए और वसुधा वर्धा जाने स्टेशन पर बैठे थे। ट्रेन आने में अभी वक़्त था। तीनों एक बेंच पर बैठी थीं।

वसुधा ने सना के चेहरे पर आ गई बालों की लट उसके कान के पीछे फँसाकर पूछा, "अब तो तू आनंद से दो महीने बाद ही मिल पाएगी?"

"कोई नहीं। फ़ोन पर हम रोज़ बाते करेंगे।"

वसुधा डर गई, "तेरे मम्मी-पापा?"

"रात में वो सोए हुए होंगे। मैंने आनंद को बोल दिया है कि रात को ही फ़ोन किया करूँगी। उसने कहा है कि तू मिस्ड कॉल दे दिया करना, मैं कॉल बैक करूँगा ताकि तेरा बिल न बने।"

"तू अग्रवाल वो पंजाबी। तेरे घर में कोई दिक़्क़त नहीं होगी?"

"नहीं यार। हज़ार बार तो बताया। मेरे यहाँ अच्छा खाओ, साफ़ सुथरे रहो, सबसे अच्छा व्यवहार करो, बच्चों से बस इतना ही चाहिए। पापा का मानना है कि बच्चे ये कभी याद नहीं रखते कि माँ-बाप कितनी प्रॉपर्टी छोड़कर गए थे, मगर ये ज़रूर याद रखते हैं कि पैरेंट्स ने कितनी बार गले लगाया, दुलारा और चूमा। मेरे

पापा की ये इच्छा ज़रूर रहेगी कि लड़के, मतलब आनंद का नेचर अच्छा हो, वो मुझे रिस्पेक्ट दे, टेस्ट इट। मैं ख़ुद भी यही चाहूँगी। पापा को फ़र्क़ नहीं पड़ेगा कि ऐसा लड़का मैं ढूँढूँ या वो ढूँढ़े। मेरे पापा की थ्योरी है, बच्चों के लिए पैसे बचाओ नहीं, बच्चों पर ख़र्च करो। तेरे को जैसे भरोसा है न कि तूने यदि अदर कास्ट में शादी की तो तेरे पापा कभी मुँह नहीं देखेंगे, वैसे ही मुझे भरोसा है कि मेरे पापा मेरा मुँह देखे बिना महीने भर से ज़्यादा नहीं रह सकते। मुझे अपने पापा के प्रेम पर भरोसा है और तुझे अपने बाबा की नफ़रत पर। मैं आनंद से प्यार करती हूँ, मेरे पापा के लिए ये सबसे बड़ी बात होगी।"

तभी गोंदिया की तरफ़ जाने वाली ट्रेन के आने का अनाउंसमेंट हुआ।

पूनम ने बैग उठाया, "सना चल चल, अपनी ट्रेन प्लेटफ़ॉर्म नंबर टू पर आ रही है।"

पूनम और सना वसुधा के गले लगकर बैग टाँगे सीढ़ियों की तरफ़ भागे। वसुधा अपनी ट्रेन का इंतज़ार करती बैठी रही।

ऐसा क्या है कि पिछले पूरे महीने एग्ज़ाम के टेंशन के बीच भी उसने आशीष को हर दिन याद किया है? पिछले छह माह में हॉस्टल आने-जाने के दौरान जब-जब ट्रेन में बैठी, भुवनेश्वर वाली ट्रेन जर्नी का पूरा माहौल फिर सामने आ जाता। काश... काश बाबा भी सना के पापा जैसे होते तो शायद मैं उस लड़के से नाम पूछती और उसकी भी हिम्मत फ़ोन नंबर माँगने की होती।

14

कॉलेज के आख़िरी साल का नया सेशन शुरू हो गया। जिन लड़कियों को ग्रेजुएशन के बाद भी पढ़ने मिलने वाला था उन्हें चिंता नहीं थी, मगर कुछ के लिए ये पढ़ाई का आख़िरी साल था। हर नए सेशन की तरह इस साल भी हॉस्टल के मेस और कॉरीडोर में नए चेहरे दिखने लगे और कुछ पुराने चेहरे दिखने बंद हो गए। कॉलेज में सना और आनंद का भी ये आख़िरी साल। आनंद को सी.ए. करना है और सना को अब आगे नहीं पढ़ना है। अगले हफ़्ते सना ने शैंकी को पुणे से नागपुर बुलवाया ताकि वो उसे आनंद से मिला सके। पूनम और वसुधा के लिए घोर अचंभा था कि शैंकी ने सना के अफ़ेयर के बारे में जानने के बाद कोई नाराज़गी नहीं जताई, बल्कि आनंद के साथ समय बिताने कॉलेज से मिले सेमेस्टर ब्रेक में गोंदिया जाने की बजाए नागपुर आ गया। भाई-बहन में ये खुलापन और दोस्ताना पूनम और वसुधा के लिए दुनिया का सातवाँ आश्चर्य था। वसुधा को लगा, क्या नीरज भैया शैंकी की तरह हो सकते हैं कभी? शैंकी, सना और आनंद पक्के दोस्तों की तरह पाँच दिन नागपुर में फ़िल्में देखते, रेस्टोरेंट्स में खाना खाने और आनंद के दोस्तों के साथ घूमने में बिताने वाले हैं। शैंकी नागपुर तीन दिन के लिए ही आया है। पहले तीन दिन वो अपने दोस्त वेणु के घर पर रुका, मगर आख़िरी के दो दिन आनंद ने शैंकी को ज़िद से रोका और अपने घर में रखा। शैंकी के दोस्त वेणु का घर नागपुर में है। वेणु और शैंकी पुणे के हॉस्टल

में एक रूम में रहते हैं। सना, वेणु, शैंकी और आनंद बाइक में पूरा नागपुर नाप रहे थे। सना कॉलेज के बाद घूमने निकल जाती और रात ठीक समय पर नौ बजे तक हॉस्टल आ जाती।

रूम नंबर 203 में पूनम को अकेली देख वसुधा ने पूछा, "पूनम एक बात बता। आज तीसरा दिन है कि सना सिर्फ़ सोने के लिए हॉस्टल आ रही है। शैंकी अब दो दिन और रहेगा आनंद के घर में। उसे कोई फ़र्क़ ही नहीं पड़ा यार बहन के अफ़ेयर से। साथ में अपने रूममेट वेणु को भी बता दिया बहन के बॉयफ्रेंड के बारे में। ये सना की फ़ैमिली गोंदिया की सबसे मॉड फ़ैमिली है क्या?"

पूनम ने कहा, "नहीं यार। आंटी एकदम घरेलू हैं। सबको बहुत प्यार करती हैं। जो भी इनके घर मेल-मुलाक़ात को जाता है, लंच-डिनर कराए बिना आने नहीं देतीं। अंकल एकदम दिलदार। सामने से चाट ठेला गुज़र रहा है तो हम जितने फ्रेंड्स उनके घर पर होते हैं, सबको खिलाते हैं। हमेशा हँसी-मज़ाक़, मस्ती। बहुत रईस भी नहीं, फिर भी इनके घर से कभी किसी रिलेटिव के लिए हॉस्पिटल खाना जा रहा है, कभी शैंकी किसी को स्टेशन छोड़ने जा रहा है। इनकी फ़ैमिली ख़ूब हेल्प करती है। दूसरी तरफ़, मेरी मम्मी को किसी रिश्तेदार का घर पर आना, ठहरना पसंद नहीं। मेरी मम्मी को दूसरों के घर जाना-ठहरना बहुत पसंद है। हर चीज़ को ख़र्च से जोड़कर बौखलाने लगती हैं, जबकि हम लोगों की और सना लोगों की फ़ाइनेंशियल कंडीशन एक-सी है। असल में हमारी फ़ैमिली में एक-दूसरे को कंट्रोल करने को ही प्यार समझते हैं। सना का चुना लड़का ग़लत निकल जाए और सना लौटकर मायके आएगी तो पैरेंट्स भगाएँगे नहीं, बल्कि बेटी पर दया करेंगे। शैंकी दोस्तों के साथ मिलकर लड़के को पीट भी आएगा।"

वसुधा ने सोचा, यदि नीरज भैया को पता चल जाए तो वो उसकी चमड़ी उधेड़ते वर्धा ले जाएँ। बाबा ज़िंदगी भर के लिए बात करना छोड़ देंगे। माँ और दादी अहसानफ़रामोश कह-कहकर जान ले लेतीं।

सना दौड़ती हुई रूम में आई, "वसुधा अभी शैंकी का फ़ोन आया था यार कश्यप मैम के रूम में। मुझे तुरंत पुलिस स्टेशन जाना होगा। शैंकी, आनंद, वेणु अपने सीनियर अर्पण सर, सिद्धार्थ सर सब थाने में हैं।"

पूनम घबरा गई, "मगर हुआ क्या? क्या बताया उसने?"

"यार मुझे मालूम नहीं। शैंकी ने कुछ बताया नहीं। बस तुरंत थाने आने को

कहा है।"

सना हड़बड़ी में हॉस्टल से ऑटो लेकर थाने चली गई। वसुधा और पूनम ने दोपहर बारह बजे तक सना के लौटने का इंतज़ार किया। आख़िरकार पूनम वसुधा को बुलाने आई, "वसुधा चल कॉलेज के लिए लेट हो रहें। पक्का इन लड़कों की आपस में बड़ी लड़ाई हुई होगी। सना ने जिन लड़कों के नाम लिए थे अर्पण सर, सिद्धार्थ सर, ये सब एम.कॉम. वाले हैं। आनंद की दोस्ती सीनियर्स के साथ भी है। कल रात शैंकी और आनंद सिद्धार्थ सर के हॉस्टल में रुके थे। पक्का वहाँ कोई हंगामा किए होंगे। चल अपने को क्लास अटेंड करने कॉलेज चलना चाहिए।"

वसुधा और पूनम जैसे ही कॉलेज के गेट के भीतर घुसे कि उन्हें सना सहित सारे लोग पार्किंग में खड़े दिखे। एम.कॉम. वाले सिद्धार्थ सर स्टैंड पर खड़ी बाइक पर बैठे थे। सना एक बाइक का हैंडल पकड़े शैंकी को कुछ समझा रही थी। आनंद हर दो मिनट में अपने बालों को पीछे करने हाथ फेरते हुए सिद्धार्थ सर की बातें सुन रहा था। वेणु शैंकी के कंधे में हाथ डालकर होंठ चबा रहा था। पूनम और वसुधा उनसे मिलने तेज़ी से पार्किंग की तरफ़ दौड़े, "क्या हो गया था यार।" वसुधा ने हाँफते हुए पूछा।

सना पहली बार ज़रा-सी परेशान लग रही थी, "अरे कुछ नहीं। रात बॉयज़ हॉस्टल का तमाशा कल न्यूज़पेपर में छपेगा।"

पूनम झुँझला गई, "मेरी माँ! बता तो हुआ क्या? शैंकी की ख़बर तो गोंदिया तक जाएगी, अगर न्यूज़पेपर में छप गया। क्या किया शैंकी तूने।"

शैंकी पूनम को सफ़ाई देने लगा, "देखो, तीन दिन से मैं वेणु के घर पर था। कल अपना बैग लेकर आनंद के घर आ गया। आनंद बोला चल तेरे को अपने सीनियर लड़कों के हॉस्टल में मिलाने ले जाता हूँ। सना तो तुम लोगों के पास हॉस्टल लौट गई थी रात में। मैं और आनंद बॉयज़ हॉस्टल में सिद्धार्थ सर के रूम पर गए। अर्पण सर वहाँ पहले से बैठे थे। अर्पण सर सबको उचकाने लगे, चलो चलो आज हज़ार-हज़ार की बाज़ी खेलते हैं। जाने अर्पण सर ने क्या किया कि लगातार तीन बाज़ी जीत गए। सबको अचंभा हुआ एक बार नहीं, दो बार नहीं, अर्पण तीनों बार कैसे जीता इतने लोगों के बीच? तीन बार में सबके पैसे समेटकर अर्पण दाँत दिखाता हँसते हुए घर जाने लगा। सिद्धार्थ सर अड़ गए, बेटा ये चतुराई नहीं चलेगी। गेम स्टार्ट तुमने किया था, एंड हम करेंगे। अभी तुम बीच में छोड़कर

नहीं जा सकते। अब ईमानदारी से तीन राउंड और होंगे। चाहे जो जीते, जो हारे। नेक्स्ट तीन राउंड के बाद खेल फ़िनिश माना जाएगा। सिद्धार्थ सर ने अपने छोटे भाई को अर्पण सर पर नज़र रखने को कहा और अगली पारी खेलने की ज़िद करने लगे। अर्पण सर जीते पैसे हारने के डर से या सिद्धार्थ का भाई उनकी ट्रिक न पकड़ ले, ये सोचकर नहीं खेलूँगा बोलने लगे। अर्पण सर बार-बार घर जाने खड़े होते तो बाक़ी के लोग बोले या तो सबके पैसे लौटाकर जा या फिर तीन राउंड खेल। आनंद ने हॉस्टल के बाहर गेट पर ताला मार दिया ताकि अर्पण सर भाग न सकें। अर्पण सर ने हॉस्टल के रिसेप्शन से अपने लोगों को फ़ोन कर दिया कि आनंद और सिद्धार्थ सर ने मुझे हॉस्टल में किडनैप कर लिया है। हरामख़ोर ने ये नहीं बताया कि मैं पत्ते खेल रहा था और बेईमानी से सबके पैसे उड़ाया हूँ। फ़ोन करने के बाद दौड़कर ख़ुद को एक कमरे के भीतर लॉक कर लिया और बंद कमरे के भीतर से ज़ोर-ज़ोर से चिल्लाने लगा कि पाँच मिनट रुको बेटा। मेरे लोग गेट का ताला तोड़कर मुझे लेकर जाएँगे। तुम में से एक भी ज़िंदा बच गया बेटा तो मेरा नाम अर्पण नहीं। मैं जीत गया तो मिर्ची लग गई। हॉस्टल मालिक ने लड़कों का हो-हल्ला सुनकर पुलिस को फ़ोन कर दिया। सबसे लेट तो पुलिस ही आई। इस बीच आनंद ने भी बाज़ू कॉलोनी में रहने वाले अपने कज़िन को फ़ोन कर दिया, तुम लोग जल्दी लड़के लेकर सिद्धार्थ के हॉस्टल में आओ, हम लोगों पर पाँच मिनट के अंदर हथियारों के साथ ग्रुप अटैक होने वाला है। अब अर्पण ने सबसे पहले फ़ोन किया था तो उसी के लोग जीप में सबसे पहले आए। फुल माँ-बहन की गाली बकते एक लड़का बाउंड्रीवाल से चढ़कर भीतर कूदा और ताले को एक रॉड मारकर खोल दिया। बाक़ी के लौंडे ताला टूटते ही अंदर घुस गए और गार्डन में रखे गमले, लाइट, कुर्सियों को डंडा मार-मारकर तोड़ डाला। सबके हाथ में लाठी, रॉड, सब्बल, हॉकी थे। वो लोग हॉस्टल के गलियारे में गाली-गलौच करते हुए सिद्धार्थ और आनंद को ढूँढ़ते हर कमरे में जा रहे थे। अफ़रा-तफ़री के बीच ख़ुद को उन गुंडों से बचाने मैं अँधेरे में दौड़ते हुए ऊपर वाली छत पर पहुँच गया और टेरेस का दरवाज़ा बंद कर लिया, जिससे कोई छत पर न आ सके। उस टाइम तो रोना आने लगा कि तीन दिन से अच्छा-ख़ासा वेणु के घर पर था, क्यों ही इधर घूमने आ गया। मैं छत के अँधेरे में ऊपर से छिपकर देख रहा था। आँगन छपरी लड़कों से भरा था। अर्पण सर अब अपने रूम का दरवाज़ा खोलकर बाहर आ चुका था और बीच आँगन में दहाड़ रहा था, कहाँ मर गए सालो। दम है तो बाहर

निकलो। तीन राउंड बाज़ी खेलनी है न तुमको? आओ न अब खेलने। मैं दीवार की आड़ से देखता सोच रहा था कि सिद्धार्थ सर और आनंद जाने कहाँ छिपे होंगे। इतने हंगामे के बीच इनके ही हॉस्टल से वासुदेव नाम का एक सीनियर लड़का, जिसकी सिद्धार्थ सर से बहुत पटती है, हवा में फ़ायर करते हुए आँगन में आ गया। भाई गन से निकली गोली चिंगारी मारती, मेरे बाज़ू से ऊपर आसमान में गई। मेरा तो कलेजा फट गया भाई। ये किधर पहुँच गया मैं। बाद में देखा वासुदेव के पीछे सिद्धार्थ सर और आनंद भी लाठी लिए खड़े हैं। उस दिन पूरे हॉस्टल को मालूम हुआ कि वासुदेव के पास तमंचा है। तमंचा और हवाई फ़ायर देखकर अर्पण सहित सारे लड़के जीप में गिरते-पड़ते भाग गए। हवाई फ़ायर और उन गुंडों के ग़ायब होने के बीच सिर्फ़ एक सेकेंड का टाइम लगा होगा।"

आनंद हँसने लगा, "अबे, शैंकी अब आगे की मुझे बताने दे। सना तो थाने में सब क़िस्सा सुन चुकी है। वसुधा तू सुन आगे क्या हुआ। मैं और सिद्धार्थ उन लड़कों के भागने के बाद आँगन में शैंकी को ढूँढ़ने लगे। हम तो वासुदेव के साथ, या कह सकते हो तमंचे के साथ हिम्मत से उन लफ़ंगों के आगे आए। हम स्योर थे कि हवाई फ़ायर से वो भाग जाएँगे, लेकिन ये नहीं जानते थे कि उनसे पहले शैंकी भाग जाएगा। पूरे हॉस्टल में अफ़रा-तफ़री थी। मैं ढूँढ़ रहा हूँ शैंकी कहाँ है, शैंकी... शैंकी... शैंकी...। सिद्धार्थ ज़ोर-ज़ोर से शैंकी को गालियाँ दे रहा है कि डरपोक भाग गया। साला, हरामख़ोर शैंकी दोस्तों को छोड़कर भाग गया। फोकट की पार्टी खाने आया था। ये भाईसाहब छत से हम सबको छिपकर सुन रहे थे। हम इसको ढूँढ़ते हुए इतना परेशान हो रहे हैं, यह जानने के बावजूद छिपा रहा। मुझे लगा कि वो लड़के कहीं इसको जीप में डालकर तो साथ नहीं ले गए? मैं सना को क्या बोलूँगा? इधर शैंकी को डर था कि अर्पण के लौंडे अभी हथियार लेकर फिर वापस आएँगे। साले उनको वर्ल्ड वॉर नहीं जीतना था, जो दूसरा हमला करने मिसाइल लेकर वापस आते।"

शैंकी क़िस्सा बताते हुए अभी भी डरा हुआ था, "भाई वासुदेव ने जब हवाई फ़ायर किया तो मैं तो ऊपर से नीचे झाँक रहा था। बचपन में चोर-पुलिस खेलते हुए गोली की आवाज़ मुँह से धिंचाय... धिंचाय... करके निकालता था। जब असली गोली बाज़ू से फटाके-सी आवाज़ के साथ गुज़री तो साला माँ-बाप, पुराने पाप सब याद आ गए। पैंट गीली होते-होते बची बे। मैं अपनी जान देने क्यों नीचे आता। मैं

तो उस घड़ी को कोस रहा था जब छुट्टियाँ गोंदिया में बिताना छोड़, इधर नागपुर आ गया। नागपुर आ गया तो कम-से-कम वेणु के घर पर बने रहना चाहिए था। मैं ऊपर से देख और सुन रहा था कि सिद्धार्थ सर और वासुदेव गालियाँ दे रहे हैं, शैंकी गद्दार मुसीबत में साथ छोड़कर भाग गया। आधे घंटे पहले कूद-कूदकर पाँच सौ का खाना ऑर्डर कराया और कुत्ते जैसा खाया है। उनको कौन बोले कि सालो तुम्हारे पाँच सौ के खाने के पीछे गोली थोड़ी न खाऊँगा। अर्पण के लोग भी गन लेकर वापस आते होंगे सोचकर मैं नीचे ही नहीं उतरा।"

पूनम और वसुधा सकते की हालत में सुन रहे थे। अब तक पार्किंग में प्रणव और मनीष भी आकर ये क़िस्सा सुनते खड़े हो चुके थे। सना थाने में भी पूरी कहानी दो-तीन बार सुन चुकी थी, सो अब तक रिलैक्स हो चुकी थी और बीच-बीच में शैंकी की हालत पर हँस भी रही थी। सना ने ही आनंद को क़िस्सा कंटीन्यू करने को प्रोत्साहित किया, "आनंद आगे की तो सुना इनको।"

आनंद हँसने लगा, "अर्पण तो अपने बंदों के साथ जीप लेकर भाग गया। मेरे कज़िन अभी तक हॉस्टल नहीं पहुँचे थे, जिन्हें मैंने अर्पण के गैंग से भिड़ने को बुलाया था। अब सभी लड़कों के सामने मेरी बेइज़्ज़ती हो रही थी कि मेरा कज़िन अभी तक लड़के नहीं जुगाड़ पाया, या फिर शायद डर के मारे आ ही नहीं रहा। हम सब लाठी, डंडे, तमंचे के साथ हॉस्टल के आँगन में खड़े ही थे कि तभी हॉस्टल के सामने से तेज़ी से एक कार गुज़री और उसके पीछे तीन-चार बाइक्स। सभी लड़के हॉकी स्टिक और बैट पकड़े थे। मैं अपनी कज़िन की कार पहचान गया। जब मैंने अपने कज़िन को हॉस्टल आने के लिए फ़ोन किया था तो मेरे मुँह से हड़बड़ी में निकला था, जल्दी आजा। हॉस्टल में इन लोगों ने बवाल कर दिया है। उसने मुझसे पूछा, तू ठीक है न? मैंने कहा, मैं कमरे में बंद हूँ। मेरे कज़िन को लगा कि हॉस्टल के लड़कों ने मुझे कमरे में बंद कर रखा है और उसे मुझे छुड़ाना है। उसे हॉस्टल का सही एड्रेस पता नहीं था। उन्हें सामने से जाता देख मैंने वासुदेव को कहा, जो अभी सामने से निकले हैं, मेरे भाई लोग हैं वो। रोको उनको। वो लोग हॉस्टल ढूँढ़ रहे हैं। वासुदेव ने तमंचा पकड़े हॉस्टल के सामने खड़े होकर ज़ोर से सीटी बजाई। किसी ने बाइक से पलटकर देखा और बाक़ियों को पीछे मुड़ने आवाज़ दी। वासुदेव को तमंचा पकड़े देख वो लोग समझ गए कि यही वो लड़का है जिसने मुझे बंधक बनाया है। वासुदेव ख़ुशी-ख़ुशी बीच सड़क में आकर खड़ा

हो गया और दोनों हाथ ऊपर करके तमंचा लहराते हुए जीतने की ख़ुशी में 'आओ आओ' करने लगा। मेरे कज़िन को लगा कि वासुदेव उनको भी ललकार रहा है कि अब तुम लोग भी पिटाई खाने आ जाओ। मेरे भाई ने बीच सड़क में खड़े वासुदेव को ज़ोरदार स्पीड में कार से टक्कर दे हवा में उछाल दिया। वासुदेव पाँच फ़ीट उछलकर हॉस्टल के गेट के सामने गिरा। उसकी दोनों टाँगें टूट गईं और वो बेहोश हो गया। मैं दौड़कर सामने आया, तब उसे असल बात पता चली कि उसने मेरे मददगार की टाँगें तोड़ दीं।"

पूनम और वसुधा की इतने सीरियस टॉपिक में अब हँसी नहीं रुक रही थी। पूनम को बहुत मज़ा आने लगा, "फिर क्या हुआ?"

शैंकी ने फिर बताना शुरू किया, "मैंने ऊपर से देखा आनंद, सिद्धार्थ सर मिलकर तमंचे वाले लड़के की बॉडी एक कार में डालकर ले जा रहे हैं। बाद में आए दूसरे गैंग को कार से टक्कर मारकर तमंचे वाले को उड़ाते देख चुका था। मुझे लगा कि अर्पण लोग ही बदला लेने वापस आए थे और वासुदेव को कुचरकर मार डाला। मुझे नहीं मालूम था कि वो ज़िंदा है। सब लोग वासुदेव को लेकर हॉस्पिटल गए, पर मुझे लगा वो लोग बॉडी ठिकाने लगाने ले जा रहे हैं। मैं छत पर बैठा-बैठा रोने लगा। उन सबके जाने के बाद नीचे आँगन में शांति छाई थी, तभी पुलिस सायरन की आवाज़ हुई। इतनी देर से चल रही अफ़रा-तफ़री, गोली कांड, माँ-बहन की गालियों के बावजूद हॉस्टल मालिक ने अपने घर का दरवाज़ा अब तक नहीं खोला था। हॉस्टल के आजू-बाजू के लोगों ने भी थाने में फ़ोन कर दिया था कि बीच सड़क में रॉड, गोली, डंडे चल रहे हैं। एक कार में कुछ लोग एक लड़के की डेडबॉडी ठिकाने लगाने ले गए हैं। पुलिस गाड़ी के पहुँचते ही हॉस्टल मालिक डरते हुए बाहर निकला। मैं फिर भी नीचे नहीं उतरा, क्योंकि पुलिस मुझे पकड़कर ले जाती। वो तो भगवान भला करे कि हॉस्टल मालिक को मेरा नाम नहीं मालूम था। आनंद अक्सर सिद्धार्थ सर के रूम में मिलने जाता था तो वो अर्पण, सिद्धार्थ, वासुदेव और आनंद का नाम पुलिस को बता रहा था। बार-बार बोल रहा था एक और लड़का था मैं उसका नाम नहीं जानता। उससे मेरे को मालूम हुआ कि मेरी शक्ल गैंडा जैसी है। बार-बार बोल रहा था वो गैंडा शुरू में दिखा था फिर एकदम से ग़ायब था।"

शैंकी के मुँह से क़िस्सा सुनते हुए मनीष और प्रणव भी हँसने लगे। प्रणव ने

फिर पूछा, "भाई तू छत से कब उतरा?"

आनंद ने शैंकी के कंधे में हाथ रखते सुनाया, "अभी आगे सुनो। मैं वासुदेव को सिद्धार्थ के संग हॉस्पिटल भिजवाकर एक लड़के के साथ इसके रूममेट वेणु के घर पहुँचा, ये जानने के लिए कि शैंकी जान बचाकर यहाँ तो नहीं पहुँच गया है? वेणु अकेला घर से बाहर निकला और शॉक्ड रह गया कि आधी रात शैंकी को पूछते क्यों आए हम! उसने बार-बार पूछा कि शैंकी कहाँ है। मैंने टाल दिया कि मेरे घर पहुँच गया होगा। हम अलग-अलग बाइक में इधर से निकले तो लगा कहीं तेरे पास रुक तो नहीं गया, क्योंकि नागपुर में और किसी को तो वो जानता नहीं है। वेणु ने हमारा भरोसा नहीं किया। शक करने की बड़ी वजह ये बन गई कि जिस लड़के के साथ मैं वेणु के घर गया था, उसने लौटते हुए वेणु के घर के सामने बाइक में बैठते हुए कहा, हॉस्पिटल चल। हमें तो अब वासुदेव के पास हॉस्पिटल जाना था, जिसकी दोनों टाँगे मेरे भाई की वजह से टूटी थीं। वेणु को लगा शैंकी किसी एक्सीडेंट का शिकार हो गया और हम उसे बता नहीं रहे हैं, इसलिए ही आधी रात में हॉस्पिटल जा रहे हैं। वो रात भर अलग-अलग हॉस्पिटल में शैंकी नाम के लड़के की एक्सीडेंट भर्ती का पता लगाता रहा।"

सिद्धार्थ ने इन्हें बीच में टोका, "कब तक यहाँ पार्किंग में खड़े-खड़े कथा पुराण सुनाओगे। चलो मैं वासुदेव के पास हॉस्पिटल चलता हूँ। दोनों पैर में प्लास्टर है तो लेट्रिन-बाथरूम ले जाने आदमी लगेंगे। साला न ये अर्पण मेरे रूम में आता और न ये तमाशा होता।"

सना ने सिद्धार्थ और आनंद के हॉस्पिटल जाने के बाद आगे की कहानी बताई कि अर्पण और हॉस्टल मालिक ने पुलिस में रिपोर्ट कर दी। शैंकी का नाम तो पुलिस जानती ही नहीं थी। इस बीच वेणु ने जाकर शैंकी की गुमशुदा रिपोर्ट लिखवा दी। पुलिस ने वेणु की रिपोर्ट और हॉस्टल मालिक के बताए हुलिए से शैंकी का नाम जान लिया। अब घूस लेकर शैंकी का नाम हटाया कि इसे कल पुणे जाना है। बाक़ियों से भी पैसे वसूल किए पुलिस ने। शैंकी ने वेणु से ख़ूब लड़ाई की कि एक रात नहीं लौटने पर साले तू थाने क्यों पहुँच गया मुझे ढूँढ़ने।

15

शैंकी के पुणे लौट जाने के बाद आज आनंद और सना क्लास अटैंड कर रहे हैं। सना सबसे पीछे वाली सीट पर हँसती हुई वसुधा और पूनम के साथ बैठी बीते पाँच दिन के क़िस्से सुना रही थी, "पता उसी टॉकीज़ में आंनद और शैंकी के साथ फ़िल्म देखने गई थी। एग्ज़ाम छोड़कर मर्डर फ़िल्म जाने वाला क़िस्सा सुनाया। दोनों दम से हँसे।"

पूनम की आँख फट गईं, "शैंकी ने डाँटा नहीं तुझे? तूने क्यों बताया सना? शैंकी कहीं ये बात गोंदिया में किसी से न कह दे। मेरे घर तक बात पहुँच गई तो बवाल हो जाएगा। तुझे शैंकी को फ़िल्म वाली बात नहीं बताना चाहिए थी।"

सना को पूनम पर दया आ गई, "नहीं यार। शैंकी तो हँस रहा था। वो बोला भी कि पूनम को पक्का तू ही घसीटी होगी। वो लोग तो बोल रहे थे कि चल दुबारा एक्सपीरियंस लेना है तो जाकर पीछे उसी सीट पर बैठ जा। तू टेंशन न ले। शैंकी किसी को नहीं बताएगा। अभी तो मैं ही उसके छत पर छिपने का क़िस्सा एंजॉय कर रही हूँ। अच्छा अब ये सब छोड़ो। मैं पाँच दिन नहीं आई तो क्लास में कोई नया बवाल नहीं हुआ?"

वसुधा को हँसी आ गई, "क्लास का सबसे बड़ा बवाल एब्सेंट था तो क्या ही बवाल होता?"

सना को तसल्ली हुई, "चल मतलब सिर्फ़ पढ़ाई हुई। अगर लड़कों के बीच चाकू चलता, प्रोफ़ेसर से कोई लड़का बहस किया होता या कोई जूनियर लड़की मिनी ड्रेस में आई होती और मैं नहीं देख पाती तो अखर जाता। आज मोहिता मैडम एब्सेंट हैं न? पूनम तूने वसुधा को बताया कि मैं मोहिता मैम की एक्टिंग सेम कर लेती हूँ?"

पूनम उत्साहित हो सना को धकेलने लगी, "चल, चल अभी करके दिखा। वसुधा यार तुझे लगेगा जैसे मोहिता मैम ही पढ़ा रही हैं। चल, चल सना करके दिखा। सेम टू सेम करती है।"

सना हँसते-हँसते खड़ी हुई और मोहिता मैडम की तरह आँखों को अधिकतम ताक़त से फाड़ लिया, "रुक, चॉक और डस्टर तो पकड़ लूँ। क्लास अटेंशन प्लीज़। मैं मोहिता मैम की एक्टिंग करके दिखाऊँगी। अब जब मैं बाहर से क्लास के भीतर आऊँगी तब तुम लोग खड़े होकर, गुड मॉर्निंग मैम कहना। अर्चित पाँच मिनट के लिए अपना चश्मा देना।"

सना पहले क्लास के बाहर गई फिर होंठों को गोल किया, आँखें फाड़ लीं और अर्चित से माँगा हुआ मोटे काँच का चश्मा पहना। बिना एक शब्द बोले ही वो मोहिता मैम के जैसी दिखने लगी। अपनी चुन्नी को साड़ी के पल्लू की तरह पकड़कर बिना मुस्कुराए भीतर आई।

चारों तरफ़ से सामूहिक स्वर गूँजा, 'गुड मॉर्निंग मैम'।

सना ने गुड मॉर्निंग के जवाब में सिर्फ़ सिर हिलाया। डस्टर और चॉक टेबल पर रख चुन्नी को सामने की तरफ़ खींचकर कमर में बिलकुल वैसे ही खोंसा जैसे मोहिता मैडम ब्लैक बोर्ड में लिखने से पहले साड़ी का पल्लू खोंसती हैं। पूरी क्लास हँस-हँसकर बेहाल हो गई। हर तरफ़ से 'टू गुड, टू गुड' की आवाज़ें आने लगीं। वसुधा ने आनंद पर उड़ती नज़र डाली। वो सना की चुलबुली हरकतों को मुग्ध नज़र से देखते हुए खिलखिला रहा था, जैसे कोई अपने बच्चे को स्टेज पर कविता पाठ करते देख निहाल होता है।

देर तक होंठ बाहर निकालकर बात करते हुए सना थक गई और ख़ुद भी हँसने लगी। अपनी सीट पर वापस आते हुए उसने अपने होंठों पर एक थपकी भीतर मारी, "मैडम की एक्टिंग करते-करते लग रहा है मेरे होंठ सच में वैसे ही बाहर निकल आए हैं।"

आनंद अपनी सीट पर बैठे हुए ही पलटा, "सना तेरे को और जो-जो आता है, सब इस साल दिखा दे। इन लोगों को आगे चलकर अपने बच्चों को तेरी कहानियाँ भी तो सुनानी होंगी कि हमारी क्लास में एक जोकर थी।"

सना ने आँख मारी, "हाँ और उस जोकर लड़की पर कॉलेज का सबसे हैंडसम लड़का लट्टू था।"

सना की इस शैतानी पर आनंद की मुस्कुराहट में गुलाल घुल गया।

कॉलेज के इस तीसरे साल को जैसे पंख लग गए थे। समय दौड़ नहीं, उड़ रहा था। रेवा आज वसुधा के साथ फ़ुर्सत में बैठी थी, "पता वसुधा, पापा बता रहे थे कि उनके कुछ दोस्तों के बच्चे मास्टर्स करने यू.एस. गए हैं।"

वसुधा को अचंभा हुआ, "इतनी दूर जहाँ फ़्लाइट से भी चौबीस घंटे लगते हैं, जहाँ से डेढ़ से दो साल में एक बार घर आ सकते हैं, जहाँ हमारा परिवार, परिचित कोई नहीं। दूसरे देश इतनी दूर पढ़ने गए हैं, अगर कोई मुसीबत आ जाए तो घर वाले तुरंत टिकट ख़रीदकर जा भी नहीं सकते। पासपोर्ट, वीज़ा जैसे झंझट हैं। जहाँ एक आदमी आपको नहीं जानता, जहाँ सड़क चलते लोग देखने में भी हमसे अलग हैं, ऐसे पराए माहौल में पढ़ने कैसे जाते होंगे। पैसे वाले लोग पढ़ा सकते हैं। बहुत पैसे लगते होंगे न रेवा?"

रेवा ने हामी भरी, "हाँ। देख यार, ये रिश्तेदार और फ्रेंड्स काम नहीं आते हैं। 'बाप बड़ा ना भैया, सबसे बड़ा रुपैया।' पैसे होंगे तो ढेर फ्रेंड्स और ढेर रिलेटिव से घिर जाओगे। अमेरिका में पढ़ने, पैसे तो लाखों में लगते हैं लेकिन जॉब भी लाखों कमाने वाली लगती है। हो सकता है मैं मास्टर्स के लिए वहाँ का एंट्रेंस टेस्ट दूँ। मेरे भैया यूरोप में हैं अब।"

वसुधा को अचंभा हुआ, "बाहर के महँगे हॉस्टल में रखकर पढ़ा देंगे? तू रात में कहाँ है, घर वालों को ख़बर नहीं। तेरे घर में भैया जितना ही तुझ पर भी ख़र्च करेंगे?"

"मैं भैया से ज़्यादा अच्छी स्टूडेंट हूँ तो क्यों नहीं ख़र्च करेंगे? पढ़ाई में भैया मेरे से बहुत पीछे हैं।"

वसुधा की आवाज़ में हताशा थी, "चल बहुत बढ़िया है यार। मेरे घर पर तो ग्रेजुएट या ज़्यादा से ज़्यादा पीजी का ठप्पा लगाना है, ताकि रिश्ते के लिए

बायोडाटा में लिख पाएँ। हमारे यहाँ तो मेरी पूरी फ़ैमिली को डर है कि वसुधा हॉस्टल में है। कहीं किसी से अफ़ेयर न हो जाए। वो लोग बाहर गई लड़की की घड़ी-घड़ी की ख़बर नहीं रख सकते न। मेरे बाबा बेटियों को ज़्यादा पढ़ाने के फ़ेवर में नहीं हैं, क्योंकि ऊँची पढ़ाई के बाद वो जॉब की ज़िद करती हैं, फिर अपनी मर्ज़ी की शादी करना चाहती हैं या ज़्यादा कमाई वाला लड़का ढूँढ़ने बोलती हैं। पढ़ी-लिखी लड़की, लड़कों को मना करने की हैसियत रखती हैं और नखरा करते-करते उम्र बढ़ा लेती हैं। इतना पढ़ाकर जॉब करने भी लगें तो बच्चे होने के बाद छोड़ना पड़ जाता है। बाबा नीरज भैया के लिए घरेलू लड़की लाएँगे। उनका मानना है कि बहू नौकरी करती है तो पूरा-पूरा दिन बाहर रहती है। बच्चे लावारिस टाइप पलते हैं और गृहस्थी अस्त-व्यस्त हो जाती है। जॉब और ऑफ़िस के वर्क लोड से थकी हुई औरत अच्छी माँ, अच्छी बहू और अच्छी बीवी नहीं बन पाती। जॉब वाली औरत का पूरा घर धर्मशाला जैसा लगता है। बच्चे उल्टा-सीधा खाते बड़े तो हो जाते हैं, मगर उनको माँ का पूरा समय और प्यार नहीं मिलता।"

रेवा ने रुवाब से कहा, "क्यों? जब हसबैंड जॉब करता है तो बच्चों को बाप का प्यार मिल जाता है? हसबैंड-वाइफ़ मिलकर घर के भी काम करें तो घर और बच्चे दोनों सँभलते हैं। मेरे मम्मी-पापा दोनों डॉक्टर हैं। दोनों की पढ़ाई पर बराबर का ख़र्च हुआ, दोनों ने स्टडीज़ में बराबर की मेहनत की, दोनों आज एक समान कमाते है। काम से लौटने पर दोनों ही बराबर का थकते हैं। यदि नौकर बाहर गया हो तो ज़्यादातर मेरे पापा ही चाय बनाते हैं। यदि घरेलू रिस्पांसिबिलिटी में हसबैंड साथ न दे तो जॉब नहीं, हसबैंड छोड़ दो।"

वसुधा को रेवा की बात बहुत सही लगी, "बाबा भूख लगने पर बाहर ठेले में खा लेंगे, मगर उनके लिए किचन में घुसना बेइज़्ज़ती है। मेरे बाबा, मुन्ना चाचा या नीरज भैया किचन को लुगाइयों की जगह मानते हैं। बल्कि जो अपनी बीवियों की किचन में ज़रा-सी मदद कर दे उसे चुलघुस्सू आदमी कहते हैं। मतलब चूल्हे में घुसे रहने वाला मर्द। वैसे भी मेरी माँ, दादी या मैं हम तीनों ही बाबा और नीरज भैया को पानी तक हाथ में पकड़ाते हैं। हमारा घर तुमसे अलग है रेवा। हमारे यहाँ बाबा और नीरज भैया किचन में सिर्फ़ बिजली के स्विच बोर्ड ठीक करने या किसी मेकेनिकल काम के लिए, जब उन्हें किचन से चाकू, शनशी चाहिए तब ही जाते हैं।"

रेवा को घृणा हुई, "तुझे ये सही लगता है?"

"यार, मुझे तो अब ये समझ आता है कि इस दुनिया में कुछ भी सही-ग़लत नहीं होता। हम कैसे दिखते हैं के साथ-साथ हम क्या सोचते हैं, ये भी बहुत कुछ तो अपने पैरेंट्स से लेते हैं। पैरेंट्स बनने के बाद लोगों को अपनी सोच पर काम करना चाहिए, ताकि उनके बच्चे अच्छे और ख़ुशमिज़ाज इंसान बनें। तेरी और मेरी जर्नी बिलकुल अलग है। हम दोनों के लिए सक्सेस के मीटर अलग-अलग हैं। तू यू.एस. जाकर एम.बी.ए. करने पर जितना ख़ुश होगी, मैं एम.कॉम. करने या टीचर की जॉब मिल जाने पर तेरे से ज़्यादा ख़ुश हो जाऊँगी। सक्सेस कभी बड़ी-छोटी नहीं होती, बल्कि स्ट्रगल बड़ा-छोटा होता है।"

तभी वसुधा की नज़र बाहर दरवाज़े पर गई तो देखा सना जाने कब से इशारे से उसे बाहर बुला रही है। वो रेवा की नज़र में नहीं आना चाहती थी।

वसुधा अचानक खड़ी हुई, "रेवा मैं दो मिनट में आई।"

रेवा ने व्यंग किया, "मैंने देख लिया है। वो तेरी सना बाहर खड़ी इशारे कर रही है। तूने नहीं बताया तो क्या हुआ। मुझे मालूम है इसका भाई नागपुर आया था। दोनों भाई-बहन थाने के भी चक्कर काट आए। भाई भी इसी की तरह छपरी होगा। वसुधा समझा रही हूँ इससे ज़रा दूर रहा कर। तू डीसेंट है, इसके फेर में कहीं फँस न जाए।"

वसुधा ने बाहर आते ही सना को फटकारा, "तू या तो अच्छे से छिपकर इशारा किया कर या दरवाज़े पर सीधे आवाज़ देकर बुला लिया कर। रेवा ने तुझे इशारे करते देख लिया। तुझे तरीक़े से छिपना तक नहीं आता।"

"रब्बा उस चुड़ैल ने देख लिया। भगवान क़सम इससे मेरा पिछले जन्म की दुश्मनी का कोई नाता है।"

वसुधा ने सना की बातें अनसुनी करते हुए पूछा, "ऐसी क्या इमरजेंसी है जो बुलाने आई?"

"चल-चल, पहले बाहर लॉन में चल। पूरी बात बताती हूँ। पूनम बहुत लो फ़ील कर रही है। अभी आंटी का फ़ोन आया था। पूनम को देखने लड़के वाले आ रहे हैं। पिछली छुट्टियों में ये जब गोंदिया गई थी तब भी दो लड़के इसको देखने आए थे। दोनों मना करके जा चुके हैं। आज जब फ़ोन आया तो इसने आंटी से

पूछ लिया कि आपने लड़के की फ़ोटो देखी क्या? आंटी बोलीं कि अब लड़का जैसा भी दिखता हो, हमारे साइड से मना नहीं होगा। तेरे को दो-दो लड़के मना कर चुके हैं। यार बेचारी रो रही थी। चल हमारे कमरे में थोड़ा गपशप करेंगे तो उसको अच्छा लगेगा। एक बार पूनम मेरे घर आई थी तो मेरी मम्मी कहीं बाहर जाते हुए मेरे माथे को चूमकर गईं, तब पूनम ने बताया था कि आंटी ने कभी उसे गले नहीं लगाया है, चूमना तो बहुत दूर की बात है। माँ होकर बच्चे को गले लगाना, सहलाना, चूमना जैसी नरमाई न दिखाए, तो बच्चे कनेक्ट कैसे करेंगे। हॉस्टल में फ़ोन घुमाकर रिपोर्टिंग लेना-देना, स्कूल-कॉलेज की फ़ीस पटाना, उनकी शादी में ख़र्च करना तो ज़िम्मेदारी निभाना है। ज़िम्मेदारी शब्द में बंधन है, बोझ है। बच्चे को पढ़ाना-लिखाना, शादी करना ज़िम्मेदारी नहीं बल्कि माँ-बाप का सुख है, उनके जीवन का रस है। तुम ब्राह्मणों में लड़कियों की शादी का ज़्यादा चोचला है क्या? इसकी दीदी की शादी में भी बहुत दिक़्क़त हुई थी, क्योंकि उसको चश्मा लगा था। लड़के वालों को चश्मे वाली लड़की पसंद नहीं थी। पूनम की दीदी को एक लड़के की माँ ने ही कह दिया कि चश्मे के साथ अनाज चुनना-बिनना कैसे करेगी, सब्ज़ियों में बारीक कीड़े नहीं दिखेंगे इसको, काज-बटन तो करना ही पड़ जाता है। उसी लड़के वाले को एक लाख ज़्यादा दिए तो बाद में मान गए। हद है यार। चल चल रूम में पूनम के पास।"

पूनम अपने बिस्तर पर औंधे मुँह लेटी थी। वसुधा ने जैसे ही उसके सिर पर हाथ फेरा वो उसकी गोद में सिर घुसाकर रोने लगी। सना ने जल्दी से रूम का दरवाज़ा बंद कर लिया ताकि बाहर से कोई पूनम को रोता न देखे। पूनम की हिचकियाँ देख, सना और वसुधा की आँखें भी भीग गईं। वसुधा लगातार उसके सिर पर हाथ फेर रही थी।

वसुधा ने गला साफ़ करके पूछा, "लड़के वाले कब आ रहे हैं?"

पूनम ने वसुधा की गोद से सिर नहीं उठाया। सना ने जवाब दिया, "लड़के वाले परसों आएँगे। इसको कल की ट्रेन से जाना होगा। लड़का अच्छा ही होगा इसलिए आंटी ने कहा कि मैं तो ना नहीं करुँगी। माँ-बाप हैं यार। भला ही सोचेंगे। आख़िरकार जीवन भर की जोड़ी कमाई बच्चों को सौंप देते हैं।"

पूनम ने बिस्तर पर बैठकर सूजी हुई आँखें फ़र्श पर टिका दीं, "वो दो लड़के मुझे मना करके गए तो उतना बुरा नहीं लगा, जब मम्मी ने कह दिया कि ख़ुद की

शक्ल देखो, जो हाँ बोलेगा वहाँ कर दूँगी, तो एकदम से दिल टूट गया। उन्हें एक सेकेंड को ख़याल नहीं आया मुझ पर क्या बीतेगी ऐसा सुनकर। कभी नहीं सोचा कि बेटी को अच्छे से पढ़ाओ, ताकि ससुराल में उसे बराबरी का मान मिले। जब मुझमें कोई क़ाबिलियत ही नहीं तो उस घर में मेरी क़द्र मुश्किल है। मैं तो मम्मी जितनी दबंग भी नहीं हूँ। मेरी दीदी अपने ससुराल में ग़ुलामों-सी ज़िंदगी जी रही है। हम लोग उनके आने-जाने की टिकट करवा कर देते हैं तब उसे मायके आने को मिलता है। मम्मी ने स्टूडियो ले जाकर मेरी तीन फ़ोटो खिंचवाईं। पहली फ़ोटो सिर से लेकर पैर तक, ताकि लड़के वाले जान सकें मेरी लंबाई कितनी है और कितनी मोटी हूँ। दो फ़ोटो दाएँ-बाएँ से क्लोज़प, ताकि मेरे नाक-नक़्श अच्छे से देख सकें। यार सही करते हैं वो लोग। जब मैं अपना ख़र्च निकालने लायक़ भी नहीं कमा सकती तो मैं ये बेज़्जती डिज़र्व करती हूँ। मेरा वेलवेशन गुण से नहीं रूप-रंग से ही होगा।"

सना ने पूनम के गाल चूम लिए, "कौन कहता है तुझ में क़ाबिलियत नहीं है। इतना अच्छा नेचर है। सबको कितने प्रेम से समझती है। पढ़ाई में इतनी तेज़ है। तेरा हसबैंड तुझे बहुत प्यार करेगा पूनम।"

पूनम फ़र्श ताकती हुई बोल रही थी, "सुन पैरेंट्स को छोड़कर दुनिया का हर रिश्ता गिव एंड टेक वाला ही होता है। यदि बीवी कमाने में केपेबल है लेकिन बच्चों की परवरिश के लिए जॉब छोड़ती है तो पति कम-से-कम उसे देहाती नहीं मानता। जॉब वाली लेडीज़ को कंप्यूटर से लेकर शेयर इन्वेस्टमेंट तक का नॉलेज होता है। पति उसकी सलाह को ग़ौर करने लायक़ मानता है। मगर यदि बीवी ने बेसिक पढ़ाई की हो और घरेलू है तो वो समझता है कि इसको कोई जॉब मिलने वाली ही नहीं थी, क्योंकि क्वालिफ़िकेशन ही नहीं हैं। किसी काम की नहीं है, नॉलेज नहीं तो। वो सोचता है कि तू मेरी जूठी थाली उठा, बिस्तर लगा, मेरे अंडरगारमेंट्स धो, बाथरूम के कमोड, सिंक घिस। मेरी दीदी बिलकुल यही जीवन जी रही है। जीजाजी ख़ुद को ख़ुशमिज़ाज और मज़ाक़िया दिखाने किसी के भी सामने दीदी की खिल्ली उड़ा देते हैं। बीवी क़ाबिल नहीं है तो हसबैंड पैसा तो दे देगा, प्यार भी कर लेगा, मगर इज़्ज़त नहीं देगा। मेरी मम्मी ये बारीक बात समझ ही नहीं सकतीं। किसी भी रिश्ते में प्रेम से ज़्यादा इज़्ज़त ज़रूरी होती है। यहाँ तक कि अपने बच्चों को भी प्रेम से ज़्यादा इज़्ज़त दो। जैसे सना तेरे पैरेंट्स।"

सना ने समझाया, "चल मुझे भरोसा है कि तेरी क़िस्मत बहुत अच्छी होगी। लड़का देखने आएगा तो मेरा पिंक वाला सूट ले जाना। वही पहनना।"

वसुधा के पास पूनम की इस समस्या का कोई हल नहीं था, "चलो यार भूख लग रही है। मेस की रिंग हो चुकी है। रेवा को दो रात से नींद नहीं आ रही है। आज वो डॉक्टर के पास गई थी। उसको एंग्ज़ायटी का इशू है।"

सना हँसी, "सुन उससे थोड़ा दूर रहा कर। तू भी रेवा जैसी हो जाएगी। दिन भर भविष्य का पीछा करने वाली रेस्टलेस लड़की। फ़्यूचर तो फ़्यूचर है, वो कभी नहीं आता। बेवक़ूफ़ को कौन समझाए कि प्रेज़ेंट जो बीत रहा है, फिर उसको कौन एंजॉय करेगा।"

वसुधा ने सफ़ाई दी, "अरे उसकी कोचिंग के मॉक टेस्ट में अभी कोई लड़का इससे सिर्फ़ दो नंबर आगे है तो कल रात नींद में भी उस लड़के को गरिया रही थी। मेरी नींद खुल गई कि ये क्या बोल रही है। कान लगाकर सुनी तो बार-बार बोल रही थी, 'उसको कुछ ख़ास आता नहीं है। वो तो मैं ठीक से पढ़ नहीं पाई इसलिए वो दो नंबर ज़्यादा ले आया। उसके बारहवीं के पर्सेंटेज़ भी मेरे से कितने कम थे।' सुबह देवी जी को बुख़ार चढ़ गया। डॉक्टर ने जो दवाइयाँ मेंटल रिलैक्स करने दी हैं उससे उसे गहरी नींद आती है। उसको जागकर पढ़ना है तो अभी तो दवा नहीं खा रही है। अब देखो आज भी पूरी रात बड़बड़ाती न रहे। साला अपने रिज़ल्ट से ज़्यादा मुझे उसके रिज़ल्ट की चिंता है।"

सना को रेवा पर दया आई, "हद है यार। तेरे को बताऊँ ये टॉप इसलिए करती है क्योंकि ये टॉप करने के लिए जान दे सकती है। आनंद टॉप इसलिए करता है, क्योंकि वो सबसे सटीक आंसर लिखना चाहता है। उसके दिमाग़ में कभी टॉप करना होता ही नहीं। इन फ़ेक्ट लास्ट टाइम उसकी सी.ए. कोचिंग में कोई लड़का आनंद से आगे था। आनंद बड़ी तारीफ़ कर रहा था उस लड़के की। उसने बोला, मैं टॉप करता हूँ ये बड़ी बात नहीं है, वो लड़का गाँव से आया है, ग़ज़ब का मेहनती है। वसुधा मुझे रेवा पर तरस आता है। लोगों की फ़ीलिंग्स पढ़ना, किताबें पढ़ने से ज़्यादा ज़रूरी है। रेवा को इस उम्र में एंग्ज़ायटी की दवा लेनी पड़ रही है। कोचिंग में उससे बेहतर स्टूडेंट से जलने की बजाए उस लड़के से सीखना ज़रूरी है, उसकी तारीफ़ करना ज़रूरी है। डॉक्टर की दवा उसका कुछ नहीं कर सकती। चल चल, पूनम उठ। बहन तेरा रोना हो गया हो तो चल खाने चलते हैं।"

वसुधा भी उठ गई, "मैं रेवा का खाना लेकर आज उसी के साथ कमरे में खाऊँगी तुम लोग जाओ।"

अगले दिन पूनम सुबह की पहली ट्रेन से सना का पिंक सूट लेकर गोंदिया निकल गई। थोड़ी देर पहले वसुधा के लिए हॉस्टल में नीरज भैया का फ़ोन आया कि उनके दोस्त की बहन 'अकोला नगर निगम' में अकाउंटेंट की पोस्ट के लिए फ़ॉर्म भर रही है। कल लास्ट डेट है। तू भी भर दे फ़ॉर्म। बैंक तैयारी के लिए जो पढ़ना होता है उसी टाइप का सिलेबस है। वसुधा चुप रही। वो नागपुर के कॉलेज से बी.कॉम. करने इसलिए आई थी कि क्लर्कियल एग्ज़ाम या बैंक पी.ओ. के एग्ज़ाम की तैयारी कर पाए। यहाँ आ जाने के बाद कोचिंग्स की फ़ीस, किताबों की क़ीमत और हॉस्टल से कोचिंग की दूरी देखकर माँ ने मना कर दिया। नीरज भैया को इंजीनियरिंग कॉलेज की पढ़ाई में कठिनाई आ रही थी, इसलिए अब अलग से प्रोफ़ेसर के घर ट्यूशन पढ़ने भी जाते हैं। उन्होंने ट्यूशन जाने को बाइक भी ख़रीदवाई। हॉस्टल की ही रूम नंबर 107 की जूनियर अंशिका ने बताया था कि उसकी कंप्यूटर कोचिंग की तरफ़ नीरज भैया अक्सर किसी लड़की को बाइक पर बैठाकर मार्केट में दिखते हैं। माँ को नीरज भैया पर बहुत तरस आता, "बेचारे की पढ़ाई पर अगर बाबा ने ख़र्च नहीं किया तो आगे वो पूरा परिवार और अपने बाल-बच्चे कैसे सँभालेगा। आने वाले टाइम में जीवन और महँगा होगा, शौक़ ज़्यादा होंगे। नीरज को माँ-बाप, बीवी-बच्चे का ख़र्चा अकेले उठाना है। बाबा अब दुकान चलाते हुए थक चुके हैं। नीरज की पढ़ाई में कोई कंजूसी नहीं करनी है। इंजीनियरिंग कठिन लग रही है तो ट्यूशन तो पढ़ाना ही पड़ेगा। नीरज बोलता भी है जॉब लगते ही बाबा को दुकान में नहीं बैठने देगा। वसुधा की शादी में लोन लेकर भी कमी मत करना। मैं जॉब लगते ही लोन चुका दूँगा। हमेशा बोलता है कि वसुधा के लिए ऊँची पोस्ट का ही लड़का ढूँढ़ेंगे चाहे जितना दहेज देना पड़े। इतनी-सी उम्र में सबके लिए सोचता है।"

नीरज भैया का फ़ोन आने के बाद वसुधा हॉस्टल के पास के टाइपिंग स्टोर से अकोला नगर निगम के अकाउंटेंट पोस्ट का फ़ॉर्म ख़रीदकर ले आई। रूम में रेवा की मदद से फ़ॉर्म में पूछी गई जानकारी भरने लगी। रेवा ने समझाया, "देख इसके लिए तू टेंथ तक का मैथ्स और किसी भी रीजनिंग की बुक को अच्छे से तैयार कर ले। वही आता है। मैथ्स के परसेंटेज के सवाल, प्राफ़िट एंड लॉस, क्रेडिट वग़ैरा

अच्छे से कर। बेसिक इंग्लिश और थोड़ा जी.के.। पोस्ट कम और कैंडीडेट ज़्यादा होने की वजह से कॉम्पटीशन तो टफ़ ही होगा यार। पासपोर्ट फ़ोटो है न तेरे पास?"

वसुधा ने माँ को फ़ोन पर फ़ॉर्म भरने के बारे में बताया तो ख़ुश हो गईं, "सरकारी नौकरी रहेगी तो तेरे लिए रिश्ते अच्छे आएँगे और दहेज भी नहीं माँगेंगे। लड़की हर महीने की एक तारीख़ को दहेज लाएगी। अकोला या आसपास के लड़के से शादी कर देंगे, ताकि तुझे जॉब छोड़नी ना पड़े। अभी एक महीना है पेपर में। तेरे रूम के आज़ू-बाज़ू की उन लड़कियों से सलाह ले जो कोचिंग जाती हैं ताकि उनकी किताबों से कुछ मदद हो जाए।"

वसुधा को हॉस्टल में कोचिंग जाने वाली लड़कियों से बार-बार किताबें माँगना अच्छा नहीं लग रहा था। मन में सोचा, चलो फ़ॉर्म भर दिया है तो एग्ज़ाम दे आऊँगी। वैसे भी नीरज भैया ने कहा था तो जाना ही पड़ेगा।

पूनम गोंदिया से तीन दिन बाद हॉस्टल लौटी। उसकी शादी लग गई। वो न ख़ुश थी, न उदास। लड़का अमरावती के पास किसी गाँव के सरकारी स्कूल में टीचर है। इकलौती संतान है। पिताजी भी प्रिंसिपल हैं।

सना ने छेड़ा, "यार लड़के की फ़ोटो तो लेते आती। शादी तो फ़ाइनल एग्ज़ाम के बाद है न?"

"हाँ। शादी तो बी.कॉम. पूरा करने के बाद होगी। उस डब्बे में मिठाई लाई हूँ। वसुधा तू भी ले।"

वसुधा ने डब्बे से एक मिठाई खाते हुए समझाया, "सुन न, तू उन लोगों को पहले से बोल दे कि शादी के बाद भी पढ़ाई करूँगी। लड़का, उसके पापा सब टीचिंग लाइन से हैं, पक्का मान जाएँगे।"

पूनम ने अपनी शादी के विषय से हटकर सवाल किया, "वसुधा, सना बता रही थी कि तूने अकोला में अकाउंटेंट की वेकेंसी के लिए फ़ॉर्म भरा है?"

"हाँ बिना कोचिंग, बिना किताब का एग्ज़ाम कैसे दूँगी सोच ले। आब्जेक्टिव पैटर्न में पेपर है तो चार आप्शन में अब्बा, बब्बा, झब्बा करके कोई एक गोले को गोद दूँगी और क्या। माइनस मार्किंग नहीं है।" वसुधा ने मिठाई खाते हुए बताया।

16

कॉलेज में फाउंडेशन डे सेलिब्रेशन के तीन दिन की छुट्टी, संडे, जन्माष्टमी मिलाकर कुल पाँच दिन की छुट्टियाँ पड़ रही हैं। आधा हॉस्टल ख़ाली हो गया। वसुधा भी वर्धा पहुँच गई। कल वर्धा से एग्ज़ाम देने अकोला जाएगी। वर्धा से अकोला तीन घंटे का सफ़र है। नीरज भैया के स्कूल के दोस्त अंशुल भैया, जिन्हें वो बचपन से देख रही है, उनकी बहन प्रिया दीदी के साथ वसुधा अकोला जाएगी। अकोला में एग्ज़ाम देने के बाद प्रिया दीदी और वसुधा दोनों शाम की ट्रेन से वर्धा लौट आएँगे। अकोला जाने वाली ट्रेन वर्धा से सुबह छह बजे की है। आज रात से ही अंधाधुंध बारिश हो रही थी। इतनी सुबह स्टेशन के लिए ऑटो मिलना मुश्किल था। अंशुल भैया के घर से सुबह-सुबह फ़ोन आ गया। उन्हें मालूम था कि नीरज के घर कार नहीं है। स्टेशन जाने प्रिया दीदी अपने पापा के साथ कार से वसुधा के घर आईं। रास्ते में कार की सामने वाली सीट पर बैठी प्रिया ने पलटकर वसुधा से कहा, "नीरज भैया तो सालों से हमारे घर आते हैं। जैसे तुम मेरे अंशुल भैया को बचपन से जानती होगी।" वसुधा मुस्कुरा दी।

कार तेज़ बारिश की वजह से धीमी गति से बढ़ रही थी। सड़क में चारों तरफ़ पानी ही पानी था। कार के काँच पर लहरदार पानी की अपारदर्शी चादर छाई थी, जिसे तड़फते वाइपर इधर-उधर होते हुए फाड़ने की कोशिश करते बिछल रहे थे। अंकल दोनों लड़कियों को स्टेशन के बाहर ही ड्रॉप करके निकल गए। प्रिया और

वसुधा के अकोला आने-जाने का रिज़र्वेशन अंशुल भैया ने पहले ही करा दिया था। दोनों की सीट साथ की थी। ट्रेन आने में अभी दस मिनट बाक़ी थे। वसुधा ने फिर एक बार पर्स खोलकर ट्रेन की टिकट, एडमिट कार्ड चेक किया। इतनी तेज़ बारिश में भी प्लेटफ़ॉर्म मुसाफ़िरों से भरा था। ज़्यादातर लोग पूरे या अधूरे भीगे हुए थे। प्लेटफ़ॉर्म की छत पर लगी सीमेंट की चादर पानी के शोर से थर्रा रही थी। शेड के नीचे होने के बावजूद चारों तरफ़ से आ रहे छींटों और कीचड़ सने जूते-चप्पलों से प्लेटफ़ॉर्म गीला और किरकिरा हो चुका था। हर आदमी की कोशिश थी कि वो और उसका लगेज शेड के नीचे रहे, इस फेर में यात्री एक-दूसरे से चिपके खड़े थे। मुसाफ़िरों के बात करने की तेज़ भुनभुन, ट्रेनों का अनाउंसमेंट, चाय का मीठा धुआँ, पकौड़ी के ठेलों से उठती नमकीन सुगंध, बौछारों का शोर सब सेत-मेत होकर अजब-सी घबराहट भरी गर्मी उपजा रहे थे। गीली पटरियों के बीच में पड़ीं गिट्टियों पर बूंदें गोलियों-सी बरसतीं और चूर-चूर होकर ऊपर उछलतीं। पटरियाँ और धुले हुए पत्थर के टुकड़े पानी की फ़ुलझड़ी चला रहे थे। प्लेटफ़ॉर्म में थोड़ी-थोड़ी दूर पर गड्ढों में जमा पानी जाने किस देश का नक़्शा बना रहा था। केले, किताबों और समोसे के ठेले इन्हीं पानी के डबरों के ऊपर आकर खड़े हो गए। प्लेटफ़ॉर्म नंबर एक और दो को जोड़ने वाले ओवर ब्रिज की ऊँची छत पर लगी लहरदार सीमेंट सीट से पानी की अनगिनत धाराएँ उड़ती हुई नीचे पटरियों तक आ रही थीं। रेनकोट पहने लड़का चाय की केतली लिए भीड़ में घुसता-निकलता ट्रेन के आने से पहले ज़्यादा से ज़्यादा लोगों को चाय पिलाने में व्यस्त था। तभी अकोला की तरफ़ जाने वाली ट्रेन का पाँच मिनट में पहुँचने का अनाउंसमेंट हुआ। वसुधा ने एक बार फिर अपनी कलाई में बँधी घड़ी पर नज़र डाल स्टेशन पे लटकी बड़ी घड़ी से समय का मिलान किया, ताकि एग्ज़ाम हॉल में सही समय का अंदाज़ा हो पाए। ट्रेन के पहुँचने की घोषणा के साथ पहले से ही मची घच-पच में थोड़ी और तेज़ी आई। एक बूढ़ी भिखारन ने दरारों से भरे, मैले हाथ वसुधा के आगे फैला दिए। वसुधा ने जल्दी से पर्स से एक सिक्का निकालकर उसे विदा किया। तभी धीमी गर्जना के साथ लोहे के किसी दैत्य-सी पानी टपकाती ट्रेन प्लेटफ़ॉर्म में प्रवेश करने लगी। यात्रियों में दौड़-भाग शुरू हो गई। समोसों को भीगने से बचाने ठेले को पॉलीथिन से ढँके लड़के ने अपने ठेले से इतनी रेल-पेल मचाई, जैसे उसे ये ठेला ट्रेन में घुसाना है। प्रिया और वसुधा ने अपने टिकट पर लिखे बोगी नंबर का बाहर लिखे बोगी नंबर से मिलान किया और धक्का-मुक्की करते लोगों में शामिल

हो गईं। पूरी ट्रेन बाहर से नहाई-धोई लग रही थी।

ट्रेन की दोनों सीढ़ियाँ मुसाफ़िरों के जूतों की गीली मिट्टी से लाल थीं। यही हाल भीतर का भी था। वसुधा और प्रिया थोड़ी-सी मशक़्क़त के बाद अपनी सीट तक पहुँच गईं। दोनों के पास सामान के नाम पर एक छोटे से बैग में टिफ़िन, पानी बोतल, कुछ पैसे और एग्ज़ाम का प्रवेश पत्र भर था। दो मिनट में ही ट्रेन धीमी गति से सरकते हुए सरपट दौड़ने लगी।

प्रिया ने पूछा, "वसुधा तुमने इसके पहले कोई कॉम्पिटीटिव एग्ज़ाम दिया है क्या?"

"नहीं दीदी। फ़र्स्ट टाइम है। कोई कोचिंग भी नहीं ली है कभी। नीरज भैया ने भरवा दिया फ़ॉर्म। अकोला एग्ज़ाम सेंटर है इसलिए भी फ़ॉर्म भर दिया। वर्धा से तीन घंटे दूर है। नीरज भैया ने कहा कि अकोला जाने के लिए अंशुल भैया की बहन का साथ भी हो जाएगा। भर दे फ़ॉर्म।" वसुधा ने बताया।

प्रिया बोली, "मैंने पहले भी एक-दो बार दिया है क्लर्कियल एग्ज़ाम। बहुत टफ़ होता है यार। सात या आठ पोस्ट होते हैं जरनल कैटेगिरी में और हज़ारों लोग अपियर होते हैं। चारों आप्शन में कौन-सा आंसर सही है, सोचते हुए क्लू-लेस हो जाती हूँ। कभी चारों आप्शन सही लगते हैं, कभी चारों ग़लत। मैं तो आंसर सिलेक्ट करते वक़्त हमेशा एक काम करती हूँ तुम भी वही... वसुधा पीछे देखो, वो लड़का शायद तुमको बुला रहा है।"

वसुधा पलटी... हे भगवान! शिलांग वाला लड़का। बाल भीगे हुए, हाथ में कुछ पैकेट पकड़े मुस्कुराता देख रहा है। वसुधा ने फटकर बाहर आने को आतुर फेंफड़ों को बड़ी मुश्किल से क़ाबू में किया। अरसे की भटकन के बाद हारे मुसाफ़िर को अनायास ही मंज़िल दिख गई। प्यास से मरते का आख़िरी हिचकी से पहले किसी ने गला तर कर दिया। इंतज़ार से थककर निराश लौटते को किसी ने पीछे से पुकार लिया हो जैसे। वसुधा का दिल ट्रेन की स्पीड से ज़्यादा ज़ोर से धड़क गया। वसुधा की आवाज़ की पुलक सातवें आसमान की थी, "आप यहाँ कैसे?"

आशीष ज़रा और पास आकर खड़ा हो गया "मैं तो मुंबई जा रहा हूँ। भंडारा मीटिंग अटैंड करने आया था। एक मिनट, इसमें से आधा सामान मेरे बाज़ू की सीट वाली आंटी ने ख़रीदने को कहा था। आगे के ए.सी. कोच में देकर आता हूँ।"

आशीष का बल्लियों उछला दिल उसके कहे एक-एक शब्द में लरज़ रहा था। आशीष तेज़ी से बोगी में भीतर की ओर चला गया। वसुधा को प्रिया दीदी के डर से सिहरन होने लगी। नीरज भैया का इनके घर रेगुलर आना-जाना है। वसुधा अपनी ख़ुशी और तेज़ धड़कनों को हर हाल में प्रिया से छिपाना चाहती थी। वसुधा के साथ बैठी प्रिया को जिज्ञासा हुई कि महँगे कपड़े पहने इस सुदर्शन लड़के का वसुधा जैसी मध्यमवर्गीय, पारंपरिक और साधारण शक्ल की लड़की से कैसा परिचय? एक-दूसरे को देखकर दोनों के चेहरे जैसे गुलाब बन गए। प्रिया दीदी ने पूछ ही लिया, "वसुधा ये लड़का तुम लोगों का कोई फ़ैमिली फ्रेंड है क्या?"

वसुधा हकलाने लगी, "अरे नहीं दीदी। आठ या नौ महीने पहले मैं दादी के साथ कोलकाता से भुवनेश्वर जा रही थी, तब ये लड़का हमारे साथ ट्रेन में था। नौ घंटे की जर्नी में दादी के साथ बहुत घुल-मिल गया था। दादी इसको बहुत अच्छी लगी थीं।" वसुधा ने प्रिया दीदी को सफ़ाई दी। अंदर मची ख़ुशी के तूफ़ान को सँभालना मुश्किल हो रहा था। क्या ईश्वर इतना मेहरबान हो सकता है? क्या मैं सपना देख रही हूँ? आज आठ महीने बाद फिर वो मेरी आँखों के सामने है। ईश्वर बस अब ये ट्रेन उपग्रह बन जाए और अनंत काल के लिए अंतरिक्ष के चक्कर लगाती रहे। उसने बताया कि वो अभी मुंबई जा रहा है। मतलब हम अकोला तक साथ होंगे। तभी मुस्कुराता आशीष मफ़िन और सैंडविच के पैकेट लेकर वसुधा और प्रिया के सामने आकर खड़ा हो गया। खिड़की पर काँच खींच लेने के बावजूद भीतर आ रहे पानी के छींटो से बचने मुसाफ़िर खिड़की से ज़रा दूरी बनाकर बैठे थे। खिड़की के पास का सीट का कुछ हिस्सा बहुत गीला था, जिससे सीट पर बैठने की जगह पहले ही कम थी। वसुधा के सामने बैठे अधेड़ व्यक्ति से आशीष ने ज़रा-सी जगह देने का अनुरोध किया। उस मुसाफ़िर ने आशीष और वसुधा की बातचीत से पहले ही जान लिया था कि आशीष की सीट कहीं और है। आशीष को ज़रा देर यहाँ बैठाने में उसे क़ोई आपत्ति नहीं थी।

आठ महीने से भी ज़्यादा हुए दो तरसे दिल फिर आमने-सामने थे। ये वो तरुण मन थे, जिन्होंने भुवनेश्वर स्टेशन में दादी के आगे ख़ामोशी से एक-दूसरे को विदा कहा था। ये वही दो जोड़ी आँखें थीं जिन्होंने लाचारी से एक-दूसरे के लिए बेशुमार पसंदगी का ख़ामोश इज़हार किया था। आशीष की ये वही चॉकलेटी आँखें थीं जो रूम नंबर 204 में रात के अँधेरों को सिंदूरी करती आई थीं। ये वही सलोनी

लड़की है जिसके चेहरे की स्निग्धता ने शिलांग के स्याह रतजगों को उजला किया था। अकोला की ट्रेन में बैठी शुक्ला जी की बेटी को मालूम नहीं था कि भुवनेश्वर स्टेशन पर उतरते वक़्त वह इस पहाड़ी लड़के को उपहार में अकेलापन देकर विदा हुई थी। ये लड़का नहीं जानता कि उस सफ़र के बाद रूम नंबर 204 में टेप रिकॉर्डर पर एक ही कैसेट को पचासों बार रिवाइंड कर करके सुना गया है... ख़ूबसूरत आवारा सड़कों पर कभी-कभी इत्तिफ़ाक़ से कितने अनजान लोग मिल जाते हैं... उसमें से कुछ लोग याद रह जाते हैं...। आशीष का गोरा चेहरा, डिंपल वाली मुलायम मुस्कान, बिना बनावट की बातें किसी ने ज़िंदगी भर के लिए मन में बसा ली थीं। उस मुलाक़ात के बाद कितनी बार एटलस में शिलांग और भुवनेश्वर को देखती रहती।

ट्रेन के तेज़ हिचकोलों में डोलते हुए आशीष ने मुस्कुराकर वसुधा पर आँख जमा दीं, "व्हाट ए कोइंसीडेंट? अनबिलीवेबल। मैं अभी भी बीलीव नहीं कर पा रहा हूँ कि हम दुबारा एक साथ हैं। तुम कहाँ जा रही हो?"

वसुधा प्रिया दीदी की उपस्थित में आशीष की इस आत्मीयता से बहुत घबराई हुई थी। लग रहा था जैसे संग में प्रिया दीदी नहीं, नीरज भैया ही हों। प्रिया दीदी ये बात अंशुल भैया को ज़रूर बताएँगी कि वसुधा को एक लड़का ट्रेन जर्नी में दुबारा मिला। दोनों एक-दूसरे के साथ बड़े फ्रेंडली थे। वसुधा ने हिचकिचाते हुए आशीष से परिचय कराया, "ये प्रिया दीदी हैं। हम दोनों अकोला जा रहे हैं। एक एग्ज़ाम देने।"

प्रिया बीच में ही बोल पड़ी, "मुझे यक़ीन ही नहीं रहा है कि आप और वसुधा देश के दो अलग-अलग हिस्से की यात्रा में दो बार ट्रेन में ही मिले। जैसे कोई इमेजिनरी स्टोरी। दो लोग एक शहर में रहते हुए पूरा जीवन गुज़ार कर भी ऐसे संयोग से नहीं गुज़रते। आप दोनों एक-दूसरे के शेड्यूल से बेख़बर ऐसी परफ़ेक्ट टाइमिंग में घर से निकले और करोड़ों की भीड़ भरी दुनिया में हज़ारों किलोमीटर की लंबी जर्नी करके अनजाने ही दुबारा मिल गए। अनबिलीवेबल।"

प्रिया दीदी के मुँह से अपना नाम वसुधा सुनकर वसुधा को लगा चलो इस लड़के को मेरा नाम पता चल गया, लेकिन काश प्रिया दीदी साथ न होतीं तो मैं नाम पूछ लेती। आशीष वसुधा को अपनी आँखों से दुलारते हुए मुस्कुराया, "अगर भंडारा और भुसावल में मुझे मीटिंग न लेनी होती तो मैं कलकत्ता से सीधे मुंबई की

फ़्लाइट लेता। सचमुच ये इत्तिफ़ाक़ की बात थी कि लास्ट मूवमेंट में मेरा शेड्यूल चेंज हुआ। मैं पहले गीतांजली एक्सप्रेस की टिकट करवाने की सोचा था, मगर फिर एट लास्ट इस ट्रेन की टाइमिंग जमी, इसलिए कल टिकट फ़ाइनल किया। आप लोगों की बोगी के पीछे वाली ए.सी. बोगी में मेरी बर्थ है। ये भी इत्तिफ़ाक़ था कि वहाँ मेरे बाज़ू के बर्थ वाली आंटी ने वर्धा में ट्रेन रुकने पर मुझे कुछ ड्राई आइटम लाने कहा। वो अकेली हैं। ट्रेन रुकने से पहले ही मैं नॉन ए.सी. की तरफ़ आ गया ताकि यहाँ की खुली विंडो से प्लेटफ़ॉर्म स्कैन करता चलूँ कि आंटी का मंगाया सामान कहाँ मिलेगा। मफ़िन वाला पीछे की तरफ़ था इसलिए मैं आप लोग वाले इस दरवाज़े से भीतर आया। वसुधा खिड़की के साइड फ़ेस करके बात कर रही थी, लेकिन जब मैं गुज़र रहा था तब ही ज़रा-सा तिरछी हुई। मैं भीड़ में आगे बढ़ गया था, मगर मुझे हल्का-सा कहीं लगा कि पीछे वाले कंपार्टमेंट में शायद वसुधा थी और मैं पलटकर फिर आया। ये भी कोइंसिडेंस था, इतनी भीड़ में वसुधा पर नज़र पड़ गई। भीतर आने दूसरा दरवाज़ा यूज़ करता तो अपनी बोगी में उधर से ही निकल गया होता। नहीं देख पाता।"

वसुधा ने ग़ौर किया कि प्रिया दीदी ने सिर्फ़ एक बार इस लड़के के आगे वसुधा का नाम लिया और आशीष ने तुरंत बाद कहा... मैं इधर से जा रहा था तो वसुधा आप से बात कर रही थी। पहली बार दादी जब मुझे पुकार रही थीं तब ही मेरा नाम याद हो गया हो। उसके मुँह से अपना नाम सुनना ऐसा लगा जैसे इस नाम से पहली बार पुकारी गई हूँ। ख़ुद के नाम से अजनबीयत होने लगी। ख़ुद का नाम पुकारा जाना पहले इतना भला क्यों नहीं लगा? इस लड़के का वसुधा पुकारना जैसे कानों में मंदिर की घंटियाँ बज रही हों। ईश्वर के दिए इतने सारे संयोगों के बावजूद एक संयोग न मिल पाया- एकांत। एकांत चाहिए, सिर्फ़ इसलिए कि इस लड़के का नाम पूछ पाऊँ। आपका नाम क्या है? इस सवाल की इतनी झेंप क्यों? इस लड़के ने नहीं पूछा तो मैं कैसे पूछूँ? ट्रेन में तो लोगों से दुनिया-जहान की बातें कर लेते हैं... आप कहाँ जा रहे हैं? वहीं रहते हैं? उस शहर में मेरा भी फ़लाँ-फ़लाँ रहता है... नहीं नहीं अब उस शहर में पहले जैसा कुछ नहीं बचा... मैं तो फ़लाने डिपार्टमेंट में काम करता हूँ... चलिए मेरा स्टेशन आ गया... आपके साथ सफ़र का पता ही नहीं चला... ईश्वर ने चाहा तो दुबारा मिलेंगे। ईश्वर क्या ऐसा सबको दुबारा मिलाना चाहता है? ट्रेन में मिले लोग ढेर बातें करने के बावजूद शायद ही एक-दूसरे का नाम पूछते हैं। क्या करेंगे नाम जानकर जिनसे ज़िंदगी में दुबारा

नहीं मिलना है? जिनसे कोई रिश्ता नहीं है। हो सकता है कुछ लोग पूछते भी होंगे एक-दूसरे का नाम... मगर वो लड़का और लड़की नहीं होते होंगे... और यदि लड़का-लड़की होते भी होंगे तो उनके पेट में तितलियाँ नहीं उड़ती होंगी... उनकी आँखों में गुलाबी गुबार नहीं उड़ते होंगे। ट्रेन फिर तेज़ गति से दौड़ रही थी, उस दोफाड़ स्टेशन की तरफ़ जहाँ से इन दोनों को फिर विपरीत दिशा में जाकर दुनिया के मेले में गुम हो जाना था। इतनी बार छुट्टियों में वर्धा और नागपुर आना जाना अकेले ही करती हूँ। यदि वर्धा से नागपुर जाते समय ये ट्रेन में मिलता तो मैं ज़्यादा खुलकर बात कर सकती थी।

सफ़र का एक-एक मिनट इस्तेमाल करने वसुधा ने फ़िज़ूल का सवाल किया, "मुंबई में कितने दिन रहेंगे आप?"

"दो दिन रहूँगा। लौटते समय वहाँ से कलकत्ता के लिए डायरेक्ट फ़्लाइट है। दादी कैसी हैं?" आशीष ने पूछा।

"दादी बढ़िया हैं। आप अपनी मम्मी के पास हर वीकएंड शिलांग जा पा रहे हो?" वसुधा ने फिर सवाल किया।

"अरे नहीं। कहाँ हो पाता है। अब आज संडे है। मीटिंग के लिए मुंबई जा रहा हूँ। मम्मी के कॉलेज में लंबी छुट्टियाँ चल रही हैं। कल तो फ़ोन पर डाँट रही थीं। अगले वीकएंड शिलांग पहुँचने का ऑर्डर है।"

वसुधा की कल्पना में शिलांग की एक गोरी अधेड़ महिला, आशीष का अनदेखा घर और कमरे के एक कोने में टेबल पर रखा फ़ोन घूम गया। दीवार पर ईसामसीह की सलीब पर टँगी तस्वीर भी होगी। इस लड़के को मालूम नहीं होगा कि हमारे घर में सबसे बड़ी तस्वीर आँखें मूँदे हनुमान जी की है। काश इस लड़के के घर का फ़ोन नंबर मिल जाए तो नंबर घुमाकर इससे बात हो जाया करे। वसुधा के मन में क्या चल रहा है, से बेख़बर आशीष इस यात्रा में एक पल भी वसुधा के चेहरे से नज़र नहीं हटाना चाहता है। तेज़ बारिश के शोर में खिड़की से बाहर मटमैले पानी में डूबे खेत दौड़ रहे थे। तालाब बन चुके खेतों में धान आधे डूबे खड़े थे। खिड़की का काँच गिराने के बाद भी पानी आख़िरी की पतली पट्टी पर जमा हो रहा था। बौछारें जमा पानी पर छींटे उछालती सीट भिगो रही थीं। वसुधा को सुपरफ़ास्ट ट्रेन में बैठने का पहली बार अफ़सोस हुआ। काश ये पैसेंजर ट्रेन होती और अकोला पहुँचने में पाँच घंटे लगाती। हे भगवान! बारिश में ट्रेन की पटरियाँ

डूब जाएँ और चक्के थम जाएँ। क्या इस ट्रेन के भाग्य में अनिश्चितकालीन विलंब से चलने का सुख नहीं लिखा है ? ये एग्ज़ाम छूटे तो छूटे। कौन-सा अकोला नगर निगम वसुधा के एग्ज़ाम में न बैठने से लुट जाएगा। ट्रेन बिजली की गति से तेज़ भाग रही है। हर अगले मिनट मैं इस लड़के से दूर जा रही हूँ। हॉस्टल में कितना याद किया है इसको। भुवनेश्वर वाली वो ट्रेन हर रात मेरे सीने में सफ़र करती है। सना और पूनम को बताऊँगी तो यक़ीन ही नहीं कर पाएँगे कि ऐसा भी होता है। मुझे मालूम है कि ये भी मुझे बहुत पसंद कर रहा है। वो भी जान चुका है कि मैं उसको देखते ही खिल गई।

वसुधा ने बेवजह ही वो बात कही जो उस ट्रेन में मौजूद हर आदमी को पता थी, "आज बारिश बहुत तेज़ है।"

आशीष ने बाहर नज़र डालते हुए कहा, "शिलांग में तो ऑलमोस्ट छह माह बारिश का मौसम होता है। जुलाई-अगस्त में तो पहाड़ों से काउंटलेस वाटरफ़ॉल गिरते हैं, लेकिन हमारे यहाँ रोड पर पानी ज़्यादा जमा नहीं होता। माउंटेन है इसलिए स्लोप अच्छा होता है।"

वसुधा और आशीष, दोनों जानते थे कि वो जो बातें कर रहे हैं वे बेमानी हैं, खोखली हैं, नक़ली हैं। असल बात सिर्फ़ दोनों की आँखों में है।

प्रिया ने आशीष का लाया मफ़िन खाते हुए कहा, "हमारे यहाँ वर्धा में तो बारिश में कीचड़ बहुत हो जाता है। बारिश होने पर सड़कों पर इतना पानी होता है कि स्कूल की छुट्टियाँ हो जाती हैं।

"मेघालय में रेनी डेज़ की छुट्टी होने लगे तो स्कूल कॉलेज हमेशा के लिए बंद हो जाएँ। हमारे यहाँ बाइक और कार की डिक्की में लोग ट्वेल्व मंथ अम्ब्रेला या रेनकोट लेकर चलते हैं। अभी धूप है, ज़रा देर बाद ही बादल गरजने लगेंगे और हैवी रेन स्टार्ट हो जाएगी। अनप्रिडिक्टेबल वेदर है।"

यात्रियों की घचमच, बारिश के शोर और इन बेमतलब की बातों के बीच दो जोड़ी आँखें एक-दूसरे को बता रही थीं कि मैं तुम्हारी याद में कितनी रातें जागी हूँ। ट्रेन कई स्टेशनों पर रुक रही थी। हर स्टेशन में भीगे हुए लोग चढ़-उतर रहे थे। स्टेशन में चाय-समोसे बेचने वाले लड़के रेनकोट पहने खिड़कियों के सामने से दौड़ रहे थे।

आशीष ने फिर बात बढ़ाई, "लगता है ये बारिश मुंबई तक मिलने वाली है।"

प्रिया दीदी ने चिंता ज़ाहिर की, "वसुधा इतनी तेज़ बारिश में हम लोगों को अकोला में एग्ज़ाम सेंटर तक जाने ऑटो मिलेगा ? आज रेलवे स्टेशन में स्टूडेंट्स की भीड़ बहुत ज़्यादा होगी।"

आशीष ने वसुधा की तरफ़ हाथ बढ़ाया, "लाओ तुम्हारा एडमिट कार्ड। एग्ज़ाम सेंटर स्टेशन से कितनी दूर है, देखकर बताता हूँ। मैं अपनी मीटिंग्स के लिए कई बार अकोला गया हूँ। वहाँ के एरिया के बारे में थोड़ा बहुत नॉलेज है।"

वसुधा ने पर्स से एडमिट कार्ड निकालकर आशीष की ओर बढ़ाया, "आप देखकर बताइए। ये पता नहीं कौन-सी जगह है ? कोई गवर्नमेंट गर्ल्स स्कूल है।"

आशीष ने एडमिट कार्ड को हल्का-सा अपनी तरफ़ मोड़कर वसुधा की पासपोर्ट साइज़ फ़ोटो पर प्रेम से उँगली फिराई, फिर एडमिट कार्ड लौटाते हुए बताया, "तुम लोगों का एग्ज़ाम सेंटर स्टेशन से तीन किलोमीटर से ज़्यादा दूर नहीं है। वैसे भी ट्रेन राइट टाइम चल रही है। उस हिसाब से अकोला पहुँचने के बाद भी तुम्हारे पास दो घंटे होंगे। एग्ज़ाम हॉल टाइम से पहुँच जाओगे।"

तभी एक चाय वाला ठस्स्म-ठस यात्रियों के बीच किसी तरह गुंजाइश निकालकर स्टील की टंकी का नल खोलकर चाय निकाल लोगों के हाथ में पकड़ा रहा था। आशीष ने उसे तीन चाय देने कहा और बचे हुए मफ़िन वसुधा को कुछ इस तरह से थमा दिए कि वसुधा ही प्रिया दीदी और आशीष को बार-बार ऑफ़र कर रही थी। इस लड़के के साथ मुझे परायापन क्यों नहीं लगता है ? इतना अपनापन जैसे घर के किसी सदस्य के साथ यात्रा कर रहे हों। जैसे हम एक-दूसरे को बरसों से जानते हैं। जैसे इससे ज़्यादा प्यार मुझे दुनिया में किसी से नहीं है। जैसे इसके साथ जीवन बिताने मैं कोई भी क़ीमत चुकाने को तैयार हूँ, कोई भी ख़ुशी छोड़ सकती हूँ। बाबा... ? बाबा ?

दोनों जो सोच रहे हैं, दोनों को मालूम है। दोनों के पास कहने को बहुत कुछ है... दोनों चुप हैं। खिड़की के बाहर भीगे गाँव, डूबे खेत, बिजली के खंबे, कीचड़ भरे रास्ते, छाता लिए औरतें और बुज़ुर्ग, बारिश में नहाते कच्चे घर, भीगते मवेशियों का मंज़र तेज़ी से गुज़र रहा है। थोड़ी-थोड़ी देर बाद रेलवे ट्रैक के बैरियर पर ट्रेन गुज़रने का इंतज़ार करते साइकल और बाइक के साथ खड़े लोग। सड़क पर भीगते इन लोगों को नहीं मालूम कि सरपट दौड़ती इस ट्रेन में बैठे एक लड़का और एक लड़की के लिए यह सफ़र आठ महीने के विरह के बाद हुए किसी अलौकिक

चमत्कार-सा है। जब दोनों पहली बार मिले थे तो जाड़ों के दिन थे, अब बरसात है। क्या फिर हम किसी और मौसम में किसी दूसरे सफ़र में अचानक आमने-सामने होंगे? नहीं, अब हम तीसरी बार नहीं मिल सकते। असामान्य घटनाओं को चमत्कार कहते हैं और यदि चमत्कार बार-बार हो तो वे चमत्कार नहीं हैं। दोनों दो बहुत अलग दुनियाओं से हैं जिसमें कुछ भी एक-सा नहीं है। दोनों की कोई भी साझा योजना नहीं हो सकती। इंसान इतने बंधनों में क्यों जीता है कि घुटन से पल-पल मरे?

आशीष खिड़की से बाहर देख रहा था, "यहाँ की बारिश हमारे मेघालय की बारिश से अलग है। पहाड़ों में लगता है जैसे बारिश ग़ुस्से में है, जबकि यहाँ पर प्यार से टैप करती है। वहाँ जनरली सुबह के वक़्त हिल टॉप पर सफ़ेद बादल रहते ही हैं। रूम की खिड़की-दरवाज़े खोलते ही बादल कमरों के भीतर बहने लगते हैं।

वसुधा बोली, "सुनकर ही सुंदर लग रहा है। हमारे यहाँ ऐसा कुछ नहीं है। ग्रीनरी भी इतनी ख़ास नहीं है।"

"हम सारे फ्रेंड्स जो जॉब के लिए दिल्ली, मुंबई गए वो सभी शिलांग की बारिश और मौसम बहुत मिस करते हैं।"

वसुधा ने पूछा, "आप जॉब में रहते हुए कॉलेज फ्रेंड्स से अभी भी मिल पाते हो?"

आशीष फीका मुस्कुराया, "अब वो दिन चले गए। हम पहले जैसा नहीं मिल पाते। जॉब के लिए सब अलग-अलग शहर निकल चुके हैं। अब कोई किसी शहर मीटिंग वग़ैरा के लिए गया और वहाँ कोई फ्रेंड की भी पोस्टिंग हो तो एक-दो घंटे साथ में स्पेंड करने का प्लान कर लेते हैं। दोस्तों से इस तरह से किसी रेस्टोरेंट में मिलने में वो कॉलेज कैंटीन के बड़े गैंग वाली बात नहीं आ पाती। कॉलेज डेज़ को बहुत सारे फ़ैक्टर्स मिलकर मेमोरेबल बनाते हैं। प्रोफ़ेसर्स, फ्रेंड्स, जूनियर, सीनियर, केंटीन, क्लास-रूम, लाइब्रेरी, कल्चरल एक्टिविटीज़, पिकनिक इन सबका डेडली कॉम्बिनेशन लाइफ़ में अनफ़ॉर्गेटेबल मेमोरीज़ एड करता है। कॉलेज ख़त्म होने के बाद अब जॉब में बने नए दोस्तों के साथ सब बढ़िया है, फिर भी हमेशा समथिंग मिसिंग लगता है। वसुधा तुम्हारा तो हॉस्टल में यह आख़िरी साल है। बढ़िया से एंजॉय कर लो। बाद में हॉस्टल, कॉलेज कैंपस, दोस्त बहुत याद आते हैं।"

आशीष के ऐसा बोलते ही वसुधा को रेवा, सना और पूनम याद आ गए। सना तो कूद ही पड़ेगी जानकर कि चॉकलेटी आँखों वाला लड़का मुझे फिर ट्रेन में मिल गया। बहुत मज़ाक़ बनाएगी कि मैंने इस बार भी उसका नाम नहीं पूछा। प्रिया दीदी अंशुल भैया को इतना तो ज़रूर बताएँगी कि कोई लड़का वर्धा से अकोला तक हमारे साथ ही बैठा रहा अपनी ए.सी. बोगी छोड़कर। अंशुल भैया नीरज भैया को न बता दें। वो तो बवाल ही कर देंगे कि एक अजनबी लड़का पूरे रास्ते मेरे साथ बैठा। उन्हें क्या पता कि कलकत्ता से भुवनेश्वर नौ घंटे पहली बार भी तो हमारी सीट साथ में थी तो अजनबी कहाँ रहा? हे भगवान! ये प्रिया दीदी ऐसा कुछ न बताएँ अपने घर में। वैसे भी इस लड़के और मैंने अभी तक कुछ भी ऑब्जेक्शनेबल बात नहीं की है। काश, काश प्रिया दीदी मेरे संग नहीं होतीं।

आशीष ने तीनों के जूठे कप और मफ़िन के काग़ज़ समेटकर हाथ में ही पकड़ी पॉलिथिन में रख लिए। वो फ़िलहाल इन्हें फेंकने डस्टबिन तक जाने में समय बर्बाद नहीं करना चाहता था। वसुधा सोच रही थी कि ये लड़का लंबा सफ़र कर देश के अलग-अलग हिस्सों में अनगिनत नए लोगों से रोज़ ही मिलता है। शिलांग के पहाड़ से लेकर मध्य के मैदान तक नाप रहा है। बहुत लोगों से जान-पहचान होगी, मगर फिर भी अकेला है। इसकी आँखें तो मुझसे यही कहती हैं। दूसरी बात ये समझ आई कि इसे मैं बहुत अच्छी लग रही हूँ। मुझसे दुबारा मिलने पर ऐसे मिला, जैसे कोई अपने सबसे ख़ास रिश्ते से मिला हो। प्रिया दीदी नहीं होती तो शायद मैं पूछ लेती कि मैं आपको बहुत अच्छी लगती हूँ न? पूछना नहीं, बताना चाहती थी कि मैं जानती हूँ। जब सच न पता हो वहाँ पूछा जाता है। जहाँ जवाब पता है, वहाँ तो केवल स्वीकारोक्ति के लिए उगलवाने पूछा जाता है। जो बात सामने वाला उलझन में कह नहीं पा रहा है, उसकी मदद करने, उसे एक सिरा थमाने पूछा जाता है। बरसात चीरकर दौड़ती इस ट्रेन को रोकने कोई ईश्वर नहीं है। ट्रेन के चक्कों को अकोला पहुँचना ही है। अचानक ही हिम्मत करके वसुधा ने हँसते हुए पूछा, "अरे! हमने इतनी बातें कर लीं मगर मुझे आपका नाम नहीं मालूम। आपका नाम क्या है?"

आशीष को ये सवाल बड़ा भला लगा। उसे वसुधा से यह सुनना था। यदि वसुधा की उसमें ज़रा भी रुचि है तो इस सवाल को हर हाल पैदा होना ही चाहिए था। यह सवाल अपने आप में वो जवाब था जो आशीष वसुधा से चाहता था। यदि

ये सवाल नहीं होता तो आशीष को लगता कि वो ख़ुशफ़हमी का शिकार है। अपना नाम बताकर जैसे मैं अपना थोड़ा-सा हिस्सा तुम्हारे पास छोड़ जाऊँगा, "आशीष... आशीष फ़र्नांडिस। मेरे फ़ादर गोआ के रोमन कैथेलिक क्रिश्चियन थे। उनकी पोस्टिंग नॉर्थ ईस्ट में ही ज़्यादा रही। मम्मी का तो स्कूल कॉलेज सब शिलांग का ही है। मेरे नाना जी जर्मनी से आकर शिलांग में बस गए थे। एक तरीक़े से कह सकते हैं कि आई एम हाफ़ जर्मन।"

वसुधा खिड़की से बाहर देखते हुए सोचती रही कि काश तुम्हारा नाम आशीष फ़र्नांडिस की जगह आशीष मिश्रा, पांडे, शुक्ला, शर्मा, बाजपेई, त्रिवेदी, अवस्थी होता तो तुमसे जुड़कर मेरे बाबा बद्रीधर शुक्ला की प्रतिष्ठा में आँच न आती, प्रवीना मामी और चाची को माँ पर हँसने का मौक़ा न मिलता, रामायण मंडली में दादी की नाक न कटती, बाबा के ब्राह्मण समाज के अध्यक्ष पद से हटाए जाने का ख़तरा न होता, मुन्ना चाचा आशी के लिए रिश्ते नहीं आएँगे के ख़तरे में न पड़ते, नीरज भैया का दोस्तों के बीच रुवाब कम न होता। बद्रीधर शुक्ला की बेटी शिलांग के क्रिश्चियन लड़के से शादी कर ले तो शुक्ला परिवार के ऊपर मेघालय के सारे पहाड़ टूट जाएँगे। पिछले तीन घंटे से वसुधा के कानों में छाई ललाई अचानक ही विलीन हो गई। आशीष को यह स्पष्ट दिखा। वसुधा को वर्धा का घर-आँगन, बाबा याद आ गए और कत्थई आँखों से बँधती डोर फिर एकाएक कच्ची हुई।

ट्रेन अकोला स्टेशन के प्लेटफ़ॉर्म में धीमी गति से प्रवेश करने लगी। प्रिया दीदी को संतोष हुआ कि समय पर पहुँच गए। दो जोड़ी आँखों को फिर हमेशा के लिए विदा लेना था। ट्रेन रुकने से पहले ही प्रिया दीदी खड़ी हो गईं, "चलो वसुधा, फिर दरवाज़े पर बहुत भीड़ हो जाती है।" सबसे आगे प्रिया दीदी, उनके पीछे वसुधा और वसुधा के ठीक पीछे आशीष खड़ा था। इतना पास कि उसके परफ़्यूम की महक ख़ुद के बदन से आती लग रही थी। वसुधा की हालत ऐसी व्याकुल हो रही थी कि लगा पलटकर पूछूँ, चलूँ तुम्हारे साथ? ले जा सकते मुझे हमेशा के लिए? अब के बिछड़े तो फिर कभी नहीं मिलेंगे आशीष। ये ट्रेन छूटी तो हम दोनों के बीच खाई बहुत गहरी हो जाएगी। इस खाई को हम दोनों न लाँघ पाएँगे, न पाट पाएँगे। अभी इसी वक़्त रोकोगे तो मैं शायद रुक जाऊँगी। मुझे सोचने का मौक़ा मत दो। सिर्फ़ एक नाम के सहारे इतनी बड़ी दुनिया में एक-दूसरे को पुकारने कहाँ जाएँगे?

ट्रेन बस रुकने को थी। आशीष का कलेजा निचुड़ रहा था। मन जैसे पुकार

रहा था, मत जाओ वसुधा। ये पसंद से बहुत आगे का रिश्ता है। जानता हूँ तुम मुझे प्यार करने लगी हो। असल में ये सिर्फ़ दो मुलाक़ात नहीं, आठ महीने दिन-रात की कसक, याद और टीस का संग है। तुम चाहो तो ये साथ आगे बढ़ सकता है। तुम एक बार हाथ तो बढ़ाओ, मैं अभी तुम्हें साथ ले जाऊँगा।

दरवाज़े में चढ़ते-उतरते यात्रिओं की धक्का-मुक्की से जूझते तीनों नीचे उतरने के बाद दरवाज़े से ज़रा दूर अपेक्षाकृत खुली जगह में खड़े हुए। वसुधा ने नज़र भरकर आशीष को आख़िरी बार देखा। कौन जाने प्रिया दीदी न होती तो आशीष के गले लग जाती।

वसुधा मुस्कुराई, "चलो बाय।"

आशीष की मुस्कान नक़ली थी, "ईश्वर ने चाहा तो फिर किसी शहर जाते हुए, किसी ट्रेन में मिलेंगे।"

पिछले तीन घंटे में आशीष की कही ढेर फ़िज़ूल बातों में ये सबसे फ़ालतू बात थी। दोनों जानते हैं कि अब हम किसी ट्रेन में नहीं मिल पाएँगे। प्रिया दीदी ने स्टेशन से बाहर जाने वाले गेट की तरफ़ देखा, "चलो वसुधा बारिश बहुत तेज़ है। आप भी चढ़ जाइए। ट्रेन न छूट जाए। यहाँ सिर्फ़ दो मिनट का स्टापेज है।"

दुनिया की सारी उदासी इन दो जोड़ी आँखों में घुल गई। वही अवसाद जो उर्मिला और लक्ष्मण की आँखों में अयोध्या छोड़ते समय उमड़ा था, आज अकोला स्टेशन की हवा में घुला है।

वसुधा ने दुबारा वही कहा, "चलो बाय।"

आशीष सूखे गले से कुछ निगलने की कोशिश कर रहा था, "बाय, सी यू।"

वसुधा और प्रिया स्टेशन से बाहर आ गए। ऑटो में बैठते ही वसुधा को ट्रेन के छूटने की आवाज़ आई। ट्रेन के चक्के जैसे भारी मन से घसीट रहे हों। आवाज़ दूर जा रही थी। हर अगले सेकेंड ज़्यादा दूर... और दूर... और दूर...। इस ट्रेन में बैठा कोई मुझसे कभी न मिलने के लिए फिर बिछड़ गया।

वसुधा और प्रिया ने एग्ज़ाम ख़त्म होते ही एग्ज़ाम सेंटर के सामने से ऑटो लेकर स्टेशन का रुख़ किया। वसुधा ने फिर वही स्टेशन देखा जहाँ पाँच घंटे पहले खड़ा आशीष उसे विदा कर रहा था। मौसम अब तक विरह का मातम मना रहा था। वापसी के सफ़र में वसुधा चुप थी। प्रिया दीदी ने इसे पेपर ख़राब जाने का

दु:ख माना या उस लड़के से बिछड़ने का अनमनापन, वही जाने। वसुधा चुपचाप खिड़की से बाहर देख रही थी। लौटते समय भी वही गाँव, सड़कें, स्टेशन पड़ रहे थे, जिन्हें सुबह आशीष के साथ देखा था। अभी अँधेरे में सब उदास भीग रहे हैं। रात में भीगी इमारतें, ट्रेन, सड़क सब रौशनी पड़ते ही चमकने लगते। सुबह से रात तक होती ये बारिश उम्र भर के लिए वसुधा के मन में जम रही थी।

आज यदि ट्रेन में प्रिया दीदी साथ नहीं होती तो क्या मैं आशीष से उसके घर का फ़ोन नंबर माँग पाती? क्या मैं उसके साथ मुंबई निकल जाती? मैं अपने घर का नंबर तो उसे दे ही नहीं सकती थी। घर में कॉलवेल बजे या फ़ोन की रिंग, यदि बाबा और नीरज भैया घर पर हैं तो वे ही अटेंड करते हैं। आशीष मेरे घर पर फ़ोन कर ही नहीं सकता।

प्रिया दीदी ने बहुत देर से पसरी चुप्पी तोड़ी, "कल जन्माष्टमी का उपवास रहोगी वसुधा?"

वसुधा की आवाज़ कुम्हलाई हुई थी, "जी दीदी रहती हूँ। आज तो नीरज भैया भी वर्धा आ चुके होंगे। अभी दो तीन दिन की छुट्टियाँ हैं। हमारे यहाँ जन्माष्टमी का उपवास सभी लोग रहते हैं। चाचा के बच्चे भी कृष्ण जन्म की पूजा करने हमारे यहाँ आते हैं। दादी बोलती हैं कि जब तक वो ज़िंदा हैं, सारे बड़े त्यौहार चाचा और हम लोग मिलकर करें।"

स्टेशन पहुँचने पर प्रिया दीदी अपने पापा के साथ कार में बैठ गई। वसुधा को लेने नीरज भैया बाइक से आए। बारिश अब थम चुकी थी। झींगुर की आवाज़ से अँधेरा गूँज रहा था। आज रात वसुधा की आँखों में नींद नहीं थी। क्या मुझसे सैकड़ों किलोमीटर दूर मुंबई के किसी होटल में कोई मुझे सोच रहा होगा? सौ फ़ीसदी सोच रहा होगा। हम दोनों इतने लाचार क्यों थे? क्या उसने दादी को देखकर जान लिया था कि हम पारंपरिक ब्राह्मण परिवार से हैं जहाँ लड़कियाँ प्रेम से कोसों दूर भागती हैं। कहीं ऐसा तो नहीं कि वो मेरा हाथ हमेशा के लिए थामने तैयार था, मगर उसकी शर्त थी कि मैं हाथ आगे तो बढ़ाऊँ। दूसरी मुलाक़ात एक सूखते ज़ख़्म को कुरेदकर ताज़ा कर गई, बुझती आग में घी का काम कर गई, कच्चे बाँध को ढहा गई। उसकी बातें बारिश की तरह थीं... पारदर्शी... सुकून और ठंडक से भरी। कितनी साफ़ बातें करता है। इन दो लंबी यात्राओं ने इतना प्रेम दिया कि परिवार से बाहर पहली बार किसी से ऐसी आत्मीयता हुई। रात भर वसुधा करवट बदल रही

थी, इस बात से बेख़बर कि मुंबई के विले पार्ले के अपने होटल के रूम के झक्क सफ़ेद बिस्तर पर लेटा कोई उसे सोच रहा है। वसुधा का मन बहुत ख़राब हो रहा था। यदि आशीष ब्राह्मण होता तो माँ-बाबा ख़ुशी-ख़ुशी उसे अपना लेते। हमारे यहाँ तो नीरज भैया ने बाइक की हेड लाइट तक पर ब्राह्मण लिखा रखा है। दादी हर उस लड़के को चरित्र प्रमाण पत्र देती है जो जनेऊ के सारे नियम निभाता है।

आज जन्माष्टमी की सुबह से ही दादी 'जल्दी नहा लो' की आफ़त मचाये थी। त्योहार बार के दिन देर तक सोए रहने पर गरियाने लगी, "आज जन्माष्टमी है। राम नाम जपने के टाइम सोये पड़े हैं। ब्राह्मण के नाम पर कलंक हैं ऐसी औलादें।" बाबा और नीरज भैया सहित पूरा घर आज के दिन व्रत रखता है। मुन्ना चाचा, चाची, जय, विजय और आशी दोपहर को ही आ जाएँगे। रात की पूजा के बाद का फलाहार भी वो लोग यहीं करेंगे। जिस दिन चाचा-चाची आने वाले हों उस दिन दादी हमेशा रसोई में घुस-घुसकर पड़ताल करती कि माँ ने सभी व्यवस्था सही की है या नहीं। कुछ कमी दिखती तो बाहर गेट पर खड़ी हो जाती और किसी छोकरे को देखते ही अपनी साड़ी का छोर खोलकर तुड़ी-मुड़ी नोट निकालती, "सुन... जा दौड़कर गोपी किराना स्टोर से पचास रुपए का मेवा पैकेट ले आ।" चाचा के आने की ख़ुशी में दादी का उत्साह देख माँ कुनमुना जाती, "छोटा बेटा आ रहा है तो इतनी फ़िक्र है कि कोई कमी न रह जाए। मुन्ना खाने में ये पसंद करता है, जय वो पसंद करता है। उनका मुन्ना दो दिन घर ले जाकर नहीं रखने वाला अपनी अम्मा को। अम्मा तो उनकी भी हैं। मिलने यहाँ आएँगे, पसरकर रात तक बैठेंगे, फिर खाना खाकर जाएँगे। उनके भाग्य में सुख ही सुख है। सेवा टहल, ताना ये सब मेरे हिस्से में है। छोटी बहू पूछती नहीं है तो अम्मा उसकी चाकरी करेंगी।"

आज जन्माष्टमी है, सो माँ सुबह से नहाकर गीले बालों में ही रसोई में घुस गई। साबूदाने की खिचड़ी, सिंघाड़े का हलवा, लौकी का रायता, कुट्टू, तीखुर, फल्लीदाने की कतली और न जाने क्या-क्या बनाया। सब कुछ बन जाने के बाद चाचा, चाची, जय, विजय, आशी पहुँचे। दादी ख़ुशी के मारे बावली हो गई, "बाबा री! मुन्ना बड़ी देर कर दी रे। सुबह से आने को बोली थी तुम लोग को। कब से रास्ता देख रही हूँ।" चाची ने बिना कुछ बोले माँ और दादी के पैर छुए। चाचा ने दर्जन भर केले, नारियल और संतरे भरी पॉलीथिन डायनिंग टेबल पर रखकर माँ और दादी के पैर छुए।

जय और विजय को साबूदाने की खिचड़ी खाते देख दादी मुस्कुराई, "सुनो रे लड़कों नमकीन फलाहारी सिर्फ़ एक बार सुबह के समय है। अभी फलाहार में सेंधा नमक ले चुके तो रात में मीठा फलाहारी ही खाना होगा। उपवास में दो बार नमक नहीं लेना है।"

जय तुनक गया, "वसुधा दीदी आप ही बोलो ये कोई बात है। मीठा खाना भला किसे पसंद नहीं, लेकिन डिनर ही मीठे का? मेरे तो गले में हुल-सी आती है। उसपर भी गुड़ पड़ा कुम्हड़े का हलुवा। मैं नहीं खा पाउँगा। भले भूखा रह जाऊँगा।"

आशी ने दादी के गले में हाथ डाला, "दादी मेरी नापसंद की दो सब्ज़ियाँ लौकी और कुम्हड़ा दोनों ही फलाहारी हैं? कुम्हड़ा और लौकी धरती से ख़त्म न हो जाएँ, इसी डर से लोगों ने इसे फलाहारी की कैटेगरी में डाल रखा है। ताकि व्रत में भूख से बिलबिलाता आदमी, मरता क्या न करता, हालत में कम-से-कम आज के दिन इन्हें गटक ले।"

दादी ने सभी बच्चों को आदेश दिया, "खाना ख़त्म हो गया न? जाओ रात की पूजा के लिए फूल, दूब, बिरवा और तुलसी भी तोड़ लेना याद से।"

विजय ने रसोई के दरवाज़े में खड़े होकर माँ को आवाज़ दी, "ताई जी एक डलिया देना। फूल रखने।"

माँ को चाची सहित जय-विजय भी फूटी आँख न सुहाते। कारण शायद यह था कि दादी को उन से बहुत प्रेम था। जय और विजय क्यारी में खिले फूल तोड़कर टोकरी में भर रहे थे। आशी सुंदर गुलाब की चाह में पड़ोस की बाड़ी भी झाँक आई। श्रीकृष्ण के लिए फूलों का हार बनाने सभी लोग डलिया से अलग-अलग रंग के फूल चुनकर सुई धागे से फूलों की लंबी माला गूथने बैठे। फूलों की गुथाई पर दादी ने बच्चों के बीच प्रतियोगिता करा सबसे सुंदर माला के लिए एक रुपए का ईनाम रख दिया। जय अपनी ही बनाई माला देख चौंक उठा, "देखो! मैंने तो दो-दो फूल एक साथ गूथे हैं इससे मेरी माला मोटी और घनी हो गई है।"

आशी ने दादी को अपनी माला दिखाई, "देखो दादी फूलों को उसकी डंडी से पाइप की तरह सीधे न गूथकर डंडी आड़ा गूथ लूँगी तब ये माला गझिन होकर ज़्यादा सुंदर लगेगी।"

विजय ने आशी की माला देखते हुए अपनी माला आगे बढ़ाई, "देखो, देखो!

मेरी पीले फूलों की माला में मैंने थोड़ी-थोड़ी दूर में हरे पत्ते भी मोड़ कर गुथे हैं। ये अब पीले और हरे दो रंग की हो गई।"

दादी ने जय की मदद करते हुए धागे के दूसरे छोर में भी सुई डाल गूथना शुरू कर दिया। जय ने दादी को रोका, "अरे! दादी चार सफ़ेद फूल के बाद एक पीला फूल लेना है। मैंने इस साइड यही किया है। देखो मेरी सफ़ेद माला में तो लाल गुलाब का लॉकेट भी है।"

वसुधा को गुमसुम बैठा देखकर दादी ने बुलाया, "वसुधा बहुत फूल हैं डलिया में। तू भी फूलों की डंडिया तोड़कर गूथ। इससे माला घनी लगेगी।"

वसुधा सिरदर्द का बहाना करके नहीं आई। बिस्तर में लेटी-लेटी एक क्रिश्चियन लड़के की याद में चुपचाप जन्माष्टमी पूजा की व्यस्तता देख रही थी। तीनों बच्चे अपनी सृजनशीलता का सारा हुनर बाँके बिहारी के श्रृंगार के लिए झोंक रहे थे। सुंदरता के पैमाने पर बनी सबसे कमज़ोर माला बाल-गोपाल के झूले को झुलाने की डोर बनने वाली थी। नीरज भैया आम पत्तों को सुतली में पिरोकर ऊँचे दरवाज़े पर तोरण बाँध रहे थे। इन सब से अछूती वसुधा अभी भी ट्रेन में भीगती अकोला का सफ़र कर रही है। ट्रेन फुहारों से नहाती हुई जंगलों के बीच से गुज़र रही है। उस लंबी ट्रेन में सिर्फ़ दो लोग हैं, वो और आशीष। रास्ते में कोई स्टेशन नहीं है। ट्रेन पटरियों पर दौड़ रही है—कभी न रुकने के लिए। कल इस वक़्त हम दोनों बातें कर रहे थे। अभी वो क्या कर रहा होगा? शायद मुंबई के किसी ऑफ़िस में होगा।

दादी, चाची और माँ पूजा की थाल में याद कर-करके सिंदूर, रोली, जनेऊ, पान, मिठाई, कपूर, धूप, छोटे-छोटे रंगीन कपड़े, मौली धागा, शहद, गंगाजल, हल्दी की गाँठ, अक्षत, सुपारी रखने लगे, ताकि एक बार पूजा में बैठ जाने के बाद किसी को उठना न पड़े। मुन्ना चाचा लड्डू गोपाल के लिए नई गोटे लगी फ्रॉक, जरी वाली गादी और नन्हा-सा मुकुट लाए थे। दादी हर जन्माष्टमी खीरे के बीच में चाकू से लंबा चीरा मारकर नन्हे से लड्डू गोपाल को खीरे के भीतर छिपाती और रात बारह बजे कृष्णजन्म के प्रतीक के रूप में बाहर निकालती। घुटने के बल बैठे कन्हैया को इस तरह खीरे में दबोचकर घुसाते देख, जय ने दादी को टोका, "दादी उनके नाक मुँह में तो बीज घुस जाएँगे।"

कृष्ण जन्म तक जागने के श्रम साध्य काम के लिए सभी लोग जतन करने लगे। नींद भगाने के कई तरीक़े थे। जय और विजय नीरज भैया के साथ शहर की

दही-लूट देखने चले गए। दही-हांडी लूट घर से बहुत दूर बाज़ार में थी। आशी का मन भी उनके साथ जाने का था, मगर सुनसान रास्ते पर आधी रात दही-हांडी के हुल्लड़ में लड़की जात को भेजने कोई तैयार नहीं था। घर के तीनों लड़के बाज़ार की रौनक़ देख रात ग्यारह बजे घर लौटे, ताकि पूजा के समय उपस्थित रहें। लौटने पर उनके हाथ में बाज़ार से ख़रीदे क़दम पेड़ के गेंद की तरह दिखने वाले फल थे, जो विशेष रूप से जन्माष्टमी पर कृष्ण जी को चढ़ाने बिकते हैं। शहर भर घूमकर आने के बाद सुनाने के लिए उनके पास दही-लूट के ढेरों क़िस्से थे। विजय ने आँखें फाड़कर एक ही बात बार-बार दोहराई, "अरे तुम लोगों को पता है मेन मार्केट चौराहे पर मटकी के साथ 100-100 के पाँच नोट बँधे हैं। सर्राफा चौक की मटकी में भी 100-100 के नोट का घेरा बना था। पूरी रस्सी में यहाँ से वहाँ तक फल बँधे थे। मटकी की रस्सी टूटते ही ऐसी अफ़रा-तफ़री मची कि मत पूछो। भीड़ के ऊपर ख़ूब चॉकलेट फेंकी जा रही थीं। जय और मैंने ख़ूब चॉकलेट खाईं।"

आशी अब तक मन मसोसकर दही-लूट के रंगीन क़िस्से सुन रही थी। अब जाकर उसकी ईर्ष्या को सुनहला अवसर मिला, "दादी इन सबका उपवास टूट गया। दोनों ने चॉकलेट खा ली।"लड़कों का दिल न दुखे इस ख़याल से दादी ने बोल दिया, "नहीं, धोखे से खाई चीज़ से उपवास नहीं टूटता।"पर दादी की इस बात से आशी का दिल दुःख गया। बेचारी दादी किसी की सगी न हो पाई, क्योंकि वो हमेशा निष्पक्ष थी। स्वयं के लाभ के लिए हुआ पक्षपात न्याय लगता है और दुश्मन की जीत होने पर हुआ निष्पक्षत फ़ैसला भी अनैतिक एकतरफ़ा फ़ैसला लगता है।

चॉकलेट से उपवास न टूटने का सर्टिफ़िकेट मिलते ही विजय फिर शुरू हो गया, "ओफ़्फ़ो! आज मार्केट में हर सड़क पर एक ही गाना बज रहा है... मच गया शोर सारी नगरी रे, सारी नगरी रे, आया बिरज का बाँका सँभाल तेरी गगरी रे। गोल बाज़ार वाले हरदेव लाला मंदिर के भीतर दर्शन की लाइन इत्ती लंबी थी कि एक किलोमीटर से ज़्यादा। भगवान जी की संगमरमर की मूर्तियों को फूलों के गहने पहनाए गए थे। एक नई बात तो आज मालूम हुई कि हरदेव लाला मंदिर के पीछे की तरफ़ भी दरवाज़ा है जो सिर्फ़ भीड़ वाले दिन खोलते हैं। पुलिस पब्लिक को एक दरवाज़े से घुसा रही थी और पिछले दरवाज़े से निकाल रही थी। पंडित जी सबको मुठ्ठी भर-भर के पेड़े का प्रसाद दे रहे थे। उतनी दूर से हाथ चिपचिपाते तुम

लोगों के लिए प्रसाद के पेड़े कैसे ला पाते। इसलिए पूरे पेड़े खाने पड़े।"

विजय के चुप होते ही जय ने उत्सव की गाथा शुरू की, "क्या बताएँ दादी ऐसी भीड़, ऐसी भीड़। बाबा रे बाबा! हांडी लूटने वालों ने एक-दूसरे पर चढ़-चढ़कर तीन मंज़िल ऊँचा पिरामिड बना लिया। पिरामिड बनाकर खड़े सारे गोविंदा बार-बार गिर रहे थे। लड़कों ने कान्हा जी जैसी यैलो धोती और सफ़ेद मोतियों की लंबी-लंबी माला पहनी थी। रोड के आज़ू-बाज़ू की बिल्डिंग से लोग उन पर पानी फेंक रहे थे। एक कृष्णा ने तो अपनी बॉडी को पूरा ब्लू कलर किया था। लोग कन्हैया के ऊपर पानी फेंक रहे थे तो उनका आधा रंग धुल गया। अरे हाँ! एक लड़का बलराम भी बना था।"

इतनी देर से कुढ़ी बैठी आशी जिज्ञासा न रोक पाई, "तुम्हें कैसे पता कि वो बलराम था?"

विजय ने स्पष्ट किया, "अरे! मोर पंख लगे मुकुट वाले जो ब्लू थे वो कान्हा और दूसरे विदआउट मोर पंख मुकुट वाले बलराम, क्योंकि दो लोगों ने मुकुट पहने थे, बाक़ी लोग धोती कुर्ते में ग्वाले बने थे।"

आशी ने विजय का मज़ाक़ उड़ाया, "ऊधो और माधव से नहीं मिले?"

जय और विजय आशी के किसी भी तंज़ से बेअसर अपनी कहानी शुरू रखते हैं। सही भी है- अतीव प्रसन्नता में इंसान तुच्छ बातों को तवज्जों नहीं देता।

"दादी आज बाज़ार में ढेरों दुकानें लगी हैं। कृष्ण पोशाक, मुरली, हंडियाँ, मोर पँख बिक रहे हैं। हम लोग कितनी परेशानी से घर लौटकर आए हैं। अच्छा हुआ आप लोग नहीं गए। धक्के-मुक्की में परेशान हो जाते।"विजय की कुटिलता से भरी ये आख़िरी पंक्ति, 'अच्छा हुआ आप लोग नहीं गए धक्का-मुक्की में परेशान हो जाते' सुनकर आशी के तन-बदन में आग लग गई।

आशी ने दादी के गले में बाँहे डालीं, "दादी अगले साल मैं भी जाऊँगी दही-लूट देखने।"

दादी ने दुलार से समझाया, "देख वसुधा दीदी गई क्या? नीरज के डर से वो ज़िद भी नहीं करती। तू कहाँ लड़कों की धक्का-मुक्की झुंड में जाएगी बेटा। सड़क पर कितने लफ़ंगे भी गोविंदा-गोविंदा चिल्लाते निकलते हैं, हुल्लड़ करते हैं, भगवान का नाम बदनाम करते हैं।"

आशी फिर चुप जय की बातें सुनने लगी, "गोल चौक के बड़े मंदिर में कृष्ण जी की झाँकी फूलों से सजी थी। झाँकी में राधा-रानी, कंस, सुदामा, यशोदा मैय्या, सिर पर टोकरा लिए वासुदेव जी भी थे। देवकी वासुदेव को जेल में बंद भी दिखाया था। हांडी में रुई के फाहों से हूबहू नक़ली दही बना रखा था। सड़क पर पूरा ट्रैफ़िक जाम, हालत ख़राब। चारों तरफ़ पुलिस ही पुलिस। थोड़ी-थोड़ी दूर पर हर मंदिर में भजन-मंडली ढोल-मंजीरे में कृष्ण जी के भजन गा रही थी। ग्वालों के झुंड गलियों में घूम रहे थे, लेकिन हर समूह का अपना एक जैसा ड्रेस कोड था। आगे बढ़ते जाओ तो गलियों से आते शोर से समझ आता कि उधर की हांडी लूट ली गई। सड़क में वे सब दौड़ते हुए लगातार गोविंदा-गोविंदा बोलते जाते थे।"आशी के लिए उस दृश्य को सजीव करने जय विजय आँगन में गोविंदा-गोविंदा कहते दौड़ने लगे। आशी अपना दुःख छिपाए उन्हें दौड़ते देख रही थी जैसे दोनों लड़के आकाश कुसुम उड़ा लाए। तुलसी-चौरे के चारों तरफ़ आँगन में इस तरह दौड़कर परिक्रमा करते हुए विजय एकाएक थम गया, "और सुनो हमने दो घंटे में कम-से-कम 100 हंडियाँ लुटती देखीं।" आशी ने अनुमान लगाया यदि 100 बता रहा है तो 50 हाँड़ी तो रही ही होंगी।

रात 12 बजे की ओर घड़ी के बढ़ते काँटे देख घर में भजन की अघोषित प्रतियोगिता का आयोजन हो गया। दादी ने पहले ही मुन्ना चाचा को बोलकर आले में धूल खाती ढोलकी उतरवा ली थी। अब सबके बीच गायकी के जौहर दिखाने का अवसर आया। दादी, चाची, पड़ोस वाली अजिया, बाबा, मुन्ना चाचा के मनुहार भरे मिले जुले स्वर आने लगे- पहले तुम भजन सुनाओ, पहले तुम गाओ, तुम पहली लाइन उठाओ... हम पीछे-पीछे गाएँगे... अरे मैं कहाँ गा पाती हूँ... वो घनश्याम बाल गोपाल संग वाला भजन तो आधा ही आता है। भजन आरंभ करने की ये मान-मनौव्वल, शुरुआती झिझक धीरे-धीरे ख़त्म हुई और अब भजन के स्वर निःसंकोच, मुखर और गगनभेदी होते गए।

दादी ने नीरज भैया को इशारा किया, "भगवान के पास से मेरी भजन की डायरी ले आ।"भजन की आवाज़ सुनकर पास पड़ोस के दो-चार लोग भी आकर चुपचाप बैठ गए। भीड़ बढ़ने के बाद तो दोनों हाथ उठाकर जयकारे गूँजने लगे। झूम-झूमकर एक के बाद एक भजन गाए जाने लगे... बड़ी देर भई नंदलाला... तेरी राह तके बृजबाला... छोटी-छोटी गैय्या छोटे-छोटे ग्वाल, छोटो सो मेरो मदन

गोपाल... जब चारो तरफ़ अंधियारा हो... आशा का दूर किनारा हो तब तू ही बेड़ा पार करे... जय जय श्री कृष्ण हरे। ढोल, मंजीरे, तालियों, जयकारों के साथ भजन गाने वालों की अघोषित प्रतियोगिता की अनवरत लड़ियाँ सुन आशी वसुधा के कान में फुसफुसाई, "दीदी अगर लड्डू गोपाल के बस में होता तो खीरे से उछलकर बाहर निकल आते और कहते अब बस करो अनूप जलोटा के चेलों। कितना गला फाड़ोगे?"

भजन-पूजन के बीच भी वसुधा को वो क्रिश्चयन लड़का याद आ रहा था, जिसकी अभी कृष्ण जन्म के समय बारह बजे मुंबई से कोलकाता की फ़्लाइट थी, जिसके सरल मन की शुक्ला परिवार की दुनिया में कोई क़ीमत नहीं है क्योंकि उसके घर में जन्माष्टमी का व्रत नहीं होता। उसका पूरा ख़ानदान भी चर्च जाना छोड़ दे तब भी बाबा वसुधा की मौत या आशीष से शादी में किसी एक को चुनना पड़े तो वसुधा की मौत चुनेंगे। नीरज भैया तो उस लड़के का मर्डर कर पूरी ज़िंदगी जेल में गुज़ार लेंगे। एक क्रिश्चियन लड़का उसमें भी ईस्ट साइड का घोर नॉन वेजिटेरियन पहाड़ी, जिसे ढंग से हिंदी बोलना नहीं आता, का इस जन्म में तो वसुधा से पाणिग्रहण नहीं हो सकता। बाबा और नीरज भैया क्या मुँह दिखाएँगे मुन्ना चाचा, चाची, अजिया, पड़ोसी इंद्र अंकल, अंशुल भैया इन सब को। वसुधा किसी क्रिश्चियन लड़के के संग भाग गई। 'फ़र्नांडिस' सुनते ही वर्धा में ऐसा ब्लास्ट होगा जिसमें शुक्ला जी का पूरा घर उड़ जाएगा। जन्माष्टमी की रात भजन सुनते हुए वसुधा सोच रही थी कि हे कृष्णा काश मैं क्रिश्चियन होती। काश उसका नाम मैरी, मारिया या जूली होता। क्या फ़र्क़ पड़ता कि जिस बिल्डिंग में खड़े होकर ऊपर वाले से प्रार्थना करते हैं उस बिल्डिंग का नाम मंदिर है या चर्च। इस घटिया दुनिया को क्या करना है दो लोग यदि एक साथ जीवन गुज़ारना चाहते हैं।

कृष्ण जन्म का समय होते ही घंटी, शंख, थाली, चम्मच बजाते भारी शोर के बीच दादी ने खीरे से बाहर झाँकते घुटने के बल बैठे प्यारे कान्हा, जो अभी भी एक हाथ में लड्डू पकड़े बैठे थे, को घुटन भरे क़ैदखाने से निकाल लिया। पीतल की मूर्ति पर खीरे के बीज चिपके हुए थे। पूजा के मंदिर में हर दिन दिखने वाली यह मूर्ति आज सचमुच नवजात शिशु की भाँति अबोध लग रही थी। बाल-गोपाल की कौतुक भरी आँखें जैसे पूजा की जगमगाहट देख रही थीं। वसुधा के मन में आया कि दोनों हाथ बढ़ा अभी किशन कन्हैया को गोद में उठा लें और पूछें, माखनचोर

मुझे क्रिश्चियन घर में पैदा कर देता या उसे लड़के को ब्राह्मण का जन्म देता। तुम तो जानते हो न वो कितना प्यारा है।

दादी ने कन्हैया को पीतल के पालने में डाल दिया। सभी के बीच अब झूले की फूलों वाली डोर को हौले-हौले खींचकर झुलाने की धक्का-मुक्की शुरू हो गई। लड्डू गोपाल झूले में इधर-उधर लुढ़कते अपना संतुलन बनाए किसी तरह गिरने से स्वयं को बचा रहे थे। कृष्ण जन्म के बाद आरती की थाल घुमाते हुए 'ओम जय जगदीश हरे' के साथ थाल एक हाथ से दूसरे हाथ अनवरत स्थानांतरित होता रहा। पूजास्थान में रखे सुंदर धूप, दीप, फूल आदि से आई सुगंधित, जगमग शोभा का गुणगान करते हुए किसी ने कहा- पूजा की जगह कितनी सुंदर लग रही है न। आरती समाप्त होने के बाद सबकी नज़र प्रसाद की थाल पर थी। दादी ने पंचामृत, नारियल, लड्डू और धनिया की पंजीरी का प्रसाद दिया। जय और विजय पंचामृत के तांबे के लोटे को अपना मुँह खोल पूरा पलटकर तल में बचे मेवे खँगालते रहे। माँ ने बाबा को इशारा करके उनकी इस हरकत को दिखाने का सुअवसर न गँवाया। पूजा संपन्न होने के बाद आधी रात मुन्ना चाचा स्कूटर में दो राउंड में सभी को लादकर अपने घर लौट गए। आशी ज़िद करके रुक गई। रात में बिस्तर पर लेटे हुए आशी दादी से लगातार सवाल कर रही थी, "दादी कृष्ण जी एक बार मथुरा जाने के बाद फिर गोकुल क्यों नहीं लौटे? क्या उनको राधा जी की याद नहीं आई?"

वसुधा इस सवाल का जवाब तलाश रही थी। कृष्ण को राधा की याद तो आई होगी। शायद राधा से ज़्यादा ज़रूरी मथुरा के लोगों का कल्याण लगा होगा। सबकी ख़ुशी के आगे एक इंसान की ख़ुशी छोटी बात हो जाती होगी। क्या सब लोगों को मिलकर एक इंसान की ख़ुशी का ध्यान नहीं रखना चाहिए?

अगले दिन गोंदिया से पूनम का फ़ोन आया, "मैं और सना परसों हॉस्टल पहुँच रहे हैं। तू कब आ रही है?"

वसुधा पाँच दिन बाद नागपुर जाने वाली थी, मगर अब घर में मन नहीं लग रहा था। हॉस्टल के रूम नंबर 204 में बिस्तर पर घंटों अकेले शांत पड़े रहने की सुविधा थी। यहाँ दिन भर माँ और दादी में तना-तनी चलती है। नीरज भैया भी हॉस्टल से आया हुआ है। माँ के पास सुनाने के लिए मुन्ना चाचा की मक्कारियाँ, चाची का झूठ, दादी का कपट और बाबा के दबाव की कहानियाँ थीं, जो वसुधा

अनगिनत बार सुन चुकी थी। वसुधा अगले दिन ही क्लास का बहाना करके वर्धा से निकल गई। हॉस्टल के कमरा नंबर 204 में घुसते ही रेवा ने बताया, "मालूम है मैंने कोचिंग में टॉप किया। जो लड़का सेकेंड आया है वो मुझसे बहुत पीछे है। देख मेहनत करो तो भगवान फल देता है। मैंने जी-जान लगा दिया था इस लास्ट टेस्ट के लिए।"

रेवा और भी बहुत कुछ बताती जा रही थी, मगर वसुधा को सिर्फ़ उसके होंठ हिलते दिख रहे थे। सुनाई नहीं दे रहा था। रेवा की बातों से वसुधा का सिर भारी होने लगा। रेवा में इतनी समझ भी नहीं थी कि समझ सके कि सामने वाले को उसकी बातों में कोई रुचि नहीं है। कमरा नंबर 203 में अभी ताला लगा है। अंजली ने बताया कि पूनम और सना कुछ ख़रीदने मार्केट गए हैं। वसुधा आँखों के ऊपर चुन्नी डालकर चुपचाप लेट गई। थोड़ी देर बाद रूम के बाहर से सना की आवाज़ आई, "वसुधा।"

वसुधा बाहर निकली तो पूनम और सना ने एक साथ उसे गले लगा लिया, जैसे बरसों बाद मिल रहे हों। रेवा ने रूम के भीतर से ये देखा। उसने शायद कभी भी किसी को गले नहीं लगाया था। उसे लोग दिखते हैं, रिश्ता नहीं समझ आता... उसे हँसी सुनाई देती है, उल्लास नहीं समझ आता। वसुधा रूम नंबर 203 में चली गई।

सना चहक रही थी, "कैसा रहा वर्धा में। सहेलियों से मिली?"

"नहीं, इस बार मन नहीं हुआ किसी से मिलने का।"

पूनम ने अपनी अलमारी खोलकर घर से लाई मिठाई आगे बढ़ाकर पूछा, "तेरी तबीयत सही नहीं लग रही। सब ठीक है?"

सना ने मिठाई मुँह में भरकर पूछा, "कुछ हुआ है क्या? उदास लग रही है।"

वसुधा को महसूस हुआ कितना अंतर है रेवा और इन दोनों में। रेवा लगातार सिर्फ़ अपनी सुना रही थी पिछले एक घंटे से। उसने कुछ पूछा ही नहीं या ताड़ा ही नहीं। वो लोग कितने अकेले हो जाते होंगे जो दूसरों के दुःख से जुड़ नहीं पाते।

वसुधा ने उठकर पहले दरवाज़ा बंद किया और फिर वापस बेड पर आ गई, "कोलकाता से भुवनेश्वर आते टाइम जो लड़का ट्रेन में मिला था न? वो मुझे अभी दुबारा मिला।"

सना लगभग चीख़ पड़ी, "कांट बिलीव। भाई साहब ये तो फ़िल्मी कहानी हो गई। पिछले जन्म का कोई रिश्ता है क्या बे। ओए जियो मेरी रानी। घर आया था?"

"पागल है क्या? उसे तो मेरा नाम तक नहीं मालूम था तो एड्रेस क्या ख़ाक पता होता कि घर पहुँच जाए। मैं अभी दो दिन पहले क्लर्क एग्ज़ाम का पेपर देने अकोला जा रही थी तो वो फिर ट्रेन में मिला।"

पूनम की आँखें फट गईं, "नहीं यार झूठ मत बोल। ऐसा तो नहीं कि तू हमें कोई इमेजनरी कहानी सुनाकर बेवक़ूफ़ बना रही है। ऐसा तो नहीं कि तूने कोलकाता वाली जर्नी में ही उससे उसका फ़ोन नंबर ले लिया हो और फिर जानबूझकर तेरी अकोला वाली जर्नी के दिन की टिकट उसने भी बुक करा ली हो और अब आगे तू कोई डिसीज़न लेने वाली है तो हमको शामिल कर रही है।"

वसुधा झुँझला गई, "पागल है तू। वो मुझे अचानक मिला फिर से। बाबा की क़सम। अब इससे बड़ी क़सम नहीं खा सकती। मैं वर्धा से ट्रेन में चढ़ने के बाद अपनी सीट पर बैठी ही थी कि वो भी स्टेशन से कुछ सामान ख़रीदकर पीछे वाली ए.सी. बोगी में जा रहा था और उसकी नज़र मुझ पर पड़ गई।"

सना की आँखें अचंभे से फट गईं, "बाप रे! मिरेकल। सुनने से ही गूज़ बम्प्स आ रहे हैं। तुम लोग पिछले जन्म के रोमियो-जूलियट हो क्या बे? ये तो ग़ज़ब की कहानी है। तुझे सामने देखकर लड़का तो बावला हो गया होगा और तू शॉक्ड।"

"हाँ, समझ तो दोनों को आ रहा था कि दोनों शॉक्ड और ख़ुश हो गए।"

पूनम ने वसुधा का हाथ पकड़ लिया, "बहन, क्या दूसरी मुलाक़ात में भी वो उतना ही सुंदर दिख रहा था?"

वसुधा हँसी, "हाँ रे।"

सना ने छाती पर हाथ रखा और अपने बिस्तर पर गिर गई, "हाय मैं मर जावाँ।"

पूनम की उत्सुकता चरम पर पहुँच गई, "अब तो तुम दोनों ने एक-दूसरे के घर का फ़ोन नंबर ले लिया होगा न? नाम पूछ लिया न?"

वसुधा ने बताया, "नाम तो पूछ लिया, मगर फ़ोन नंबर नहीं माँग पाई। आशीष फ़र्नांडिस नाम है उसका। नीरज भैया के बेस्ट फ्रेंड की बहन प्रिया दीदी संग में थीं, तो मैं क्या फ़ोन नंबर लेती या देती?"

सना झुँझला गई, "साला नाम भी ऐसा, माई नेम इज़ एंथोनी डॉनजप्पा टाइप का। चल अब कॉपी के आख़िरी पन्ने में फ़्लेम खेलते समय वसुधा और आशीष में काफ़ी लैटर्स कटेंगे। लड़के का सरनेम फ़र्नांडिस कितना लंबा है बे। वसुधा शुक्ला, आशीष फ़र्नांडिस। वसुधा तुझे किसी भी तरह उससे कॉन्टेक्ट का कोई तरीक़ा ले लेना चाहिए था यार। यदि वो तुझसे मिलना भी चाहे तो वर्धा में कैसे ढूँढ़ेगा या कैसे फ़ोन करेगा? सुन तू तो आशीष से मिलकर फ़िदा हुई है, लेकिन मैं तो जीजू से बिना मिले ही दिल दे बैठी हूँ। वैसे तेरे नाम की जगह मेरा नाम सना संग आशीष भी अच्छा लग रहा है सुनने में। वसुधा तुझे किसी भी तरह उस प्रिया दीदी की नज़र से बचकर अपने हॉस्टल का फ़ोन नंबर पकड़ा देना था। देखा नहीं अपने हॉस्टल में कितनी लड़कियों के बॉयफ्रेंड जुगाड़ बना-बनाकर फ़ोन करते हैं। कम-से-कम बात तो कर पाते दोनों। तू न सही मैं अफ़ेयर चला लेती यार।"

वसुधा ने मायूसी से कहा, "फ़ोन पर बात करने से अटेचमेंट बढ़ेगा, मिलने का मन होगा, कभी सच न हो सकने वाले सपने देखूँगी। उसका हाइली एजुकेटेड होना, अच्छी जॉब, हैंडसम पर्सनैलिटी, वेल बिहैव्ड होना या मुझे प्यार करना सब हल्के हो जाते हैं उसके सरनेम के आगे। हमारी शादी तो दूर मेरा किसी क्रिश्चियन लड़के से अफ़ेयर है, जानकर ही बाबा हमेशा के लिए मुझे छोड़ सकते हैं। मेरी बुआ ने ठाकुर लड़के से शादी की। फूफाजी बहुत सज्जन व्यक्ति हैं। इस बीच मेरे दादाजी मतलब उनके पिता की डेथ हुई तब भी बुआ को घर से भगा दिया गया था। दादाजी ने ख़ुद कह दिया था कि मेरे मरने की ख़बर भी मत करना गुड्डी को। बुआ ने एक बार घर छोड़ा उसके बाद दादी, बाबा, दादा, मुन्ना चाचा किसी ने फिर गुड्डी बुआ का नाम तक ज़बान पर नहीं लाया। मैं क्लास टेंथ में थी तब एक पड़ोसी से मालूम हुआ कि मेरी एक बुआ है। कभी किसी ने उनके बारे में मेरे आगे बात नहीं की। अजीब लगता है कि मेरा घर एक और लड़की का मायका है, जिसे एक बार जाने के बाद फिर कभी घुसने नहीं मिला। गुड्डी बुआ को कितना याद आता होगा अपना घर, माँ-बाप, भाई। देश निकाला सुना है न? इंसान सब सह लेता है लेकिन अपनों से मिला बहिष्कार सह नहीं पाता। हमारी दुनिया क्या है? परिवार, घर, गली, दोस्त, शहर, नाते-रिश्तेदार। यहाँ से खदेड़कर, अपमानित करके भगा दिया जाए तो आदमी उन लोगों से नहीं, अपनी पूरी दुनिया और अपनी ज़िंदगी से दूर चला जाता है। हमेशा के लिए दूर जाने के बाद मरता नहीं है मगर जी भी नहीं पाता है। हम लोग अपने रिश्तेदारों से सुनते रहते हैं कि बुआ दादी को याद करके

बहुत रोती है। दादा की डेथ के समय बुआ इतना रोई कि हॉस्पिटलाइज़ करना पड़ा था। अपने पास्ट से दूर जाने की कोशिश में इंसान ख़ुद से दूर हो जाता है।"

थोड़ी देर के सन्नाटे के बाद सना बोली, "लोग अपनी जात के निक्कमे, दारुबाज़ दामाद की भी चापलूसी करते ज़िंदगी गुज़ार देते हैं। जानती हूँ अब तू बिस्तर में लेटे-लेटे महीनों आशीष को याद करेगी। असल में सब कुछ पैरेंट्स के ऊपर होता है। सेल्फ़िश बाप-भाई अपनी बहन, बेटी को रोककर मर्दानगी साबित करेंगे कि देखो हमारे घर की औरतें हमारे क़ाबू में हैं। ऐसे क्रूर मर्द असल में अपने जीवन, उपलब्धियों से असंतुष्ट होते हैं। भीतर के फ्रस्ट्रेशन को कहाँ ख़त्म करें? ख़ुद को कैसे ताक़तवर महसूस कराएँ? अपने से कमज़ोर प्राणी को कंट्रोल करो और उसे कमज़ोर बनाए रखने में ताक़त झोंक दो। औरतों ने अपना मन मारने की क़ीमत पर इनकी नक़ली मर्दानगी को मेंटेन रखा है।"

पूनम ने सना को बीच में ही टोका "सना बहन, तू गुरु माई वाला करियर छोड़कर पॉलिटिक्स ज्वाइन कर ले। महिला सीट के लिए आरक्षित वार्ड से खड़ी हो जा। जीत जाएगी।"

सना झुँझला गई, "तुझे मज़ाक़ लग रहा है पूनम, मगर कोई भी, किसी की लाइफ़ कंट्रोल करे ये इनह्यूमनिटी है। पूनम तेरे घर में तेरी मम्मी की डिक्टेटरशिप चलती है। आंटी ही डिसीज़न मेकर हैं और वो तुम्हारी ज़िंदगी से जुड़े बड़े से बड़े डिसीज़न अकेली ले लेती हैं, बिना तुम्हारी राय पूछे। इतने लंबे समय में तेरी आदत हो गई है कंट्रोल में रहने की। अब शादी के बाद तेरे को जब तेरा हसबेंड ऑपरेट करेगा या कंट्रोल करेगा तो तुझे ज़्यादा दिक़्क़त नहीं होगी। तेरे और वसुधा के पैरेंट्स ने अपनी बेटी को इस तरह से डिज़ाइन किया है कि बिना शिकायत उम्र भर ऑर्डर फ़ॉलो करती रहें और अपनी बेटी की इस कमज़ोर परवरिश को उसके संस्कार बताकर तारीफ़ करते रहें। शर्म आना चाहिए उनको बेटियों को ग़ुलाम बनने की ट्रेनिंग देते हुए। यही पैरेंट्स जो दब्बू बेटी को संस्कारी बोलते हैं, इन्हें बेटा दबंग चाहिए, क्योंकि लड़कों को दुनिया में सर्वाइव करने रफ़-टफ़ होना चाहिए। अपनी मर्ज़ी बताने वाली लड़कियाँ बदतमीज़ नहीं होतीं यार।"

वसुधा ने दीवार पर लगी घड़ी की तरफ़ इशारा किया, "डिनर का टाइम हो गया, चलो। ऐसी बातें सुनकर मेरा जी घबराता है सना। जानती हूँ तू सही बोल रही है मगर हर घर एक जैसा नहीं होता है न। अब हम क्या करें कि हमारे पैरेंट्स

कमज़ोर मानसिकता के हैं या हमसे ज़्यादा उन्हें अपनी इच्छाओं से प्यार है। इस बार वो लड़का मेरी ख़ुशी निचोड़ ले गया यार। ईश्वर ने क्यों हमें दुबारा मिला दिया!"

तीनों लड़कियाँ रूम नंबर 203 का दरवाज़ा बंद करके मेस की ओर चल दीं।

17

कभी-कभी कोई रिक्तता अंतिम साँस तक सीने में धड़कती है। तमाम ख़ुशियाँ मिलकर भी उस ख़ालीपन की भरपाई नहीं कर पातीं। फिर उस मख़मली मुलाक़ात को गुज़रे महीनों ही क्यों न हो गए हों, मगर लगता है जैसे उस गुनगुने रिश्ते ने बस अभी हाल छुआ है। वक़्त के दरिया में कितने भी लम्हे बह गए हों मगर एक अंजुर पानी तट के किसी गोलाकार कटाव में ठहर ही जाता है। दुनिया भर के लोग मिलते-बिछड़ते और भुला भी दिए जाते हैं, मगर किसी एक चेहरे की फाँस निकलती ही नहीं। उस मुलाक़ात की स्मृति शूल बनकर चिलकती है। विरह की पीड़ा कम नहीं होती... ख़लिश भरती ही नहीं। पूरी दुनिया का जमवाड़ा कम पड़ता है, उस ख़ाली जगह को भरने। उदास यादें प्रेत होती हैं। अकेला पाते ही सवार हो जाती हैं। चाहे तारीख़ों का कितना भी लंबा सफ़र तय कर लो मगर अवसाद भरी स्मृतियाँ पीछा नहीं छोड़तीं। ये भी तो सच है कि यदि गुज़रा वक़्त विस्मृत हो जाए तो लोग भावनात्मक रूप से मर जाएँ। दिल तब तक धड़कता है, जब तक यह स्मृतियों का लेखागार है। रतजगों में, तन्हा शामों में, अकेली सुबहों में, सूनी दोपहरों में... कुछ ख़यालात सालों बाद भी आवाजाही करते हैं। बरसों बाद भी पुराने दर्द वर्तमान की ख़ुशियों का क्रूरता से शिकार करते हैं। यादों से मिली ये उदासी नमक की डली बन हलक़ में घुलती रहेगी।

हॉस्टल के गार्डन में हल्की फुहार में भीगती वसुधा सोच रही थी कि पिछले

संडे इस समय हम दोनों साथ थे। आशीष भी क्या अभी यही सोच रहा होगा कि आज एक सप्ताह हो गए? आज भी मौसम बिलकुल उस दिन जैसा ही है। आमने-सामने होकर भी उस क्षण की बेचारगी को याद कर वसुधा की पलकें फिर नम हो गईं। मन बहुत ख़राब कर लेने के बाद वो अपने कमरे में आ गई। रेवा आज संडे-टेस्ट देने कोचिंग गई थी। वसुधा ने कॉपी का आख़िरी पन्ना खोला और लिखने लगी—

तू मेरे आसपास कहीं नहीं है...
सब वैसा फिर भी कुछ सही नहीं है
कल सुबह सूरज फिर चढ़ेगा
रात चाँद भी हौले-हौले बढ़ेगा
दिन ढले पंछी शाखों में चहकेंगे
सारी बातें, सारे नज़ारे वही हैं
फ़क़त तू आसपास कहीं नहीं है...
फूल ख़ुशबू में भीगे कल भी महकेंगे
पुरवाई ऐसी ही मंद-मंद बहेगी
ज़माने भर के चेहरे पलाश-से खिलेंगे
फ़क़त हम ज़मीं पर दूर दूर कहीं हैं
तू मेरे आसपास कहीं नहीं है...
बारिश का रेला गलियों में ऐसा ही बहेगा
बादल के गुब्बारे फिर छत पर उड़ेंगे
तितलियाँ फूल-फूल रोज़ की तरह
सारे वाक़िए वैसे, सारे पहर वही हैं
तू मेरे आसपास कहीं नहीं है...
कितनी भी तन्हा तुझ बिन रहूँ मैं
याद आते हो, ये किससे कहूँ मैं
तुम ही को बता सकते थे राज़ कि
तिल तिल कैसे काटी, कैसे सही है
तू मेरे आसपास कहीं नहीं है...
साँसों की डोर में यादों के मोती
ख़यालों की चादर ओढ़े रातें है सोती

ज़र्रा-ज़र्रा कितनी शोख़ियाँ बिखरीं
सब देख चुप एक टीस उठ रही है
तू मेरे आसपास कहीं नहीं है...
बिन बहे आँसू हलक़ में उतरता
ख़ुशहाल लम्हा भी अब है अखरता
वक़्त ज़ाया किया सोच-सोच तुझको
फिर भी सारे मसले बेहल खड़े वहीं हैं
तू मेरे आसपास कहीं नहीं है...
सिंदूरी शामें तुम तक आती तो होंगी
रही गई जो अनकही सुनाती तो होंगी
ग़ौर से सुनना तन्हा रातों की चाँदनी को
न भूले कभी वो कहानी कहीं है
तू मेरे आसपास कहीं नहीं है...
सब वैसा, फिर भी कुछ सही नहीं है...।

वसुधा ने अपनी ही लिखी कविता को अजनबी नज़रों से निहारा, जैसे बारिश में भीगती ट्रेन दूर जा रही है। काग़ज़ में उतर जाने के बाद कविता मेरी नहीं रही। दूर चली गई। मैं आशीष को अपने मन की कभी नहीं बता पाऊँगी। कॉपी बंद कर टेबल पे रखी किताबों के ढेर के नीचे दबा दी। तभी सना कमरे में आई, "वसुधा चल बाहर से आते हैं।"

"कहाँ से?"

पीछे से पूनम भी आ गई, "चल ना संडे रेनी डे मनाकर आएँगे। यार रेवा के बग़ैर तेरा कमरा कितना अच्छा लग रहा है। साला अपना ही राज़ है टाइप। अभी भी वो पगलैट अपनी आत्मा यहीं किताबों में छोड़ गई होगी।"

वसुधा हँसती है, "सही है। हॉस्टल ही वो जगह है जहाँ लगता है अपना राज़ है। वर्धा के घर में भी कभी-कभी परायापन लग जाता है, मगर ये कमरा ख़ुद का लगता है। यार रेवा बुरी नहीं है। बस एक्सट्रीम फ़ोकस्ड है।"

सना ने सहमति जताई, "मैंने आज तक कहा कि वो बुरी है? ऐसे फ़ोकस्ड लोग लंबे समय से मेहनत करते रहने की वजह से हमेशा चिड़चिड़े और टेंस्ड हो जाते हैं। यदि आप लंबे समय तक टेंस्ड और कॉम्पिटीटिव रहोगे तो जलनख़ोर बन

जाओगे। रेवा जब मुँह बनाकर टेंशन में घूमती है तो कितनी ख़तरनाक दिखती है। हँसती है तो कितनी नक़ली। यार तू दूर रहा कर उससे। भाई रेवा का बिस्तर कितना नर्म है यार। ये गद्दे महँगे होंगे।"

सना घूम-घूमकर उसकी कंघी, तकिया, किताबें उलट-पलट करने लगी और फिर आख़िर में उसके बिस्तर में बिलकुल उसी की तरह पेट के बल लेटकर दोनों पैर झुलाते हुए किताब खोल पढ़ने लगी। सना की हरकतें देख पूनम और वसुधा पेट पकड़कर हँसने लगे। पूनम ने रेवा की कुर्सी पर बैठते हुए कहा, "वसुधा तू सना की एक बात नहीं जानती। सना रेवा की भी एक्टिंग बहुत अच्छी करती है। सना रेवा जैसा बोलकर दिखाना।"

सना फुर्ती से बिस्तर से उठ गई। सबसे पहले फटाफट रेवा की तरह आगे के बालों को घोसले-सा फुला लिया, शरीर टाइट कर सामने की तरफ़ हल्का-सा झुकाकर कमर में हाथ देकर बिलकुल रेवा की स्टाइल में वसुधा के सामने खड़ी हो गई। सना रेवा जैसी दिखने भी लगी। वसुधा को उसे इस तरह देखकर ही हँसी आने लगी। सना ने नाक सिकोड़कर बोलना शुरू किया, "वसुधा याद है तुझे पूर्णिमा का लास्ट टेस्ट में माइनस मार्किंग के कारण मेरे से चार नंबर कम हो गया था। अदरवाइज़ उसने टोटल क्वेश्चन मेरे से ज़्यादा अटैंप्ट किए थे। कॉम्पिटीटिव एग्ज़ाम में ओवर-कॉन्फ़िडेंट होना ही नहीं चाहिए। जब तक कन्फ़र्म न हो तब तक अटेंप्ट करके माइनस मत कराओ। साला तुमसे कम क्वेश्चन अटेंप्ट करने वाला आई.आई.एम. अहमदाबाद निकाल सकता है, यदि ग़लत एक भी नहीं किया तो। जब हंड्रेड एंड वन परसेंट श्योर हों तब मार्क करो। लास्ट ईयर की कट ऑफ़ लिस्ट मालूम है न तुझे? अरे मेरी कज़िन लन्दन यूनिवर्सिटी से इकोनॉमिक्स में पीजी कर रही है। फ़ॉरेन यूनिवर्सिटी से मास्टर्स करने पर बढ़िया स्कोप होता है। उनके पैकेज सुनेगी न तो आँख फट जाएँगी तेरी। इंडिया में तो जो सी.ए. पर्सनल प्रैक्टिस कर रहे हैं उन्हें अपने शहर में जमने में दस साल लग जाते हैं।"

वसुधा ने हँसते-हँसते सना के पैर पकड़ लिए, "बस बहन, बस कर। रेवा देखेगी न तो तेरी खटिया खड़ी कर देगी। उसके घर में उसका भाई, पापा, मम्मी सब आपस में फटे ले लड़ते हैं। रेवा इस बार छुट्टी में हॉस्टल में ही क्यों थी पता है? मम्मी से बात बंद है उसकी। उसके मम्मी-पापा की भी महीनों आपस में बात बंद रहती है। रेवा तुझे एक्टिंग करते देखेगी न, ऐसी गालियाँ बकेगी कि कानों से

ख़ून निकाल देगी। वैसे ऐसा लग रहा था तेरे भीतर रेवा की आत्मा आ गई।"

सना हँसने लगी, "सुन तेरे साथ रहने से पहले वो सिर्फ़ ढाई महीने में सात रूममेट चेंज कर चुकी है। सबसे लड़ाई-झगड़ा। टेबल इधर क्यों रखी, मेरी बाल्टी गीली क्यों है, लाइट जब मैं सो रही हूँ तो नहीं जलेगी चाहे एक घंटे बाद तुम्हारा पेपर हो लेकिन तुम सो रहे हो तो जलेगी क्योंकि उसका मंथली टेस्ट है। जब किसी पर वो चिल्लाती है तो हॉस्टल के बाहर तक आवाज़ आती है भाई। उसका ख़ुद पर कोई कंट्रोल ही नहीं है। वसुधा धन्य है तू जो उसके साथ बिना लड़े रह रही है। यार मैं परसों से सोच रही थी कि आज संडे को सारे कपड़े धो लूँगी, मगर बारिश देखकर नहीं धोई। तुम लोगों को अपना हॉस्टल संडे को सूना-सा नहीं लगता? कितनी लड़कियाँ हैं यार जो हर सैटरडे घर निकल जाती हैं और मंडे मॉर्निंग वापस। आज मस्त वाली बारिश हो रही है। वसुधा चल-चल रूम लॉक कर हम लेट हो रहे हैं।"

तीनों लड़कियाँ रिमझिम फुहार का मज़ा लेने छाता थामे संडे मार्केट की तरफ़ निकल गईं। नहाने का साबुन, क्रीम, स्केल, कुछ रजिस्टर और पेन ख़रीद पैदल ही लौट रही थीं कि एकाएक बारिश बहुत तेज़ हो गई। पानी से बचने तीनों एक छज्जे के नीचे खड़ी हो गईं। पूनम को पंकज से बात करने टेलीफ़ोन बूथ भी जाना था। पूनम ने भीगा चेहरा चुन्नी के एक छोर से पोंछते हुए बताया, "आज संडे उनकी छुट्टी होती है तो अपने पैरेंट्स के पास अमरावती में होते हैं। संडे शाम को मेरे कॉल का इंतज़ार करते हुए फ़ोन के पास ही बैठे रहते हैं। जल्दी बूथ पर चलो यार।"

बारिश ज़रा कम हुई तो तीनों कीचड़ सनी चप्पलों से टेलीफ़ोन बूथ तक पहुँचे। पूनम बूथ के भीतर अलग से बने काँच के एक साउंड प्रूफ़ केबिन के भीतर चली गई। फ़ोन पर शर्माते हुए वो लगातार मुस्कुरा रही थी लेकिन क्या बातें कर रही थी, बाहर सुनाई नहीं दे रहा था। बात करते हुए भी पूनम की नज़र एकटक फ़ोन का भुगतान का बिल बताने वाले डिसप्ले स्क्रीन पर थी। सना और वसुधा ने पूनम को इतना लजाते हुए कभी नहीं देखा था। सना काँच के चेंबर की बाहरी दीवार से चिपककर पूनम को देखते हुए हुए गाने और घूम-घूमकर नाचने लगी, "भला है, बुरा है, जैसा भी है, मेरा पति तो मेरा देवता है।"

तेज़ बारिश की वजह से बूथ पर इन तीनों के अलावा चौथा कोई नहीं था।

बूथ का मालिक ग्राहकों को प्राइवेसी देने बाहर एक छोटे से शेड के नीचे लगी कुर्सी पर बैठा रहता था। ग्राहक की बात ख़त्म होने पर वो डिसप्ले स्क्रीन का बिल चेक करने अंदर आता था। सना ने दुकान में घूम-घूमकर नाचते हुए अचानक एक झटके से अपना हाथ सामने कर अंजुरी बना ली, "चुटकी भर सिंदूर से तू अब ये माँग ज़रा भर दे, कल क्या हो किसने जाना सब कुछ आज अभी कर दे। पास आओ गले से लगा लो।"

पूनम बात ख़त्म कर काँच के उस कमरे से बाहर आई तो सना ने एक काल्पनिक थाली से उसकी आरती उतारी और कमरे की दीवारों को घूम-घूमकर धूप दिखाई और बिना एक शब्द कहे काँच वाले कमरे की चौखट पर सिर नवाकर आनंद को फ़ोन करने भीतर चली गई। लेकिन तभी बिना नंबर डायल किए दरवाज़ा खोल फिर बाहर आई और अपना ख़ाली हाथ बढ़ाया, "ये पकड़।"

वसुधा ने उसकी मुड़ी उँगलियों को देखकर पूछा, "क्या पकड़ूँ?"

सना ने किसी तरह अपनी हँसी दबाते हुए कहा, "पूजा की थाल।"

वसुधा ने अपनी चप्पल निकालने का उपक्रम किया, "भाग नौटंकी।"

सना हँसते हुए नंबर डायल करने लगी, मगर बूथ का दरवाज़ा बंद नहीं किया। उसकी कोई बात वसुधा और पूनम से छिपी नहीं थी और ये दोनों भी आनंद को अच्छी तरह जानती थीं सो किसी को कोई संकोच न था। जैसे चार दोस्त साथ हों। हालाँकि पूनम और वसुधा को आनंद की आवाज़ सुनाई नहीं दे रही थी। फ़ोन का रिसीवर पकड़ी सना रुक-रुककर आनंद से जो पूछ या बता रही थी, उससे बातचीत का अंदाज़ हो जा रहा था—

"क्या कर रहा था तू?"

"क्या दिन भर पढ़ते हुए बोर नहीं होता?"

"सी.ए. बनने के लिए ऐसे हड्डियाँ मत गला। मैं कम पैसों में गुज़ारा कर लूँगी। मेरे पार्लर का ख़र्चा उठाने तू क्यों रात-रात भर किताबों में आँखें फोड़ रहा है। तू मॉडलिंग कर ले यार। इतना हैंडसम बंदा ऑफ़िस में सुबह के नौ से शाम छह बजे तक जवानी बर्बाद करे? अन्याय है यार।"

"अरे नहीं! बाहर आई हूँ पूनम और वसुधा के साथ। आज हॉस्टल में संडे लंच शानदार मिलता है तो खाकर निकले है।"

"क्या ? तेरे को कोई बुला रहा है। आंटी बुला रही हैं मुझे ?"

"हाहाऽऽऽ। मैं तो उसी दिन समझ गई थी। मैं आंटी को पसंद आ गई हूँ। चल ठीक है, तू पढ़ ले। मैं तो एग्ज़ाम के दो दिन पहले ही पढ़ना शुरू करती हूँ। यदि दो पेपर में चार दिन का गैप मिलता है तब भी मैं आख़िरी के दो दिन ही पढ़ती हूँ।"

"हाहा। एकदम सही बोला। मेरे ज़्यादा नंबर आ गए तो इतने दिनों का रिकॉर्ड ख़राब हो जाएगा। शैंकी तो मेरे से भी कम लाता है। चल चल, तू पढ़।"

"अच्छा तूने शैंकी को फ़ोन किया था ? अब वो नागपुर नहीं आने वाला तुम लड़कों के पास। हाहाहा।"

"चल बाय।"

पूनम और सना ने बाहर निकलकर दुकान वाले को बिल पे कर दिया। बारिश से नहाई सड़क पर चलते हुए वसुधा को ख़याल आया कि आज संडे को वो भी शिलांग में अपने घर पर होगा। उसने बताया था कि उसके घर के सामने चीड़ के दो ऊँचे पेड़ हैं। वसुधा की कल्पना में उन पेड़ों की टहनियों में अक्सर बादल के टुकड़े फँस जाते हैं जैसे नीरज भैया की पतंग घर के सामने के मूँगा पेड़ में फँस जाती थी। आशीष के घर के सामने के उन चीड़ के पेड़ों पर बारिश निथरती नहीं बल्कि धुआँ-धुआँ सुलगती होगी। उसने बताया था कि ऊँची पहाड़ी पर बने उसके घर तक ऊपर जाने को पगडंडी है। वो लोग अपनी कार नीचे कहीं पार्क करते हैं। यदि मेरे पास उस घर का टेलीफ़ोन नंबर होता तो मैं किसी भी हाल में आज ख़ुद को टेलीफ़ोन बूथ पर रोक नहीं पाती। चाहे उसकी एक हैलो सुनकर फ़ोन रख देतीं, मगर कॉल ज़रूर करतीं। सना, वसुधा और पूनम हल्की बारिश में भीगते हुए सड़क के किनारे-किनारे चल रही थीं। गीली सड़क पर तेज़ी से गुज़रते वाहनों की हेड लाइट की चमचमाहट आती-जाती रहीं। कार, बाइक्स सड़क में जमा पानी उछालते गुज़र जातीं। ये बरसात सिर्फ़ मुझे उदास लग रही है या पूनम और सना को भी ? वसुधा ने उन दोनों के भीगे चेहरे देखे जो ख़ुशी से दमक रहे थे। सच भी है, पूनम और सना के जीवन में सब कुछ अच्छा चल रहा है तो वो मेरे लिए क्यों इतना परेशान रहें। कुछ दुख इतने निजी होते हैं जितना एग्ज़ाम में मिला रोल नंबर।

18

बी. कॉम. का आख़िरी साल। एग्ज़ाम पास आ गए हैं। पूनम की शादी की डेट एग्ज़ाम के बाद निकलेगी। माँ ने वसुधा को एम.कॉम. वर्धा से ही करने बोला है, क्योंकितने ही लड़के वालों को हॉस्टल में रह रही लड़की से शादी की बात ही नहीं बढ़ानी है। बाबा ने दो-तीन जगह वसुधा की तस्वीरें भेजीं। बायोडाटा और फ़ोटो पसंद आने के बाद जब उन्हें पता चला कि लड़की हॉस्टल में रह रही है तो शादी से इनकार कर दिया। चाची को ये जानकर हार्दिक प्रसन्नता हुई। चाची बातों-बातों में दादी से कह देतीं, "अम्मा मैं तो आशी को हॉस्टल नहीं भेजूँगी। आशी को जो पढ़ना है वर्धा में ही पढ़ लेगी। हॉस्टल में तो लड़कियाँ रात-रात भर बाहर रहती हैं। घर के भेजे पैसों से ख़र्च पूरे नहीं होते। हर दिन नई सैंडल, बैग, कपड़े चाहिए कॉलेज में पहनने। ख़र्च निकालने फिर उलटे सीधे काम करती हैं और अपने शौक़ पूरा करती हैं। बड़े शहरों में जितने ऊटपटांग कपड़े पहनी दिखती हैं न, सब हॉस्टल में रहने वाली लड़कियाँ हैं। नागपुर की एक कालोनी वालों ने अपने एरिया के गर्ल्स हॉस्टल ग़लत-सलत धंधों के कारण बंद करवा दिए। शहर भर के आवारा हॉस्टल के राउंड मारते थे जिससे कालोनी का माहौल गंदा होता था।"

चाची हॉस्टल की लड़कियों का चरित्रहनन जानबूझकर करती, ताकि वसुधा बदनाम हो। वसुधा सोचती कि बाबा और माँ, चाची जैसे रिश्तेदारों की क़द्र करते

हुए अपने बच्चों का मन मार रहे हैं। जब मेरा कहीं कुछ अफ़ेयर नहीं है तब भी वो बदनाम करने से बाज़ नहीं आ रहीं।

नीरज भैया की इंजीनियरिंग भी इसी साल ख़त्म हो रही है। हर सेमेस्टर में बैक लग लग कर चार साल की इंजीनियरिंग पाँच साल में पूरी कर रहे हैं। नीरज यदि नागपुर में नहीं रहेगा तो वसुधा का नागपुर में अकेले रहने का सवाल ही नहीं पैदा होता। माँ ने वसुधा की बैंक की कोचिंग पर ख़र्चों का रोना लेकर मना कर दिया, मगर नीरज भैया इंजीनियरिंग का लास्ट पेपर होते ही छह महीने का कंप्यूटर कोर्स करने मुंबई जा रहे हैं। माँ को अब जल्दी से जल्दी वसुधा की शादी करनी है। वर्धा में रहेगी तो लड़के वाले जब चाहें तब उसे देखने घर आ सकते हैं। पड़ोसी जगमोहन भाकरे की बेटी भावना हॉस्टल पढ़ने गई थी। जॉब लगते ही अपनी पसंद के किसी लड़के से शादी कर ली और शादी के बाद घरवालों को फ़ोन करके बता दिया। जगमोहन भाकरे की बेटी ने दूसरी जात के लड़के से जिस दिन शादी की थी उस दिन से तीन दिन तक दादी को बुख़ार रहा था। बात-बात पर बाबा से कहती रही, "देखो तो जगमोहन की बेटी कैसी सीधी-साधी पोट्टी थी। उधर हॉस्टल जाते ही उसके रंग बदल गए। भगवान से मनाती हूँ कि कब वसुधा के एग्ज़ाम हों और कब वो घर आए।"

अभी वसुधा रूम में बैठी एक उपन्यास पढ़ रही थी कि उसने देखा बाहर पूनम अपने मुँह पर हाथ रखे हँसती हुई दौड़-दौड़कर पीछे वाले कॉरीडोर में झाँक रही है और फिर वापस मेस की तरफ़ दौड़ती आ रही है। वसुधा बाहर निकली तो पूनम ने होंठों पर उँगली रख चुप रहने का इशारा किया और हँसते-हँसते उसके कंधों पर गिरने लगी।

"अरे बताएगी क्यों हँस रही है?"

पूनम हाँफ रही थी, "अरे! बाज़ू वाली विंग में 702 रूम की दो साउथ इंडियन सीनियर लड़कियाँ पद्मज़ा और राजश्री को जानती है न? अभी उन दोनों रूममेट का ज़ोर-ज़ोर से तेलगू में झगड़ा चल रहा है। अपनी सना झगड़ा सुनने के लिए दरवाज़े से चिपककर खड़ी थी। दोनों तेलगू में जाने क्या चीख़ रही थीं, समझ ही नहीं आया। सना ने झगड़े की जड़ तक पहुँचने की बहुत कोशिश की मगर नहीं समझा। पद्मज़ा दीदी ज़्यादा चिल्ला रही हैं। राजश्री बीच-बीच में रुआंसी भी हुई। अब जब सना को एक शब्द भी पल्ले नहीं पड़ा तो उनके बंद दरवाज़े के बाहर

खड़ी होकर आसमान की तरफ़ उँगली दिखा-दिखाकर, मुँह बनाकर, ग़ुस्से में होंठ हिलाते हुए बिना आवाज़ निकाले लड़ने की एक्टिंग कर रही है। यदि दोनों में से किसी ने भी दरवाज़ा खोला न तो सना का बैंड बजा देंगी। जा झाँक न।"

वसुधा कॉरीडोर की तरफ़ गई तो सना मूक फ़िल्मों की तरह बेआवाज़ ग़ुस्से में हाथ हिला-हिलाकर, आँखें फाड़कर, होंठ हिलाकर लड़ रही थी। बंद दरवाज़े के बाहर ज़ोर-ज़ोर से लड़कियों का तेलगू स्वर बाहर सुनाई दे रहा था। पद्मज़ा का लड़ाकूपन हॉस्टल में सभी को मालूम था। यदि उसको सना की इस हरकत का पता चल जाए तो वो सना का हॉस्टल में रहना मुश्किल कर सकती है, ये सोच वसुधा को सना की चिंता हुई। वसुधा उसे बुलाने बंद दरवाज़े की तरफ़ इशारा कर डराने लगी। वसुधा ने हँसते हुए पलटकर पूनम से पूछा, "सना को मालूम नहीं है क्या पद्मज़ा कितनी ख़ूँख़ार है? किसी ने उसे बता दिया न कि सना उसके मज़े ले रही थी तो अभी के अभी जनाज़ा निकाल देगी।"

तभी रूम नंबर 702 का दरवाज़ा खुलने की आवाज़ आई तो वसुधा और पूनम सरपट दौड़ते हुए भाग गए। दरवाज़ा इतना यकायक खुला कि सना को भागने का वक़्त नहीं मिला। सना रूम नंबर 702 के सामने से सिर झुकाकर अपने कमरे की तरफ़ ऐसे चली जैसे वो बेचारी तो बस इस कॉरीडोर से गुज़र रही थी।

तीनों दौड़ते-भागते रूम नंबर 203 में पहुँचते ही एक-दूसरे पर गिरते-पड़ते हँसने लगे।

सना को पछतावा हुआ, "यार लड़ाई जल्दी ख़त्म हो गई। ऐसा तो नहीं कि अभी इन्होंने सिर्फ़ ब्रेक लिया है और थोड़ी देर बाद लड़ाई दुबारा शुरू हो जाए। पूछकर आऊँ क्या कि हम लोग सो जाएँ न अब? तुम लोग का बचा तो नहीं है? यार तेलगू में क्या बोल रहे थे बहुत कोशिश की समझने की। ये लोग आधा घंटा और लड़ते तो मैं कुछ-कुछ समझने लगती। टॉपिक क्या था कुछ पल्ले नहीं पड़ा। राजश्री कमज़ोर पड़ रही थी। पद्मज़ा हावी थी। सुन न इनकी लड़ाई का ये सेमी फ़ाइनल था या फ़ाइनल? शैंकी होता तो तेलगू समझ जाता। वो साउथ की फ़िल्में बहुत देखता है।"

पूनम ने सना को झिड़का, "मेस में तू भी हमेशा तेलगू फ़िल्में देखती है। क्या मतलब जब आज ज़रूरत पड़ी तो एक शब्द नहीं समझ पाई। मेरा भाई भी एक्शन की वजह से तेलगू फ़िल्म देखता है। आज पद्मज़ा और राजश्री के बीच तेलगू

फ़िल्मों का एक्शन शुरू होने वाला ही था कि दरवाज़ा खुल गया। क्या मज़ा आता जब दरवाज़ा खुलता और तू उन्हें एक्टिंग करती मिलती। मैं और वसुधा तो दरवाज़े की आवाज़ से ही, बिना पलटे भागे।"

सना हँसते हुए अचानक दार्शनिक हो गई, "यार यहाँ हॉस्टल में कितना मज़ा आता है। कुछ महीनों में पूनम की शादी हो जाएगी, वसुधा वापस वर्धा चली जाएगी तो मैं यहाँ अकेले क्या करूँगी। आनंद सी.ए. की पढ़ाई के लिए दिल्ली चला जाएगा। मैं तुम लोगों के बिना यहाँ अकेले नहीं रह पाऊँगी यार। मर जाऊँगी।"

तीनों देर तक चुप लिपटे रहे। इन तीन सालों में पहली बार सना की आँखें नम थीं। जो घटना होकर रहेगी उसे फिर चुप स्वीकार करना होता है। हॉस्टल छूटेगा ही। सबको यहाँ से ऐसे बिछड़ना है जैसे मधुमक्खी के छत्ते पर पत्थर फेंका गया हो। क्या समय का चक्र कोई थाम पाया है? क्या ऐसा हुआ है कि समय की गति थम जाए? यदि सूरज डूबना भूल जाए तो... तो वो ट्रेन कभी अकोला तक न पहुँचती, चलती ही रहती। दो प्रेम भरे दिलों ने ऊँची आवाज़ में आसमान तक गुहार लगाई थी कि सूरज-चाँद थम जाओ। दिन और रात का सिलसिला चलता रहेगा, तारीख़ों के पन्ने पलटेंगे और हर साल इस हॉस्टल में सुख-दुख के धागों से बँधे दिल बिछड़ेंगे। आख़िर ये दुनिया भी तो एक हॉस्टल ही है। जहाँ एक दिन लोग एडमिशन लेते हैं और उम्र का सिलेबस पूरा होते ही चले जाते हैं।

रूम नंबर 702 में मचे घमासान के थोड़ी ही देर बाद सना हेयर रीमूवल वाला वैक्स का बड़ा डब्बा, कपड़े की पट्टियाँ लिए कॉरीडोर में इधर-उधर घूम रही थी। वैसे भी संडे को पूरा हॉस्टल ब्यूटी पार्लर बन जाता है। कोई चेहरे पर सफ़ेद पैक लगाए घूम रहा है, कोई वैक्सिंग करवा रहा है। दूसरे की वैक्सिंग करने जैसा उबाऊ काम पूरे हॉस्टल में सिर्फ़ सना ही कर सकती थी। पूनम ने कई बार उसको डाँटा भी, "इन लोगों को मालूम है कि सना मना नहीं करेगी इसलिए तेरे को पकड़ते हैं। अभी तू विजया की भी वैक्सिंग करके आ रही है। तेरे को उसकी मदद करने से पहले सोचना चाहिए था। उसके पास स्कूटी है। उस दिन रोड में तेरे बाज़ू से स्कूटी से निकल गई। चाहे तो लिफ़्ट दे सकती थी। क्या ज़रूरत है ऐसे लोगों की मदद करने की?"

सना ने उँगलियों में लग गई वैक्स की चिप-चिप को एक गंदे कपड़े से साफ़ करते हुए कहा, "अरे यार! जाने दे उसका वो जाने। देख मेरे से यदि बन पाता है

तो मैं कर देती हूँ। चल जा... जाकर देखकर आ। प्रतिभा दीदी के बालों में विजया ने क्या हेयर स्टाइल बनाई है। सामने से पफ़ है। पीछे से फ्रेंच नॉट है। लास्ट मंथ किसी मैगज़ीन में छपी थी वो स्टाइल। विजया ने सिर्फ़ फ़ोटो देखकर बना ली यार।"

वाटर कूलर से अपनी बॉटल भरकर दरवाज़े के बाहर से जाती रेवा सना की बात सुनकर हँसी, "सना के लक्षण पढ़ाई-लिखाई के हैं नहीं। पार्लर ही खोलेगी देखना।"

सना ख़ुश हो गई, "बिलकुल मेरा पार्लर बहुत चलेगा। आज लक्ष्मी दीदी जब झाड़ू-पोंछा करने आई थीं तो मैंने वही विजिया वाली हेयर स्टाइल उन पर बनाई है। जा देखना। विजया से ज़्यादा अच्छा मैं बनाई।"

रेवा ने मुँह बिचकाया, "तूने अपनी कंघी से लक्ष्मी दीदी के बाल बना दिए? वो काम पर आते हुए तो कंघी लेकर आई नहीं होंगी?"

सना बोली, "तो क्या हुआ? वो मुझे बहुत प्यार करती हैं। मेरे लिए उनके बग़ीचे के अमरुद लेकर आती हैं। अपनी कंघी से उनके बाल बनाने में क्या प्राबल्म है? यही न कि वो ग़रीब हैं?"

रेवा ने हिक़ारत से जवाब दिया, "वो तेरे साथ ऐसा करके अपना स्टैंडर्ड बढ़ा रही है और तू अपनी कंघी से उसके बाल बनाकर अपना स्टैंडर्ड गिरा रही है। क्यों पूनम एम आई रॉन्ग?"

सना ने हाथ जोड़े, "रेवा प्रायश्चित के लिए क्या करूँ? ज़हर खा लूँ? बाज़ार से अमरूद ख़रीदकर उन्हें लौटा दूँ या फिर उनकी चोटी खोलकर आ जाऊँ?"

रेवा ने एक कड़ी नज़र सना पर डाली और अपने कमरे में चली गई, जहाँ वसुधा अपने नाख़ूनों पर क़रीने से नेलपेंट लगा रही थी। सना को मालूम था कि यदि रेवा ने उसे पलटकर जवाब नहीं दिया है तो रूम में जाकर वसुधा से ज़रूर बुराई करेगी। बाहर दीवार से चिपकी सना हँस-हँसकर रेवा का बड़बड़ाना सुनने लगी, "वसुधा यार, सना काम वाली बाई लक्ष्मी की चोटी बना रही है। हम जैसा बिहेव करते हैं, हमारा फ़्यूचर वैसा ही बनता है। पूत के पाँव पालने में कहावत सुनी है न? यार आप नौकरों के संग बराबरी से बैठकर उनकी कंघी कर सकते हो? कुछ तो क्लास मेंटेन रखो अपना। भगवान जाने उस इंटेलिजेंट आनंद ने इस गँवार में क्या देख लिया। कहाँ वो, कहाँ ये।"

सना हँसते-हँसते ज़मीन पर बैठ गई। तभी हॉस्टल के बाहर से आती किसी बारात के बैंड की आवाज़ से सना अपने रूम में दौड़कर घुसी, "पूनम चल-चल बाहर। बारात देखकर आते हैं। चल-चल उठ। रेवा का गाली-गलौच बाद में भी सुन सकते हैं।"

बैंड की तेज़ आवाज़ से वसुधा भी बाहर आ गई। सना, वसुधा, पूनम और कई लड़कियाँ गलियारे से होते हुए बाहर दौड़ीं। कश्यप मैम, लक्ष्मी दीदी, सरस्वती दीदी, चंदू भैया, गार्ड भैया सहित सभी लड़कियाँ पोर्च में खड़ी बारात की आतिशबाज़ियाँ देखने लगे। सामने से गुज़रती बारात में बुज़ुर्गों और रिश्तेदारों को हँसी-मज़ाक़ करते देख लड़कियाँ पल भर को इस अंजान परिवार में अपने घर वालों की झलक देख ख़ुश हो गईं। डी.जे. पर कानफोडू आवाज़ में गाना बज रहा था- ओ लाल दुपट्टे वाली तेरा नाम तो बता, ओ काले कुर्ते वाली तेरा नाम तो बता। सना ने अचानक एक दीवार की आड़ ले ली, ताकि कश्यप मैडम, गार्ड भैया उसे न देख पाएँ और घुटनों पर बैठ गई। पास खड़ी राखी दीदी, जिन्होंने लाल दुप्पटा डाला था, की तरफ़ एक हाथ ऊँचा और दूसरा अपनी छाती पर मल-मलकर डीजे के साथ झूम-झूमकर आवाज़ मिलाने लगी- ओ लाल दुपट्टे वाली तेरा नाम तो बता... ओ काले कुरते वाली तेरा नाम तो बता...। लड़कियाँ बारातियों का डांस देखना छोड़ सना की तरफ़ मुड़ गईं।

बारात में आकाश चूमती आतिशबाज़ी, सड़क के किनारे क़तार से चल रही औरतों के सिर पर बड़े-बड़े झूमर की रौशनाई, तेज़ बैंड में नाचते बाराती और फटाकों के कानफोडू शोर में कश्यप मैम जान ही नहीं पाईं कि असल महफ़िल तो हॉस्टल की बाउंड्री के भीतर है। सना ने एक अँधेरे कोने में गदर मचा दिया। डीजे के तेज़ गानों से माहौल झनझना रहा था, आकाश गूँज रहा था, धड़कनें धड़धड़ा रही थीं, हॉस्टल की पुरानी दीवारें कँपकँपा रही थीं। डी.जे. पर हर गाने की सिर्फ़ दो पंक्तियाँ बजतीं और फिर अगले ही पल गाना बदल जाता और फिर अगले चंद मिनट में किसी दूसरे हिट गाने की दो पंक्तियाँ। नॉन-स्टॉप डीजे- चुरा के दिल मेरा गोरिया चली... मुझे क्या पता कहाँ मैं चली... सना इस गाने में बिल्ली की तरह घुटने के बल चलते हुए शिल्पा शेट्टी की अदा में आगे बढ़ने लगी... तेरी गली मैं चली... हो ओ ओ ओ। चोली के पीछे क्या है... चुनरी के नीचे क्या है... सना होंठ काटते हुए ऐसा सीना धड़का रही थी कि लोग लोट-पोट होने लगे। शिप्रा ने सना

की चुन्नी का छोर दाँतों में दबाकर अपनी तरफ़ खींचा। लाखों दिवाने मेरे लाखों दिवाने... सना ने नज़ाकत से अपना तलवा शिप्रा के कंधों पर रख एक अदा से हल्का-सा पीछे धकेल दिया... ये दिल मैं दूँगी मेरे यार कोऽऽऽ... प्यार कोऽऽऽ... हाऽऽऽय...। सना तभी फुर्ती से पलटी और दाँतों से निचला होंठ कचरती एक अदा से फिर वापस पलटकर भीड़ के केंद्र में बनी खुली जगह में आकर बैठ गई। लड़कियाँ गोल घेरा बनाकर काग़ज़ के टुकड़े सना के ऊपर नोट की तरह फेंकने लगीं। जाने किसने भीड़ से पुकारा... ओ रानी... कु कु कु कु। दे... दे... प्यार दे... प्यार दे प्यार... दे दे... वो खड़ी हो गई और छाती ठोक-ठोककर शराबियों की तरह झूमने लगी, साथ-साथ नाचते हुए पान की पीक थूकने-सी हरकत करती। दीवार से चिपकी खड़ी पूनम को अपनी चुन्नी से खींचकर सीने से चिपका लिया... दे दे प्यार दे... प्यार दे... प्यार दे।

अगले ही गाने में किसी लोफ़र की तरह अपनी चुन्नी को गर्दन में रुमाल की तर्ज़ पर आगे-पीछे करती... कभी ज़मीन में सो जाती, कभी पास ही बने सीमेंट के खंभे से नागिन-सी लिपट जाती। तभी गाने के बोल बदले... आजा न छूले मेरी चुनरी सनम, कुछ न मैं बोलू तुझे मेरी क़सम। सना गोल-गोल घूमकर किसी के मुँह पर चुनरी मारती तो किसी के सामने जाकर अपनी सलवार घुटनों तक उठा लुभाती, फिर बनावटी लाज के साथ हाथों से मुँह छिपाकर दूर भाग जाती। सना के साथ लड़कियाँ झूमने लगीं... जाने-तमन्ना करना ऐसे सितम, कुछ न मैं तुझे बोलू मेरी क़सम। सना ने अब लंबा-सा घूँघट काढ़ लिया, फिर वसुधा के हाथों को पकड़ अपना घूँघट उठवा लिया। सलाम ए इश्क़ ओ मेरी जान ज़रा क़ुबूल कर लो... फिर फुर्ती से ज़मीन में एक पैर मोड़कर और दूसरे पैर की एड़ी ज़मीन में घिसते हुए चारों तरफ़ झुकी नज़र के साथ सलाम करने लगी। भौंहें एक-एक करके उचकाईं तो नंदिता ने सिटी बजाने की असफल कोशिश की। घूँघट उठाने के बाद नज़रें झुकाए शर्माती रही... मुझसे प्यार करने की ज़रा-सी भूल कर लो... हाथों की उँगलियों को आपस में फँसाकर छाती पर रख लिया... मेरा दिल बैचैन है हमसफ़र के लिए...। सना की हरकतें देख जाने कितनों ने अपने जीवन की सारी हँसी आज ही हँस ली थी।

पूर्णाहुति के रूप में बीन की धुन बजने लगी। बाहर सड़क में सारे बाराती नाग बने नाच रहे थे, मगर हॉस्टल के भीतर नागिनें ज़मीन पर लहालोट लहरा रही थीं।

सना को फ़र्श पर लेटकर सबके पैरों के बीच से रेंगते देख हँसते-हँसते लोगों के पेट दुखने लगे। अंकिता, संध्या दीदी, पारुल ने हाथों से काल्पनिक बीन बजाना शुरू कर दिया। सना उनके इस सहयोग से उत्साहित दोहरी ख़ुशी से सबको डसने लगी। हॉस्टल में बैंड का इतना शोर था कि कश्यप मैडम को सना के मचाये हंगामे का पता ही नहीं चला।

वसुधा ने सना को झूठ-मूठ डराया, "कश्यप मैडम इधर आ रही हैं।"

नागिन बनी सना फट से फ़र्श से उठकर हाथ बाँध शराफ़त से बारात देखने लगी। बारात के ज़रा दूर जाते ही लड़कियाँ हँसते-हँसते गलियारे से अपने-अपने कमरों के बिल में घुसने लगीं।

सना, वसुधा और पूनम अभी भी कॉरीडोर में खड़ीं ज़्यादा हँस लेने की थकान उतार रही थीं कि सना को याद आया, "वसुधा दो या तीन साल पहले ऐसे ही एक बारात गुज़र रही थी तो मैंने क्या किया था बताऊँ ? मैं अपनी मौसी के यहाँ भुसावल गई थी। वहाँ अपनी कज़िन के साथ मार्केट गई थी तो ग़ज़ब रईसों की बारात जा रही थी। दूल्हा बहुत बड़ी बग्घी में था। सामने लाइट वाले, फटाके वाले, बाराती ख़ूब नोट उड़ाते नाच रहे थे। चौराहे में डीजे था, बैंड था, लक-दक पैसे वाली औरतें नाच रही थीं। हवा में उड़ते नोट लूटने बैंड वाले, लाइट वाले और ग़रीब बच्चों में धक्का-मुक्की हो रही थी। मैंने अपनी बहन से कहा देख दूल्हा अकेले बग्घी में कितना बोर हो रहा है। उसके सारे दोस्त तो नाचते हुए मज़े कर रहे हैं। वो ऊँचाई में अकेला बैठा सबको देखता हुआ ज़रीदार शेरवानी में पसीना-पसीना हुआ जा रहा था। रुमाल निकाल थोड़ी-थोड़ी देर में चेहरा पोंछ रहा था। मुझे लगा कि इसकी बारात, इसके लिए भी तो यादगार होनी चाहिए। मुझे भुसावल में कोई पहचानता नहीं था। मैं ये भी कन्फ़र्म थी कि दुल्हा किसी हाल में दुल्हन के द्वार से पहले बघ्घी से नहीं उतरने वाला। मैंने दुल्हे के पास जाकर हाथ हिलाया। जैसे ही उसने मेरी तरफ़ देखा, मैंने उसे एक फ़्लाइंग किस दे दी। एकदम शॉक्ड हो गया और फिर शरमाकर मुस्कुरा दिया। मैं फटाक से मार्केट की भीड़ में आगे बढ़ गई।"

सना से इतना सुनते ही पूनम ने बड़ा-सा मुँह फाड़ हाथों से ढँक लिया। वसुधा की आँखें फैल गईं।

पूनम ने सिर हिलाया, "सना तू इंडिया की सिंगल पीस है। आनंद को अब ये मत बता देना।"

"अरे! मैंने उसे तो सब बता दिया है।"

वसुधा को जिज्ञासा हुई, "क्या बोला ये इंसीडेंट सुनकर वो?"

"कुछ नहीं। हँस रहा था। बोला तूने तो दूल्हे का दिन बना दिया।"

पूनम और सना को गुड नाईट कर वसुधा अपने कमरे में आई कि रेवा ने सवाल दागा, "क्या आज सना बाहर बारातियों के आगे मुजरा कर रही थी?"

वसुधा चिड़चिड़ा गई, "किसने ये कहा। बारातियों ने उसे नहीं देखा। बाउंड्री की दीवार की आड़ में थी वो। बाहर वालों को कुछ भी नहीं दिख सकता था। गर्ल्स जैसे मस्ती सहेलियों के बीच करती हैं, बस वही कर रही थी। सना शैतान है मगर पूरे हॉस्टल में सबसे ज़्यादा हेल्पिंग नेचर की लड़की है।"

रेवा ने हिक़ारत से कहा, "जाने तुम उसके साथ कैसे रह लेती हो। कैसी अप ब्रिंगिंग है यार। पैरेंट्स ने कुछ सिखाया नहीं है।"

"हम्म सबसे अच्छी अपब्रिंगिंग उसकी है। हॉस्टल में लड़कियाँ इतनी घटिया हैं कि ज़रूरत के समय एक सेनेटरी पैड, सेफ़्टी पिन या पेन देने में बहाना कर देती हैं। हॉस्टल में एक भी रूम ऐसा नहीं है जहाँ सना का आयरन, लिपिस्टिक, बैंगल्स उधार नहीं जातीं। कोई भी लड़की अपने बॉयफ्रेंड से मिलने या किसी बर्थडे पार्टी, फ़ेयरवेल, शादी में जा रही है, तो सना से चप्पल से लेकर बैग तक माँग लेती है। उसकी क्रीम, कान के झुमके से लेकर शैंपू तक पब्लिक प्रॉपर्टी है। किसी भी लड़की से पूछना कि हॉस्टल की सबसे प्यारी लड़की कौन है। किसका नाम लिया उन्होंने बताना मुझको। कश्यप मैडम तक उसके लिए अपने घर से हलवा बनाकर लाई थीं। हम लोग स्मार्टली अपनी फ़ीलिंग्स छिपाना जानते हैं। सना को जो फ़ील होता है मुँह पर बोल देती है।"

रेवा ने वसुधा को टोका, "मैं भी तो सब कुछ मुँह पर बोलती हूँ। मगर उसके जितनी चीप नहीं हूँ। ज़रा तो क्लास मेंटेन करना चाहिए यार।"

वसुधा बहस नहीं करना चाहती थी इसलिए मुँह फेरकर लेट गई। लेटे-लेटे वसुधा को आज माँ से फ़ोन पर हुई बातचीत याद आने लगी। माँ बोल रही थी कि दादी की तबीयत और भी ख़राब हो गई है। पंद्रह दिन पहले अचानक दादी का बीपी बहुत हाई हुआ था। तब से वसुधा रोज़ ही घर फ़ोन लगा लेती है। बाबा और मुन्ना चाचा दादी को डॉक्टर के पास ले गए थे। वहाँ जाने पर पता चला कि उनके

ब्रेन में क्लॉट आ गया है। उसके हफ़्ते भर बाद ही दादी पैरालाइज्ड हो गईं। दादी की सेवा में माँ अकेली पड़ रही थी इसलिए भी उन्हें वसुधा के एग्ज़ाम ख़त्म होने का इंतज़ार था। आशीष से अकोला जाते समय हुई मुलाक़ात को अब छह माह हो चुके थे मगर हर रात उसे सोचना एक ज़रूरी काम था। नागपुर से आशीष का कोई रिश्ता ही नहीं था, मगर हॉस्टल छोड़कर नागपुर से वर्धा लौटने पर ऐसा लगेगा कि अब मैं किसी गहरी खोह में छिप जाऊँगी। नागपुर आशीष का शहर है जैसे। शायद इसलिए कि कमरे की हॉस्टल की दीवारें ही गवाही हैं मेरी बेचैनियों की। आशीष भी मुझे इतना ही याद करता है इस बात का इतना विश्वास क्यों है, मालूम नहीं। वसुधा अचानक उठी और टेबल लैंप जलाकर कॉपी में लिखने लगी—

एक-दूसरे से हम मीलों दूर
उड़ते चाँद को तन्हा तकते हैं
जाड़ों की जब नरम धूप हो
चुप सीली-सीली तपते हैं
मटियारी शामों में बेचैन
बेमतलब-सा भटकते हैं
मन मारने की क़ीमत पर
ये दुनिया मोल लाए है
इस सौदे में ख़ुशियाँ गँवा
कितना घाटा सहते हैं
इतना सब सहकर ये समझा और जाना
किसी का दिल टूटना
दुनिया के लिए सबसे छोटी बात है
सुनहली लहरों को आते-जाते देखा
शून्य आँखों से ख़ूब अघाते देखा
मालूम नहीं देर तलक
क्या सोचा और क्या सीखा
छाती में ढेला नमक का
पल-पल सीजा करता है
मुठ्ठी भर के इस दिल में
एक समंदर भरता है

लब तो मुस्काते हैं हरदम
भीतर कौन तिल-तिल मरता है
कितने दिन गुज़र गए
हाथ, हाथों में आने को तरसा है
इतना सब सहकर समझा और जाना
किसी का, किसी को याद करना
दुनिया के लिए सबसे छोटी बात है
दुनिया की रेलम-पेल में
चालाकियों के खेल में
यंत्र जिस्म, पत्थर दिल के मेल में
बेशुमार चेहरों की भीड़ में
शहरों, मोहल्लों, गलियों के नाम, पते
वाली इस दुनिया के नीड़ में
हर रात भीगी तकिया संग सोना
किसी के बिन उम्र गुज़ारना
दुनिया के लिए सबसे छोटी बात है...।

वसुधा ने कॉपी बंद कर अलमारी में रख दी। वसुधा अंजान थी कि ठीक इसी वक़्त पृथ्वी के किसी कोने के किसी कमरे में कोई लेटे हुए वॉकमैन के हेडफ़ोन फँसाए गाने सुनते हुए उसे सोच रहा है। उस लड़के के कमरे से हर रात एक ट्रेन बारिश की चादर चीरती मेघालय के पहाड़ों से विदर्भ के मैदानों की तरफ़ जाती है। ट्रेन के भीतर बैठी वो साँवली लड़की उसे बहुत याद आती है। शायद वो चाहती थी कि मैं उसे अपने साथ ले चलूँ। ट्रेन, बारिश, रेलवे स्टेशन, लड़की सब गड्डमड्ड होने लगते हैं।

19

अप्रैल का महीना लग चुका है। हॉस्टल में दो-चार दिन आगे-पीछे सभी के एग्ज़ाम शुरू हो रहे हैं। परीक्षा का तनाव हॉस्टल के गलियारों में सन्नाटा बनकर पसर गया। अब अलग-अलग कमरों से गप्प, हँसी-मज़ाक़ और वॉकमैन में बजने वाले इंग्लिश गानों के साथ सुर मिलाती लड़कियों की आवाज़ आनी बंद हो गई। एक-दूसरे की वैक्सिंग, मेहँदी, थ्रेडिंग, फ़ेसियल, हेयर स्टाइल करने वाली समाजसेवी लड़कियों के जत्थे ग़ायब हो गए। नेलपेंट लगे लंबे नेल्स काटकर डस्टबिन में फेंक दिए गए। लहराती ज़ुल्फ़ों के जूड़े बंध गए। लिपिस्टिक और आई लाइनर लगाकर हॉस्टल के रजिस्टर में एक्स्ट्रा क्लास लिखकर बॉयफ्रेंड से मिलने जाने वाली महकती लड़कियों की एक्स्ट्रा क्लास बंद हो गई। आर्चीज़ कार्ड गैलरी में सॉरी कार्ड, प्रपोज़ कार्ड, हार्ट पकड़े टेडी बियर की बिक्री में मंदी आ गई। इस महीने सना का परफ़्यूम माँगने कोई लड़की नहीं आई। फ़्लॉवर शॉप में लाल गुलाब मुरझाने लगे और दुकानों में पड़ी-पड़ी कैडबरी चिपचिपाने लगी। हॉस्टल के गार्डन में बनी बेंचों पर सजने वाली महफ़िलें उजड़ गईं। टॉकीज़ की ओर जाने वाली सड़क सूनी हो गई। पानीपूरी के ठेलों पर पलटे दोने सजे रह गए। हॉस्टल के चहचहाते गलियारे गब्बर के आने की मुनादी के बाद वाली गाँव की वीरान गलियाँ-सी हो गईं। अब गुलाबी लैटरपैड पकड़े सना की राइटिंग में ग्रीटिंग कार्ड में शायरी लिखवाने कमरे में आने वाली लड़कियाँ कपूर की तरह उड़ गईं।

अब हॉस्टल के बाज़ू वाले 'विशाखा टाइपिंग सेंटर' में कॉपियाँ और पेन ख़रीदने, किताब की फ़ोटोकॉपी करवाने वालों की भीड़ बढ़ गई। कोई पिछले पाँच साल के क्वेश्चन पेपर की फ़ोटोकॉपी ख़रीदने आया है तो कोई उधार की महँगी रिफरेंस किताब के दस ज़रूरी पन्नों की फ़ोटोकॉपी कराने आया है- भैया मैंने पेज नंबर सेवेंटी वन से मार्क कर दिया है। पेज नंबर नाइंटी तक करना है। पन्ने में आगे-पीछे करके करिएगा। लास्ट टाइम आपने ज़्यादा चार्ज किया था।

विशाखा टाइपिंग दुकान वाले प्रीतम भैया अप्रैल में आधे साल की कमाई कर लेते। कोई यहाँ एग्ज़ाम में मोती जैसे अक्षरों की चाह में महँगी रीफ़िल ख़रीदने तो कोई अतिरिक्त सावधानी के लिए प्रवेशपत्र की दो कॉपी करवाने खड़ा है। कोई पासपोर्ट साइज़ फ़ोटो के लिए नेगेटिव लिए खड़ा है। पूरे साल जिन किताबों के आपस में चिपके नए पन्ने नहीं खुले थे, वे अब स्केल फँसाकर खोले जा रहे हैं। सिलेबस के सामने पेन से मार्किंग की जा रही है। अप्रैल की हवा में परीक्षा की दहशत सरसराती है।

पूनम का तो हर सबजेक्ट का रिवीज़न भी शुरू हो चुका था। उसके पेपर अच्छे ही जाएँगे। रेवा को यूनिवर्सिटी में टॉप करने की और सना को पासिंग मार्क्स लाने की टेंशन है। वसुधा को एग्ज़ाम होने के बाद हॉस्टल और नागपुर छूट जाने का दुख है। इन दिनों हॉस्टल से घर फ़ोन करने पर हर लड़की को एक-सी ही बात सुनने मिलती- अच्छे से पढ़ो। ये वक़्त फिर लौट के न आएगा। सना मन ही मन ख़ुद को समझाती कि परीक्षा क्या बदन से गई हुई साँस है जो लौटकर न आएगी। आनंद के बहुत कहने पर कुछ दिन पहले उसने सिलेबस तैयार करने का टाइम टेबल तैयार किया था। यदि उस टाइम टेबल पर वो चली होती तो क्लास नहीं कॉलेज में टॉप किया जा सकता था। मगर टाइम टेबल को अगले दिन पर टालते-टालते परीक्षा सिर पर आ गई। वसुधा के कमरे में हर दिन खुलने वाला वो एटलस जिसमें शिलांग की स्पेलिंग को देर तक निहारा जाता था अब पिछले सात दिन से अलमारी से बाहर नहीं निकला है।

सना और वसुधा हॉस्टल के लॉन में बैठे टफ़ चैप्टर का ज़िक्र कर रहे थे। सना पहली बार घबराई लगी, "वसुधा मुझे परीक्षा के अजीबो-ग़रीब डरावने सपने आ रहे हैं यार। कभी दिखता है कि एग्ज़ाम हॉल में आंसर शीट में कुछ नहीं लिख पा रही हूँ। कभी पूरे तीन घंटे पेंसिल की नोक शार्प करते-करते टाइम निकल गया

और घंटी बज गई, कभी एग्ज़ाम हॉल में अपना रोल नंबर नहीं मिल रहा है और अलग-अलग कमरों में अपना रोल नंबर ढूँढ़ते-ढूँढ़ते तीन घंटे ख़त्म हो गए। कभी देखती हूँ एग्ज़ाम देने मैं अकेली गई हूँ और सर बोल रहे हैं कि पेपर तो कल हो चुका। मारे डर के नींद खुल जाती है यार। साला सपने में भी मैं एग्ज़ाम देने से बच रही हूँ। अपनी बुक्स में कई चीज़ें ऐसी थीं जो सर ने क्लास में समझाई थीं, तो मुझे कुछ समझ नहीं आया और अभी जब मैं ख़ुद से पढ़ रही हूँ तो फट से समझ आ रहा है। पिछले दो दिन में बहुत कुछ ख़ुद-ब-ख़ुद अचानक समझ आ गया। लगा साला ये तो बड़ा इज़ी था। एग्ज़ाम का टाइम-टेबल सामने दीवार पर चिपका दी हूँ और दस बार देखती हूँ किस सबजेक्ट में कितना गैप मिला है। पूनम बोल भी रही है कि बार-बार देखेगी तो भी एग्ज़ाम की डेट नहीं बढ़ने वाली। यार वसुधा पेपर अच्छे-बुरे कैसे भी जाएँ, मगर बस अब हो जाएँ। लगने लगा है जैसे आख़िरी पेपर वाली तारीख़ मेरे जीवन में कभी नहीं आएगी। मुझे तो पूनम और रेवा जैसे लोगों को देखकर और घबराहट होती है। साला तेरे और मेरे दोनों के रूममेट इंटेलिजेंट हैं। दोनों ही इतने कमीने हैं कि पेपर होने के बाद इनसे पूछो कि कैसा हुआ पेपर तो बोलेंगे कुछ ख़ास नहीं। जा, तू पूनम से अभी पूछ कैसी है तैयारी? तो मुँह उतारकर बोलेगी कि यार कुछ नहीं हुआ। हरामख़ोर तीन-तीन बार रिवीज़न कर चुकी है। यहाँ तो साला लास्ट मूवमेंट तक चलता रहता है कि ये चैप्टर छोड़, वैसे भी कम वेटेज वाला है। ये क्वेश्चन छोड़ कौन-सा ये आ ही जाएगा। आधा तो पूनम को देखकर मुझे बुख़ार हो रहा है। ये पढ़ाई का सिस्टम किसने निकाला यार और निकाला तो एग्ज़ाम नहीं होना था। परसेंटेज, डिवीज़न, रैंकिंग ये चीज़ें प्रेशर डालती हैं। मेरा सिर भारी हो गया है।"

वसुधा ने उसके हाथ पर हाथ रखा, "देख अपना हंड्रेड परसेंट दे। हम सभी को टफ़ लग रहा है। कल पूनम ने एक चैप्टर इकोनॉमिक्स का समझाया तो लगा सर से ज़्यादा अच्छा तो ये पढ़ा सकती है। तेरी इंग्लिश और हैंड राइटिंग इतनी अच्छी है। पूरे हॉस्टल की लड़कियों के बॉयफ्रेंडस के लिए ग्रीटिंग कार्ड में तूने लिखा है। एग्ज़ाम में ऊँची-ऊँची इंग्लिश फेंकना। कॉपी चेक करने वाले को मालूम ही नहीं होगा तू गधी है, डफ़र है।"

दोनों खिल-खिलाकर हँसने लगीं। सना ने वसुधा की गोद में सिर रख दिया और वसुधा उसके सिर पर हाथ फेरने लगी। तभी पूनम दौड़ते हुए बाहर आई,

"वसुधा रेवा पागल जैसे कर रही है। जा देख।"

तीनों जब रूम नंबर 204 में पहुँचीं तो रेवा ज़मीन पर पालथी मोड़कर बैठी थी। वसुधा को देखते ही रेवा हताशा से रोने लगी, "मैं एग्ज़ाम में कुछ नहीं लिख पाऊँगी।"

वसुधा उसके पास ज़मीन पर ही बैठ गई, "ऐसे क्यों बोल रही है? तू तो नर्सरी से टॉप करती आ रही है। तेरे रहते आज तक कोई दूसरा फ़र्स्ट नहीं आया। इतना टेंशन क्यों ले रही है। सब लिख पाएगी।"

रेवा खीज गई, "तुम लोग के बी.कॉम. जैसा इज़ी नहीं है बी.बी.ए.। तुम लोग दो दिन पढ़कर भी टॉप कर सकते हो।"

यह बात तीनों को ही पसंद नहीं आई मगर उसकी बैचैनी देख चुप रहे। रेवा दोनों हाथों से सिर पकड़कर लगातार हिल रही थी। बीच में दो बार अजीब-सा गुर्राई और झटके से खड़े होकर टेबल पर रखा पेपर वेट उठाकर ज़मीन पर पटक दिया, "माय फुट, माय फुट।" पूनम ने वसुधा को इशारा किया कि इससे ज़रा-सा दूर हो जा। सना की आँखों में रेवा के लिए सहानुभूति थी। उसने आगे बढ़कर रेवा को गले लगा लिया, "शांत हो जा। सुन ये तेरा अब तक का बेस्ट पेपर होगा, समझी। बिलकुल चिंता मत कर। ईश्वर तेरे साथ है।"

रेवा चुपचाप सना से लिपटी खड़ी रही। पूनम ने आँख मारकर वसुधा को पीछे से इशारा किया ये क्या हो रहा है। रेवा ज़रा-सी शांत लगी। सना ने उसे ख़ुद से अलग किया, "थोड़ी देर बाहर खुली हवा में आ जा। मेस चल वैसे भी डिनर का टाइम हो गया है। ब्रेक ले पढ़ाई से और दस मिनट एग्ज़ाम के बारे में मत सोच।"

रेवा ने आँसू पोंछे, "तुम लोग जाओ। मैं आ रही हूँ।"

रूम नंबर 204 से दूर जाकर सना ने हँसते हुए वसुधा की पीठ में धौल जमाई, "साला ये रेवा की हालत देख मैं अपना टेंशन भूल गई। इधर है कि भगवान पास कर दियो ताकि मैं आनंद के पीछे दिल्ली जा पाऊँ। इसकी देखो मतलब टॉप करने की हाय-तौबा है। दम है तो हमारे जैसे पासिंग मार्क्स की तलवार की धार पर चलकर दिखाए।"

वसुधा ने मेस की चेयर पर बैठते हुए कहा, "मैं जानती हूँ रे। वो दिन भर सिर्फ़ अपने को हाईएस्ट मुनाफ़े वाली जगह में रहने का प्रेशर लेती है तो एंग्ज़ायटी में

रहेगी ही। वो हँसती भी है तो नक़ली लगता है। असली हँसी में केवल होंठ और आवाज़ नहीं, मन भी शामिल होता है। अव्वल तो असली ख़ुशी क्या है, उसे नहीं मालूम, दूसरा उसका मन हमेशा उलझन में रहता है तो वो हँसता ही नहीं।"

सना को रेवा पर तरस आ रहा था, "उलझी हुई तो वो है ही। मुझसे क्यों नफ़रत है उसे? क्योंकि वो मेरे जैसा टेंशन फ्री जीना चाहती है, मगर मेरे जैसी मार्कशीट नहीं चाहती। उसे ये नहीं समझ आता कि हम एक चीज़ को यदि सौ परसेंट दे रहे हैं तो दूसरी चीज़ नहीं मिल सकती। कम-से-कम दूसरी चीज़ का लालच छोड़ो। मुझे मालूम है कि लाइफ़ में एक चीज़ मिलती है तो दूसरी मिसिंग रहेगी ही। आनंद का क्या है वो गॉड गिफ़्टेड इंटेलिजेंट है। थोड़ी देर पढ़कर वो बहुत ग्रैस्प कर लेता है। वो एंजॉय भी करता है। इतने लंबे समय तक दुनिया से कटकर रहने से, मिक्स न होने से आगे के जीवन में भी इनकी आदत पक्की हो चुकी होगी। चाइल्ड साइकोलॉजी के हिसाब से बारह साल के बाद बच्चों का नेचर बदलना मुश्किल हो जाता है। कुछ छूटना, हारना, नुक़सान भी लाइफ़ का ही हिस्सा हैं। यदि हार को नकार रहे हो, तो जीवन को नकार रहे हो और जीवन को नकारोगे तो यही रेवा वाली एंग्ज़ायटी होगी। भगवान क़सम मेरे को उसपर बहुत दया आती है। फ़्यूचर की तैयारी किताबों, सिलेबस, एग्ज़ाम से नहीं होती, बल्कि स्कूल-कॉलेज के कैंपस, प्लेग्राउंड, घर, गली, पड़ोस में होती है। साला तेरी रेवा में इतना दम तो है कि एग्ज़ाम की टेंशन ख़त्म कर दी। सुन न पूनम, जब मैं उसको गले लगाई तो लगा जैसे करेंट न मार दे वो।" सभी हँसने लगे।

वसुधा को ख़ुद की फ़िक्र हो रही थी, "सोच परसों पेपर है। मुझे रेवा के साथ एक ही रूम में रहना है। आज रात देर तक पढ़ने का सोची हूँ। अगर उसने ज़्यादा तमाशा किया कि मुझे टेंशन हो रही है, मुझे टेंशन हो रही है तो मैं कॉमन रूम में पढ़ने चली जाऊँगी। उसको ये कभी नहीं समझ आएगा कि वसुधा का पेपर उससे पहले है। मेरे सिर पर धाँय-धाँय करती रहेगी। इंसान एक हद तक साथ निभा सकता है। एक तो किताब खोलकर पढ़ने बैठती हूँ तो मुझे समझ ही नहीं आता है कि आशीष को सोचते-सोचते कब आधा घंटा बीत गया और कितनी देर हो गई मुझसे एक पन्ना नहीं पढ़ा गया। दिमाग़ झटककर ख़ुद को समझाती हूँ कि पढ़ ले वसुधा, हो सकता है इन छह महीनों में किसी चर्च में उसकी शादी भी हो चुकी हो या उसकी ही तरह किसी सुंदर किसी लड़की से अफ़ेयर स्टार्ट हो गया हो। जॉब

कर रहा है, अकेला है। शादी के लिए सोच ही रहे होंगे घरवाले। इतना तो मैं स्योर हूँ कि जब मुझसे मिला था तो उसका कहीं अफ़ेयर नहीं था। दोनों बार स्टेशन पर मुझे छोड़ने-उतरते समय उसकी आँखें जैसे मुझे देख रही थीं, वो तुम लोगों को बताना मुश्किल है। जैसे बचपन में हम गिरने पर कितना भी दर्द हो सबके सामने रुलाई रोककर हँसते थे और घर आकर अकेले में चोट देखकर रोते थे न? बस अकोला स्टेशन पर मुझे बाय कहते हुए वो वैसा ही फीका हँसा था।"

खाना ख़त्म होते ही तीनों रात भर जागकर पढ़ने को अपने कमरों की तरफ़ बढ़ गईं।

20

आज पहला पेपर देने सना, पूनम और वसुधा कॉलेज के लिए निकल गईं। ये कैसा अप्रैल था कि सुबह से बारिश हो रही है। कल से ही न्यूज़ में बताया जा रहा था किसी समुद्री तूफ़ान की वजह से तीन दिन तक बारिश होने वाली है। एग्ज़ाम देने हॉस्टल से लड़कियाँ छाते और रेनकोट में निकल रही हैं। बारिश और एग्ज़ाम की वजह से ऑटो वाले आज लड़कियों से मनमाना पैसा वसूल रहे हैं। लड़कियाँ एक हाथ में छाता और दूसरे में किताब पकड़े सड़क पर और ऑटो में भी पन्ने अलट-पलटकर डिस्कस करती चल रही हैं। कॉलेज गेट पर पहुँचते ही एक बड़े नोटिस बोर्ड पर रोल नंबर वाइज़ सिटिंग अरेंजमेंट के पैंफ़्लेट चिपके थे, जहाँ से सभी को अपना रूम नंबर पता करना था। बदहवास लड़के-लड़कियाँ रोल नंबर बोर्ड से चिपके खड़े थे। आनंद ने सना को उसका रूम नंबर देखकर पहले ही बता दिया था। बारिश से बचने दोनों एक कोने में खड़े हँसी-मज़ाक़ कर रहे थे। पूनम और वसुधा बोर्ड पर उँगली चलाते हुए अपना रूम नंबर ढूँढ़ने लगीं। रूम नंबर मिलते ही सबने एक-दूसरे को बेस्ट ऑफ़ लक कहा और अलग-अलग दिशा में बिखर गईं।

वसुधा सेकेंड फ़्लोर के गलियारे में कमरों के ऊपर लिखे नंबर देखती आगे बढ़ रही थी। एक दरवाज़े के ऊपर वसुधा ने एग्ज़ाम रूम पढ़ा और भीतर चली गई। क़तार में रखी टेबल की गलियों के बीच अपना रोल नंबर लिखी टेबल पर

आकर बैठ गई। जितना कुछ कल रात भर जागकर पढ़ा था उसे एक बार फिर आँखें मूँदे मन ही मन दोहरा रही थी। आधे भीगे छात्र एक-एक करके एग्ज़ाम हॉल के भीतर आकर अपना रोल नंबर लिखे टेबल पर बैठते जा रहे थे। अभी-अभी भीतर आई सुरंगमा ने इधर-उधर देखा और वसुधा के पास आकर फुसफुसाई, मगर बारिश के शोर में वसुधा को सुनाई नहीं दिया। वसुधा ने पूछा, "सॉरी क्या बोली ?"

सुरंगमा शैतानी से मुस्कुराई, "अरे बाहर एक बहुत हैंडसम लड़का तुझे पूछ रहा है।"

वसुधा को बहुत अजीब लगा। इस शहर में अपने क्लासमेट्स और हॉस्टल की लड़कियों के अलावा एक आदमी को नहीं जानती हूँ। अभी कॉलेज आने से पहले बूथ से घर पर बात करके आई हूँ। कहीं दादी को कुछ हो तो नहीं गया ?

दौड़कर कमरे से बाहर निकली तो सन्न रह गई। सामने आशीष मुस्कुराता खड़ा था। एकटक, अपलक देखती रह गई। भरोसा ही नहीं हुआ। दिमाग़ में करंट-सा दौड़ा, सीना धक रह गया, पैरों में लक़वा मार गया। ये कैसे हो सकता है ? आशीष उसे कमरे से बाहर निकलता देख और पास आ गया, "कैसी हो वसुधा ?"

वसुधा की आवाज़ में सातों जहाँ का अचंभा एक साथ भरा था, "आप यहाँ कैसे आए ?"

आशीष के लहजे में मिश्री घुली थी, "तुमसे मिलने आया हूँ।"

"मेरे कॉलेज का नाम कैसे पता चला ? मतलब इतने बड़े नागपुर के किस कॉलेज में हूँ कैसे समझा ?"

"तुमने बताया था कि एप्टेक कंप्यूटर तुम्हारे कॉलेज की बिल्डिंग में चलता है। मैंने नागपुर स्टेशन पर उतरकर पता किया कि एप्टेक कंप्यूटर किस कॉलेज की बिल्डिंग में चलता है ?"

वसुधा अभी भी बदहवास थी, "आप नागपुर अपने किसी काम से आए हो ?"

"नहीं। मुझे यहाँ कोई काम नहीं है। तुमसे मिलने ही आया हूँ। मैं तो और पहले ही आ जाता मगर कंपनी ने मुझे सिक्स मंथ के लिए मॉरीशस भेज दिया था। तुमको बताने का कोई ज़रिया नहीं था कि मैं इंडिया में नहीं हूँ। मुझे केवल तुम्हारा नाम पता था। मेरे पास तुम्हारे घर या हॉस्टल का फ़ोन नंबर नहीं था और न ही एड्रेस जानता था। तुम तक पहुँचने का यही एक लास्ट चांस था। यहाँ पहुँचकर

बी.कॉम. फ़ाइनल की क्लास कहाँ है, पता किया तो मालूम हुआ कि आज से पेपर स्टार्ट हो रहे हैं। कॉरीडोर में दो-तीन लोगों से पूछा कि वसुधा शुक्ला को जानते हो क्या? एक ने बताया कि तुम बी सेक्शन में हो फिर किसी ने बताया बी सेक्शन इसी कॉरीडोर में मिलेगा।"

आशीष की बातें सुनकर वसुधा का दिमाग़ अभी भी घूम रहा था। वो इतने सकते में थी कि अचानक कोई उससे पूछता कि अभी कौन-सा पेपर देने आई हो तो शायद नहीं बता पाती। छह महीने बाद दोनों आमने-सामने खड़े हैं। शंका के सारे बादल छँट गए। तमाम सवालों के जवाब मिल गए। लंबी काली रातों को उजास का मुआवज़ा मिल गया। सूखे पतझड़ को बारिश का आसरा मिल गया। कॉरीडोर में खड़ी वसुधा को आज़ू-बाज़ू से निकलते लोग नज़र आने बंद हो गए। इस दुनिया में हम दोनों का, हम दोनों से बढ़कर कोई नहीं। वसुधा की आँखों की कोरों में पानी की लकीर खिंचने लगीं। हलक़ सूख गया।

वसुधा ने फिर पूछा, "तो आप शिलांग से सिर्फ़ मुझसे मिलने आए हो। बिना किसी एड्रेस के?"

"हाँ! कलकत्ता से फ़्लाइट तो थी नहीं नागपुर के लिए। सफ़र में ही दो दिन लग गए तुम तक पहुँचने में।"

"आशीष मुझे भीतर जाना होगा। एग्ज़ाम की एंट्री बेल हो गई है।" वसुधा ने कहा।

आशीष ने उसी मृदु मुस्कान से कहा, "बिलकुल। मैं तुम्हें तीन घंटे बाद बाहर पार्किंग में मिलूँगा।"

वसुधा अभी भी अचंभे से बाहर नहीं थी, "तुम्हें शिलांग कब लौटना है?"

"मैंने कल का दिन भी फ़्री रखा है। परसों की टिकट है। चलो तुम पेपर देकर आओ फिर बात करते हैं। बेस्ट ऑफ़ लक।"

वसुधा को लगा कमरे में जाने से पहले कसकर गले लग जाऊँ। जाने क्यों आशीष से कोई संकोच नहीं हो रहा था। प्रेम गाढ़ा हो तो शब्द फीके पड़ जाते हैं। सबसे गहरी बात आँखों से कही-सुनी जाती है। एग्ज़ाम हॉल के भीतर कॉपी में आंसर लिखती वसुधा के दिमाग़ में बाहर इंतज़ार करता आशीष चल रहा था। एग्ज़ाम के बाद सना और पूनम से कैसे बचूँगी। इतनी बड़ी बात उन्हें नहीं बता

सकती कि अभी एग्ज़ाम के बाद मैं आशीष से मिलने जा रही हूँ। सना आनंद को बता देगी और आनंद दूसरे लड़कों को। पूनम की शादी हो रही है तो वो अपने हसबैंड को बता देगी। किसी को भी लगेगा कि बहुत स्ट्रॉन्ग अफ़ेयर है दोनों के बीच, तभी लड़का इतनी दूर ट्रैवल करके मुझसे मिलने आया है। आशीष के बारे में बताकर मैं क्यों माँ-बाबा के लिए बदनामी मोल लूँ? लोग कभी नहीं मानेंगे कि हमारा अफ़ेयर नहीं था। एग्ज़ाम की बेल होते ही मैं कमरे से तेज़ी से बाहर निकलकर ये बोलकर पार्किंग की साइड चल दूँगी कि नीरज भैया लेने आए हैं। मुझे उनके साथ किसी रिलेटिव के यहाँ जाना है। तुम लोग हॉस्टल जाओ, मैं दो घंटे बाद लौटूँगी। वैसे भी हॉस्टल में 9 बजे तक आउटिंग अलाउड है।

आख़िरी पाँच मिनट में मैडम की आवाज़ गूँजी, "सभी लोग कॉपियाँ बाँधकर लिखेंगे।"

ज़रा देर बाद ही घंटी बजी और वसुधा ने फटाफट टेबल से पेन, पेंसिल, स्केल समेटकर अपने छोटे से पर्स में डाले और क्लास से बाहर आ गई। कॉरीडोर में उसे रुनिता मिली और उसने हड़बड़ी में उसे ही बुलाकर कहा, "रुनिता प्लीज़ मेरा एक काम कर। सना और पूनम को याद से बता देना नीरज भैया मुझे लेने आए हैं। वो दोनों मेरा वेट न करें। हॉस्टल निकल जाएँ। मुझे तुरंत निकलना है यार। इतनी भीड़ है कि मुझे नहीं दिख रहे दोनों। तू प्लीज़ उन्हें याद से बता देना।"

वसुधा पार्किंग की तरफ़ दौड़ी। वो किसी हाल नहीं चाहती थी कि क्लास के लड़के-लड़कियों में से कोई भी उसे आशीष के साथ देखे। वैसे भी एग्ज़ाम ख़त्म होने के बाद पाँच मिनट तक तो लोग कॉरीडोर में एक-दूसरे से 'कैसा गया पेपर, कैसा गया पेपर' करते निकाल देते हैं। पार्किंग तक आने में उन सबको कम-से-कम दस मिनट लगेंगे। वसुधा तेज़ी से पहुँची, तो देखा आशीष एक बाइक की सीट पर बैठा है और अभी तक कोई भी छात्र यहाँ तक नहीं आया है। आख़िर पार्किंग तक कोई इतना दौड़ते हुए आता भी क्यों? मेघालय से आकर उनके लिए कोई यहाँ तीन घंटे से खड़ा इंतज़ार थोड़े न कर रहा है।

वसुधा ने हड़बड़ी में कहा, "चलो यहाँ से। चलो जल्दी। प्लीज़।"

आशीष उसके पीछे लंबे डग भरता मुख्य सड़क पर आ गया। वसुधा हॉस्टल की तरफ़ जाने वाले रास्ते की विपरीत सड़क पर आई, जो रेलवे स्टेशन की तरफ़ जाती थी।

आशीष ने वसुधा की घबराहट को देखते हुए पूछा, "कोई रेस्टोरेंट है आसपास जहाँ हम बैठ सकें?"

वसुधा ने आशीष के सवाल का जवाब देने की बजाए सामने से निकलती पहली ही ऑटो को हाथ देकर रोका। वो किसी हाल आशीष के साथ सड़क पर नहीं दिखना चाहती थी। आशीष का हाथ ऑटो के भीतर खींचते हुए फट से बैठ गई। हड़बड़ी में ऑटो वाले को बताया, "भैया लिबर्टी चौक चलो।"

आशीष ने पूछा, "पेपर कैसा हुआ?"

"बढ़िया।" वसुधा ने सड़क की ओर देखते हुए ही जवाब दिया।

ट्रेन के सफ़र में दूसरे यात्रियों के बीच में होते हुए दोनों के बीच जो रूमानियत थी वो आज ऑटो में अकेले होने पर भी नहीं है। वसुधा के चेहरे पर तनाव था। आशीष को तीन घंटे पहले देखकर जो ख़ुशी चेहरे पर आई थी, अभी वो दूर-दूर तक नहीं थी। उसे ऐसा लग रहा था जैसे इस ऑटो के पीछे नीरज भैया, बाबा, दादी, मुन्ना चाचा, जय-विजय, चाची, आशी, सना, पूनम, रेवा दौड़ रहे हैं।

बाबा और नीरज भैया के आगे मुँह न खोलने वाली वसुधा, माँ और दादी को एक शब्द जवाब न देने वाली वसुधा, पूरा सावन शिवालय में चंदन से ॐ नमः शिवाय लिखा बेलपत्र चढ़ाने वाली वसुधा, नवरात्र के व्रत रखने और अखंड जोत जलाने वाली वसुधा, रविवार को तुलसी पत्ता न तोड़ने वाली वसुधा, मेहमानों के आगे सिर झुकाकर चाय की ट्रे रखकर जाने वाली वसुधा, प्रदेश ब्राह्मण समाज के अध्यक्ष, जनेऊधारी शुक्ला जी की बेटी, नीरज भैया के दोस्तों के अदब में सड़क में सिर झुकाकर चलने वाली वसुधा आज पूरी दुनिया से छिपकर शिलांग से उसे ढूँढ़ते आए एक क्रिश्चियन लड़के के साथ सुखद एकांत की तलाश में कॉफ़ी शॉप जा रही है। हर मंगलवार सुंदरकांड की चौपाई का पाठ करने वाली माँ की बेटी उस अभिजात्य लड़के के साथ थी जिसकी माँ को एक शब्द हिंदी नहीं आती। लड़की की माँ के सिर से पल्लू नहीं सरकता और लड़के की माँ कौन जाने घर में छोटी फ्रॉक पहनती हो और दारु भी पीती हो। उस लड़के के साथ जा रही है जो हर संडे शिलांग के पहाड़ी चर्च में प्रेयर के लिए जाता है, जिसे ये तक नहीं मालूम कि पुरुषोत्तम मास में माँगलिक काम नहीं होते, जो गायत्री मंत्र तक नहीं जानता।

आशीष बैठा था उस लड़की के साथ जिसकी गहरी, काली आँखें पिछले छह माह में एक दिन के लिए नहीं भुला पाया था। विदेशी नीले समंदर के किनारे

पर बैठा हमेशा सोचता था कि क्या वो मुझे याद कर रही होगी? भुवनेश्वर के प्लेटफ़ॉर्म पर जब हम पहली बार बिछड़े थे तो उस लड़की की आँखों में गहरा मलाल था कि काश ये सफ़र लंबा चला होता। जब हम अकोला स्टेशन में अलग हो रहे थे तो उन आँखों में व्याकुलता थी कि काश मैं तुम्हारे साथ होती। उन आँखों की याचिका, नीम उदासी को ही उम्मीद का एक सिरा मानकर मैंने मॉरीशस के ऑफ़िस में इंडिया ट्रांसफ़र की कोशिशें तेज़ कर दी थीं। सिर्फ़ एक कमज़ोर से क्लू के सहारे... 'एप्टेक का सेंटर हमारे ही कॉलेज कैंपस में है।'

मॉरीशस का एक-एक दिन इंडिया नहीं, नागपुर आने के इंतज़ार में कटा था। मन में ये भी डर था कि क्या पता मैं मिलने नागपुर पहुँचा और उस समय यदि वो वर्धा गई हो। ऐसी हालत में मैं उसे ढूँढ़ नहीं पाऊँगा। ये भी लगता था कि क्या मालूम अभी वो किसी के साथ एंगेज हो चुकी हो या कौन जाने रिश्ता तय हो चुका हो। लगातार डर लग रहा था कि कंपनी ने यदि दो महीने और रोक लिया तो वसुधा का बी.कॉम. फ़ाइनल पूरा हो जाएगा। जून में ऑलमोस्ट सभी क्लासेस के एग्ज़ाम हो चुके होते हैं तो वसुधा अपने शहर लौट चुकी होती। फिर मैं उससे कभी नहीं मिल पाता।

आशीष अभी ऑटो में बिलकुल सटा बैठा था उस लड़की से जिसकी सादगी में उसे ख़ुद की झलक मिलती है, जिसके जैसा अपना उसे कभी कोई दूसरा न लगा, जिससे पहले किसी पर हक़ दिखाने का मन न हुआ। वो बैठा था उस लड़की के साथ जिसकी निर्दोष हँसी पिछले छह महीने से शूल बन चुभती थी, जिसकी उदास आँखें उसे पूरी-पूरी रात जगाती आ रही थीं। मीलों दूर रहकर जिसे भूल न पाया, आज इतने पास है कि उसके उड़ते बाल उसके चेहरे पर आ रहे हैं। क्या इसी सुकून को पाने की बैचैनी थी? मॉरीशस की ख़ूबसूरत बारिश को जब-जब निहारता, अकोला के भीगे स्टेशन पर खड़ी वो लड़की याद आती, जिसकी पनीली आँखों ने न जाने कितने सावन ज़ब्त किए थे।

वसुधा के लिए जैसे अभी भी एक सपना चल रहा था। उसने तो सोच लिया था कि आशीष दुनिया की भीड़ में दुबारा हमेशा के लिए खो चुका था। उसे याद ही नहीं था कि बातों-बातों में वो भी माता सीता की तरह अशोक वाटिका की दिशा बताने निशानी छोड़ती आई है।

ऑटो लिबर्टी चौक की तरफ़ तेज़ी से भाग रहा था। दोनों के लिए इतना क़रीब

बैठना अविश्वसनीय था। दोनों के बीच आज कोई नहीं था... न प्रिया दीदी, न दादी और न ही सहयात्री। फिर भी दोनों चुप थे। बिना बताए आशीष जानता है कि वसुधा सहेलियों की नज़र से छिपकर उससे मिल रही है। वो जानता है कि एक लड़की किसी लड़के से मिलने ऐसा झूठ कब बोलती है। बिना बताए वसुधा जानती है कि आशीष बहुत-सी बाधाँए पार कर उस तक पहुँचा है। वो जानती है कि एक लड़का, एक लड़की के लिए इतना उतावला कब होता है। कभी-कभी वज़नी बात को लफ़्ज़ों का जामा पहनाने से उसके हल्के होने का ख़तरा हो जाता है। अनकही की थाह को महसूस कर लेना ही कह-सुन लेना होता है। समंदर की सतह पर शोर होता है, मगर तलहटी में ख़ामोशियों का साम्राज्य है। कुछ हामियों के लिए घोषणापत्र की ज़रूरत नहीं होती। कुछ स्वीकारोक्तियों के हस्ताक्षर आँखों में होते है।

ऑटो के शोर के बीच बहुत देर बाद वसुधा ने ख़ामोशी तोड़ी, "आप परसों लौटेंगे ?"

"हाँ। नागपुर से कोलकाता के लिए कोई फ़्लाइट नहीं है। ऐसा होता तो मेरा सफ़र ज़रा-सा कंफ़र्टेबल हो जाता। यहाँ के एयरपोर्ट से कोलकाता के लिए कुछ दिन बाद शायद शुरू होने वाली है। परसों मुझे ट्रेन से लौटना होगा। नागपुर से शिलांग पहुँचने में दो दिन लग जाएँगे।"

वसुधा हँसी, "यदि नागपुर से कोलकाता के बीच फ़्लाइट होती तो आप और मैं दो बार ट्रेन में कभी न मिल पाते।"

वसुधा की कही इस बात से आशीष को पिछली सकुचाई मुलाक़ातों को खोलने का एक सिरा हाथ लगा, "अच्छा हमारा दो बार मिलना तुम्हारे लिए भी सरप्राइज़िंग था न ?"

वसुधा को इस सवाल से जाने क्यों बहुत शर्म आई, "हाँ ! बहुत।"

"तुम्हारे नीरज भैया भी इसी सिटी में हैं न ?"

"हाँ ! उनका भी लास्ट सेमेस्टर है। वो मुंबई जाने वाले हैं और मैं एग्ज़ाम के बाद वर्धा लौट रही हूँ। एम.कॉम. वहीं से करूँगी।"

आशीष को अचंभा हुआ, "अरे क्यों ? मास्टर्स तो हमेशा बड़े कॉलेज से करना चाहिए।"

वसुधा आशीष को नहीं बताना चाहती थी कि हॉस्टल में पढ़ने के कारण

अच्छा रिश्ता नहीं मिल रहा है। माँ ने लड़के वालों को बताने के लिए बाबा को उपाय सुझाया है कि बोल देना भाई-बहन नागपुर में घर किराए पर लेकर साथ रहे हैं। वसुधा हॉस्टल में नहीं रहती।

वसुधा ने लिबर्टी चौराहे के इंडियन काफ़ी हॉउस के सामने ऑटो रुकवाया। आशीष ने ऑटो वाले को पैसा देकर वसुधा की तरफ़ दिशा निर्देश के लिए देखा। आशीष और वसुधा भीड़ भरे कॉफ़ी हॉउस में कोने का ख़ाली टेबल देखकर आमने-सामने बैठ गए। आज दोनों के बीच धड़धड़ाती ट्रेन का शोर, उनमें रस लेने वाले सहयात्री और चाय-चाय की पुकार न थी। वसुधा की समझ से बाहर हुआ जा रहा था कि उसे क्यों आशीष से राई भर संकोच नहीं हो रहा था, जबकि वो किसी लड़के से नज़र नहीं मिला पाती है। आशीष ने हँसते हुए पूछा, "दो बार से तो हम सैंडविच खा रहे हैं। आज कुछ अलग मँगाएँ? तुम ही डिसाइड करो।"

सुधा ने दोनों के लिए कॉफ़ी और मसाला डोसा ऑर्डर किया। लफ़्ज़ों की बैशाखी के सहारे आगे बढ़ना रिश्ते की कमज़ोरी है। गहरे ताल्लुक़ में अहसास किसी अदृश्य पुल-से एक-दूसरे तक पहुँचते हैं। वसुधा ने आशीष को जब कॉलेज में देखा, उसी क्षण इतने दिनों से छाई आशंका के सारे बादल छँट गए थे। अनगिनत विफल चिठ्ठियों का मुकम्मल जवाब आ गया था। आशीष मॉरीशस के समुद्र की लहरों को जो अर्ज़ियाँ दे रहा था, आज वसुधा ने ऑटो के भीतर बेझिझक नज़दीक बैठकर मंजूरी दे दी। कॉफ़ी हाउस की टेबल पर दोनों बहुत देर तक चुप बैठे रहे। अब ये मुलाक़ात... क्यों, कब, कहाँ, कैसे से बहुत आगे की थी। अब क्या?

आशीष ने अपनी जेब से रुमाल निकालकर बारिश का पानी चेहरे से पोंछते हुए पूछा, "पेपर अच्छा गया मतलब तैयारी अच्छी की थी तुमने?"

वसुधा ने दोनों हाथ इत्मीनान से टेबल पर रखते हुए बताया, "हाँ पेपर अच्छा गया। मुझे लगता है इज़ी था। मेरी क्लोज़ फ्रेंड है सना, उसकी तैयारी सही नहीं हुई थी। बहुत डर रही थी। उसका पेपर जाने कैसा गया होगा? कॉलेज जाते तक बोल रही थी- आज के पेपर में फ़ेल हो जाऊँगी, एग्ज़ाम हॉल में हार्ट अटैक आ जाएगा। बहुत तमाशे किए थे कल रात हॉस्टल में उसने। हम लोग कल की तो पूरी रात जागकर पढ़े हैं। एक घंटे भी नहीं सोए। रात तीन बजे हीटर पे मैगी बनाए। हॉस्टल में हीटर अलाउड नहीं है। अलमारी में छिपाकर रखना पड़ता है। सना का भी शायद अच्छा ही बन गया हो। पेपर टफ़ तो नहीं था, मगर लेंदी था। इतना लिखना पड़ा

देखो नई रिफ़िल कितनी बची।"वसुधा ने पेन की रिफ़िल बाहर निकालकर दिखाई।

वेटर पानी से भरे दो ग्लास टेबल पर रख गया। वसुधा को देर से प्यास लगी थी। उसने तुरंत ग्लास होंठों से लगा लिया। आशीष उसे सामने बैठा देख सोच रहा था कि क्या इसी पल को जीने छह महीने से मर रहा था।

ख़ाली ग्लास टेबल पर रख वसुधा ने फिर बताना शुरू किया "आपको मालूम है पेपर इतना लंबा था कि लास्ट मोमेंट तक सभी लोग लिख रहे थे। बेल होने के बाद मैडम सबकी कॉपियाँ छीन रही थीं। कुछ लोगों ने, पेपर नहीं बाँधा है, बोलकर बहाने से एक दो मिनट एक्स्ट्रा ले लिए। अब सोच रही हूँ कि बीस से ज़्यादा पन्नों में मैंने इतना सारा क्या लिखा है? चेक करने वाले को पता नहीं क्या समझ आएगा। मेरी एक फ्रेंड है पूनम। हॉस्टल में सना की रूममेट है वो। बहुत इंटेलिजेंट है। हमेशा बहुत अच्छा स्कोर करती है। आज का पेपर सबका अच्छा ही गया होगा, लेकिन यदि हम पूनम से पूछेंगे तो बोलेगी- बिगड़ गया यार। जब रिज़ल्ट आता है तो उसी के सबसे ज़्यादा नंबर आते हैं। मैं एग्ज़ाम हॉल में जब लिख रही थी तब भी दिमाग़ में चल रहा था कि आप पार्किंग में क्या कर रहे होंगे बाहर। अच्छा! आपने तीन घंटे क्या किया?"

आशीष इतनी देर से वसुधा को बड़े ध्यान से सुन रहा था, "पता वसुधा तुम्हारी बातें सुनकर मैं अपने कॉलेज डेज़ दुबारा जी रहा हूँ। तीन घंटे काटना मेरे लिए बड़ी बात नहीं है। मेरी ज़िंदगी एयरपोर्ट और रेलवे स्टेशन पर इंतज़ार में ही कट रही है। यहाँ तो तुम्हारा इंतज़ार था। तुम्हारे कॉलेज के सामने एक बुक स्टोर है। वहाँ बैठकर तीन घंटे में एक नॉवेल पूरा पढ़ लिया। नॉवेल की क़ीमत का केवल टेन परसेंट पे किया और बुक स्टोर वाले को नॉवेल वापस कर दी। पहले ही बता दिया था- मुझे आपके स्टोर में तीन घंटे गुज़ारने हैं। उसने एक स्टडी टेबल पर बैठने जगह दे दी। सामान ख़रीदने के बाद उसे लेकर ट्रैवल करना कठिन हो जाता है। मार्केटिंग वाला हूँ तो मेरी लाइफ़ केवल ट्रैवलिंग में गुज़र रही है। मुझे बड़ा रिग्रेट है कि मैंने मार्केटिंग में एम.बी.ए. किया। अब फ़ाइनेंस में जाना चाहता हूँ। साथ के लोग बैंकर, शेयर एनालिस्ट बनने को कह रहे हैं। एक बार शादी हो जाए तो उस हिसाब से समझ आएगा किस सिटी में मुझे सैटल होना है। मम्मी तो बोलती हैं कि तुम अपने लिए लड़की ख़ुद पसंद करो और दोनों मिलकर डिसाइड करो कि तुम्हें कहाँ सैटल होना है। मेरी फ़ैमिली में किसी भी कास्ट या कोई भी रिलिजन

की लड़की अपने रिलिजन को फ़ॉलो करते हुए रह सकती है। मेरे कई कज़िंस की शादियाँ हिंदूओं से हुई हैं और किसी को भी हमारे यहाँ चर्च जाने नहीं कहा गया। वो हिंदू लड़कियाँ शादी के बाद भी मंदिर जाती हैं। कोई बाउंडेशन नहीं है। हम दिवाली भी मनाते हैं। मेरी मम्मी तो बहुत ओपन माइंडेड हैं।"

वसुधा को समझ आ रहा था कि ये बातें आशीष क्यों कह रहा है। आशीष की इन बातों का बद्रीधर शुक्ला और नीरज शुक्ला के जीवन में कोई मोल नहीं है। वसुधा ने बात बदल दी, "आंटी कैसी हैं?"

आशीष को विषय परिवर्तन पसंद नहीं आया फिर भी वसुधा के इस औचक सवाल का जवाब देना ज़रूरी था, "फ़ाइन।"

वसुधा ने आशीष को अपने घर की ख़बर दी, "दादी को पैरालिसिस का अटैक आ गया है।"

"ओह इट्स वेरी सेड। कितनी मज़ेदार बातें करती थीं यार वो!" आशीष ने निराशा से कहा।

वसुधा को दादी की याद आ गई, "डॉक्टर कह रहे थे कि रिकवरी का चांस नहीं है। एज होने की वजह से।"

तभी वेटर बहुत बड़े साइज़ का डोसा रखे दो प्लेट ले आया। वसुधा ने एक प्लेट आशीष की तरफ़ खिसकाते हुए बताया, "यहाँ का डोसा बहुत टेस्टी होता है। सना और पूनम के साथ मैं दो-तीन बार आ चुकी हूँ। मुझे यहाँ से 8 बजे तक लौटना होगा आशीष।"

आशीष मुस्कुराया, "तुम्हारे मुँह से अपना नाम सुनकर मुझे पहली बार अपना नाम अच्छा लगा। मैं मम्मा से कहता भी था कि आशीष के अलावा और कोई नाम नहीं मिला था। किसी भी डायरेक्शन में पत्थर फेकों किसी आशीष पर ही गिरेगा। अच्छा क्या बोल रही थी तुम? कल किस समय मिलें?"

वसुधा ने बिना एक पल गँवाए कहा, "कल सुबह दस बजे? अच्छा हुआ नेक्स्ट पेपर के लिए पाँच दिन का गैप है।"

आशीष ने टेबल से खड़े होते हुए कहा, "एक काम करते हैं कल यहीं मिलेंगे। मेरा होटल वर्धा रोड पर है। तुम्हारे शहर की तरफ़ जाने वाली रोड है।" दोनों मुस्कुरा दिए। वसुधा और आशीष कॉफ़ी हाउस से बाहर निकल अलग-अलग

दिशा की ऑटो में बैठकर निकल गए।

हॉस्टल में घुसते ही वसुधा कमरा नंबर 203 में घुसी, "सना कैसा हुआ तेरा पेपर?"

सना गले लग गई, "पास हो जाऊँगी डार्लिंग। आनंद ने जो-जो कहा था, सब वैसा ही आया। पूनम का कुछ ख़ास नहीं गया। समझ रही है न? उसका ख़ास नहीं मतलब 95 परसेंट। जा देख तेरी रेवा मुँह फुलाए मेस में बैठी है। रेवा को सिर्फ़ इसलिए तुझ पर ग़ुस्सा आ रहा था कि आज कोचिंग से लौटने के बाद कमरे में ताला था, क्योंकि तू लेट हो गई। तू एग्ज़ाम के बाद सीधे हॉस्टल नहीं आई। वो तेरे भरोसे सुबह रूम की चाबी नहीं ले गई थी। ओए तू गई कहाँ थी?"

वसुधा की ज़बान हकला गई, "अरे रिश्ते की एक बुआ हैं। उन्हीं की बेटी की सगाई है कल। उसी से मिलने गई थी। कल तो मैं दिन भर के लिए वहाँ जाऊँगी।"

सना ने अपने बिस्तर पर लेटते हुए कहा, "चल फिर। कल बहुत मज़े करना। सगाई में उधर कोई लड़का पटा लेना। कब तक ट्रेन वाले को याद करेगी। शादी ब्याह में तो लड़के ख़ूब लाइन मारते हैं। रिलेटिव के घर फ़ंक्शन है तो सब तेरी जात वाले होंगे।"

वसुधा बिना कुछ बोले अपने कमरे में आ गई। सना और पूनम को ट्रेन में आशीष से हुई पहली दो मुलाक़ात बता दी थीं। वो मेरी बेशर्मी नहीं थी क्योंकि वो अनप्लांड था। उसमें मेरी मर्ज़ी शामिल नहीं थी। वो अनायास हुई घटना थी, मगर शिलांग से दो दिन की जर्नी करके नागपुर मिलने आना अनायास नहीं है। उन दो मुलाक़ातों से मुझ पर कोई कलंक नहीं लगता, मगर आज आशीष के साथ कॉफ़ी हाउस में जाकर बैठना निर्लज्जता है। इस रास्ते पर आगे बढ़ने का मतलब माँ, बाबा, मुन्ना चाचा, आशी, जय, विजय, दादी, नीरज भैया, रणजीत मामा, मामी सबको अपनी ज़िंदगी से सदा के लिए विदा करना है। हो सकता है बाबा अटैक से मर जाएँ या फाँसी लगा लें कि वसुधा किसी ईसाई लड़के के संग भाग गई। दादी को इस ख़बर को सुनने के बाद मरने के लिए ज़हर नहीं खाना पड़ेगा। उनकी धड़कन स्वयमेव थम जाएगी। नीरज भैया किसी नौकरी के बहाने वर्धा छोड़ देंगे ताकि गली के लोगों के सामने सिर झुकाकर न चलना पड़े। आशीष के साथ कुछ सोचने का मतलब अपना शहर, रिश्ते, पहचान शालीग्राम जी पर चढ़े बासी फूलों की तरह वर्धा नदी में विसर्जित कर देना होगा। वसुधा के लिए बाबा की तरफ़ से

गुड्डी बुआ की तरह बहिष्कार की सज़ा होगी। माँ, बाबा की अर्थी के आख़िरी दर्शन से वंचित करने से लेकर नीरज भैया की बारात तक से निष्काषित। माँ मामा, मौसियों, रिश्तेदारों के यहाँ आना-जाना छोड़ देंगी। केवल वसुधा की ही पिछली ज़िंदगी पर स्याही नहीं पुतेगी, माँ और बाबा की आने वाली ज़िंदगी पर कालिख मल जाएगी। शुक्ला परिवार शर्मिंदगी की वजह से दुनिया से नाता तोड़ देगा। नीरज भैया दोस्तों से मुँह छिपाता फिरेगा। बाबा शायद कई दिन तक दुकान नहीं खोलेंगे। दादी कीर्तन में नहीं जाएँगी। चाची की दबंगई और ताने बढ़ जाएँगे। माँ रसोई में छिप-छिपकर रोएगी। इससे अच्छा मैं अकेली ही रो लूँ।

मुझे अपने दिल को पूरी क्रूरता से बाँधना होगा। कल मैं आशीष से मिलने इसलिए जा रही हूँ क्योंकि वो बहुत दूर से आया है। दो लंबी ट्रेन यात्राओं के साथ के बाद अब हमारी पहचान का इतना लिहाज़ रखना है कि मैं कल का दिन उसके साथ बिताऊँ। इसमें कोई बुराई नहीं है, लेकिन ये बात सना और पूनम को बताने में बुराई है। बद्रीधर शुक्ला की बेटी होने की मेरी पहचान ये दोनों लड़कियाँ जानती हैं। मैं अपने बाबा का नाम बदनाम नहीं कर सकती। कल पूरी रात पढ़ाई की वजह से जागी और आज आशीष के साथ बिताए वक़्त को याद कर करके जाग रही हूँ। कितना सुंदर और कितना शालीन है वो।

आज सुबह वसुधा बहुत जल्दी उठ गई। कोई उससे मिलने कितनी दूर चला आया है। कितना रोमांचक, कितना रोमांटिक। हॉस्टल की किसी और लड़की के साथ ये वाक़िया हुआ होता तो ये सब मुझे किसी परीकथा-सा लगता। जीवन में कभी किसी ने मुझे इतना महत्व नहीं दिया। बालों को शैंपू करने के बाद वसुधा कैंची लेकर कमरा नंबर 203 में गई, "सना बालों को नीचे से बराबर कर दे ज़रा।"

वसुधा को देखते ही सना हैरान रह गई, "रब्बा तू तीन साल में इतनी सुंदर कभी नहीं लगी जितनी आज लग रही है। इतनी सुंदरता कहाँ छिपाकर रखी थी बे? ये कौन-सी ड्रेस है तेरी? कितना सुंदर स्काई ब्लू कलर है। सगाई इतनी सुबह से है?"

वसुधा झेंप गई, "अरे! यार बुआ ने जल्दी आने कहा था। तू फटाफट मेरे बाल बराबर काट।"

वसुधा साढ़े नौ बजे ही हॉस्टल से बाहर मुख्य सड़क पर खड़ी थी। पहली बार उसने कमर तक लंबे बालों को खुला छोड़ा था। वर्धा में माँ को वसुधा का खुले

बाल रखना पसंद नहीं है। ठीक दस बजे वसुधा कॉफ़ी शॉप के सामने पहुँच गई। ऑटो से उतरकर इधर-उधर नज़र दौड़ाई तो देखा सामने से आशीष उसकी ही तरफ़ आ रहा है। इस चौथी मुलाक़ात में पहली बार वसुधा को पहले से मालूम था कि आशीष से मुलाक़ात होने वाली है। आज निकलने से पहले ख़ुद को तसल्ली से आइने में निहारकर आई थी। आशीष पास आकर मुस्कुराया, "मैं तुम्हें पहचान ही नहीं पाया। योर हेयर इज़ सो लॉन्ग। आज बिलकुल अलग लग रही हो।"

आशीष संकोच में ये न कह पाया कि वसुधा तुम बहुत सुंदर लग रही हो। वसुधा सड़क पर आशीष के साथ किसी की नज़र में नहीं आना चाहती थी तो छूटते ही बोली, "भीतर चलें?"

वसुधा ने कल वाली टेबल की तरफ़ नज़र डाली, जहाँ आज एक पति-पत्नी का जोड़ा चाय पी रहा था।

"आशीष हम कल वाली टेबल पर ही बैठेंगे न प्लीज़।"

आशीष को आश्चर्य हुआ, "क्यों?"

वसुधा हँसी, "कल वाली टेबल को भी तो जानना होगा कि आज हमने क्या बातें कीं।"

आशीष मुस्कुरा दिया। दोनों दूर लगे एक सोफ़े पर बैठे थोड़ी देर तक इंतज़ार करते रहे। पति-पत्नी के जाते ही वसुधा और आशीष उस टेबल पर आ गए। आशीष ने देर से पकड़े एक पॉलीथिन बैग को टेबल पर वसुधा के सामने सरका दिया, "ये तुम्हारे लिए।"

वसुधा ने उसे छुए बिना ही पूछा, "ये क्या है?"

"मॉरीशस में तुम्हारे लिए ख़रीदा था। देखो शायद तुम्हें पसंद आए?"

वसुधा ने पॉलीथिन से एक बहुत ख़ूबसूरत लेडीज़ हैंड बैग बाहर निकाला और देखती रह गई। प्योर लेदर का बेहद महँगा पीले रंग का बैग। वो इस तरह का बैग ख़ुद के लिए इस जन्म में तो नहीं सोच सकती थी। हॉस्टल में भी उसके कपड़े सभी लड़कियों में सबसे सस्ते होते हैं। बाबा उसके जन्म के बाद से ही उसकी शादी के नाम पर हर महीने बैंक में पैसा जमा कर रहे हैं, ताकि एक ठीक-ठाक-सा लड़का ढूँढ़ सकें। दादी समिति में पैसे जमा करती हैं और जब-जब पैसे मिलते हैं तब वो वसुधा की शादी के लिए एफ.डी. करती हैं। आशीष जैसे अमीर परिवार में हमारा

आना-जाना, उठना-बैठना तक नहीं है। दादी और माँ का आधा जीवन ज़मीन में बैठकर अनाज फटकते, सब्ज़ी छाँटते, आटा सानते, बर्तन माँजते बीता है। वो दोनों इतना ज़मीन पर बैठी मिलती हैं कि पास-पड़ोस से आने वाली औरतें भी हमारे यहाँ ज़मीन पर ही बैठती हैं, या शायद सोफ़े पर बैठने में उन्हें लाज आती है। आँगन या बरामदे में बिछी चटाई पर ही बैठकर चाय-नाश्ता करती हैं। आशीष की मम्मी की तरह इंग्लिश में बात नहीं करतीं, कार नहीं चलातीं, बड़ी यूनिवर्सिटी में माइक पर मर्दों की तरह लेक्चर नहीं देतीं। आशीष भी मुझसे हुई लंबी मुलाक़ातों और दादी से मिलकर ये अंतर समझ चुका होगा।

वसुधा की आवाज़ में अनमनापन था, "ये बैग क्यों लेकर आए आप? मतलब क्या ज़रूरत थी पैसे बर्बाद करने की? यदि कॉलेज में मुझसे मुलाक़ात नहीं हो पाती या मेरे कॉलेज का पता ही नहीं लगा पाते तो क्या करते इस बैग का?"

आशीष ने हँसते हुए कहा, "फिर मैं अपने हर सफ़र में ये बैग लिए चलता कि कभी फिर किसी ट्रेन में शायद तुम मिल जाओ।"

ये सुनकर वसुधा का मन बुझ गया। बात-बात में बात आगे बढ़ाने की आशीष की इन मीठी कोशिशों का कोई हासिल नहीं है। अभी जो हम दोनों साथ बैठे हैं, इस मुलाक़ात का कोई मतलब नहीं, कोई फ़्यूचर नहीं। आशीष और मेरे प्यार की दुनिया की नज़र में कोई क़ीमत नहीं। ये सब सोचते हुए वसुधा के लिए आँसू रोकना मुश्किल हो रहा था, मगर वो किसी हाल रोना नहीं चाहती थी। आशीष के सामने रो देने का मतलब रिश्ते को एक क़दम और आगे ले जाना ही है। जब आगे रास्ता बंद है तो एक क़दम आगे बढ़ाने की बजाय दो क़दम पीछे हटाना ही समझदारी है। आशीष के सामने इशारों में भी कोई स्वीकारोक्ति नहीं दिखाना चाहती थी, मगर आशीष ने वसुधा की पलकों पर पनीले सितारे झिलमिलाते देख लिए। वो सब कुछ वसुधा पर छोड़े बैठा था। यदि वो आँखों की नमी छिपाना चाहती है तो मैं देखकर भी अनदेखा करूँगा। यदि वो चाहती है कि मैं इन्हें पोंछूँ तो मैं पलकों को चूम लूँगा। मैं तुम्हारे सामने बैठा हूँ, पूरा का पूरा तुम्हारा हुआ। तुम अपनाना चाहो तो यहाँ हूँ, तुम थामना चाहो तब भी यहाँ हूँ। तुम एक क़दम आगे तो बढ़ो, मैं अपनी पूरी दुनिया तुम्हारे क़दमों में रख दूँगा। कॉफ़ी हाउस के इस टेबल पर दोनों के बीच किसी लंबी सुनवाई के बाद अंतिम फ़ैसला आने के पहले वाला तनाव था। मॉरीशस से इंडिया, फिर शिलांग से गुवाहाटी तक बस से, गुवाहाटी

से कोलकाता तक ट्रेन में फिर कोलकाता से ट्रेन बदलकर चौबीस घंटे की जर्नी करके नागपुर के कॉलेज में वसुधा को ढूँढ़कर यहाँ अपने साथ कॉफ़ी हाउस में डोसा खाने नहीं लाया है। वसुधा भी ये बात समझती है। आशीष अंतस लगाव से लबालब एक गंभीर प्रस्ताव और ठोस फ़ैसले के लिए आया है। तभी वेटर मसाला डोसा और कॉफ़ी ले आया।

आशीष ने साँभर का एक चम्मच मुँह में डाला और बिदक गया, "मुझे दाल में इमली का कांसेप्ट समझ नहीं आता। बिलकुल अच्छा नहीं लगता। आज सुबह रूम पर कुछ नहीं खाया था, ये सोचकर कि तुम्हारे संग बैठकर खाऊँगा।"

वसुधा ने सांभर का चम्मच मुँह में डाला, "मैंने भी हॉस्टल में ब्रेकफ़ास्ट नहीं किया। आप खाने में क्या पसंद करते हो?"

आशीष ने बताया, "वैसे तो मैंने ऑलमोस्ट हर स्टेट का खाना टेस्ट किया हुआ है, पर मुझे मेघालय के ही फ़ूड पसंद आते हैं। ऑफ़कोर्स वहाँ का हूँ तो टेस्ट बड्स उसी के अकॉर्डिंग डेवलप्ड हैं।"

वसुधा ने फिर पूछा, "अच्छा वहाँ क्या यहाँ से कुछ अलग भी होता है? आपका फ़ेवरेट क्या है?"

आशीष ने कहा, "मुझे स्पाइसी कुछ भी पसंद नहीं है।"

कॉफ़ी पीते हुए वसुधा आशीष से हॉस्टल, टीचर्स, सना, पूनम, रेवा, आनंद के बारे में बहुत कुछ बताती रही। हॉस्टल में आधी रात तक चलने वाली भूतों की कहानियाँ, डांसिंग और सिंगिंग कंसर्ट। बात करते वक़्त भी वसुधा के दिमाग़ में चल रहा था कि वो यहाँ अकेली नहीं आई है। बाबा की इज़्ज़त भी उसके संग है। बाबा ने हॉस्टल भेजने से पहले जब लगभग धमकी वाले अंदाज़ में उसे समझाया था, तब वो पिता नहीं एक ज़मींदार लग रहे थे, जो किसी खेतिहर को खेत बँटाई पर देने के पहले ही समझा देता है, देख बेईमानी की ख़बर भी लगी तो चमड़ी उधेड़ दूँगा। तूने मेरा प्यार देखा है, ग़ुस्सा नहीं।

आशीष ने कॉफ़ी का आख़िरी घूंट ख़त्म करते हुए पूछा, "आज तुम कितना समय लेकर आई हो?"

वसुधा रुँधा गला हल्का करने की कोशिश में हकलाने लगी, "आज...अ... हम छह बजे तक साथ रह सकते हैं।"

आशीष बोला, "तो क्या इस शहर में कुछ ऐसा है जहाँ जा सकते हों या समय बिता सकते हों? शाम छह बजे तक तो यहाँ नहीं बैठा जा सकता।"

"चलो गणेश जी का बहुत सुंदर मंदिर है पास में ही। वहाँ चलते हैं।" इतना कहते ही वसुधा को ध्यान आया कि आशीष तो मंदिर नहीं जाएगा। उसने तपाक से अपना वाक्य बदला "नहीं तो ऐसा करते हैं एक बड़ा-सा गार्डन है इसी रोड से थोड़ा आगे जाकर, वहाँ चलते हैं।"

"क्यों, मंदिर बंद हो चुका होगा क्या इस वक़्त?"

वसुधा ने उसे अविश्वास से देखा, "आप कहते हो तो मंदिर चलो।"

दोनों बाहर निकले तो देखा अप्रैल माह में तेज़ बारिश हो रही है। वसुधा को याद आया कि कल रात मेस में खाते समय उसने टीवी पर आज भी बारिश की संभावना के बारे में सुना था। भीतर कॉफ़ी हाउस के साउंड प्रूफ़ हॉल में दो घंटे थे, मगर उन्हें पता ही नहीं चला कि बाहर की सकरी सड़क पर कीचड़ और पानी का सैलाब आ गया है। सड़क पर नदी-सी बह रही थी। आसमान से बारिश का चौड़ा आँचल लहराता उतर रहा था। वसुधा और आशीष कॉफ़ी हाउस के बाहर निकले छज्जे के नीचे खड़े थे। बारिश के नर्म छींटे उड़-उड़कर दोनों के चेहरे भिगो रहे थे। वसुधा खड़ी हुई सोच रही थी कि मेरे अगले पूरे जीवन में भी आज जितना हसीन दिन कभी नहीं आ सकता। ये बारिश और आशीष का साथ भाग्य का दिया सबसे क़ीमती उपहार है। वो और आशीष इतने नज़दीक कि उसकी शर्ट और मेरी चुन्नी आपस में एक-दूसरे को दुलार रही हैं। काश आज दुनिया ख़त्म हो जाए या मुझे मौत आ जाए। क्या माँ-बाबा आशीष जैसे लड़के को मेरे जीवन साथी के रूप में देखकर ख़ुश नहीं होंगे? क्या मुझे अपने जीवन के लिए कुछ भी सोचने का अधिकार नहीं?

कॉफ़ी हाउस के बंद माहौल से बाहर खुले आसमानी उजास में आकर आशीष की आँखें रह-रहकर वसुधा को देखने का मोह छोड़ नहीं पा रही थीं। कितनी पास खड़ी है, जिसके लिए छह महीने तरसा। कलकत्ते के दुर्गा पंडाल की मूर्तियों के चेहरे बिलकुल वसुधा की तरह लगते हैं। लंबे लहराते बालों पर पानी के छींटे जुगनुओं की तरह जल-बुझ रहे थे। वसुधा को मालूम था कि आशीष उसे देख रहा है। प्यार जताने के इतने अवसर होने के बावजूद भी आशीष ख़ामोश था। शायद चुप्पी की इस मुलायमियत को लफ़्ज़ों की छूअन से खुरदुरा नहीं करना चाहता था,

या शायद कुछ भी ऐसा कहने में असफल था जो इस अनकहे से ज़्यादा ख़ूबसूरत हो। उसे मालूम था कि वसुधा जैसी सिमटी और संकोची लड़की पूरा दिन साथ है। यही उसकी हाँ है। दोनों के बीच संकोच की दीवार ऊँची थी, अभी भी। समय कहाँ गुज़ारें की बड़ी समस्या के बावजूद आशीष ने एक बार भी वसुधा को अपने होटल के कमरे में चलने का विकल्प नहीं दिया।

कॉफ़ी हाउस के बाहर सड़क पर बहता दरिया देख आशीष हँसा, "वसुधा हमारे मिलने से बारिश का क्या रिश्ता है? आज बिना मौसम की ऐसी बारिश।"

वसुधा हँसी, "हमारे सोचने का भी कोई रिश्ता है क्या? बिलकुल मैं भी यही सोच रही थी। ट्रेन वाली बारिश में मिलने के बाद जब-जब बारिश हुई, मुझे आप याद आए। मुझे लगा कि क्या बारिश होने पर आपने भी मुझे याद किया होगा?"

इतना बोलते ही वसुधा को अहसास हुआ कि ये तो लगभग प्रेम प्रदर्शन-सा कुछ निकल गया मुँह से। वो गाल से लेकर कान तक लाज की आँच में गरमा गई। बद्रीधर शुक्ला, अध्यक्ष ब्राह्मण समाज की बेटी बेहयाई पर उतर आई। गोया वसुधा शुक्ला का कोई वजूद ही नहीं। बद्रीधर शुक्ला की बेटी और नीरज कुमार शुक्ला की बहन की पहचान से अलग वो सिर्फ़ एक मांस का लोथड़ा है, जिसे एक दिन मंडप के नीचे उस आदमी के साथ बैठाया जाएगा जिसने अपने बच्चे पैदा करने वसुधा को चुना।

आज की तेज़ बारिश में वसुधा का मन भी डूब-उतर रहा था। आशीष को ये सुनना बहुत भला लगा कि वसुधा ने उसे हर बार बारिश होने पर याद किया। उसने बारिश की तीव्रता का अंदाज़ा लगाने छज्जे से हाथ बाहर निकाला और जैसे अचानक कुछ तय किया, "वसुधा ये बारिश थमने से रही। तुमको हॉस्टल लौटना भी है। हम कब तक ऐसे खड़े रहेंगे। चलो ऐसे ही चलते हैं।"

वसुधा ने सिर पर आकाशी रंग की चुन्नी ढँकी, एक बार ऊपर आसमान को देखा और छज्जे से बाहर सड़क की ओर बढ़ गई। पार्किंग की गीली टाइल्स पर फिसलन से वसुधा को बचाने आशीष ने अपना हाथ आगे बढ़ाया। हाथ पकड़े हुए पार्किंग की गाड़ियों के बीच से जगह बनाते दोनों ऑटो की तरफ़ बढ़ रहे थे।

काश ये लड़का बस ऐसे ही मेरा हाथ पकड़कर इस दुनिया से दूर ले जाए। नहीं चाहिए ऐसी ज़िंदगी जो सपनों की क़ब्रगाह हो। इसको भी तो लग रहा होगा न कि मेरा हाथ न छूटे। काश आज का दिन उम्र बराबर लंबा हो जाए।

तभी आशीष को ख़याल आया और उसने वसुधा को टोका, "मुझे तो भीगने की आदत है। तुम बीमार हो गईं तो? तुम्हारे एग्ज़ाम चल रहे हैं। हॉस्टल में कोई देखभाल के लिए भी नहीं है। एक काम करो तुम साइड में खड़ी हो जाओ मैं ऑटो लेकर इधर आ जाता हूँ।"

हाथ छोड़ देने के बाद भी उस छूअन की आत्मीयता से दोनों की हथेलियाँ महक रही थीं। कल की तरह आज फिर एक बार आशीष और वसुधा ऑटो में साथ बैठे हैं। आशीष को जैसे कुछ याद आया, "अरे हाँ तुम्हारे लिए जो बैग लाया हूँ उसमें मैंने एक पेपर में अपना मोबाइल नंबर और शिलांग का एड्रेस लिखकर डाल दिया है। पिछली दो मुलाक़ातों में तुमने माँगा नहीं और मैंने दिया नहीं। मुझे लग रहा है कि जल्दी ही इंडिया में भी मॉरीशस की तरह फ़ैमिली में सबका अपना मोबाइल हुआ करेगा। अभी तो इंडिया में जनरली वही मोबाइल रखते हैं जो अर्निंग मेंबर हैं या बाहर रहते हैं। मैं फ्रिक्वेंटली जर्नी में रहता हूँ तो हो सकता है तुम कॉल करो तो फ़ोन न लग पाए। पहाड़ों पर नेटवर्क इशू भी होता है। तुम हॉस्टल से बाहर निकलकर फ़ोन न कर पाओ तो शिलांग के एड्रेस पर लैटर लिख देना। मुझे हिंदी पढ़नी आती है। मेरे लैटर्स मम्मी नहीं खोलतीं।"

आशीष क्या कहना चाह रहा है, सब समझते हुए भी वसुधा बिना कोई जवाब दिए ऑटो वाले को गणेश मंदिर जाने दाएँ-बाएँ दिशा निर्देश देती रही। वो कैसे कहे कि क्या होगा तुम्हें लैटर लिखकर? क्या होगा शिलांग के तुम्हारे उस घर में फ़ोन लगाकर? तुम मुझे अच्छे लगते हो, इतने ज़्यादा अच्छे कि तुम्हारे लिए ये दुनिया छोड़ दूँ, मगर मेरे साथ बहुत से लोगों की दुनिया ख़त्म हो जाएगी। ज़्यादा लोगों के दुखी होने से अच्छा है एक आदमी अपना मन मार ले। दुनिया को कभी फ़र्क़ नहीं पड़ेगा कि हॉस्टल के 204 नंबर कमरे की साँवली लड़की की आँखें सुबह इतनी सूजी हुई क्यों होती हैं। इस दुनिया को फ़र्क़ नहीं पड़ेगा कि शिलांग का ये पहाड़ी लड़का ऑफ़िस में अब पहले की तरह खिलकर क्यों मुस्कुराता नहीं है। दुनिया की सख़्त नज़र को मुलायम चीज़ दिखाई नहीं देती है। चॉकलेटी आँखों वाला ये बदहवास लड़का सात समंदर पार से इसलिए जल्दी पहुँचना चाहता था कि देर होने पर उस लड़की तक पहुँचाने वाली कश्ती का लंगर साहिल से खुल सकता था।

आशीष और वसुधा गणेश मंदिर के बड़े से अहाते पर बनी बेंच में चुप बैठे बारिश देख रहे थे। वसुधा की आवाज़ में घड़ी-घड़ी उतार-चढ़ाव आ रहा

था। कभी वो आशीष के लिए ममत्व से भर जाती और कभी मन को बाँध इतनी तटस्थत हो जाती, जैसे श्री फ़ोटोकॉपी शॉप वाले किशनु से बात कर रही हो। आशीष से नाता टूटने की सोचकर ख़ुद से ज़्यादा दया आशीष के लिए आ रही थी। कितना अकेला हो जाएगा एक उम्मीद के टूटने पर। वसुधा ने मन कड़ा किया तो एकाएक उसके अंदाज़ में बहुत परायापन आ गया, "आप कोलकाता से फिर कहाँ जाओगे? शिलांग?"

आशीष को वसुधा की आवाज़ बहुत दूर से आती लगी। उसे याद आया कि अनगिनत सफ़र में मिलने वाले अजनबी चेहरे समय गुज़ारने बिलकुल इसी पराएपन से पूछते हैं। आशीष ने जवाब दिया, "नहीं। यहाँ से जाने के बाद मुझे शिलांग जाने नहीं मिलेगा। कोलकाता हेड ऑफ़िस में रहना पड़ेगा। शिलांग कौन-सा कोलकाता के बाज़ू में है। गुवाहाटी जाओ, फिर वहाँ से शिलांग। मुझे कोलकाता की भीड़-भाड़ वाली लाइफ़ में ज़्यादा अकेला फ़ील होता है। महीने में पंद्रह दिन तो कोलकाता में रहना ही पड़ता है। मेरा मन पहाड़ में ही लगता है। तुम्हें कोलकाता जैसे शहर में रहना अच्छा लगेगा?"

वसुधा का कलेजा धक हो गया। उसने ऐसे दिखावा किया जैसे इस सवाल में छिपी योजनाओं की आहट की समझ उसे नहीं है, "मुझे तो छोटे शहर का जीवन अच्छा लगता है।"

आशीष को कैसे समझाए कि उसे गर्ल्स स्कूल में इसलिए पढ़ाया गया था कि वो किसी के प्रेम में पड़ने से दूर रहे। ज़ोर से हँसना नहीं, सड़क पे रिश्ते का कोई भाई भी मिल जाए तो उससे बात नहीं करनी, फ़िल्म देखने केवल परिवार के साथ जाना है। माँ ने जाने किस झक में उसे नागपुर हॉस्टल भेजा और अब पछताती है। हॉस्टल वाली लड़कियों के लिए रिश्ते नहीं मिलते, का भान उन्हें पहले होता तो वे कभी न भेजतीं। आशीष को ये सब बताकर क्या फ़ायदा? छोटे शहर की दुनिया इतनी बड़ी होती है कि लड़कियों की सारी ख़ुशी सोखकर भी उसकी प्यास नहीं बुझती।

वसुधा ने चेहरे पर उड़ आए बालों को पीछे करते हुए पूछा, "आप आज पहली बार मंदिर आए हो?"

"नहीं। दो-तीन बार गया हूँ। हालाँकि शिलांग में आधे से ज़्यादा लोग क्रिश्चियन हैं तो चांस नहीं मिल पाता। मैं चर्च भी कम ही जाता हूँ। एक हिंदू फ्रेंड की सगाई

स्वामी नारायण मंदिर से हुई थी, तब मंदिर गया था। फिर एक आंटी के संग एक बार दुर्गा पंडाल गया था। वसुधा तुम्हारी आँखें दुर्गा माँ जैसी सुंदर हैं।"

वसुधा ने तारीफ़ से असहज हो बात बदल दी, "मैं एक महीने बाद नागपुर से हमेशा के लिए चली जाऊँगी। मेरा मन तो आगे भी यहाँ से ही पढ़ने का था।"

आशीष ने सहमति जताई, "बिलकुल यहीं से पीजी करना चाहिए। वर्धा क्यों जा रही हो?"

वसुधा ने डूबे हुए स्वर में कहा, "हमारे घर में लड़कियाँ डिसीज़न नहीं लेतीं। वो कहाँ जाएँगी, कहाँ नहीं जाएँगी, जॉब करेंगी, नहीं करेंगी, शादी कहाँ होगी, किससे होगी, कॉलेज पढ़ेंगी, नहीं पढ़ेंगी सब घर के जेंट्स डिसाइड करते हैं। जैसे आप अपने बॉस से ऑफ़िशियल काम के लिए परमिशन लेते हैं न? हमारे यहाँ भी परमिशन लेना पड़ता है। मेरी माँ अपने मायके कितने दिन के लिए जाएँगी, किसके घर की शादी में नहीं जाएँगी, उनके कौन से रिश्तेदार घर में अलाउड हैं, सब मेरे बाबा तय करते हैं। आगे चलकर भैया डिसीज़न मेकर होगा फ़ैमिली का।"

"ऐसे में तो फ़ादर, ब्रदर या हसबैंड से रिलेशन कभी फ्रेंडली नहीं हो पाते होंगे? वो तो बॉस की पोज़ीशन पर बैठे हैं।"

"हाँ! आप यदि परिवार के मुखिया को बॉस कह रहे हो तो कह सकते हो। हम पले बढ़े ही ऐसे हैं। आपका बॉस छुट्टी अलाउड कर देता है या फिर आपके किसी आइडिया को अप्लाई कर दे तो आप ख़ुश हो जाते हो न? जब वो मना कर देते हैं तो दुखी हो जाते हैं लेकिन उनसे बहस नहीं करते न? पूरी उम्र ऑफ़िस में इस तरह निकाल देते है न? आप ऑफ़िस में बॉस के साथ नहीं बल्कि अपने कलीग्स के साथ मज़े करते हो। हमारे यहाँ औरतें मर्दों से अलग आपस में ही ख़ूब हँसी-मज़ाक़, बाज़ार, पूजा भजन में मुलाक़ात करती हैं। मतलब माँ, बेटी, चाची, दादी, मौसियाँ, बहनें घर में महफ़िल सजाती हैं, जब घर के मर्द बाहर हों। जैसे ही मर्द वापस आते हैं, फिर तमीज़ से पेश आने लगती हैं। मुझे हमेशा लगता है, काश बाबा केवल मुझे मेरे मन की पढ़ाई करने देते। असल में उन्हें डर है कि मैं अपने पैरों पर खड़ी हो गई तो कहीं ख़ुद की पसंद से शादी न कर लूँ।"

आशीष फीका हँसा, "वो जानते हैं कि कमज़ोर रखकर ही कंट्रोल में रखा जा सकता है। हसबैंड पर डिपेंडेंट रखने पर वो उसे नहीं छोड़ सकती, चाहे कितना भी बुरा रिश्ता हो। ऐसे पैरेंट्स ही बेटियों को हर हाल में ससुराल में रहने का दबाव

बनाते हैं ताकि घर लौटी बेटी की ज़िम्मेदारी उन पर न आन पड़े। बेटी को अपना ख़र्च उठाने लायक़ नहीं बनाया तो बुला भी नहीं पाते। लड़कियाँ यदि फ़ाइनेंशियली इंडिपेंडेंट हो गईं तो ग़लत बात को अपोज़ कर सकती हैं? ऐसे पैरेंट्स डराकर पाले हुए बच्चों को संस्कारी कहते हैं।"

आशीष को इस गुलाबी रिश्ते का भविष्य शून्य दिखाई दे रहा था। इतनी दूर आकर ठगा जाने के बाद उपजी विचारशून्यता से उबरने के लिए निचला होंठ चबाता टेबल पर रखा ग्लास घुमाने लगा।

वसुधा फिर बोली, "ब्राह्मणों में बेटियों की शादी में बाप खेत बेचता है, बैंक की एफ.डी. तुड़वाता है, भाई ऑफ़िस से लोन लेता है, माँ अपनी शादी के चढ़ावे के गहने गलवाकर बेटी के लिए नई डिज़ाइन के गहने बनवाती है। अब जब एक शादी में इतना हैवी इन्वेस्टमेंट हुआ हो तो लड़की ख़ुद डरती है कि घर वापस कैसे जाऊँ? मिडिल क्लास फ़ैमिली सालों क़र्ज़ चुकाती है बेटी की शादी का। बेटी मायके लौटकर बाप-भाई के ख़ून-पसीने की कमाई पर पानी कैसे फेर दे? दुबारा ये सब ख़र्च कौन करेगा? आप लोगों में दहेज नहीं चलता, इसलिए डिवोर्स केस हमसे तो ज़्यादा ही होते होंगे। हमारे यहाँ शादी मतलब परमानेंट सेटलमेंट। शादी के बाद बेटी को बहुत मुश्किल हो रही है तो माँ-बाप दुखी ज़रूर होंगे, मगर लड़की को वापस नहीं बुलाते। लगे तो लड़के वालों को थोड़ा दान-दक्षिणा और देते हैं, ताकि बेटी को परेशान न करें। हमारे यहाँ बेटी का किसी लड़के से प्रेम करना माँ-बाप की पीठ में ख़ंजर भोंकना है। जिस थाली में खाया है उसी में छेद करना है। अफ़ेयर रखने का मतलब पैरेंट्स के लिए थैंकलेस हो जाना है।"

आशीष व्यंग से मुस्कुराया, "जब तुम्हारे परिवार में लाइफ़ पार्टनर पैरेंट्स डिसाइड करते हैं तो तुम्हारी सहेलियाँ कौन होंगी, ये भी उन्हें ही डिसाइड करना चाहिए। स्कूल में कौन तुम्हारी बेंच पर बैठेगा, तुम किसके साथ बैडमिंटन खेलोगी, हॉस्टल में कौन तुम्हारी रूममेट होगी, ये सब भी उन्हें तय करना चाहिए।"

प्रेम प्रस्ताव रखे बिना ही वसुधा और आशीष एक-दूसरे को सब कुछ समझा रहे थे, मगर इशारों में। दोनों के बीच पर्दा तो था मगर पारदर्शी, विभाजन की दीवार तो थी लेकिन काँच की। अलगाव भी था और सब कुछ नज़र भी आ रहा था। प्रेम था मगर उसे अपनाया नहीं जा रहा था, स्वीकारा नहीं जा रहा था। समर्पण भी था, मजबूरी भी थी। इस धरती पर कितने इंसान अपने मन का जीवन जी पाते हैं? दुनिया

की खींची लकीरों के दायरे के भीतर घुट-घुटकर जीना तो मरने से ज़्यादा बदतर है। क्या मन का जीवन जीने के लिए इस दुनिया को दुत्कारा नहीं जा सकता?

अचानक वसुधा ने बेंच में बैठे-बैठे ही शेड से बाहर हाथ निकाला, "बारिश बंद हो गई। चलो न बाहर वाले गार्डन तक टहल आएँ।"

आशीष खड़ा तो हो गया मगर गार्डन की तरफ़ देखते हुए कहा, "वसुधा वहाँ गार्डन में सिर्फ़ कीचड़ दिख रहा है। तुम कहो तो उस सामने वाले रेस्टोरेंट में एक-एक काफ़ी पी लेते हैं।"

वसुधा बेंच से उठी और मंदिर के लंबे-चौड़े प्रांगण में चारों तरफ़ बने छोटे-छोटे देवालयों के सामने शीश झुकाकर वो माँगने लगी जो इन सारे भगवानों की पहुँच से बाहर था। आशीष को भुवनेश्वर का लिंगराज मंदिर याद आया, जहाँ वसुधा से पहली मुलाक़ात के बाद वो सिर्फ़ इसलिए गया था कि यही वह जगह है जहाँ वसुधा दादी के साथ आई थी। उस वक़्त वो मंदिर में घूम-घूमकर देख रहा था कि ट्रेन में मिली वो लड़की कहाँ पर बैठी होगी, लेकिन आशीष को आज ख़ुद का इतना लंबा सफ़र करके यहाँ आना, महीनों का रतजगा वसुधा की बेरुख़ी के आगे बेमानी, बेमतलब, फ़िज़ूल लग रहा था। वसुधा की निष्ठुरता से उसे खीज होने लगी और ख़ुद पर दया आ रही थी। मॉरीशस से आते समय की उत्कंठा, ख़ुशी, उत्साह अब निराशा में डूबने लगा। जैसे एक जहाज़ लावा-लश्कर के साथ बंदरगाह से रवाना हुआ और साहिल पर पहुँचने से पहले बीच दरिया में डूब गया। वसुधा की अबेध ख़ामोशी से सब कुछ बे-नतीजा होकर बीच में ही छूट जाएगा। भुवनेश्वर और अकोला के स्टेशन पर उदास जाती वसुधा, कल उससे मिलने कॉलेज से दौड़ती बाहर निकली वसुधा कोई और थी। आज जो साथ चल रही है वो अपना डिसीज़न लेकर आई है और उसका डिसीज़न ख़िलाफ़ है। दोनों फुटपाथ पर साथ-साथ चल रहे थे मगर मन से कोसों दूर हो गए। उतने ही दूर जितने वर्धा और शिलांग। सड़क के किनारे छोटे-छोटे पानी के डबरों पर अब-तब पड़ती बरसात की बूंदें चक्र-सा घेरा बना रही थीं। दो मुसाफ़िर इस सफ़र की अंतिम कुछ घड़ियों को आख़िरी साँस तक लंबा करने की जुगत में चुप चल रहे थे।

वसुधा ने रेस्टोरेंट में कोने वाली बेंच ली, "आशीष मेरे पास अब केवल एक घंटा बचा है। यहाँ से हॉस्टल पहुँचने में ही मुझे आधा घंटा लग जाएगा। आपकी ट्रेन कल सुबह छह बजे की है न?"

आशीष ने टेबल पर रखे पेपर नैपकिन के बंडल को सीधा-उल्टा करते हुए बहुत बेचारगी से गुज़ारिश की, "वसुधा लैटर ज़रूर लिखना। मैं वेट करूँगा। मेरी मम्मी किसी हाल में लैटर नहीं खोलतीं।"

वसुधा टेबल पर अंग्रेज़ी के नंबर आठ की काल्पनिक आकृति उँगलियों से बनाती चुप रही। आशीष के पास बताने को कुछ नहीं था, मगर वसुधा लगातार उसे सुनना चाहती थी ताकि ताउम्र याद रखने आशीष की ज़्यादा से ज़्यादा बातें रहें। आशीष वसुधा को लगातार सुनना चाहता था, क्योंकि बोलते समय वो उसकी आँखों में देखती है और उसकी पनीली आँखों से वो ज़्यादा सच बोलती है। दोनों का बात करने का मन मर गया, मगर सुनने की चाह जीवित थी। वसुधा आशीष की हर इच्छा को समझ रही थी और आशीष चुपचाप वसुधा की आँखों की लाचारी, हताशा और उदासी सुन रहा था। आशीष ने अचानक ही पूछा, "तुम्हारे हॉस्टल लौटने का टाइम हो रहा है?"

"हाँ।"

कॉफ़ी ख़त्म करके दोनों रेस्टोरेंट के बाहर निकल आए। वसुधा जानती है कि ये अंतिम मुलाक़ात है, क्योंकि अब वो ये तय कर रही है तो निश्चित अंतिम है। वर्धा लौटते ही सब ख़त्म। वसुधा सामने से निकलते ऑटो को इशारे से रोक ही रही थी कि आशीष ने जैसे कोई आख़िरी इच्छा ज़ाहिर की, "थोड़ी दूर तक साथ चल लें? फिर कर लेना ऑटो।"

बारिश से धुली काली सड़क के किनारे बने फुटपाथ पर दोनों चुपचाप चल रहे थे। लाल पत्थरों वाला फुटपाथ बारिश के बाद झड़े गीले पत्तों से भर गया था। टहनियों से पानी अभी भी टपक रहा था। दोनों के बीच की ख़ामोशी मातमपुर्सी करने आए लोगों-सी थी। जहाँ कहने-सुनने को कुछ नहीं... बचाने, समेटने की गुंजाइश ख़त्म। बस सत्य को स्वीकार लिया जाता है। आशीष की आँखों में याचना की बैचैनी थी, वसुधा की आँखों में मजबूरी। आती-जाती गाड़ियों की हेडलाइट गीली सड़क पर थरथराती पीली लकीर बना रही थीं। बरसात की ठंडक और पेड़ों की ख़ुशबू में लिपटे दो दिल कितने उदास चल हैं, ये बात सड़क पर आते-जाते लोगों को नहीं मालूम। स्ट्रीट लाइट की रौशनी के घेरे में दिख रहा था कि फुहार अभी भी झर रही है। जाने क्या सोचकर आशीष ने सामने से आते ऑटो को हाथ के इशारे से रोका। ऑटो ने ज़रा आगे जाकर एक यू टर्न लिया और पानी उछालता

फुटपाथ से चिपककर खड़ा हो गया। आशीष ने वसुधा का हाथ कुछ सेकेंड्स के लिए अपनी हथेलियों के बीच हल्के से दबाकर छोड़ दिया और फिर अपना हाथ चूम लिया। ऑटो में बैठने के बाद वसुधा ने जिस नज़र से देखा, उन आँखों का विषाद आशीष को जीवन भर के लिए अवसाद से भरने को पर्याप्त था। ऑटो एक झटके के साथ बढ़ गया। ऑटो वाला सामने लगे आईने में वसुधा को रास्ते भर आँसू पोंछते देख रहा था। हॉस्टल के बाहर वसुधा ने उतरकर पैसे दिए और मेन गेट से होती कश्यप मैडम के रूम में रखे रजिस्टर में एंट्री का साइन कर भीतर चली गई। मेन गेट के बाहर ड्राइविंग सीट पर बैठा ऑटो वाला वसुधा को उस बड़े अहाते में विलीन होते देखता रहा और फिर नई सवारी की तलाश में आगे बढ़ गया।

आशीष वसुधा के जाने के बाद वापस गणेश मंदिर गया। उसके दिलो-दिमाग़ पर अजब बोझ था। ग़ुस्सा, नैराश्य और ख़ारिज होने की पीड़ा में गोरा चेहरा लाल हो गया। इंडिया आने की हड़बड़ी में उसने मॉरीशस में अपना प्रमोशन छोड़ा। उस समय दिल को समझाया था कि प्रमोशन आगे भी कभी मिल सकता है, मगर वसुधा से मिलना फिर कभी पॉसिबल नहीं हो पाएगा। वसुधा को खोना मेरे लिए बहुत बड़ा नुक़सान होगा। मुझे मालूम है वो मुझे बहुत पसंद करती है और शायद मेरा इंतज़ार कर रही हो। मैंने ही फ़ोन नंबर न देकर बहुत बड़ी ग़लती कर दी। वो लड़की है, फ़ोन नंबर नहीं माँग पाई। आज नागपुर आने के बाद लग रहा है, काश नहीं आया होता तो इस भ्रम में जी जाता कि वसुधा पक्का हाँ कर देती मगर मैंने ही मौक़ा गँवा दिया। वसुधा ने मुझे ठुकरा दिया। उसे शायद मैं लाइफ़ पार्टनर के रूप में पसंद नहीं। आज भी वो सिर्फ़ मुझ पर तरस खाकर मिलने चली आई। अब आशीष को कौन बताए कि ऑटो वाले ने बारिश में भीगी वसुधा की सुर्ख़ आँखों के सावन देखे हैं।

आशीष जूता उतारकर मंदिर के भीतर गया। दीवार पर लिखी आरती को पूरा पढ़ा। बाहर निकलने से पहले फिर एक बार हाथ जोड़कर प्रार्थना की। देर तक आँख बंद किए कुछ माँगता रहा और बाहर निकल गया। मंदिर के प्रांगण में उसी बेंच पर अकेला बैठा रहा। एक घंटे पहले यही जगह कितनी सुंदर थी और अब यहाँ से भाग जाने का मन हो रहा था। कुछ मालूम नहीं कि वो लैटर लिखेगी या नहीं। काश इस लड़की से मुलाक़ात न हुई होती। पापा के जाने के बाद वाला अकेलापन आज फिर क्यों महसूस हो रहा है। जैसे इस आसमान के नीचे बिलकुल

अकेला हूँ। होटल के कमरे में जाने की इच्छा मर गई है। आशीष ने पेंट की जेब से रूमाल निकालकर चेहरा पोंछा तो महसूस हुआ, आँखों से दो बूंद झड़ीं हैं, जिसकी ख़बर वसुधा को ताउम्र न होगी।

वसुधा कमरा नंबर 204 में भीगी हुई घुसी। उसे देखते ही रेवा ने शिकायत शुरू कर दी, "तुम तो आज दिन भर से थी नहीं। सना ने कितना तमाशा किया है। दोपहर को तेज़ बारिश में लाइट चली गई। पीछे वाले कॉरीडोर में एकदम अँधेरा हो गया था। सना अपनी पायल हाथ में पकड़कर अँधेरे में जो भी उस साइड बाथरूम जा रहा था उसको डराने बाथरूम के बाहर छिपकर पायल बजा रही थी। डरकर सब बाहर निकलकर अँधेरे में गिरते-पड़ते भागते। कोई नहीं जान पाया कि सना है। दो घंटे यही छुनछुन-छुनछुन तमाशा कर रही थी। पद्मज़ा के दरवाज़े के सामने, गुमनाम है कोई, बदनाम है कोई... गाकर भाग गई। सब बोल रहे थे कि बाथरूम वाली गली में पायल की आवाज़ आ रही है तो ख़ुद भी डरने की एक्टिंग करने लगी। पूनम भी सना के साथ रहकर बिगड़ गई है। सना 307 नंबर वाली आरती के पास से सफ़ेद चादर माँगकर लाई और किसी से सफ़ेद कुर्ती माँगकर पहन ली। अपने पूरे चेहरे को टेलकम पाउडर से सफ़ेद कर लिया और पीछे वाले कॉरीडोर में चादर ओढ़कर बैठ गई। हर्षिता दीदी जैसी ही कॉरीडोर में गईं सना चादर लेकर ईईई ईईई ईईई करके सामने आ गई। चादर को फैलाकर बाज जैसे पंख बना लिए थे और बंदरों की तरह उछलकर उनको दौड़ा रही थी। हर्षिता दीदी इतने ज़ोर से डर गईं यार। सना एकदम बदतमीज़ है। पता नहीं तुम उसको कैसे झेल लेती हो।"

वसुधा ने गीले बाल टॉवेल से पोंछते हुए रेवा की तरफ़ बिना देखे ही पूछा, "हर्षिता दीदी को सना से कोई प्रॉब्लम हुई क्या ?"

रेवा झुँझला गई, "अरे! बहुत डर गई थीं यार वो। वो तो सना को जूनियर बच्ची समझकर हँसने लगीं। लेकिन अगर कोई डरकर ज़ोर से भागे, गिर जाए, चोट लग जाए, हार्ट अटैक आ जाए तो ? तब ये सना, जो सुबह से रात तक खी खी खी करती रहती है, इसको कोई माफ़ करेगा ? पूनम को भी इसके संग चेंज होते देख रही हूँ। ख़ैर पूनम को अब लाइफ़ में कुछ करना है नहीं। एग्ज़ाम के बाद जाते ही शादी कर लेगी, इसलिए आख़िरी कुछ महीने हॉस्टल में लोफराई कर रही है। माँ-बाप ने पैसे लगाए हैं तो इनसे ये नहीं हो रहा है कि पढ़ाई कर लें। कश्यप मैम सना को डाँटती नहीं इसलिए और बदमाशी करती है। पूरे कॉरीडोर में सफ़ेद चादर

के पंख फैलाए दौड़ते हुए मैं सबका ख़ून पी जाऊँगी बोल रही थी।"

वसुधा रेवा को अनसुना कर गीले कपड़े बदलने चली गई। सना के कमरे में जाने की इच्छा हुई। मन में बहुत कुछ भरा था, मगर तय कर लिया था कि आशीष के बारे में किसी से बोलना नहीं है। वसुधा कमरा नंबर 203 में घुसी ही थी कि सना हँसते-हँसते उसके कंधे पे झूल गई, "क्या यार वसुधा आज तुझे होना चाहिए था। लाइट नहीं थी तो पढ़ने का सवाल ही नहीं उठता। तेरी रेवा तो बाहर पोर्च में जाकर पढ़ने बैठ गई। आज हर्षिता दीदी का डरना देखना चाहिए था तुझे।"

वसुधा बोली, "रेवा ने मुझे आते ही सब कुछ बता दिया।"

सना ने अपने गोल होंठ और गोल कर दिए, "मालूम है मैं सबको डरा-डराकर दौड़ा रही थी मगर जैसे ही सामने से रेवा आती दिखी, मैं ख़ुद डर के मारे बाथरूम में घुसकर छिप गई। चल रेवा की छोड़, ये बता तेरा फ़ंक्शन कैसा था? कोई लड़का फँसा या नहीं? आज तो तू फटाका लग रही थी यार।"

वसुधा ने गीले बालों पर टॉवेल बाँधते हुए बताया, "फ़ंक्शन ऐसा ही था। कुछ ख़ास नहीं। तुम लोग तो आज दिन भर पढ़े होंगे। इकोनॉमिक्स में मिले पाँच दिन के गैप का मेरा आज का दिन बिना पढ़े ही निकल गया।"

पूनम हँसी, "हम तो हॉस्टल में रहकर भी नहीं पढ़े। रेवा सबको बताते फिर रही है कि सना के साथ रहकर पूनम के पर निकल आए हैं।"

वसुधा हँसी, "हाँ! रेवा मुझे भी बता चुकी कि पूनम बिगड़ गई।"

सना झुँझला गई, "रेवा गई भाड़ में। वसुधा यार सुन तो सही। आज मैं शाम को संध्या दीदी के साथ मार्केट गई थी। बॉयफ्रेंड के लिए गिफ़्ट ख़रीदना था उन्हें। बहुत महँगी शर्ट ली। बोल रही थीं कि जब वो क्लास टेंथ में थीं तब से उनका ड्रीम था कि बहुत पैसे वाला बॉयफ्रेंड हो। कोई ऐसा हो जो जितनी बार मिलने आए, फूलों का बड़ा बुके लेकर आए। गिफ़्ट में डायमंड रिंग दे। बड़े होटल में कैंडल लाइट डिनर कराए। मतलब सलमान ख़ान की मूवी थी न `मैंने प्यार किया` उस टाइप रईस लड़के से रोमांस चाहिए था और सुन लड़का इन्हें डर फ़िल्म में शाहरुख़ जैसा पागलों की तरह चाहे।"

वसुधा चुप सुन रही थी मगर पूनम को जिज्ञासा हुई, "तो क्या उनका बॉयफ्रेंड रिच है।"

सना को बस श्रोता का यही उत्साह चाहिए, "अरे नहीं रे! संध्या दीदी ने बातों-बातों में अपने बॉयफ्रेंड को हिंट दी कि उसे अपने हाइट का टेडी बियर पसंद है। वो लगभग कन्फ़र्म थी कि बंदा उनके बर्थडे पर आर्चिज गैलरी से हज़ार रुपए वाला टेडी बियर देगा। लाया तो वो टेडी बियर ही मगर वो जो हाईवे के किनारे मिलते हैं न? वो सौ रुपए वाला। दीदी का मन बुझ गया। अब ये बॉयफ्रेंड को महँगी शर्ट गिफ़्ट करके बेसिकली अपना स्टैंडर्ड दिखाना चाह रही है। अपने हॉस्टल में बहुत लड़कियाँ हैं यार जो लड़कों को लूटती रहती हैं।"

पूनम ने मुँह बिचकाया, "जाने कौन किसको लूट रहा है।"

वसुधा चुपचाप पूनम के बेड पर लेटी थी। आज सना की बातों में मन नहीं लग रहा था। पूनम पलंग के नीचे गिरी अपनी पेन झाड़ू से निकालने की क़वायद करने लगी। सना ने अपने धुले कपड़े रखने अलमारी खोली और अलमारी के दरवाज़े में चिपके ऋतिक रौशन के पोस्टर को चूम लिया, "ऋतिक थोड़ा तो इंतज़ार किया होता अपनी सना का। इतनी क्या जल्दी थी तुम्हें शादी की। मैं तो अभी भी एडजस्ट करने को तैयार हूँ। मुआऽऽऽह। क्यों मचलता है मन, न तुम जानो न हम।"

पूनम ने घड़ी पर नज़र डाली, "सना चल डिनर का टाइम हो गया।"

वसुधा ने पूनम को कमरे से निकल जाने दिया और अचानक सना के गले लग गई। सना इसके लिए तैयार नहीं थी, मगर तभी उसे महसूस हुआ कि वसुधा शायद रो रही है। वो चुपचाप उसकी पीठ सहलाती रही मगर कुछ नहीं पूछा। थोड़ी देर बाद तीनों मेस में बैठे थे। बारिश अभी भी बंद नहीं हुई है। वसुधा दिमाग़ से एक पल के लिए भी आशीष को नहीं निकाल पा रही है। उसी के शहर में, उसी की वजह से, वो अभी किसी रेस्टोरेंट में अकेले बैठकर डिनर कर रहा होगा। क्या मिला हम दोनों को? वसुधा ने अगली सुबह छह बजे का अलार्म लगाया। उठकर बाहर लॉन में निकल आई। यहाँ से ट्रेन के गुज़रने की आवाज़ आती है। अभी आशीष की ट्रेन नागपुर का प्लेटफ़ॉर्म छोड़ रही होगी। ट्रेन के खिसकते ही उसे भी मेरे छूटने का अहसास हुआ होगा। ऐसे लग रहा है नागपुर सूना हो गया। आशीष जो चला गया।

बी.कॉम. फ़ाइनल ईयर के कुल नौ पेपर में से सात पेपर हो चुके। इस बीच वसुधा अकेले ही दो बार इंडियन कैफ़े हाउस में कॉफ़ी पीने गई। उसी टेबल पर बैठकर अपने बैग से एक कॉपी निकाली और लिखना शुरू किया। वेटर कॉफ़ी का कप रखकर जा चुका था। वसुधा के ख़यालात कविता बनकर काग़ज़ में उतरने

लगे—

कई बार तुम्हें लंबे लंबे ख़त लिखे...
दिल खोल जैसे काग़ज़ पर बिछाकर रखे
कई बार मैंने तुम्हें लंबे लंबे ख़त लिखे...
अल्फ़ाज़ सभी लिखने से पहले
तुम्हारी नज़रों की चलनी से छाने
सीने की ख़लिश निचोड़कर
इत्र के फाहों से महकाकर लिखे
कई बार तुम्हें लंबे लंबे ख़त लिखे...
दर्द घोलकर स्याही बनाई और
पर खोले उड़ते हुए ख़्वाब लिखे
इस शरारत को पढ़ मुस्कुराओ शायद
और इस मज़मून से दिल तुम्हारा भी दुखे
कई बार मैंने तुम्हें लंबे लंबे ख़त लिखे...
कैसे बेआस गुज़रते हैं मौसम तुम बिन
सुबह से रात तुम्हें सोच-सोच कैसे किए
चुभते सवालों के शूल चुप-चुप सहकर
उदासी के कितने समंदर हमने पार किए
जिनसे तुम बेख़बर हो वो हालात लिखे
बेनतीजा, बेमतलब सब जानकर भी लिखे
मुकम्मल पैग़ाम हो पूरा हुआ जब ख़त
हम ख़ुद भी एक दफ़ा पढ़ने बैठे
सारे लफ़्ज़ आँसुओं में तैरने से लगे
क्या हासिल ये सब अब तुमको बताकर
दुनिया के ऊँचे उसूलों के आगे
मेरे अरमान बेमानी बड़े फीके लगे
कई बार मैंने तुम्हें लंबे लंबे ख़त लिखे...
तुम्हारी वसुधा

वसुधा ने कॉपी बंद कर बैग में डाल ली। ठंडी हो चुकी कॉफ़ी एक घूँट में ख़त्म कर दी। बिल का पैसा मैन्यू कार्ड में दबाकर टेबल को प्यार से सहलाती रही

और फिर कॉफ़ी हाउस से बाहर निकल गई। नागपुर में सिर्फ़ अब आख़िरी एक हफ़्ते रहना है। न तो इस लैटर में जवाबी पते के लिए एड्रेस दे रही हूँ, न घर का फ़ोन नंबर। फ़ोन नंबर देकर क्या फ़ायदा? बाबा और नीरज भैया के रहते फ़ोन की रिंग हो या दरवाज़े की घंटी, मैं अटेंड नहीं कर सकती। सिर्फ़ इस एक कविता में अपना मन उड़ेल लिफ़ाफ़ा ख़रीदने पैदल ही पोस्ट ऑफ़िस की तरफ़ निकल गई। रास्ते में दोनो तरफ़ घने पेड़ वाली लिंक रोड के किनारे एक पुराने नीम पर टँगा लैटर बॉक्स किसी ऐतिहासिक इमारत जितना बदरंग था। ललछौंहे रंग का उधड़े टीन का ये डब्बा पुरातत्व विभाग में रखने लायक़ हो चुका था। धूप और बारिश की मार सहता उतना ही मटमैला लाल जैसे रसोई गैस का सिलेंडर। वसुधा सोचने लगी कि क्या ये लाल डब्बा ही मेरा आख़िरी संदेश शिलांग की उस ऊँची पहाड़ी पर भेजेगा?

जर्जर सरकारी इमारत के सबसे ऊपरी मुंडेर पर बदरंग बोर्ड टँगा था, जिसमें बड़े बड़े अक्षरों में 'भारतीय डाक विभाग' लिखा था और किनारे पर लहराता हुआ राइट का प्रतीक चिन्ह बना था। ऑफ़िस की मोटी और मटमैली दीवारों के भीतर जाते ही धुँधले काँच का एक काउंटर था। काउंटर के दूसरी तरफ़ लकड़ी के रैक में एक के ऊपर एक पुरानी फ़ाइलों का पहाड़ लगा था। इन चिथड़ा फ़ाइलों और तुड़ी-मुड़ी रजिस्टर के ढेर में कोई काग़ज़ ढूँढ़ना, समंदर में सुई ढूँढ़ने के समान होगा। पोस्ट ऑफ़िस के कर्मचारी तेलचट्ट टेबल-कुर्सियों पर अपने काम में व्यस्त थे। काउंटर के भीतर की ओर एक आदमी लिफ़ाफ़ों और चिठ्ठियों पर लगातार सील ठोकने का काम कर रहा था। पूरी ताक़त से चिठ्ठियों पर सील मारते देखकर लगता था जैसे अपने किसी दुष्ट पड़ोसी का ग़ुस्सा इन निर्जीव चिट्ठियों पर उतार रहा है। काउंटर के इस तरफ़ कुछ ग्राहक लिफ़ाफ़ों पर टिकट चिपका रहे थे, कुछ एड्रेस लिख रहे थे और कुछ बेवजह इधर-उधर हो रहे थे। वसुधा को लग रहा था जैसे इन सबको मालूम है कि उसके बैग में एक चिठ्ठी है जो उसकी चिट्ठी का इंतज़ार करते एक लड़के के लिए लिखी गई है। जैसे ये सब जानते हैं कि मैं वो कुलटा हूँ जिसे बाप ने कौड़ी-कौड़ी बचत करके पढ़ने भेजा और उसने उनके साथ विश्वासघात किया। लानत है, थू है इसकी जवानी को जो एग्ज़ाम के दिनों में अपने बैग में किताबों की जगह लवलैटर लिए घूम रही है। वसुधा घबराकर इधर-उधर देखने लगी। एक टेबल पर कुछ छात्र किसी प्रतियोगी परीक्षा का फ़ॉर्म पोस्ट करने से पहले लिफ़ाफ़े के ऊपर आख़िरी जानकारी लिख रहे थे। सबसे दूर खड़ा एक

लड़का सिर झुकाए मुस्कुराता हुआ गुलाबी फूलदार लिफ़ाफ़े पर टिकट चिपका रहा था। चारों तरफ़ से टिकट चिपकाते लोगों की मुठ्ठियों से टेबल ठोकने की आवाज़ आ रही थी। एक बुज़ुर्ग टिकट के एक-एक किनारे को प्रेम से सहलाते हुए चिपका रहे थे। शायद संतान की उँगलियों को छूने वाली चिठ्ठी को दुलार रहे थे। गोंद से पूरी तरह चिपचिपाए टेबल पर लोगों की सुविधा के लिए पानी से भरा स्पंज रखा था। तमीज़दार लोग उस स्पंज से टिकट भिगोकर चिपका रहे थे और स्वावलंबी व्यक्ति लंबी जीभ निकाल टिकट को गीला कर रहे थे।

अभी-अभी घुसी एक महिला ने काउंटर के भीतर व्यस्त कर्मचारी से पेन माँगा तो उसने बेरुख़ी से जवाब दिया, "मैडम उधर धागा में पेन लटक रहा है। वहाँ से ले लीजिए।" लिफ़ाफ़ा ख़रीदने की लाइन में खड़ी वसुधा ख़ुद को धिक्कारने लगी। जैसे वो बाबा को खाने में ज़हर मिलाकर दे रही हो, जैसे वो माँ के गहने चुराकर भाग रही हो, जैसे नीरज भैया के बिस्तर में नाग छोड़ रही हो, जैसे वर्धा के ख़ुशहाल घर पर जलती तीली फेंक रही हो। वसुधा तेज़ी से पोस्ट ऑफ़िस के बाहर निकलकर पीपल के नीचे खड़ी हो गई। कलेजा ज़ोर से धड़क रहा था, जैसे छाती तोड़कर बाहर आ जाएगा। बैग से कविता वाला पन्ना, आशीष की राइटिंग में लिखा शिलांग का फ़ोन नंबर, एड्रेस वाला काग़ज़ बाहर निकाला। एक बार आशीष की राइटिंग को चूमा और दोनों काग़ज़ों को टुकड़े-टुकड़े फाड़ दिया। जाने क्यों इन काग़ज़ के टुकड़ों को फिर नीम के पेड़ पर लटके लैटरबॉक्स में डाल दिया। जाने क्यों?

एक पहाड़ी लड़का कोलकाता से हर रोज़ शिलांग फ़ोन करके अपनी माँ से बहुत देर तक इधर-उधर की बात करने के बाद ठिठकता हुआ पूछता था, मम्मी मेरा कोई लैटर तो नहीं आया? ऐसा उसने महीनों तक पूछा। एक लड़की अपनी शादी के बरसों बाद भी एक ही सपना बार-बार देखती रही कि वो एक ट्रेन में बैठी है और बाज़ू में दूसरी ट्रेन आकर रुकी जिसकी खिड़की पर वो लड़का बैठा है। दोनों खिड़कियाँ बिलकुल आज़ू-बाज़ू हैं, मगर उस लड़के की नज़र लड़की पर नहीं पड़ती और ट्रेन विपरीत दिशा में आगे बढ़ जाती है। लड़की की नींद इस सपने से हमेशा टूट जाती है। टूटे सपने आगे चलकर कई रातों की नींद तोड़ते हैं। लड़के और लड़की को फिर ज़िंदगी भर एक-दूसरे की कोई ख़बर नहीं मिलती। कुछ मख़मली यादें ताउम्र सीने में शूल चुभाने के काम आती हैं।

21

वसुधा सास-ससुर को खाना खिलाकर ऊपर आ चुकी थी। नलिन लैपटॉप में अब भी ऑफ़िस का काम कर रहा था। वसुधा बेड पर उसके सामने पालथी मोड़कर बैठ गई, "अरे यार! आप ज़रा देर के लिए लैपटॉप छोड़ दिया करो। मुझे ये बताओ कि इंस्टाग्राम भी फ़ेसबुक के जैसा होता है क्या? क्या पता दोनों इंस्टाग्राम में मिल जाएँ। फ़ेसबुक पर तो कितने साल पहले ही ढूँढ़-ढूँढ़कर हार गई और छोड़ दिया। सना या पूनम में से अगर कोई एक भी मिल गया तो दोनों से कॉन्टेक्ट हो जाएगा, क्योंकि गोंदिया में दोनों के घर पास-पास थे। सना को फ़ेसबुक पे आनंद के सरनेम के साथ भी ढूँढ़ा। कॉलेज का एक फ्रेंड फ़ेसबुक पर मिला था उसने बताया था कि दोनों ने शादी कर ली थी, लेकिन शायद वो लोग फ़ेसबुक पर नहीं हैं। सना रॉय नाम से कोई प्रोफ़ाइल नहीं मिली। सना के भाई का नाम शैंकी था। मगर ये उसका निक नेम था। उसके बाहर का नाम मालूम रहता तो ढूँढ़ती।"

नलिन ज़ोर से हँसा, "तुमने जैसे ही इंस्टाग्राम के बारे में पूछा, मैं तुरंत समझ गया कि फिर तुम्हें सना को ढूँढ़ना होगा। यार तुम्हें उन हॉस्टल वाली सहेलियों से बिछड़े सोलह साल से ज़्यादा बीत गए। उन दोनों को यदि तुमसे मिलने की चाह होती तो वो भी तो तुम्हें फ़ेसबुक पर ढूँढ़ सकती थीं।"

वसुधा झुँझला गई, "अरे यार लड़कियों के शादी के बाद सरनेम बदल जाते

हैं। वो मुझे वसुधा शुक्ला के नाम ने सर्च करती होगी। फ़ेसबुक में मैं वसुधा अवस्थी हूँ। पूनम की शादी मेरे से पहले हो गई थी और मुझे उस समय नहीं मालूम था कि फ़ेसबुक जैसी कोई बला आने वाली है, नहीं तो मैं उसका नया सरनेम ध्यान में रखती। पूनम तिवारी के नाम से सर्च करने पर अलग-अलग चेहरे दिखते हैं। सोलह साल नहीं बल्कि अट्ठारह साल हो गए हम सबको अलग हुए। सना तो बी.कॉम. के बाद दिल्ली निकल गई थी, आनंद के पीछे। आनंद बी.कॉम. के बाद सी.ए. के लिए दिल्ली गया था। सना एम.कॉम. करने वाली थी। मैंने तो आनंद रॉय नाम से भी ढूँढ़ा कि आनंद तक पहुँचने पर सना के पास भी पहुँच जाऊँगी। मुझे ट्रेन में एक लेडी मिली थी। गोंदिया में सना की पड़ोसी थी कुछ दिनों के लिए वो। मैंने कहा भी था कि कहीं से भी उनका मोबाइल नंबर अरेंज कर दें। उस लेडी को गोंदिया छोड़े सात साल हो गए थे। यार आप नहीं समझोगे, हॉस्टल की रूममेट सहेली नहीं, सगी बहनें हो जाती हैं, जिनसे हम अपने पैरेंट्स के बारे में भी बात कर लेते हैं। मुझे तो इंस्टाग्राम के बारे में दो साल से मालूम है, मगर इसमें भी फ़ेसबुक की तरह लोगों के पर्सनल अकाउंट होते हैं, ये नहीं मालूम था। मैं इसे गूगल जैसा सोचती थी। क्या पता मुझे सना इंस्टा पर मिल जाए। आप आज ही मेरा अकाउंट खोल दो।"

नलिन ने लैपटॉप साइड में रखते हुए वसुधा पर आँखें जमाईं, "डिनर कराओगी या उसके पहले ही इंस्टा खोलना होगा। एप है यार, डाउनलोड कर लो तुम ख़ुद।"

नलिन के मुँह से डिनर की बात सुनकर टैब में गेम खेलते मीकू को याद आया, "मम्मा आज आलू के पराँठे बनाए हैं न?"

वसुधा ने किशोर हो चुके मीकू के नर्म रोएँ उगते गालों को चूमा, "हाँ! बनाए हैं। चल पहले हाथ धो गंदा बच्चा।"

वसुधा के भीतर आज किचन समेटने की हड़बड़ी थी। मन उछल रहा था कि कब मोबाइल पर इंस्टाग्राम में नए सिरे से सना अग्रवाल, सना रॉय, पूनम तिवारी टाइप करके ढूँढ़ेगी। नलिन को उसने कह तो दिया था कि हॉस्टल के रूममेट से बहनों की तरह सब कुछ शेयर किया था। मगर मेघालय से नागपुर आए उस लड़के के साथ गुज़रे दो दिन उसके सीने में वैसे ही दफ़्न हो गए, जैसे बारिश से दरके पहाड़ दबा देते हैं गाँव के गाँव—बिना कोई सुबूत छोड़े।

वसुधा ने बिस्तर पर लेटते ही मोबाइल में इंस्टाग्राम के सर्च इंजन पर पहला

नाम टाइप किया सना अग्रवाल। अपरिचित तस्वीरों की लाइन लग गई, मगर वो सना जो लक्ष्मी दीदी से लेकर कश्यप मैडम तक की लाड़ली थी, का दूर-दूर तक कोई पता नहीं। सना के खिलते गुलाब के चेहरे से कोई भी तस्वीर दूर-दूर तक मेल नहीं खाती। इन चेहरों में रूम नंबर 203 वाली शरारती सना कहीं नहीं। थककर टाइप किया आनंद रॉय... अनगिनत अनजान चेहरे। किसी प्रोफ़ाइल में कोई आनंद रॉय गॉगल पहने, कोई दूसरा आनंद रॉय अपनी गोल मटोल पत्नी के साथ, कोई किसी राजनैतिक पार्टी का झंडा पकड़े, मगर कॉलेज का वो साँवला, हैंडसम आनंद रॉय कहीं नहीं।

आख़िरी कोशिश की और टाइप किया, सना आनंद। वसुधा की स्क्रॉल करती उँगलियाँ एक नाम पर अटक गईं 'सना आनंद।' वसुधा ने फ़ौरन क्लिक किया तो दंग रह गई। बेहद आधुनिक कपड़ों में सना की ढेरों तस्वीरें। बड़े-बड़े ईवेंट के चमचमाते स्टेज में माइक लिए खड़ी है। सना आनंद की प्रोफ़ाइल के नीचे प्रोफ़ाइल डीटेल में लिखा था- रेडियो जॉकी, सोशल इन्फ़्लूएंसर, इंटेरव्यूअर, स्टेज मोडरेटर, एंकर—मुंबई। माय गॉड मेरी सना। कौन कह सकता है कि ये नागपुर के हॉस्टल की वही शैतान, गोल-मटोल लड़की है। कितनी स्टाइलिश, चमकते बाल, माइक थामे नाज़ुक उँगलियाँ, खुले कंधों वाले फ़ैशनेबल गाउन, गोरे पैर दिखाते शार्ट्स में कितनी मेंटेन। कोई मॉडल या सेलिब्रिटी लग रही थी। ये रेडियो जॉकी का प्रोफ़ेशन बिलकुल उसकी पर्सनैल्टी को शूट करता है। छोटे से शहर गोंदिया की लड़की बड़ी-बड़ी कंपनियों के प्रमोशनल प्रोग्राम, ब्रांड प्रमोशन, प्रोडक्ट लांचिंग ईवेंट में रौशनी से दमकते स्टेज में हज़ारों की भीड़ के सामने एंकरिंग कर रही थी। वसुधा ने सना आनंद की प्रोफ़ाइल पर फ़ौरन फ़ॉलो का बटन दबाया। सना को मैसेज ही करना होगा, क्योंकि इंस्टा पर उसके बारह लाख फ़ॉलोवर हैं। पोस्ट की हुई ढेरों तस्वीरों पर सना बड़े-बड़े सेलेब्रिटीज़ के इंटरव्यू ले रही है, खिलखिला रही है। एक वीडियो में समंदर किनारे झबरीले कुत्ते के पीछे दौड़ रही है और बैक ग्राउंड में गाना बज रहा है... लव यू ज़िंदगी। ज़िंदगी ज़रूर सना को लव यू कहती होगी... शी वाज़ ए गर्ल फ़ुल ऑफ़ लाइफ़...। सना तू सही जगह पर है यार। तू थी ही एंटरटेनमेंट वर्ल्ड के लायक़। हॉस्टल में भी तू जहाँ होती थी, उस जगह उदासी पल भर से ज़्यादा ठहर नहीं पाती थी।

वसुधा ने सना के इनबॉक्स में मैसेज छोड़ा—'हाय! भूतनी मैं रूम नंबर 204।'

वसुधा को मालूम था कि सना उसका मैसेज पढ़ते ही बावली हो जाएगी। अब तो उसे पूनम, शैंकी, आनंद, प्रणव, संध्या दीदी, हर्षिता, मनीष सबके बारे में मालूम होगा। सना बहुत एक्टिव है तो उससे बात होने पर और लोगों की भी ख़बर लगे शायद। वसुधा हर आधे घंटे में मोबाइल उठाकर मैसेज चेक कर रही थी। रात साढ़े ग्यारह बज गए। आँखों के आगे सोलह साल पहले की रातें घूमने लगीं। पूनम और सना के साथ भूतहा कहानियों की वो लंबी रातें। प्राइवेट बातें करने रूम से निकलकर लॉन के बेंच पर बैठना और फिर लंबी नोक-झोंक। अंकिता को अजीबो-ग़रीब लव लैटर लिखवाती शैतान सना। उसकी इंस्टा प्रोफ़ाइल प्रोफ़ेशनल है। हर पिक में सना या तो बड़े से स्टेज में इंटरव्यू ले रही है, या पोडियम पे खड़ी एंकरिंग कर रही है, या कोई हाई प्रोफ़ाइल पार्टी कंडक्ट कर रही है, या रिकॉर्डिंग रूम में एक पतले माइक के सामने हेड फ़ोन पहनकर बैठी है। ख़ूबसूरत इतनी कि मुझसे दस साल छोटी लग रही है। उसका प्रोफ़ेशन ही है, ख़ुद को मेंटेन रखना। आनंद था भी तो बहुत ओपन माइंडेड, इसलिए सना इतना प्रोग्रेस कर पाई। दोनों का रिश्ता कितना दोस्ताना था। एक बार क्लास में तावीश टेबल पर तबला बजा रहा था तो आनंद ने कहा था, "सना बहुत टैलेंटेड है, तेरे इस बेसुरे तबले पर भी नाच सकती है।" सना ने घमंड से कहा, "मैं तो वाशिंग पाउडर निरमा... सबकी पसंद निरमा... पर भी नाच सकती हूँ।" क्लास में बैठे छह सात लड़के लड़कियों का झुंड टीवी के सारे एड गाने लगे। सना कभी कत्थक के स्टेप करने लगती, कभी ज़मीन में पालथी मोड़कर एक हथेली कान पर और दूसरा हाथ आसमान में उठाकर सुर देने लगती, कभी भांगड़ा करते हुए होंठों पर उँगलियाँ नचाती हुर्रऽऽऽ की आवाज़ निकालती। उस दिन सना ने हँसा-हँसाकर सबकी जान ले ली। आनंद ने पहले से ही उसके लिए लाई चॉकलेट निकालकर रोका, "बस सना, बस। आज के लिए इतना बहुत है। ये रहा तुम्हारा ईनाम।"

सना नाचते समय इतनी फुर्ती दिखा चुकी थी कि हँसते-हँसते ख़ुद भी हाँफने लगी। आनंद जिस तरह उसे चाहता था, वो प्रेमी कम पिता ज़्यादा लगता था। सना को आनंद से कुछ भी बोलने से पहले सोचना नहीं पड़ता था। तावीश ने ही एक बार कहा था कि आनंद और सना को किसी टापू में ले जाकर दो साल के लिए छोड़ दो और दो साल बाद जब रेस्क्यू टीम इन्हें बचाने पहुँचेगी, तब भी आनंद मज़े में इसकी चोटी खींचता मिलेगा और सना देवी जी इसके आगे ट्विंकल-ट्विंकल पोयम सुनाती मिलेगी। इन दोनों को दुनिया से कोई मतलब नहीं है।

सना की ग्लैमरस लाइफ़ के सामने मैं कितनी टिपिकल हाउस वाइफ़ हूँ जिसकी ज़िंदगी मीकू के स्कूल और नलिन के ऑफ़िस से लौटने के इंतज़ार में कट रही है। सना आज कितनी ऊँचाई पर है। सोसाइटी में उसकी ख़ुद की एक पहचान है। दिन भर में उसका पर्सनल रुटीन होता होगा। यहाँ तो मेरा वक़्त, 'पापा जी दो घंटे बाद खाएँगे', 'मम्मी जी खाना सर्व कर दूँ', 'मम्मी जी रात में क्या सब्ज़ी बनेगी', पूछते-पूछते गुज़र रहा है। मुझे अजीब लगेगा उससे बात करना। मेरे पड़ोसियों के लिए मैं अवस्थी जी की बहू, मीकू के बस स्टॉप पर आरिव की मम्मी और बचे जो, उनकी लिए नलिन की वाइफ़। घर के बाहर किसी ने वसुधा नाम से संबोधित किया हो, ज़माना बीत गया लगता है। अपना ही नाम अपरिचित-सा जान पड़ता है। कितना अजीब है ख़ुद से रिश्ता टूटना। मैं जिसे जानती थी वो रूम नंबर 203 वाली सना अग्रवाल कोई और थी। ये सना आनंद कोई और है। क्या बताऊँगी उसको कि शादी के बाद मैंने अपनी पर्सनल ग्रोथ के लिए क्या किया?

सोचते-सोचते आधी रात बीत गई। रात हॉस्टल के सपने आए। सुबह उठकर उसने सबसे पहले मोबाइल उठाया तो मैसेज आया था, 'हाय वसुधा! मैं एक ईवेंट से रात 2 बजे आई यार। लव यू डियर। पूनम को भी मैसेज किया है अभी तेरे बारे में। वो ख़ुश होगी जानकर। चल फ़ोन नंबर दे कॉल करती हूँ।'

वसुधा ने बल्लियों-सी उछलते हुए इनबॉक्स में फ़ौरन अपना नंबर सेंड किया। दोपहर एक नंबर से कॉल आया। वसुधा ने फ़ोन उठाया, "हैलो"

वही अट्ठारह साल पहले वाली चहकती आवाज़, "हाय वसुधा। सना दिस साइड।"

"हाय! मेरी जान। कैसी है यार? तुझे, पूनम, शैंकी और आनंद को कितना ढूँढ़ा फ़ेसबुक पर। तेरी प्रोफ़ाइल देखी। तूने तो झंडे गाड़ दिए यार। स्मॉल टाउन गोंदिया गर्ल मुंबई में छा गई है। तू तो कमाल कर रही है। कल दो घंटे तक इंस्टा पर तेरी पिक्स और वीडियोज़ देखती रही। मीकू को भी दिखाया। नलिन बोले तुम्हारी सना इतनी सुंदर है।"

सना अपनी तारीफ़ से असहज हो गई, "नहीं यार बस ठीक-ठाक कर ले रही हूँ। तू बता कहाँ है? मैंने भी तेरी प्रोफ़ाइल में जाकर हसबैंड और बेटे की पिक्स देखीं अभी। कितने बच्चे हैं? कॉलेज के कितने दिन बाद तेरी शादी हो गई थी? अंकल-आंटी, नीरज भैया सब वर्धा में कैसे हैं?"

वसुधा मोबाइल पर बात करती हुई बालकनी में आ गई ताकि उत्साह में तेज़ हो गई उसकी आवाज़ नीचे सास-ससुर तक न जाए, "सना मैं चंडीगढ़ में हूँ यार। हाउस वाइफ़ हूँ। हसबैंड नलिन इरिगेशन में इंजीनियर है। एक बेटा क्लास नाइंथ में है। एक बार एक लेडी ट्रेन में मिली थी। गोंदिया की थी। तुम्हारे पड़ोस में रही थी कभी। उसने बताया था कि तेरी और आनंद की शादी उसने अटैंड की थी। आनंद कैसा है? तेरे कितने बच्चे हैं?"

ज़रा देर की चुप्पी के बाद सना ने कहा, "अच्छा! तुझे नहीं मालूम न? शादी के दो साल बाद ही कार एक्सीडेंट में आनंद एक्सपायर हो गया था। आनंद ने ही मुझे इस प्रोफ़ेशन के लिए वॉइस टेस्ट करवाया था। रेडियो जॉकी से करियर स्टार्ट किया था। अब तो मेरा ख़ुद का यू ट्यूब चैनल है और ईवेंट मैनेजमेंट की कंपनी चलाती हूँ। शैंकी भी मुंबई में अपनी फ़ैमिली के साथ रहता है। दो बहुत प्यारी बेटियाँ हैं उसकी। मेरे फ़्लैट के कुछ दूर पर ही उसका फ़्लैट है, मम्मी-पापा गोंदिया में ही हैं। पापा वहाँ अभी भी वो फ़र्नीचर लकड़ी वाली शॉप चला रहे हैं।"

वसुधा आनंद के बारे में सुनकर सकते में थी। उसे समझ नहीं आ रहा था कि अब सना से क्या बात करे। आनंद अब सना की ज़िंदगी में नहीं है। कॉलेज का वो टॉपर हैंडसम जिसपर लड़कियाँ जान छिड़कती थीं, जिसने सना को दिल, जान, ईमान से प्यार किया वो लड़का अब इस दुनिया में नहीं है और इतने सालों तक मैं सोचती थी कि अब तक तो वो करोड़ों कमाने वाला बैंकर या बहुत बड़ा सी.ए. बन चुका होगा। वसुधा के लिए तो आनंद की मौत आज ही हुई। आनंद को लेकर मन में ढेरों सवाल थे, मगर सना से पूछने की हिम्मत नहीं हुई। वसुधा ने सवाल बदल दिया, "अच्छा पूनम कैसी है? तुम लोगों की मुलाक़ात होती होगी न?"

वसुधा को आनंद के बारे में बताने के बाद सना ख़ुद भी सहज नहीं हो पा रही थी। वसुधा उन चंद लोगों में थी जो आनंद को उसकी शादी के पहले से जानती थी। ये वो सहेली थी जो उन दोनों के गहरे प्यार की साक्षी थी। वसुधा को फ़ोन लगाने से पहले ही सना जानती थी कि वसुधा को अपना ये दुर्भाग्य भी बताना पड़ेगा।

सना ने गला साफ़ करते हुए बताया, "पूनम नागपुर में ही है। उसके हसबैंड बहुत बड़ी कोचिंग चलाते हैं नागपुर में। कोचिंग की महाराष्ट्र के दूसरे शहरों में भी कई ब्रांच हैं। वसुधा तुझे याद है जब शादी लगी थी तो वो अमरावती के पास टीचर थे किसी छोटे से गाँव में। बाद में उन्होंने जॉब छोड़ दी और ख़ुद की कोचिंग

डाली। मैं तो जब भी गोंदिया जाती हूँ तो नागपुर से ही फ़्लाइट लेनी पड़ती है। आते-जाते हुए टाइम निकाल पूनम से मिल ही लेती हूँ। उसके भी दो बेटे हैं। बड़ा वाला क्लास एट में है। पूनम पढ़ाई में इंटेलिजेंट थी तो उसके बच्चे भी अच्छे हैं पढ़ने में। हम दोनों जब भी मिलते हैं, हॉस्टल की, तेरी, रेवा, अंकिता, संध्या दीदी, कश्यप मैम, गार्ड भैया, सरस्वती दीदी, चंदर भैया, दीनानाथ सबकी बातें करते हैं। तेरे यहाँ नीरज भैया कैसे हैं?"

"भैया नागपुर से इंजीनियरिंग करने के बाद वर्धा में बाबा की कपड़े की दुकान सँभाल रहे हैं। बाबा नहीं रहे सना। दस साल हो गए। हार्ट अटैक आया था। नीरज भैया हिंदी मीडियम के स्टूडेंट थे। दिल्ली, मुंबई जैसी जगहों में इंग्लिश इंटरव्यू नहीं फ़ेस कर पाते थे तो जॉब नहीं लग पाई। बाबा और माँ फ्रस्टेटेड हो गए थे कि फ़ालतू इतनी महँगी इंजीनियरिंग कराई। उसी पैसों से एक और दुकान खोल सकते थे। भैया के एक बेटा और एक बेटी है। चल रही है सबकी ज़िंदगी।"वसुधा ने बताया।

सना ने वसुधा को बीच में ही टोका, "वसुधा तू जब वर्धा जाएगी तो बताना। नागपुर में पूनम के यहाँ मिलना सबको सही पड़ेगा। मैं भी प्लान करके उस समय पहुँच जाऊँगी। मुंबई से नागपुर के लिए डायरेक्ट फ़्लाइट है। हम दोनों नागपुर में पूनम के यहाँ एक-दो दिन के लिए साथ रह लेंगे। ये बता तेरी रेवा की क्या ख़बर है? वो तो मल्टी मिलेनियर होगी?"

वसुधा हँसी, "वो न्यूयार्क में है। तू उसका नाम गूगल करना रेवा आर्या। अपनी कंपनी की प्रेसीडेंट है। बिज़नेस मैगज़ीन में उसके बारे में आर्टिकल छपते हैं।"

सना बरसों पहले वाले अंदाज़ में हँसी, "हॉस्टल में ही उसके मिज़ाज अमेरिका के प्रेसीडेंट के थे। बहन वो तो अपने पति को भी चाबुक की नोक पर रखती होगी। उठ तो उठ, बैठ तो बैठ। गले में पट्टा डाल दी होगी। कौन बदनसीब उसको झेलता होगा?"

"अरे! शादी के छह महीने बाद ही तलाक़ हो गया था उसका। तलाक़ के बाद एक अदद लड़के की तलाश में पिछले तेरह साल में उसने क़रीब-क़रीब सौ-डेढ़ सौ लड़कों से रिश्ते बनाए। इतने सारे अफ़ेयर्स या कह सकते हैं वन नाइट स्टैंड में सबसे लंबा रिश्ता चार महीने का रहा। कॉलेज के दिनों में उसको हर हाल में टॉप करना होता था, जॉब करने निकली तो उसे सबसे ज़्यादा सैलेरी वाली जॉब चाहिए

थी। कंपनी बदल-बदलकर हाई सैलरी लेती है और धड़ाधड़ प्रमोशन मिलते हैं। अभी भी उसके ऑफ़िस में किसी को प्रमोशन मिल जाए तो ये ये दस दिन परेशान, कोई अच्छी जॉब में दूसरी कंपनी में शिफ़्ट हो जाए तो ये दस दिन दुखी। अब पिछले तेरह साल से पति ढूँढ़ रही है। पति ऐसा चाहिए जो रोबोट की तरह हो और उसका रिमोट रेवा के हाथ में हो। दुबारा शादी के फेर में वो अलग-अलग देशों के इतने लड़कों को डेट कर चुकी है कितनों के तो नाम भी भूल चुकी होगी। लड़के इससे कनेक्ट नहीं कर पाते। आई क्यू तो बहुत बढ़िया है लेकिन ई क्यू में फ़ेल खा गई। कभी ऐसा हुआ भी किसी लड़के ने इससे दिल लगा लिया तो बोलेगी- यार वो अमेरिकन लड़का वीकएंड में अपना घर साफ़ करता था, मेरे साथ पार्टी नहीं करता था। यार एक यूरोपियन मिला था, बहुत गुड लूकिंग था मगर दिन भर अपने डॉग्स से खेलता था, चाइल्डिश था। कई समझदार लड़के एक हफ़्ते लिव-इन में रहने के बाद इससे पिंड छुड़ा लिए, इसको फ़ोन पर ब्लॉक कर दिए। रेवा यू.एस. में जितने लड़कों के साथ लिव-इन में रही, ख़ुद उनके घर में जाकर रहती थी। अपने घर किसी को एक रात नहीं रहने देती। बोलती थी लोगों के आने से मेरा घर गंदा हो जाता है। मैं बहुत क्लीन रखती हूँ। ख़ुद दूसरों के घर जाकर ठस जाएगी, जब तक वो मुँह खोलकर इसको भगा न दे। बेसिकली अब इस एज में उसे कंफ़र्ट के लिए शादी करनी है, क्योंकि यू.एस. में अकेले रहते हुए जॉब करना और घर के सारे काम करना मुश्किल लगने लगा है। ये किसी से दिल से तो जुड़ी नहीं है अब गाहे-बगाहे किसी इमरजेंसी में रेंडम पड़ोसी या कलीग को कॉल करके मदद के लिए बुलाती है तो इसको सब टाल देते हैं। सैटरडे, संडे अकेले काटना मुश्किल है। तलाक़ के बाद उसने इतने लड़के डेट किए कि सबको मिलाकर एक मोहल्ला बस जाए, भगवान क़सम। हमेशा मुझे लेट नाइट फ़ोन करती है, तब वहाँ की सुबह होती है। अभी भी उतनी ही चिड़चिड़ी, हर आदमी से शिकायत, हर आदमी से नफ़रत। रेवा यदि किसी को सड़क चलते एड्रेस भी बता देती है तो उसे लगता है कि अब उस आदमी को ज़िंदगी भर के लिए रेवा का ग़ुलाम हो जाना चाहिए, उसके अहसान तले दबकर मर जाना चाहिए। नलिन मुझे डाँटते हैं, इतना लंबा समय फ़ोन पर उसको देने से। अकेली रह रही है तेरह साल से। अपने माँ-बाप, भाई को कोसती रहती है, अमेरिकियों को गाली देती है, इंडियंस को बुरा कहती है, मौसम को कोसती है, सामने से जो गाड़ी गुज़री उसको गरियाती है, कलीग्स को भला-बुरा बताती है। अब रेवा को लगता है कि माँ बनने की एज निकल गई, तो

बच्चा गोद लेना चाहती है ताकि बुढ़ापे में कोई उसकी सेवा कर सके, लेकिन बच्चा गोद लेने में उसको एक हेडेक ये लग रहा है कि कोई उससे पहले शादी कर ले, ताकि वो आदमी इसके गोद लिए बच्चे की देखभाल कर सके। अपने भाई-भाभी, माँ-बाप को लोभी समझती है। बोलती रहती है, "मेरे मम्मी-पापा तक की नज़र मेरे पैसों पर है, इसलिए वो दोनों मुझसे कहते हैं कि अब शादी की मत सोच।" सना मैं रेवा को कैसे समझाऊँ कि तेरे पैरेंट्स को भी तेरा नेचर पता है। वो जानते हैं कि सेकेंड मैरेज में फिर डिवोर्स होगा। रेवा अपना पैसा, अपना घर और अपने कंफ़र्ट को पैरेंट्स तक के साथ शेयर करना नहीं जानती है तो कोई भी रिश्ता कैसे निभेगा। वो अभी भी लगातार लड़कों से मिल रही है। कभी किसी के साथ, कभी किसी के साथ वीकएंड बिताकर कर मंडे मॉर्निंग ऑफ़िस चली जाती है।"

सना हँसी, "देख भाई तेरी रेवा एड्स वग़ैरा न करा ले। उसका नेचर शुरू से ही ऐसा है। अच्छा हुआ रेवा के बच्चे नहीं हैं। हसबैंड ने डिवोर्स लेकर जान छुड़ा ली। बच्चे हो गए होते तो कहाँ जाते सोच? रेवा अपने भाई-भाभी और उनके बच्चों से भी नफ़रत करती है तो क्या ही कहें। मैं तो शैंकी के बच्चों को ही अपने बच्चे मानती हूँ। देख वो और मैं दोनों सिंगल हैं मगर मैं ख़ुश और वो दुखी है। फ़र्क़ ये है कि मैं सिंगल रहना चाहती हूँ और वो मजबूरी में सिंगल है। हमारा ख़ुश रहना असल में, हम क्या चाहते हैं वो हो रहा है या नहीं, इसपर डिपेंड करता है। चल भाई जब तक उसका शरीर साथ दे, कर ले डेटिंग गोरे-काले सबके साथ।"

वसुधा हँसने लगी, "तू नहीं बदली यार।"

"अच्छा सुन तू अभी भी कविताएँ लिखती है?" सना ने संजीदगी से पूछा।

वसुधा दंग रह गई, "अबे! तुझे कैसे मालूम? मैंने तो कभी किसी को नहीं बताया।"

"तेरी भी कॉपी का लास्ट पन्ना पढ़ा था बेटा। चल अब रखती हूँ, रात को एक रिकॉर्डिंग है। तैयारी करनी है। एक बिज़नेस टाइकून का इंटरव्यू लेना है। चल बाय।"

वसुधा के लिए आनंद रॉय की मौत आज हुई। वो अभी भी सन्नाटे में थी। कॉलेज नहीं, शहर का सबसे हैंडसम लड़का जिसने मिस्टर-नागपुर का ख़िताब अपने नाम किया था। जिसे सड़क चलते लड़कियाँ बेशर्मी से पलटकर देखती थीं। उस लड़के को प्यार हो जाता है छोटे शहर की हरफ़नमौला लड़की से, जिसने

कभी उसकी तरफ़ देखा तक नहीं था। सना जिसे ज़िंदगी एक रोमांचक ट्रैकिंग लगती थी, जहाँ बस चलते जाना है। ज़िंदगी की बहुत प्लानिंग जिसे बेवक़ूफ़ी लगती थी क्योंकि उम्र के रास्ते तयशुदा नहीं होते। हर पड़ाव नया, हर मोड अजनबी, हर पगडंडी अंजान। आनंद और सना दो मुसाफ़िर राह में मिले और एक-दूसरे के प्रेम में पड़ गए। सना जैसी बेपरवाह लड़की को आनंद की फ़िक्रमंदी में उसकी माँ बनते देखा था। कॉलेज पिकनिक के लिए आनंद लेट हो रहा था और बस छूटने को थी तो सना जब तक आनंद नहीं आया, बस के सामने खड़ी रही। आनंद की वजह से वो उसके साथ एम.कॉम. करने दिल्ली गई। कैसे झेला होगा उसने इतना बड़ा दुःख।

वसुधा ने सना के दिए नंबर पर पूनम को फ़ोन लगाया। पूनम के साथ भी वही शुरुआती ख़ुशी और उत्साह से भरे सवाल। इधर-उधर की ढेरों बातें करने के बाद वसुधा ने पूछा, "पूनम एक बात बता। आनंद को गए चौदह साल हो रहे हैं तो सना के मम्मी-पापा ने उसकी सेकेंड मैरिज के लिए नहीं सोचा? अब तो लेट ही हो चुका।"

पूनम की आवाज़ में ठहराव आ गया, "आनंद के जाने के बाद सना का क्या हाल हुआ था मत पूछ। इनका कपल ऐसा था कि गोंदिया में लोग आनंद को देखकर बोलने लगे थे कि दामाद ऐसा हो तो हमें भी अपनी बेटी की अदर कास्ट मैरिज में प्रॉब्लम नहीं है। सना के मम्मी-पापा आनंद के दीवाने और आनंद के पैरेंट्स आनंद से ज़्यादा प्यार सना को करते थे। जब आनंद की डेथ की ख़बर लगी तो शैंकी, अंकल, आंटी सब पहली फ़्लाइट पकड़कर मुंबई गए। महीने भर उधर रहे फिर सना को अपने साथ गोंदिया लेकर आए। मुझे मालूम हुआ कि सना गोंदिया आ गई है तो मैं भी नागपुर से गई उससे मिलने। अंकल-आंटी ने मुझे ड्राइंग रूम में ही कह दिया था कि सना से आनंद के अलावा कोई और बात करना। मगर जैसे ही सना ने मुझे देखा, मुझ पर गिर पड़ी यार। मतलब जैसे उसके शरीर में जान नहीं थी। रबर का लुंज-पुंज पुतला मेरे कंधे पर बेआवाज़ रोते हुए बस हिल रहा था। मैं ख़ुद अपना रोना कंट्रोल नहीं कर पा रही थी उसको क्या सँभालती। उसको आनंद के बिना देखने से कलेजा फट गया। सूजी हुई आँखें, अस्त-व्यस्त, बेसुध थी बिलकुल। मैं जब तक गोंदिया में थी, शैंकी रोज़ उसको मेरे घर लाकर छोड़ता था ताकि वो इस माहौल से बाहर निकले। पागल जैसी हो गई थी। हड्डी का ढाँचा।

आनंद की सारी तस्वीरें, शादी का एल्बम, उसकी कई फ़ेवरेट शर्ट और पर्सनल सामान लेकर सना एक साल तक गोंदिया में ही रही। बाद में शैंकी ने उसको वापस मुंबई बुलाया। सना ने रेडियो जॉकी वाला काम दुबारा शुरू कर दिया जो कि आनंद के जाने के बाद थम गया था। इंटरव्यू लेने या रेडियो पर भी किसी से बात करने के लिए सबसे बड़ी शर्त गेस्ट को संजीदगी से समझते हुए बात करना होता है, ताकि उनके साथ एक कनेक्शन बैठ पाए। अपनी सना में ये सब गुण पहले से थे। लोगों से प्रेम और इज़्ज़त से पेश आना, इंट्रेस्टिंग बातें करना उसका बेसिक नेचर है जो उसके प्रोफ़ेशन की मोस्ट इंपोर्टेंट नीड है। देख आज वो कितनी सक्सेफ़ुल है। हफ़्ते के सातों दिन एंगेज रहती है। सना की सास की भी आनंद के साथ ही डेथ हो गई थी। आनंद की बॉडी देखने लायक़ नहीं बची थी। सना के ससुर अब उसके देवर के साथ रहते हैं। ये अभी भी वहाँ मिलने जाती रहती है। ससुर से मिलकर उसे आनंद से जुड़ा हुआ फ़ील होता है।"

वसुधा ने पूछा, "वो तो ठीक है मगर सना ने क्या शादी के लिए फिर सोचा ही नहीं?"

"हर इंसान को शादीशुदा और बाल-बच्चेदार होना ही चाहिए, सोसाइटी की इस सोच पर मुहर लगाने भर के लिए वो शादी नहीं करना चाहती। मेरी मम्मी बोली थीं उसको- सना बेटा शादी कर लो, बुढ़ापे में तुम्हारी केयर करने ख़ुद का बच्चा तो होना चाहिए। पता सना ने मम्मी को क्या कहा। कहा, आंटी बुढ़ापे में मेरे हाथ पैर काँपेंगे तो मेरे डाइपर कौन बदलेगा, मुझे कौन नहलाएगा, इस अरेंजमेंट के लिए शादी, फिर बच्चा नहीं करना चाहती। मम्मी चुप रह गईं। देख उसकी बातें हमेशा लॉजिकल होती हैं, बस सोसाइटी सुनने रेडी नहीं। जिससे वो प्यार नहीं करती, उसके साथ बच्चा कैसे पैदा कर ले? फिर बुढ़ापे में अपनी सेवा करवाने बच्चा नहीं करना चाहती। बता रही थी कि आनंद और वो बच्चा प्लान कर रहे थे, उसी समय ये हादसा हो गया। उसे बहुत अखरता है। अक्सर कहती है- यदि प्रेग्नेंट हो गई होती तो आज आनंद की एक डुप्लीकेट कॉपी मेरे साथ होती। बोलती है मैंने आनंद को बचपन में नहीं देखा था, इसलिए उसके बचपन को जीने बच्चा चाहती थी न कि बुढ़ापे में मेरा ख़र्चा उठवाने या देखभाल करवाने। लोग बिगड़े रिश्ते सुधर जाएँगे, सोचकर बच्चा कर लेते हैं जबकि हसबैंड और वाइफ़ एक्सट्रीम लव में हों तभी बच्चा करना चाहिए। अब सना को कौन समझाए कि बच्चे पैदा करने

यदि शर्त रख दी जाए कि हसबैंड-वाइफ़ में एक्सट्रीम प्यार के बाद ही बच्चा हो तो इंडिया की बर्थ रेट सेवेंटी परसेंट डाउन हो जाए। लव मैरिज के बाद लव ख़त्म भी हो जाए तो भी बच्चा तो करना ही पड़ेगा। आनंद इसलिए बच्चा चाहता था कि उसे सना से इतना प्यार था कि उसको घर में सना जैसा एक और मेंबर चाहिए था, ताकि ख़ुशियाँ चार गुनी हो जाएँ। सना के मम्मी-पापा ने उसपर दुबारा शादी के लिए कोई प्रेशर नहीं डाला। वो हमेशा से सना की ख़ुशी में ख़ुश है। उसके भाई शैंकी की दो बेटियाँ सना की जान हैं। अरे! तेरे फ़ोन के पाँच मिनट पहले सना का फ़ोन आया था। उसने बताया रेवा का डिवोर्स हो गया? उसके भी बच्चे नहीं हैं न?" पूनम ने पूछा।

"बच्चा अडॉप्ट करना चाहती है लेकिन उसके पहले बच्चे को पालने एक हसबैंड भी चाहिए। ये पोट्टी वाले गंदे डाइपर चेंज नहीं कर सकती। बच्चे को स्कूल लाना ले जाना जैसे बोरिंग काम नहीं कर सकती। वो आज तक हर उस काम में मेहनती करती आई है जहाँ रिटर्न मिलता है। ढेरों लड़के डेट करने के बाद उसने क्न्क्लूज़न निकाला है, 'ऑल मेन आर डॉग्स।' हाहाऽऽऽ। रेवा को हर हाल में पति और बच्चा चाहिए, ताकि हर पैमाने पर कंप्लीट और सक्सेसफ़ुल कहलाए। सना के साथ बड़ी अच्छी बात है। वो कभी इस प्रेशर में नहीं रही कि दुनिया उसके बारे में क्या सोचती है। अपने परिवार और दो चार क्लोज़ लोगों के अलावा कोई उसके लिए इंपोर्टेंस नहीं रखता। रेवा की ख़्वाहिश थी कि दुनिया उसे कामयाब समझे। न्यूयार्क में ख़ुद के छह घर हैं उसके। फ़ैमिली और बच्चा वाले चार्ट में टिक अभी नहीं लगा तो सक्सेस का वो कॉलम ख़ाली है। बेचैन रहती है। डिप्रेशन की दवा ले रही है। सना की फ़ैमिली ने उसके हाथ में एक अलग चार्ट दिया है जिसमें बिना किसी को हर्ट किए ख़ुद की ख़ुशी को टिक करते चलो। रेवा बच्चा गोद न ले पाए तो ही ठीक है। दुनिया से नाराज़ व्यक्ति अच्छे माँ या बाप नहीं बन सकते। बोल रही थी कि बच्चे से मेरा अकेलापन दूर होगा। बच्चे पैरेंट्स का अकेलापन दूर करने वाला मनोरंजन नहीं, बल्कि बहुत बड़ी ज़िम्मेदारी हैं। रेवा के मम्मी-पापा न्यूयार्क गए थे तीन महीने उसके साथ रहने। दस दिन में वापसी की टिकट करवा दी कि पापा को आठ लाख के सोफ़े पर कैसे बैठना है, सलीक़ा नहीं है। मम्मी को यू.एस. का कार्पेट वाला बाथरूम यूज़ करना नहीं आता। मैं अपना टॉयलेट एकदम ड्राई रखती हूँ। आंटी दुखी होकर बोलीं, रेवा तू हमारे आने से इतना चिड़चिड़ा रही है इससे अच्छा हम नहीं आए होते। इसने फट से लौटने

की टिकट कटवा दी। रेवा को सिंगल होने का कॉम्प्लेक्स है। किसी भी तरह का कॉम्प्लेक्स इंसान को निगेटिव बनाएगा ही। उसे कौन समझाए कि असल में लोगों को फ़ुर्सत ही नहीं है आपके बारे में सोचने की। दुनिया आपको लेकर गंभीर नहीं है। वो आप हो जो दुनिया को गंभीरता से लेते हो। हम जो ख़ुद के बारे में सोचते हैं, बेसिकली वही हमारी दुनिया है।"

पूनम ने ठंडी आह भरी, "सना का हाल ये है कि उसके फ़ील्ड के ही कुछ लोगों ने उसे सेकेंड मैरिज के लिए प्रपोज़ भी किया था, तो बोलती है फ़िलहाल पार्टनर की ज़रूरत नहीं और यदि जब कभी किसी के लिए वैसी फ़ीलिंग डेवेलप हुई तो सोचूँगी। हमेशा बोलती है कि मेरे आसपास मुझे प्यार करने वालों की एक छोटी-सी दुनिया है जिससे मैं ख़ुद को भरा हुआ महसूस करती हूँ।"

वसुधा ने विषय बदला, "पूनम गोंदिया में अंकल-आंटी कैसे हैं? हम हॉस्टल में थे तब तेरी एक दीदी की शादी हो गई थी। तेरे बाद एक छोटा भाई और बहन थे। उनकी भी शादियाँ हो गई होंगी न?"

"हाँ यार छोटे दोनों भाई-बहन की शादी हो चुकी। भाई-भाभी गोंदिया में ही मम्मी-पापा से अलग हो गए हैं। मम्मी की कंजूसी अब बहू तो नहीं झेलेगी। मम्मी को लगता है, इसके आने के बाद शक्कर बहुत लगने लगी है। जब हम छोटे थे तब भी हमसे ग़रीब रिश्तेदारों के घर भी खाने-पीने, पहनने-ओढ़ने का स्टैंडर्ड हमसे बहुत अच्छा था। अब मैं गोंदिया जाती हूँ तो मम्मी बहुत पैसे लुटाती है हम पर। मम्मी को कौन समझाए कि अब जो पैसे पकड़ाती हो वो हमारे लिए मायने नहीं रखते। पैसे बच्चों पर ख़र्च करने होते हैं, न कि बच्चों के अधेड़ होने पर उन्हें सौंपने। बचपन के ख़ालीपन का असर हमारे पूरे जीवन पर पड़ता है। मम्मी ने पैसों को बहुत बड़ी ताक़त समझकर ख़र्चा ही नहीं। मम्मी को लगता था कि पैसे का रौब दिखाकर बहू से सेवा कराती रहूँगी। अमिताभ बच्चन की फ़िल्म बाग़बान देख सबको लगता है कि बेटे-बहू पैसे के भूखे होते हैं। भाई-भाभी रोज़ की किट-किट से अलग हो गए। भाभी बहुत समझदार है। अपने बच्चों को हैप्पी मैमोरीज़ देना चाहती है। मम्मी का हर चीज़ में दख़ल कि बच्चों का बर्थडे क्या मनाना? मायके वालों को क्यों बुलाती है? मेहमानों को खाने के लिए क्यों रोक लेती है। हम तीनों बहनों ने समझाने की कोशिश भी की। वसुधा किसी का नेचर नहीं बदलता है रे। हमारे यहाँ पैरेंट्स को ऐसा भगवान बना दिया गया है न कि उन पर उँगली नहीं उठा

सकते। भाई ने अलग होकर ठीक ही किया। उसको बच्चे सही तरीक़े से पालने थे। मम्मी को चुप रहना आता ही नहीं और पापा उनके आगे हमेशा ही चुप रहे। सोच न कितनी इनसिक्योरिटी है, आगे चलकर बच्चे मेरी इज़्ज़त नहीं करेंगे, मेरे बच्चे सास-ससुर के साइड न हो जाएँ, मेरा बेटा कहीं बहू की न मानने लगे। ऐसे डरे माँ-बाप बच्चों पर बहुत दबाव बनाते हैं और बच्चा भीतर से कितना तन्हा है, कोई नहीं जान पाता। ये दुनिया अकेले लोगों की भीड़ है वसुधा, लेकिन बचपन में ही अकेला होना बहुत दर्दनाक है। बचपन का अकेलापन खरपतवार की तरह सालों बाद भी स्मृतियों की ज़मीन से जाता ही नहीं है। जानती हूँ, दुनिया में मुझे सबसे ज़्यादा प्यार भी मम्मी-पापा ही करते हैं। वसुधा हम अपनी लाइफ़ के शुरुआती दुखों से उबर नहीं पाते हैं यार।"

वसुधा ने इन बोझिल बातों का रुख़ मोड़ा, "तेरे हसबैंड पंकज तो बढ़िया है न?"

"देख, वो सुबह से रात तक कोचिंग की पोज़ीशन टॉप पर रखने के स्ट्रगल में बिज़ी है। पूरा टाइम मोबाइल में टीचर्स से डिस्कस करना कि कौन-सी कोचिंग बच्चों को किस एप को डाउनलोड करवा रही है, लास्ट ईयर किस कोचिंग से सबसे ज़्यादा बच्चे आई.आई.टी. या नीट क्वालीफ़ाई किए, टॉपर बच्चों के होर्डिंग शहर में कहाँ-कहाँ लगेंगे। हमारे टीचर्स दूसरी कोचिंग ज्वाइन कर रहे हैं तो उन्हें रोकने अब अग्रीमेंट की शर्तें बदलेंगे। कोचिंग के मंथली टेस्ट और बच्चों के स्कूल एग्ज़ाम एक ही टाइम पर न हो जाएँ। अच्छे टीचर्स और बच्चे हमारी कोचिंग से ना हटें। कोचिंग की अगली ब्रांच कहाँ खोलनी है, होशियार बच्चों को स्कॉलरशिप देकर रोकना। नींद में भी वो कोचिंग के बारे में ही सोचते हैं। मुझसे बात करने की फ़ुर्सत नहीं, या कह सकती हैं उन्हें ज़रूरत नहीं लगती। मैं दोनों बेटों और घर के मैनेजमेंट में ऐसे उलझी हूँ कि अब भीतर बहुत ख़ालीपन है। पंकज की ढेरों प्रोफ़ेशनल पार्टी अलग-अलग शहर में चलती हैं। उसे हमेशा लगता है कि पूनम को पैसों की कोई पाबंदी नहीं है तो ख़ुश ही होगी। हम दोनों एक-दूसरे की समस्याओं से बेख़बर हैं। जब वो मोबाइल स्विचऑफ़ करके चुप लेटे रहते हैं तो मुझे समझ आता है कि कोई टेंशन है, मगर अब मैंने पूछना छोड़ दिया है। पहले जब-जब पूछती थी कि कोई टेंशन है क्या? तो हमेशा झिड़क देते थे कि बार-बार पूछकर परेशान मत करो। मुझे अपने स्टूडेंट की तरह डाँट कर चुप करा देते हैं।

पंकज उनको ही रिस्पेक्ट दे सकते हैं जिन्होंने जीवन में कुछ बड़ा अचीव किया हो। उनके सामने किसी से बात करने में डर लगता है, क्योंकि भीड़ में भी वो मेरी इंसल्ट कर देते हैं। बहस होने पर हफ़्तों बात बंद कर देते हैं। बात बंद होते ही मेरा दम घुटने लगता है, जबकि उनका फ़ोन पे ही ही-हा हा चलता रहता है। मैं बिना बात किए चुपचाप चाय, नाश्ता, खाना उनके सामने ले जाकर रखती हूँ। आठ-दस दिन में थककर फिर बात करने लगती हूँ। सोचती हूँ, अपने सेल्फ़-रेस्पेक्ट की लाश भीतर ही सड़ने दो। उनको अहसास ही नहीं है कि उनके होते हुए भी मैं कितनी अकेली हूँ। गवर्नमेंट टीचर की जॉब मिली थी, करने नहीं दी पंकज ने कि बच्चों की देखभाल करो। दो साल बाद बेटा बाहर चला जाएगा पढ़ने। तब मेरा क्या होगा? दूसरी वर्किंग लेडीज़ को देखकर बोलते हैं, देखो कितना कुछ कर रही हैं वो लाइफ़ में। तुम तो दिन भर टीवी सीरियल देकर ज़िंदगी बर्बाद कर रही हो।" इतना कहकर पूनम चुप हो गई।

वसुधा ने समझाया, "बच्चों के पैदा होते ही लेडीज़ अपने करियर में पिछड़ती हैं यदि फ़ैमिली साथ न दे। नौ महीने पेट में तो हम ही रखेंगे तो इस कमज़ोरी में ऑफ़िस से छुट्टी की ज़रूरत हमें ही ज़्यादा पड़ती रहेगी। बेबी के बर्थ के बाद फ़ीडिंग तो हमको ही कराना है हर दो घंटे में। बर्थ के बाद के छह महीने आराम की ज़रूरत होती है। इन सब में हम ख़ुद बच्चे के साथ इतने इन्वाल्व हो जाते हैं किसी कामवाली के भरोसे बच्चा छोड़ना बेमानी हो जाता है। फिर फ़ैमिली को सेकेंड बेबी भी चाहिए तो एक और प्रेशर। बच्चा ज़रा बड़ा करके जॉब करने की सोचो तो भी घर आने के बाद भी हमको बच्चे का होम वर्क, फ़ैंसी ड्रेस की तैयारी, डिनर, फ़ेस्टिवल, रिश्तेदारी, घर मैनेज करने में हेल्प नहीं मिलती। मैंने मीकू के बर्थ के बाद कोशिश की थी मगर छह महीने में छोड़नी पड़ी। नलिन को ज़रा-सा भी हेल्प करने बोलो तो अलग राग होता कि दो कामवाली और रख लो। यदि दो कामवाली रख लो तो तुम्हारी सैलरी के जितना तो दोनों मेड को ही जाएगा और मीकू को घर पर एक थकी माँ मिलेगी। उनके माँ-बाप का मुँह अलग फूला रहता। यदि मैं जॉब के लिए घर से बाहर हूँ तो वो तुरंत ख़ुद को चौकीदार समझने लगते। दिन भर बड़बड़ाते- हम तो घर की पहरेदारी करते बँध गए। ले देकर छह महीने में रिज़ाइन कर दी।"

"वसुधा तेरे सास-ससुर साथ में रहते है न फिर भी जॉब नहीं कर पाई?"

पूनम ने पूछा।

"हाँ रे। घर दुमंज़िला है, वो लोग नीचे और हम ऊपर के फ़्लोर पर रहते हैं। किचन नीचे और मेरा बेडरूम ऊपर है। मैं सास-ससुर का चाय-नाश्ता, डिनर-लंच समय पर करके दे देती हूँ, मगर बात नहीं करती अब उनसे। वो दोनों दिन भर बैठकर सिर्फ़ नेगेटिव टॉक करते हैं- देशमुख जी की बीच वाली बहू बदमाश है, पवार आंटी की बेटी दो दिन के लिए मायके रहने आई तो कामवाली को निकाल दिया, फ़लाने का बेटा इस बार दिवाली में भी घर नहीं आया, भारद्वाज जी की मँझली बहू मुंहज़ोर है। सुबह से रात तक यही चलता है। मेरा बेटा क्या सीख रहा है दादा-दादी से? दोनों सिर्फ़ तब चुप रहते हैं, जब टीवी सीरियल देखते हैं। मेरी सास को बात करने, टीवी देखने और खाने के अलावा कोई शौक़ नहीं। कोई ढंग का शौक़ होता तो कम-से-कम ज़रा देर उनका मन शांत रहता। एक भी दिन सब्ज़ी बना देती है तो फिर पूरा दिन गाना गाती है- आज की मेरी बनाई सब्ज़ी कितनी टेस्टी लगी। यार! सच्ची दोनों की आवाज़ से एलर्जी होती है मुझे। जॉब कर रही थी जब, तो सास को सिर्फ़ इतना बोली कि नैनी पर नज़र रखना, तो बोली कि मैंने अपने दोनों बच्चे पाल दिए अब किसी की ज़िम्मेदारी नहीं लूँगी। इतने गंदे तरीक़े से बोलने के बाद मेरे मन में उनके लिए सॉफ़्ट फ़ीलिंग तो रहेगी नहीं। नलिन ख़ुद अपने माँ-बाप को एक घंटे नहीं झेल पाता, मगर मुझे उनकी सेवा में झोंक दिया है। सास मेड से बोलती है कि यहाँ मेरी बहू को अच्छा खाने, पहनने मिल रहा है तो ढीठ हो गई है। बाप मर गया है और भाई वर्धा में चड्डी बनियान की दुकान चलाता है। मायके से फटीचर होकर भी घमंड करती है। रेवा जैसी भी है, उसने अपने दम पर तलाक़ लिया। सना ने दूसरी शादी नहीं की तो अपनी लाइफ़ ख़ुद के दम पर जी रही है। अनचाहे लोगों के साथ रहने पर धीरे-धीरे भीतर से ख़ाली होने लगते हैं। मैं शादी के पहले वर्धा में थी तो 'बाबा ग़ुस्सा हो जाएँगे, बाबा ग़ुस्सा हो जाएँगे...' का ख़ौफ जमाकर माँ ख़ुद की मर्ज़ी भी थोपती थी। उन्होंने अपने फ़ायदे के लिए भी बाबा के दबदबे को इतना क़ायम रहने दिया कि मैं कोई भी परमिशन माँ के थ्रू ही बाबा से लूँ। मतलब मैं अपने फ़ादर तक से डायरेक्ट बात करने का साहस नहीं रखूँ, जो कि माँ का रचा चक्रव्यूह था। औरतों पर इतनी पाबंदियाँ रखने पर उसका अटिट्यूड नेगेटिव होकर ही रहेगा। मेरी लिखी कविताएँ कई बार मुझे बड़ी नेगेटिव लगती हैं।"

पूनम की आवाज़ में आश्चर्य था, "तू लिखती है? क्या बात है यार। सही बोल रही है तू। एक घर में रहने का मतलब प्यार और अलग रहने का मतलब नफ़रत नहीं होता। ब्रीदिंग स्पेस का मतलब कितने लोग समझते हैं! तेरे सास-ससुर भी जानते हैं कि बच्चों को उनसे शिकायतें हैं मगर उन्हें भी मोहल्ले वालों और रिश्तेदारों के आगे अपनी इज़्ज़त बनाए रखने बेटे-बहू के साथ रहना है। कई बेचारे सास-ससुर बहुओं से बेइज़्ज़त होकर भी साथ रहते हैं ताकि दुनिया को पता न चले कि हम बहू के संग निभा नहीं सकते। वसुधा उफ़्फ़! कितने बोरिंग हो गए हम लोग। हॉस्टल में हमारी बातें कितनी फ़नी होती थीं। देख आज हम दोनों पंचायती आंटियों की तरह बुराइयाँ कर रहे हैं सबकी।"

वसुधा हँसी, "हाँ हमारी ज़िंदगी में करने के लिए कुछ नहीं है इसलिए हम बोरिंग हो गए। तेरे बोलने के बाद सोच रही हूँ कि मेरे सास-ससुर भी मुझे झेल ही रहे होंगे, क्योंकि वो कुक और सर्वेंट का पैसा बचाना चाहते हैं। छोड़ यार। तू और सना कब मिले थे लास्ट टाइम?"

"साल भर पहले मिले थे। अब भी सना के भीतर आनंद को लेकर ख़ालीपन तो हरदम फ़ील होता है। नागपुर आने पर हमेशा घर आती है। पंकज उसको बहुत पसंद करते हैं, लेकिन मैं वैसी होती तो पंकज को पसंद नहीं आती। पंकज मुझे ख़ुद में बिज़ी नहीं रहने देते। अगर वो घर में हैं तो आप वॉक करने मत जाओ, मोबाइल पर किसी से देर तक बात न करो भले, वो पूरे दिन आपसे एक शब्द बात न करके लैपटॉप में लगे रहें। वो चाहते हैं उनके आसपास बैठे रहो। उसके बाद बोलेंगे सना ने कितनी स्मार्टली मुंबई में अपनी जगह बनाई है।"

वसुधा ने चहककर बताया, "अच्छा! अगले महीने मैं वर्धा आने वाली हूँ। दस दिन रहना है। लौटते टाइम तेरे घर पर मिलने आऊँगी। नागपुर से ही मेरी फ़्लाइट रहेगी दिल्ली तक। वहाँ से फिर बाई रोड चंडीगढ़। कोशिश करते हैं उसी समय सना को बुलाने की। हॉस्टल वाला कमरा याद आ जाएगा। दिवाली के बाद भाई दूज के लिए जाऊँगी।"

पूनम चहक गई, "पक्का। दिवाली के टाइम तो शैंकी और सना गोंदिया आते ही हैं। तुम दोनों आपस में बात करके मेरे घर का प्लान कर लो। सना की भी वापसी की फ़्लाइट नागपुर से रहती है। सेम डे की टिकट लरवा लो। चल अब रखती हूँ।"

दिवाली के तीसरे दिन मतलब भाईदूज पर वसुधा और मीकू वर्धा पहुँचे। इस बार वसुधा को वर्धा जाने पर सना और पूनम के मिलने की भी ख़ुशी हो रही थी। इंस्टाग्राम पर सना और पूनम को ढूँढ़ लेने का ढिंढोरा तो माँ, नीरज भैया, रेवा सभी तक पहुँच गया था, मगर वसुधा ने फ़ेसबुक पर किसी और को सना से पहले ढूँढ़ा था जिसका हल्ला किसी से नहीं किया। उस आख़िरी मुलाक़ात के बरसों बाद, जीवन की सबसे ख़ूबसूरत बारिश के सालों बाद, एक भीगे हुए लड़के से बिना कोई वादा किए बिछड़ने के मुद्दतों बाद, अपनी ज़िंदगी का सबसे सुंदर दिन बीतने के अरसे बाद वसुधा ने सर्च इंजन पर जो सबसे पहला नाम टाइप किया, वो था आशीष फ़र्नांडिस, शिलांग। रिज़ल्ट में चार आशीष फ़र्नांडिस एक के नीचे एक थे। तीसरी बार में उसने जो प्रोफ़ाइल क्लिक किया तो धड़कन उतनी ही तेज़ हो गईं जितनी अट्ठारह साल पहले कॉलेज कॉरीडोर पर आशीष को सामने से आते हुए देखकर हुई थीं। प्रोफ़ाइल के फ़ोटो सेक्शन में आशीष की आठ या दस फ़ोटो। सुंदर-सी बीवी और प्यारा-सा एक बेटा भी कई तस्वीरों में दिख रहे थे। दुबई, सिंगापुर घूमने की तस्वीरें। तभी वसुधा की नज़र टाइम लाइन पर लिखे एक वाक्य पर जाकर टिक गई। प्रोफ़ाइल कवर पर मोटे अक्षरों में लिखा था, 'एक यूनिवर्स, नौ ग्रह, 204 देश, 809 आइलैंड, सात समुद्र और करोड़ों लोगों के बावजूद मुझे बाई चांस तुमसे दो बार मिलने का मौक़ा मिला। कोई तो वजह रही होगी?'

वसुधा ने देखा उस प्रोफ़ाइल में आख़िरी पोस्ट भी दो साल पहले की है। मन वैसा ही कड़ा रखा, जैसा पोस्ट ऑफ़िस के सामने फ़ोन नंबर लिखा काग़ज़ फाड़ते समय रखा था।

भाईदूज के दिन वसुधा ने नीरज भैया, जय, विजय को टीका लगाया। मीकू को नीरज भैया की बेटी श्रद्धा ने टीका लगाया। नीरज भैया के दोनों बच्चों पलाश और श्रद्धा में माँ की जान बसती है। त्यौहार पर मुन्ना चाचा और चाची भी आए हुए हैं। आशी को भाईदूज पर ससुराल से आने नहीं मिला तो चाची पानी पी-पीकर उसकी सास को गालियाँ बक रही थीं। आशी को दूसरी भी बेटी पैदा हुई है अभी दो महीने पहले। आशी और जय दोनों की दो-दो बेटियाँ हो गईं तो मुन्ना चाचा-चाची दुखी, माँ और नीरज भैया सुखी हुए। माँ को तसल्ली थी कि वसुधा और नीरज दोनों के पास बेटा है। चाची घर आती है तो माँ से बात करने की बजाय रसोई में मनीषा भाभी से कोने-कोने में होकर बात करती है। माँ को चाची की यह बदमाशी

समझ आती है, मगर अब उनके हाथ से सत्ता खिसककर मनीषा भाभी के हाथ जा चुकी है। चाची खुसुर-फुसुर करते हुए मनीषा भाभी से कहती, "दीदी तुम्हें तो बड़ा कंट्रोल करती है। अपनी सास को एक नहीं पूछती थी। जेठ जी की वजह से उनको अम्मा का थोड़ा-बहुत करना पड़ता था। अम्मा कभी खाने पर हम लोगों को रोक लेती थी तो दीदी को बहुत ग़ुस्सा आता था। जय, विजय या आशी को जन्मदिन पर अम्मा पैसा पकड़ाती तो तुम्हारी सास लड़ती थी।" मनीषा भाभी को ऐसी बातें सुनने से बड़ा रस मिलता। माँ उदास होकर वसुधा से कहती, "तेरे बाबा कितनी जल्दी चले गए। हम दोनों की ज़िंदगी सबका करते-करते निकल गई। दादी के राज में कभी चैन से जी नहीं पाई। दादी के जाने के बाद चार दिन मन का जी तो बाबा चले गए। इतनी बदमाश है तेरी चाची कि अपनी बहुओं को यहाँ नहीं लाती और ख़ुद मनीषा से खुसुर-फुसर करती है। हर त्योहार में बिना बुलाए अभी भी आती है कि अम्मा के कारण आते थे तो अब जीते जी नियम नहीं तोड़ेंगे। यहाँ आकर चुगली-चपाटी का एक मौक़ा नहीं छोड़ती। नीरज भी मनीषा को कंट्रोल नहीं करता, उधर जय को देख, कभी अपनी बीवी को मेरे पास एक मिनट अकेला नहीं छोड़ता।"

चाची को मालूम नहीं था कि वसुधा बरामदे में ही लेटी है सो मनीषा भाभी से दबी ज़बान में बोल रही थी, "तेरी सास 24 कैरेट सोने की मोटी चैन पहनी है। चैन का वज़न दो तोले से क्या कम होगा। इस उम्र में भी दीदी का फ़ैशन देखो, दो जोड़ी कान के रखे हैं। शादी ब्याह में जाते बखत बदलने का शौक़ है। ये नहीं होता कि अब सब कुछ तुझे सौंप दे। देख वसुधा को अभी जाते बखत बिदागरी में न दे दे।"

वसुधा को बुरा तो बहुत लगा, मगर चाची और मनीषा भाभी से कुछ बोलने का मतलब न था। आँखें मूँदे पड़ी रही। थोड़ी देर बाद बिस्तर से उठकर दालान में चुप बैठी अपने इस घर को चुपचाप निहार रही थी। कैसे मोटी दीवारों और काले पत्थरों वाला ये पूरा घर भी माँ के साथ बुढ़ा गया है। दादी और बाबा की अर्थी इसी आँगन से उठी। इस घर में मेरी शादी का मंडवा गड़ा। यहाँ आने के बाद ही हर बार चंडीगढ़, नलिन सब धुँधलाने लगते हैं। मैं फिर से वो कुँवारी लड़की बन जाती हूँ जो कभी दादी के साथ पास-पड़ोस में कीर्तन में जाती थी, बाबा के दुकान से लौटने पर पानी का गिलास थमाती थी। काले पत्थरों के इस आँगन में बारिश की बूंदें हज़ारों चमकीले सितारे बिखेरती थीं। अब बरसों हुए इस आँगन ने दादी और बाबा के पदचाप को महसूस नहीं किया। बाबा के जाने पर तो घर की

एक-एक ईंट रोई होगी।

माँ आँगन में शिथिलता से काँखती हुई, बाल्टी पकड़े इधर-उधर चलती जाने क्या करने में व्यस्त थी। बाबा के जाने के बाद माँ उम्र की ढलान बहुत तेज़ी से पार कर रही है। मीकू बाहर पलाश और श्रद्धा के साथ खेल रहा था। दिवाली के बाद की कनेर-सी पीली धूप में खाट पर बैठी माँ ज़र्द आँखें मूँद सन से सफ़ेद बालों पर कंघी चलाती जाती। अपने रूखे पैरों पर मलने सरसों तेल भरी कटोरी में उँगलियाँ डूबोती और झुर्रियों पर लुथर-पुथर चुपरती। एकाकी शामों में माँ अक्सर बाहर सड़क वाले दरवाज़े के किनारे बने सीमेंट के चौरे या कभी बरामदे में चुप बैठ आते-जाते लोगों को निर्विकार ताकती।

घर के बाक़ी लोगों की व्यस्त दिनचर्या को माँ की ज़रूरत नहीं लेकिन माँ अपनी ग़ैर-ज़रूरी उपस्थिति के बावजूद कभी नीरज भैया तो कभी पलाश से पूछती, "थाली लगा दूँ बिटवा?" कुछ न सूझता तो वृद्ध काया अपनी शक्तिनुसार धीरे-धीरे जाकर रसोई से एक ग्लास पानी ला बाज़ू में रख देती। भोजन करते नीरज भैया को इस एक ग्लास पानी से फ़र्क़ पड़े न पड़े, माँ को दिली तसल्ली मिलती। सजे-धजे श्रद्धा और पलाश को बाहर घूमने जाते देख पूछती "कहाँ जा रहा है रे?" इस संभावित सवाल के उत्तर के लिए पहले से ही प्रशिक्षण पाए बच्चे कहते "हमें नहीं मालूम।"माँ न हुई पाकिस्तानी जासूस हो गई, जिनसे सारी बातें छिपाना हैं। धीरे-धीरे माँ ने पलाश और श्रद्धा से पूछना छोड़ दिया और उन्हें आते-जाते देख चुप उल्लू-सी ताकती रहती। सजी-धजी मनीषा भाभी और बच्चे खट-खट निकल जाते। वे माँ को नहीं बताते अपना गंतव्य, प्रयोजन या आयोजन। उनके लौटकर आने के बाद माँ फिर भी पलाश को बुलाकर दबी आवाज़ में पूछती, "कहाँ गए थे रे तेरे मम्मी-पापा?" आह मेरी माँ! अपने ही जायों के लिए ये लाचारी। जवाब न मिलने पर फिर चुप पंखा झलने लगती। बाबा के जाने के बाद घर में माँ की स्थिति बहुत कमज़ोर हो गई।

माँ नए साल में बाबूलाल गौर पंचांग के पन्ने पलटती एकादशी, चौथ, पूर्णिमा, राशिफ़ल पढ़ते हुए बताती परिवार में किसकी साढ़ेसाती चल रही है, किसका राजयोग है और किसे वाहन सुख है। त्यौहारों पर पीतल की बड़ी थाल में पंडित के लिए चावल, गेहूँ का सीधा निकालती। वसुधा को आज अपना घर देखकर रोना आने लगा। जैसे इस घर के साथ उसका बचपन, जवानी सब ख़त्म हो गए। जिस

घर में कभी बंधन महसूस करती थी वो घर आज उसे पूरी तरह आज़ाद कर चुका है। आज घर उसे परिवार नहीं, रिश्तेदार मान चुका है। उसका मन भीतर से पुकार रहा है- एक बार फिर मुझे बाँध लो। तुमसे दूर जाकर भी तो कोई घर न मिला मुझे। बोलो कहाँ जाऊँ ? एक बार घर-बदर की सज़ा हुए को वापसी का अभयदान नहीं मिलता। इस घर से नाता टूटने के बावजूद अभी भी एक आख़िरी कड़ी 'माँ' इसे मुझसे जोड़े रखी है। माँ के जाने के बाद वर्धा से चंडीगढ़ को जोड़ने वाला यह पुल टूट जाएगा। जब तक माँ इस घर में है, तब तक आँगन में चहक़दमी करते अँधेरों को तुलसी चौरे पर टिमटिमाता दीपक थाम लेता है। माँ है तो शूर्पणखा, कंस, ताड़का, कुंभकर्ण के दुष्टता की कहानियाँ अमर हैं। माँ है तो घर पर घी से बना काजल भरा पीतल का कजरौटा है, बेमौक़ों के लिए आँगन में मिट्टी का चूल्हा है, कोने में कजियारी पड़ी मिट्टी तेल में डूबी सुतली की डिबडिबी है। वर्धा के इस पुराने घर में माँ है तो हल्दी-गुड़ का काढ़ा, जाड़ो में गोबर उपलों की अँगीठी है। माँ है तो बच्चों के जन्मदिन पर टीके के बाद 'ख़ूब-ख़ुश रहो, जल्दी-जल्दी बड़े हो जाओ, बड़े अफ़सर बनो' के आर्शीवाद के साथ 100 का नोट है। माँ है तो 'कितनी थक जाती है रे' जैसी फ़िक्र है।

माँ की बी.पी. की दवाई लाना किसी को याद नहीं रहता लेकिन उनके दो जोड़ी कान के और गले में पहनी चैन का सराफा भाव सबको मालूम हैं। माँ की दवा लेकर आया व्यक्ति बचे पैसे कभी न लौटाता। भोली माँ सबको बताती 'नीरज हाल के हाल दवा ले आया।' जब कभी माँ खाना परोसती तो लगता पूरी रसोई थाली में भरकर ले आई है। बाबा के बनाए इस घर में शांति बनी रहे, सोचकर माँ सारा अपमान चुप सहती। माँ के बटुए से आख़िरी खुरचन भी झड़ाने की ख़्वाहिश में मनीषा भाभी ख़र्चों का रोना बढ़ा-चढ़ाकर रोती और अपने गहनों तक की ख़रीदारियाँ माँ से छिपाती। कोई नई चीज़ें माँ की नज़र में आ जाएँ तो मायके से मिला बता देती।

माँ डलिया लेकर बाड़ी में ठाकुर जी के लिए फूल पत्तियाँ तोड़ने जाती तो रसोई के लायक़ भी कुछ-न-कुछ चुन लाती। माँ है तो गोल मटोल बच्चों के कान के पीछे नज़रबट्टू, माथे पर शगुन का लाल टीका है, रसोई में बच्चों के नाम गुदे कांस के बर्तन, दीवारों पर अनार की टहनी से लिखा शुभ-लाभ है। मुंडेर से झाँकते सुबह के सूरज को अर्घ्य का सत्कार है, पितर को जल है। माँ है तो पतोहू,

बहुरिया, दुलहिन, बिटिया, बबुवा, लल्ला, मौड़ी, बिन्नो, जमाई बाबू जैसे संबोधन हैं। वसुधा के लिए बिदाई की कोछ भराई है, पर्व के नेग, बधावे हैं। माँ है तो इस गली में परदेशी ब्राह्मण समाज के सोहबर, मुंडन, हल्दी के गीत हैं, चौखट से टँगी आम पत्तियों के तोरण हैं। माँ का कमरा वो धर्मशाला है जहाँ से हर कोई अपने काम की चीज़ साधिकार उठा लेता, लेकिन कभी इस कमरे में ज़रूरत का सामान लाकर कोई नहीं रखता। माँ के कमरे की दीवारों पर भगवान के कैलेंडर, आलों पर दवाइयों पर 'खाने के बाद' और 'खाने के पहले' लिखे लिफ़ाफ़े, डोलची में सुपारी काटने सरोते है। उनके कपड़े के बटुवे में पिपरमेंट के लिए चिल्हर हैं। रसोई में बाँस के टोकरे, सूप, थाली में बुकनू, चटनी का ज़ाइक़ा, रेत पर रखा ठंडा मटका है। पीपल की परिक्रमा है, द्वार पर दान है, दक्षिणा है। वसुधा और मीकू को चूमकर भीगी पलकों से 'जब तक मैं हूँ जल्दी-जल्दी आया कर बेटी' जैसे मनुहार हैं। बच्चों को बुरी बालाओं से उबारने राई मिर्ची की उतरन है। विपत्ति निवारण के लिए पाँच गुरुवार के व्रत का मानता, देवी दर्शन की मनौतियाँ और सत्यनारायण कथा के प्रण हैं। दाँत दर्द के जाम पत्तों वाले घरेलू नुस्ख़े, आँगन में गोबर छड़ा है।

बासा खाना फिक न जाए सो माँ ही है जो भगौनिया सूँघकर हमेशा कहती 'नहीं उतरा है मनीषा। एकदम सही है।' सब्ज़ियों और फलों के छिलके लिए माँ झुकी कमर से चौराहे पर जाकर 'आ... आया आआ...' करती गाय बुलाती। अनाज बीनने-फटकने के बाद मिट्टी में गिरे दाने झार-बटोरकर छत पर पंछियों के लिए बगेर आती। पुल के ऊपर से निकलने पर नदी में एक सिक्का फेंक हाथ जोड़ती। फूल तोड़ने से पहले ज़ोर से ताली बजा पेड़ को सूचित करती।

बाबा के ही सहेजे-बनाए कई कमरों के इस घर में माँ का अधिकार क्षेत्र पूजाघर, अपना कमरा और आँगन की चहलक़दमी का दायरा है, जहाँ झुकी कमर ले धीरे-धीरे घूमती। माँ से कुछ न बनता तो कभी तार में सूखती अपनी तिरष्कृत धोती छूकर, सूखी कि नहीं देखती। कभी खाट पर सूखते गेहूँ में झुर्रियों वाले हाथ फिराकर उलट-पलट करती। कभी ज़मीन पर बिखरे दाने-दाने को उँगलियों की चोंच-सी बना बीन-बीनकर वापस अनाज में मिलाती। माँ के पास बैठे मीकू, पलाश और श्रद्धा को अपने लिए कभी मूँगफली छीलने की मेहनत न करनी पड़ती। माँ मूँगफली छील-छीलकर मुट्ठियों से बच्चों के हाथ में थमाकर ऐसे मुस्कुराती जैसे दूधिया मूँगफली उनके हलक़ में उतर गई हो। जो बच्चा खाना खाते बखत पास

बैठ जाए तो माँ अपनी थाली का सबसे आकर्षक पदार्थ उठाकर देने का भरसक जतन करती 'बढ़ता शरीर है, अभी मीठा न खाओगे तो का हमाई उम्र में खाओगे।' माँ मंथर चाल से आले से एक काग़ज़ की चिमुड़ी पुड़िया खोल प्रसाद के लड्डू पकड़ा देती।

बड़ी चतुरता से मनीषा भाभी ने माँ को कड़ाही से कार्यमुक्त का एहसान चढ़ा रसोई से निष्कासित कर दिया। माँ को कभी अपने मन का बनाने-खाने का भी हक़ नहीं रहा। अपनी ही रसोई में बाहरी की तरह छिप-छिपकर झाँकती माँ ख़ुद ही ख़ुद को तसल्ली देती 'ठीक है, मुझे बैठी जगह थाली मिल जाती है। रसोई में जाकर और का करना।' माँ के टॉयलेट से दुर्गंध के नखरे सभी के हैं, मगर मजाल आज तक किसी ने एक बाल्टी पानी झलेरने का कष्ट दिखाया हो। बाबा के जाने के बाद माँ अक्सर अपने कमरे में अकेली बैठी संस्कार चैनल देखती या कच्ची साँझों में घर के बाहर चौबारे पर बैठी दुनिया ताकती। कमरे की मटमैली दीवारों के बीच गठरी बनी माँ को जीते जी स्वर्ग मिल जाता, जब कोई नाती चिपककर आ बैठता। मुरझाए चेहरे पर वात्सलय की कांति छा जाती, जब मीकू कहता, 'नानी कहानी सुनाओ न।' माँ की ख़ुशियाँ कितनी सस्ती हैं। उनके साथ बिताया वक़्त ही उनको दिया सबसे क़ीमती तोहफ़ा है। माँ की कहानियाँ अक्सर एक जैसी शुरू होतीं, 'वो सस्ते का ज़माना था बेटा।'

बाबा के जाने के बाद वसुधा के मन में धीरे-धीरे एक भय समाने लगा। जाने अगली बार आने पर माँ मिलेगी या नहीं? जाने और कितने दिन? बाबा जब आख़िरी बार ट्रेन में छोड़ने आए थे, तब वो कौन जानते थे कि वसुधा जब अगली बार आएगी तो वो आँगन में सफ़ेद चादर ओढ़े वसुधा का इंतज़ार करते रहेंगे। बाबा के दोस्त इसी गली के रामधार दीवान अंकल भी गुज़र गए। बाबा के जाने के बाद उनके जानने वालों की दुनिया से माँ और नीरज भैया का रिश्ता लगभग टूट गया। ये बाबा की वही दुनिया थी जिनकी फ़िक्र में बाबा ने अपने बच्चों की ख़ुशियों को ढेला भर महत्व नहीं दिया। आज उनकी वही दुनिया वसुधा को भूले भटके वर्धा की किसी गली या बाज़ार में मिलने पर 'कैसी हो बिटिया, दामाद बाबू बढ़िया' कहकर आगे बढ़ जाती है।

बाबा के बनाए नियमों से आँगन के भीतर की दुनिया चल रही थी, मगर बच्चों की भी एक दुनिया है जिसकी खोज-ख़बर रखना उन्होंने नहीं जाना। उनके बच्चे

अपनी ज़िंदगी को लेकर क्या सोचते हैं, कैसे भविष्य का सपना देखते हैं, यह बात उनके लिए मुद्दा ही नहीं थी। बाबा कई बार ग़ुस्से में नीरज भैया को मार भी देते थे, बिना ये सोचे कि छोटी बहन के सामने पीटने पर उसे कैसा फ़ील होगा। संतान के स्वाभिमान की रक्षा माँ-बाप का दायित्व है, ये चेतना माँ-बाबा दोनों में न थी। हॉस्टल में अंकिता ने बताया था कि नीरज भैया को अक्सर किसी लड़की के साथ देखती थी। भगवान जाने वो कौन थी! वसुधा को बस इतना मालूम था कि नीरज भैया शादी ही नहीं करना चाहते थे। मुन्ना चाचा, कौशलेंद्र मामा सबने घेर-घारकर उनकी शादी करवाई थी। जिस बच्चे की इच्छा को सम्मान नहीं मिला, आगे चलकर वह भी दूसरों को सम्मान नहीं देगा। बच्चे के आत्मसम्मान की सुरक्षा, उसके ख़र्च उठाने से ज़्यादा बड़ी ज़िम्मेदारी है। रिश्तों में प्रेम से ज़्यादा ज़रूरी सम्मान देना है। नीरज भैया भी माँ को प्रेम करते हैं मगर सम्मान नहीं देते।

वर्धा में दस दिन कैसे गुज़र गए मालूम ही नहीं चला। ज़्यादा दिन रह लेने के बाद चंडीगढ़ जाने की इच्छा मर जाती है। चंडीगढ़ में घर से बाहर न निकल पाने के कारण उसकी दुनिया कितनी छोटी हो गई है। इंसान को खिलखिलाने के लिए एक-दो क़रीबी दोस्त तो चाहिए होते हैं। घर सास-ससुर का है तो सखी सहेलियों को तो नहीं बुला सकती। आँगन के बाहर छोटी-सी दुनिया के अभाव में कोई कितना अकेला पड़ता है, नलिन को इस बात का एहसास नहीं। क्या ये घर माँ का है? माँ कितनी अकेली है किसी को अहसास है? औरत का ख़ुद का घर होना चाहिए जहाँ लौटने की इच्छा बनी रहे।

वसुधा ने नागपुर जाने को टैक्सी बुक कर ली क्योंकि उसे पूनम के घर जाना था, जहाँ सना उससे दो घंटे पहले पहुँचने वाली थी। टैक्सी दरवाज़े पर आ खड़ी थी। वसुधा ने पलाश और श्रद्धा को पैसे पकड़ाए। चाची, माँ, मनीषा भाभी, जय, विजय, मुन्ना चाचा, नीरज भैया ने वसुधा के पैर छुए। मीकू दौड़कर ड्राइवर के बाज़ू वाली सीट पर बैठ गया। घर छोड़ते हुए वसुधा का कलेजा फट रहा था। गुड़ी-मुड़ी खड़ी माँ को लपेटकर अपने साथ कहाँ ले जाऊँ? टैक्सी चल पड़ी और वसुधा पलटकर देख रही थी दूर होते घर और आँसू पोंछती माँ को। गली के मोड़ पर टैक्सी मुड़ी और अगले ही पल पीछे हाथ हिलाते लोग ओझल हो गए। अब माँ ही मेरा बचपन, बाबा, दादी, घर, गली, वर्धा, पूरा मायका और आधा जीवन है। माँ के भीतर का ख़ालीपन अब बेहतर समझ आता है। इस उम्र में आकर हम माँ-बेटी

के रिश्ते से भी पहले औरत के रिश्ते से बँध गए हैं शायद।

पूनम से चार दिन पहले बात की थी। आज सना भी पहुँचने वाली थी। तीनों लगभग चार घंटे एक साथ रहने वाले थे। वसुधा ने टैक्सी में बैठने के बाद पूनम को लगातार चार बार फ़ोन किया। पूनम ने न तो फ़ोन रिसीव किया और न ही कॉल बैक किया। वसुधा ने सना को फ़ोन लगाया। सना ने फ़ौरन फ़ोन उठाया, "अरे! वसुधा मैं तुझे कॉल करने ही वाली थी। सुन न प्लान ज़रा-सा चेंज हो गया है। पूनम की फ़ैमिली में कोई ज़रूरी काम आ गया है तो उसे आउट ऑफ़ स्टेशन जाना पड़ा। एक काम कर मैं तुझे अपनी लोकेशन भेज रही हूँ। नागपुर में मेरे चाचा का भी घर है। हम वहाँ मिल लेंगे। यहाँ चाचा के घर पर उनके पोते मीकू के बराबर के हैं तो वो भी बोर नहीं होगा। चल मैं चाचा के यहाँ की लोकेशन भेज रही हूँ।" सना ने फ़ोन काट दिया।

वसुधा को बहुत अजीब लगा कि चार दिन पहले तक पूनम ने बात की और आज फ़ोन नहीं उठा रही और न ही कोई मैसेज छोड़ा। पूनम को ये बात वसुधा को भी फ़ोन करके बतानी चाहिए थी। वसुधा को याद आया कि उसने दो दिन पहले भी पूनम को मैसेज किया था, जिसे पढ़ लेने के बावजूद पूनम ने कोई जवाब नहीं दिया। नागपुर बुलाकर पूनम ख़ुद ग़ायब और फ़ोन तक नहीं उठा रही। ये तो बहुत अपमानजनक है। नलिन को क्या बताऊँगी? पूनम की हरकत समझ के बाहर है। कितना ज़िद से इनवाइट कर रही थी। मुलाक़ात के नाम पर ख़ुश भी थी। उसका नेचर तो हमेशा से बहुत अच्छा था।

सना की बताई लोकेशन पर टैक्सी एक बहुत बड़े घर के सामने रुकी ही थी कि बालकनी में सना हाथ हिलाते खड़े दिखी। टैक्सी वाले ने सूटकेस उतारकर आँगन में रख दिए, तब तक सना नीचे आ गई। सना और वसुधा ने हँसते और चीख़ते हुए एक-दूसरे को गले लगा लिया। अट्ठारह साल पहले का वही आत्मीय स्पर्श जिसके लिए वसुधा तरसी थी। मीकू के लिए बड़ा अचंभा था कि मम्मी इतने ज़ोर से चीख़ और ख़ुश हो सकती है। सना ने ड्राइवर को सूटकेस भीतर लाने का इशारा किया। सना और वसुधा सीढ़ी चढ़ते हुए भी लिपट-लिपटकर ऐसे हँस रही थीं कि स्टूडेंट्स लग रही थीं। सना वसुधा को सीधे गेस्ट रूम, जहाँ सना का भी सूटकेस पहले से रखा था, ले आई।

कमरे के भीतर घुसते ही सना वसुधा के गले लगकर देर तक चुप खड़ी रही।

वसुधा को महसूस हुआ कि सना रो रही है। वसुधा उसकी पीठ पर हाथ फेरती रही। जो आनंद को जानते थे उनसे मिलकर सना का दर्द फिर ताज़ा हो जाता। वसुधा ने सना को लपेटे हुए ही उसका कंधा चूम लिया। सिर्फ़ एक इंसान के जाने भर से कोई कितना अकेला हो जाता है। हॉस्टल में सना को कभी किसी ने रोते नहीं देखा था। वसुधा से अलग होकर सना ने पास ही रखी पानी की बॉटल उठाकर मुँह से लगा ली। कमरे के बाहर से मीकू की आवाज़ आ रही थी। अपने हमउम्र लड़के के साथ फ़ौरन गप्पें शुरू हो चुकी थीं। सना आँसू पोंछकर बिस्तर पे बिलकुल पहले की तरह पालथी मोड़कर बैठ गई, "और सुना मिसेस अवस्थी।"

"तुम और पूनम आपस में हमेशा कॉन्टेक्ट में रहे मगर मुझे फ़ेसबुक पर सर्च क्यों नहीं किया।"

"अबे! बताया तो था कैसे जानते कि शादी के बाद तेरा सरनेम क्या है? किस शहर में है? हमें क्या मालूम। हम दोनों तो बचपन से एक मोहल्ले में भी थे तो वो कनेक्शन बना रहा।"

तभी घर पर काम करने वाली सहायिका चाय और समोसे लेकर गेस्ट रूम में आ गई तो जैसे वसुधा को कुछ याद आया, "अरे यार! समोसा देखकर हॉस्टल की याद आ गई, जब चंदा करके समोसा खाते थे। मुझे तो चंडीगढ़ का घर भी हॉस्टल ही लगता है। पूरे घर में सिर्फ़ बेडरूम ही मेरा है।" इतना कहते ही वसुधा को माँ की याद आ गई। माँ के लिए भी तो अब उनका कमरा ही उनका घर है।

सना चहकी, "वसुधा याद है तुझे? हम हमेशा चौक से समोसा सेंटर का ही समोसा खाते थे। शादी के बाद मैं और आनंद वहाँ समोसे खाने गए थे। हमारी शादी हो गई, देखकर वो अंकल बहुत ख़ुश हुए। बोल रहे थे कुछ स्टूडेंट्स याद रह जाते हैं। उन्हें मैं और आनंद बहुत पसंद थे, मगर उन्हें ये बात नहीं मालूम थी कि हमारा अफ़ेयर है। उन्होंने उस दिन हमसे पैसे नहीं लिए। बोले थे अगली बार तीन होकर आना।"

आनंद के ज़िक्र से पल भर को दोनों चुप हो गए और फिर वसुधा ने चाय की ट्रे सना की तरफ़ बढ़ाई। वसुधा ने अचानक ही कहा, "यार मुझे पूनम का इस तरह धोखा देना अजीब लगा। चार दिन पहले तक इतनी एक्साइटेड थी मिलने। अब अचानक फ़ोन नहीं उठाई और तुझे बोल दिया कि घर पर नहीं है।"

सना कुछ सेकेंड चुप रही फिर अपने मोबाइल का व्हाट्सएप खोलकर वसुधा

के सामने रख दिया। वसुधा ने सना के मोबाइल पर पूनम का मैसेज पढ़ना शुरू किया- सना मैं तुम लोगों से नहीं मिल पाऊँगी। तुझे जैसा ठीक लगे वैसा वसुधा को बता देना। सना मैं बहुत बड़ी प्रॉबलम में हूँ। तुझे कैसे बताऊँ ? एक लेडी मेरी बहुत अच्छी फ्रेंड है। उसका हसबैंड अपनी ही दुनिया में रहता है। घर-परिवार और बच्चों के लिए कोई टाइम नहीं उसके पास। सिर्फ़ उसका बिज़नेस और उससे जुड़े लोगों के साथ ही रहना पसंद करता। मेरी फ्रेंड ख़ुद को बहुत इगनोर और अकेला फ़ील करती थी। पड़ोस के एक आदमी ने भाँप लिया और सिंपेथी दिखाकर धीरे-धीरे प्लान बनाकर उससे रिलेशन बना लिया। मेरी फ्रेंड बेवक़ूफ़ी में उससे छिप-छिपकर मिलने लगी और ये भी भूल गई कि वो शादीशुदा और दो बच्चों की माँ है। हसबैंड को शक हो गया और उसने मेरी फ्रेंड के मोबाइल को रिकॉर्डिंग में डाल दिया। मेरी फ्रेंड के फ़ोन कॉल रिकॉर्ड सुनकर और चैट्स पढ़कर उसके हसबैंड को ये बात समझ आ गई कि ये दोनों कई बार साथ सो चुके हैं। अब उसका हसबैंड दोनों बच्चों को उनकी बुआ के घर भेज दिया है, जहाँ से उन्हें बोर्डिंग भेज देगा। मेरी फ्रेंड को उसने धमकी दी है कि यदि उसने बेटों से बात करने या मिलने की भी कोशिश की तो उस आदमी के साथ की सारी रिकॉर्डिंग बच्चों को सुना देगा। सना तू बता मेरी फ्रेंड को अब क्या करना चाहिए ? क्या वो सोसाइड कर ले ? क्योंकि इसके अलावा उसके पास और कोई चारा नहीं बचा। मायके किस मुँह से लौटे ? जिससे अफ़ेयर चल रहा था उसने तो पल्ला झाड़ लिया। मेरी फ्रेंड की ज़िंदगी बर्बाद करके वो अपने बीवी बच्चों के साथ अभी भी ख़ुशहाल जीवन जी रहा है। मेरी फ्रेंड अपने बच्चों और पति के बिना अब पागल हो रही है, बहुत पछता रही है। उसका पति व्हाट्सएप पर दोनों की इंटीमेट पिक्स देख चुका है और उसके बाद उसे एक सेकेंड भी अपने घर में नहीं रहने दे रहा।

वसुधा मोबाइल की स्क्रीन स्क्राल करते हुए हैरानी से पूनम का मैसेज पढ़ रही थी। आगे सना ने उसे मैसेज किया था, 'पूनम तू तुरंत मुझे कॉल कर। तेरी फ्रेंड को ख़ुद के साथ ग़लत नहीं करना चाहिए। सोसाइड किसी हाल में नहीं।'

पूनम ने लिखा था, 'सना किसी कारण से मैं तुझे अभी कॉल नहीं कर सकती।'

सना का रिप्लाई था, 'पूनम सुन, तू अपनी फ्रेंड को बोल अभी उसका हसबैंड बहुत ग़ुस्से में है। कुछ दिनों बाद ग़ुस्सा शांत होगा। इस उम्र में वो भी अकेला कैसे रहेगा। बीवी को माफ़ कर देगा, आख़िर उसके बच्चों को भी माँ तो चाहिए ही न ?

प्लीज़ अपनी सहेली को हिम्मत रखने बोल। मैं कॉल करूँ तुझे?'

पूनम ने लिखा, 'सना मुझे कॉल मत कर। मेरा ये मोबाइल भी मेरे हाथ से जाने वाला है। मालूम नहीं अब हमारी कभी बात या मुलाक़ात हो न हो? मेरी फ्रेंड को मालूम हुआ कि जिससे उसका अफ़ेयर था उस आदमी का औरतों के साथ फ़ोन पर दोस्ती करना और फिर अलग-अलग होटलों में गुलछर्रे उड़ाना शौक़ है। मेरी फ्रेंड के पति ने उस आदमी की अलग-अलग औरतों के साथ नंगी पिक्स भी दिखा दीं। मेरी फ्रेंड बुरी तरह टूट चुकी है। कोई इतना कमीना कैसे हो सकता है। पति उसे छोड़ रहा है। मेरी फ्रेंड रो-रोकर पति के पैरों में गिर गई कि मेरे बच्चों को मत दूर करो, मगर वो उसकी रिकॉर्डिंग से ब्लैकमेल कर रहा है कि बच्चों से बात नहीं करेगी तू। मैं उनको बुआ के घर जाकर बोल दूँगा कि तू एक्सीडेंट में ख़त्म हो गई।'

सना ने जवाब दिया, 'पूनम तू अपनी सहेली को हिम्मत रखने बोल। अभी छह महीने कहीं और रहने का इंतज़ाम सोचे। हसबैंड उसे माफ़ कर देगा।'

पूनम ने लिखा था, 'नहीं सना, उसके हसबैंड को पहले ही बीवी से कुछ ख़ास लगाव नहीं था। अब तो वो कभी संग नहीं हो सकते। मेरी सहेली यदि सुसाइड करती है तब भी उस कमीने आदमी का नाम लिखकर नहीं मर सकती, क्योंकि उसके बच्चों को मालूम चल जाएगा कि मम्मी लूज़ करैक्टर औरत थी और एक अय्याश आदमी से लफ़ड़ा चला रही थी। उसके मरने का कारण जानकार कितनी घृणा करेंगे।'

सना ने मैसेज किया था, 'पूनम प्लीज़ अपनी फ्रेंड को कहना, पति, बच्चों, घर-गृहस्थी सबसे ज़्यादा क़ीमती चीज़ ज़िंदगी है। उसको हर हाल में ज़िंदा रहना चाहिए। हो सकता है आगे चलकर जब बच्चे बड़े और समझदार हों तो उसे माफ़ कर दें। जो हो गया उसे अब बदला नहीं जा सकता, मगर तेरी फ्रेंड को इस बुरी घटना को स्वीकार करना चाहिए।'

पूनम का जवाब था, 'सना असल में मेरी फ्रेंड ने ख़ुद ही अपने सुखी संसार को आग में झोंक दिया। उसका पति क्या वो ख़ुद, अपने आप को माफ़ नहीं कर पा रही है।'

सना, 'ख़ुद को माफ़ करना जैसे डायलॉग फ़ालतू हैं, क्योंकि जब तक भंडाफोड़ नहीं हुआ था तब तक तो ख़ुद को माफ़ कर रही थी न? परिवार छूटने के ख़तरे की क़ीमत पर ये खेल खेला जा रहा था। डबल क्रॉस अचानक नहीं

होता। तेरी उस सहेली को बोल विक्टिम कार्ड न खेले। ख़ुद को मक्कार माने तो दर्द सहन करने में आसानी होगी। इस तरह घुल-घुलकर जीना उसके लिए कठिन होगा। मज़बूत बनने बोल। तुझे फ़ोन करूँ?'

पूनम, 'नहीं। फ़ोन पर बात नहीं कर सकती। चल अब कब बात होगी मालूम नहीं। मेरा ये नंबर बंद कर रही हूँ। नया नंबर लूँगी या नहीं, नहीं मालूम। बाय।'

वसुधा ने फटी आँखों से पूरा मैसेज पढ़ा और सना को मोबाइल लौटाते हुए बोली, "सना, तुझे समझ आ रहा है कि पूनम की सहेली कोई और नहीं, पूनम ख़ुद ही है?"

सना ने अपना मोबाइल एक साइड में रखते हुए कहा, "हाँ! मुझे तो पहली दो लाइन पढ़ते ही समझ आ गया था।"

वसुधा ने दोनों कानों पर हाथ रख लिए, "ओह माई गॉड! पूनम जैसी डीसेंट लड़की कहाँ भटक गई? मुझे तो ग़ज़ब अचंभा हो रहा है।"

सना ने वसुधा के हाथ पर अपना हाथ रखते हुए कहा, "वसुधा अब मुझे किसी भी बात पर अचंभा नहीं होता। ज़िंदगी को मुझे इतने रंग नहीं दिखाने चाहिए थे कि अचंभा करना छोड़ दूँ। मैं रोज़ाना इतने लोगों से मिलती हूँ या कह सकती है कि अलग-अलग कहानियों से टकराती हूँ कि समझ आता है कि रिश्ता नहीं निभ रहा तो रेवा जैसे अलग हो जाओ। हमारे यहाँ आसानी से तलाक़ नहीं ले पाते और ज़बरदस्ती एक घर में रह रहे होते हैं। लड़के समझ नहीं पाते कि रिश्तों में इज़्ज़त देना सबसे ज़रूरी बात है। घर के बुज़ुर्गों को भी बच्चों से सिर्फ़ उनका वक़्त ही तो चाहिए होता है। बेमक़सद ज़िंदगी गुज़ार रही औरतें कितनी अकेली पड़ जाती हैं, उन्हें अंदाज़ नहीं होता। मैंने पूनम को देखा है। वो बहुत अकेली थी। नहीं जम रहा तो सैपरेट हो जाओ। मगर लड़कियाँ कमा नहीं रहीं, मायका सपोर्ट नहीं करता, बच्चा कैसे पलेगा, इस चक्कर में कितने तमाशे हैं। ख़ैर यार पूनम के साथ बहुत बड़ी ट्रेजड़ी हो गई, ये तो है। दोनों बेटे शशांक और शाश्वत उसकी जान हैं। कैसे उनके बिना रहेगी। मैं पंकज को जानती हूँ। बहुत ख़ूँख़ार आदमी है। ईश्वर करे पूनम सेफ़ हो बस।"

"अब समझ आया इसलिए वो फ़ोन नहीं उठा रही थी मेरा। तू और मैं यहाँ बैठकर गप्पें मार रहे हैं और वो घर से निकाल दी गई है। यदि मुझे नलिन और मीकू से दूर कर दिया जाए और पूरे समाज के सामने बेइज़्ज़त होना पड़े और बाद

में पता चले कि दूसरे आदमी के लिए मैं सिर्फ़ एक एंटरटेनमेंट थी? बदला भी नहीं ले सकती, क्योंकि मीकू की नज़र में गिर जाऊँगी। यार ये जीवन तो नर्क है। पूनम अकेली कहाँ जाएगी? क्या करेगी? कोई वर्क एक्सपीरियंस भी नहीं है।"

वसुधा को पूनम के लिए अथाह दुख हो रहा था। सना पाँच मिनट के लिए कमरे से बाहर गई और चाय की ट्रे के साथ लौटी। दोनों चुप चाय पीने लगे। सना आज भी चाय के ऊपर तैरती मलाई की पतली परत को निकालकर कप के ऊपरी कोने में लटका देती है। वसुधा उसे देखते हुए सोच रही थी कि कमरा नंबर 203 वाली वो सना कोई और थी जो इतना हँसती थी कि कान-गाल सब लाल हो जाते थे। हँसते-हँसते अक्सर दोनों हाथ कमर पर रख हाँफने लगती थी। जिसे पूरे हॉस्टल में हर किसी के मामले में इनवाल्व होना होता था, आज सबसे कटकर रहना सीख गई है। मन की अच्छी वो पहले भी थी, आज भी है, मगर ये सना वो सना नहीं है। पूनम जैसी लड़की जिसने कुँवारेपन में अपनी पसंद के लड़के को हाँ नहीं बोला, जो इतनी छुईमुई थी कि उसके मन के भीतर क्या है पता लगाना मतलब पाताल तक सेंध मारना था। वैसी लड़की दो बच्चों की माँ होने के बाद आज एक्स्ट्रा मेरिटल में पति के घर से बाहर है। वो पूनम कोई और थी और आज की पूनम कोई और।

सना ने चाय का आख़िरी घूँट हलक़ में उड़ेला, "क्या सोच रही है? जीजाजी के बारे में? तू बता तेरा चंडीगढ़ में कैसा चल रहा है?"

वसुधा फीका हँसी, "देख नलिन बहुत अच्छे पति हैं, मगर यार उनके पैरेंट्स की वजह से उस घर में दम घुटता है। यार बताऊँगी तो तू बोलेगी कुछ ख़ास बड़ी प्रॉब्लम नहीं है ये। मतलब ससुर लेट्रिन जा रहे हैं तो सास को बताएँगे- मैं दुबारा लेट्रिन जा रहा हूँ। सुबह गया तो था लेकिन एक बार में पेट साफ़ नहीं हुआ। रात में मैदे की पूड़ी खा लिया था। सास बोलेगी- पता नहीं तुम्हारा पेट कैसे साफ़ नहीं हुआ। मैं तो एक बार में निपटकर आ गई। आज भाजी बना लेंगे। चलो फिर आप तुरंत लेट्रिन जाओगे या एक कप चाय पीकर जाओगे। वो लेट्रिन से आ गए मान ले तो फिर दोनों घंटों ड्राइंगरूम में विराजमान रहते हैं और नहाने उठते हैं। घर साफ़ करने की इच्छा मर गई है। मेरे ससुर सोफ़े पे छाता टिका देंगे, दोपहर में ड्राइंगरूम में ही सोएँगे। सास इस टेंशन में मरी जाती है कि आज सब्ज़ी में मसाला अच्छे से भुँजा या नहीं, दाल में हींग पड़ी या नहीं। अपनी इंसानियत के क़िस्से याद करते हैं। चालीस साल पहले किसने इनका दिल दुखाया, तीस साल पहले

कैसे किसी को नेक सलाह दी थी। उनकी आवाज़ें मुझे सुनाई न दें, इस फेर में मैं ऊपर की मंज़िल में क़ैद हो गई हूँ। मैं, नलिन और मीकू कहीं बाहर उनके बिना जा नहीं सकते। लोगों के घरों में क्या चल रहा है, ये जानने मेरी सास का इतना चुलबुलापन मुझे बहुत चीप लगता है। सास लोगों की एक्टिंग करती है, दूसरों की तरक़्क़ी से बौखला जाती है। हम और नलिन कभी ड्राइंगरूम में बैठकर चाय नहीं पी सकते। चंडीगढ़ जाने के नाम पर मन मर जाता है। अभी वर्धा में माँ को छोड़कर आना बहुत बुरा लगा, लेकिन चार दिन अपने घर लाकर रख नहीं सकती क्योंकि सास-ससुर को पसंद नहीं आएगा। मुझे तो बड़ा शौक़ था कि पूनम के जैसे अपने हसबैंड और बच्चों के साथ अपने ख़ुद के घर में रहती। यदि आप सास-ससुर के घर में रहते हैं तो वो हर समय घर मालिक होने का एहसास कराते हैं। सास-ससुर से नफ़रत के बाद अलग होने से तो पहले ही अलग हो जाओ, ताकि प्रेम बना रहे। जब पैरेंट्स एकदम लाचार हो जाएँ तब बेटे के यहाँ शिफ़्ट हो जाएँ तो कम-से-कम बहू की गृहस्थी में गुंडाई से हक़ नहीं दिखाएँगे। यार तू और मैं आज से अट्ठारह साल पहले जैसे थे, आज बिलकुल वैसे नहीं हैं। गुज़रती उम्र के साथ मिले कठिन समय, बदलते रिश्ते, औचक हादसे सीने को ऐसा कुचरते गुज़रते हैं कि हर साल हमारा नज़रिया बदलता है। इसी को शायद ग्रो होना कहते हैं। समय हमें पहले-सा नहीं रहने देता।"

सना ने वसुधा को बीच में रोका, "हाँ एक एज के बाद पैरेंट्स का कंट्रोल बुरा लगने लगता है। इसका ये मतलब नहीं है कि हम उन्हें प्यार नहीं करते। असल में हर आदमी की सोच, रहना, खाना, सोने की टाइमिंग की आदत बन जाती। मुझे अब इतना अकेले रहने की आदत हो चुकी है कि गोंदिया में मम्मी-पापा जब ज़ोर-ज़ोर से हँसी मज़ाक़ करते हैं तो एक लिमिट के बाद घबराहट होती है। मैं सबको चुप रहने को नहीं बोल सकती। सबका खाना स्पाइसी बन रहा है तो मेरे अकेले के लिए अलग नहीं बनवाती। मुझे घंटों अकेले रहना पसंद है। गोंदिया में चार दिन के लिए एडजस्ट कर लेती हूँ। मगर लंबे समय तक ये एडजस्टमेंट करने पर मैं ख़ुद को खो दूँगी। एकांत मुझे बहुत प्रोडक्टिव रखता है, आइडियास देता है। मैं अपने फ़ील्ड के लोगों से घिरा रहना चाहती हूँ। मेरे पापा इस बात को समझते हैं। वो ख़ुद बोलते हैं, जब हम एकदम हाथ-पैर से लाचार होंगे तब ही मुंबई आएँगे, क्योंकि हमारे आने से तुम्हारी लाइफ़ डिस्टर्ब होगी। एक घर में रहते हुए बहुत दिनों तक सबके मुताबिक़ एडजस्ट करते-करते आदमी भीतर से ख़त्म हो जाता है। शैंकी

और मैं मम्मी-पापा को जान से ज़्यादा प्यार करते हैं, मगर ख़ुद को भीतर से बचाए रखना बहुत ज़रूरी है।"

इस बीच मीकू वसुधा के पास उसका मोबाइल माँगने आया। उसे सभी बच्चों के साथ मोबाइल पर कोई गेम खेलना था। वसुधा ने मीकू के सिर पर हाथ फेरकर केवल एक राउंड खेलने के बाद मोबाइल लौटाने की हिदायत देकर भेज दिया। सना ने मीकू की ओर प्रेम से देखते हुए कहा, "मम्मी-पापा ने एक दो बार समझाने की कोशिश की कि यदि मैं शादी नहीं करना चाहती तो न करूँ, मगर एक लड़की गोद ले लूँ ताकि आगे चलकर यदि उसे पता भी चले कि मैं उसकी बायोलॉजिकल मदर नहीं, तो लड़कियाँ अहसान मानती हैं। वो बुढापे में भी देखभाल कर लेंगी मेरी। यार हद है! मतलब मैं एक नन्ही-सी जान को अनाथाश्रम से चुनूँगी कि ये बच्ची मेरी फ़्यूचर केयर टेकर है। बड़ा होने के बाद उस बच्ची की अपनी दुनिया होगी। बच्चे अपने बुढ़ापे को सेक्योर करने पैदा नहीं किए जाते। मैंने इतने पैसे कमा लिए हैं कि प्रोफ़ेशनल कंपनी से नर्स रख सकूँ। वो नर्स कम-से-कम मेरे ज़्यादा जीने की प्रार्थना करेगी, क्योंकि उसकी सैलेरी मेरे बैंक अकाउंट से जाती रहेगी।"

सना ने बाहर वाले कमरे में मीकू का खाना घर के दूसरे बच्चों के साथ लगवा दिया। पास ही पड़े अपने सूटकेस को ज़मीन पर लिटाकर खोला। सना के सूटकेस, हैंडबैग स्लीपर उसकी समृद्धि का बयान कर रहे थे। एक पॉलीथिन वसुधा की तरफ़ बढ़ा दिया, "मीकू के लिए चॉकलेट और तेरे लिए आसमानी रंग का सूट है। तुझे याद है हॉस्टल से तू एक बार आसमानी सूट में अपनी कज़िन की सगाई में गई थी। मुझे उसमें तू बहुत सुंदर लगी थी। इतने सालों में जब-जब तुझे याद किया उसी सूट में याद किया।"

वसुधा को बरसों पहले की नागपुर की वो बरसाती सुबह और आशीष याद आ गया। वो लड़की जो हॉस्टल से बाल खोलकर ऑटो में निकली थी वो भी आज की चिड़चिड़ी वसुधा तो नहीं थी। मालूम नहीं वो लड़की कौन थी? मर गई या ज़िंदा है? सना एक ही थाली में दोनों का खाना लेकर आ गई।

"सना तेरे घर वाले ज़िद नहीं करते थे सेकेंड मैरिज की?"

"वसुधा ज़िद करना तो एक तरीक़े का दबाव है। वो लोग पहले केवल समझाते थे कि कर लो शादी। पापा के लिए उनके बच्चों की इच्छा सुप्रीम है। तुझे बताऊँगी तो भरोसा नहीं होगा। जब मैं छोटी थी तो मम्मी को ज़िद करने लगी,

अभी ही हलवा खाऊँगी, मगर मेरे स्कूल जाने का टाइम हो चुका था। मम्मी ने कहा स्कूल से लौट आ तो शाम को बनाकर खिला दूँगी। दादी ने मम्मी को कहा कि अभी क्यों नहीं बना देती? अभी भी स्कूल के लिए दस मिनट टाइम है। लड़की हलवा खाकर जा सकती है। मम्मी किसी और काम में लगी थीं तो टालने के लिए बोलीं कि बोल तो रही हूँ कि स्कूल से लौटेगी तो हलवा बनाकर खिला दूँगी। दादी ने फिर मम्मी से जो कहा न वसुधा, उसको सुनकर मैं भी हिल गई थी। उन्होंने मम्मी को डाँटा- क्या तुम पक्का जानती हो कि वो स्कूल से लौटेगी या नहीं? यदि आज उसका रिक्शा पलट जाए और कुछ हो जाता है तो तुम ज़िंदगी भर ख़ुद को ये सोचकर कोसोगी कि उसने हलवा बनाने कहा था, मैं नहीं खिला पाई। बच्चे की जो छोटी बातें मान सकते हैं, ज़रूर मानो क्योंकि वो तुम्हारे पर आश्रित हैं। एक उम्र के बाद तुमसे कुछ नहीं माँगेंगे। यदि मेरी शादी के केवल दो महीने बाद भी लगता कि मेरी और आनंद की पटरी नहीं बैठ पर रही है, तब भी मेरे पापा बोलते कि कोई बात नहीं घर आजा। एक ग़लत लड़के के पीछे ज़िंदगी बर्बाद नहीं करना। मेरे पैरेंट्स हर हाल, हर फ़ैसले में मेरे साथ रहे, इसलिए आँगन के बाहर की दुनिया क्या सोचती है हमको मतलब नहीं रहा। मुझ पर कभी भी सेकेंड मैरिज के लिए यह बोलकर प्रेशर नहीं डाला कि हम तुम्हारे माँ-बाप हैं, भला ही सोचेंगे। यदि मैं कंफ़र्टेबल नहीं हूँ तो बिलकुल मत करो। इंसान का जन्म शादी करने के लिए नहीं होता है।

माँ-बाप यदि बच्चों को सुखद बचपन देते हैं तो वो ज़मीन जायदाद देने से ज़्यादा बड़ी विरासत है। पूनम अब भी वो याद करती है कि वो मम्मी से पूड़ी तलने बोलने से डरती थी क्योंकि वो बोल देती थीं, इस महीने होली थी, तेल ज़्यादा लग गया। हलवा खाने का मन होने पर बोल देती थीं कि दिवाली थी इस महीने चार किलो शक्कर ख़र्च हो गई। कभी कुछ अच्छा खाने का मन हुआ तो आंटी पूनम को चटोरी बोलकर डाँट देती थीं। आज पूनम को उनके पैसों की कोई ज़रूरत नहीं है। मेरी दादी कहती थी कि जिस घर का मर्द राशन और औरत मेहमानों की खाई रोटियों का हिसाब रखें वो लोग पैसे तो जोड़ सकते हैं लेकिन इंसान नहीं।"

"तू शादी नहीं करना चाहती और रेवा डिप्रेशन की दवा ले रही है कि शादी नहीं हो रही।"

"अरे यार! तेरी रेवा को सारे फ़्लेवर की आइसक्रीम चाहिए। उसको मालूम ही नहीं है कि हर फ़्लेवर का अलग ज़ाइक़ा है, आप उसमें से कुछ लिमिटेड को

ही खा पाओगे। दूसरे की आइसक्रीम पर नज़र है तो अपनी आइसक्रीम का स्वाद कैसे लोगे?"

मीकू बच्चों के साथ उनके कमरे में बैठकर कोई हॉलीवुड की फ़िल्म देख रहा था। सना और वसुधा की फ़्लाइट के बीच पंद्रह मिनट का फ़र्क़ था। सना बताने लगी, "तेरे को मालूम है, शैंकी का एक भव्या नाम की लड़की से अफ़ेयर था। लड़की के घर वाले नहीं माने। शैंकी और उस लड़की पर क्या बीती मैं क्या बताऊँ। मेरे पापा ने शैंकी से कहा भी कि भव्या बालिग है। उसको बोल, घर छोड़कर आ जाए। हम शादी करवा देंगे। वो लड़की पैरेंट्स को नाराज़ नहीं करना चाहती थी। शैंकी ने अपनी बेटी का नाम भव्या रखा है। यार मतलब माँ-बाप बच्चे को पालते हैं तो बच्चों को अपने पैरेंट्स का क़र्ज़ा उतारने उनका कहा मानना चाहिए। जो बच्चे माँ-बाप को घर में रखकर दो वक़्त खाना खिला रहे हैं तो क्या माँ-बाप भी इसे उनका अहसान मानेंगे? माँ-बाप को तो बच्चों ने पैदा नहीं किया है जबकि बच्चे तो माँ-बाप की मर्ज़ी से आए हैं, तो संतान को पालकर अहसान तो नहीं कर रहे हैं।"

वसुधा ने पूछा, "कॉलेज के बाद और किसी से मुलाक़ात हुई, कोई कभी मिला?"

सना को जैसे कुछ याद आया और चहक गई, "अरे एक सीनियर जिसपर सभी लड़कियाँ लाइन मारती थीं, अब्दुल कुरैशी याद है?"

वसुधा ने सना के हाथों में ताली मारी, "अब्दुल को कौन भूल सकता है यार। भूलने लायक़ आइटम ही नहीं था।"

सना हँसी, "बस अब सुन। उस टाइम तो ये कॉलेज में हमको देखना तो दूर पहचानता तक नहीं था। मेरे इंस्टा के नीचे किसी अब्दुल माजिद का कमेंट पढ़ा- सना जी आपके बोलने का अंदाज़ बहुत इंप्रेसिव है। बंदे का नाम देखकर मैं उसके प्रोफ़ाइल में गई तो देखा, ओ तेरी! ये तो अपना अब्दुल निकला। मैं तो पहचान गई थी, फिर भी नखरे दिखाकर पूछ- क्या आप नागपुर से हैं? बंदे का तुरंत रिप्लाई आया- सना जी आप मुझे कैसे जानती हैं? साला अब क्या जवाब दूँ? तू पूछ रहा है कि मैं तुझे कैसे पहचानती हूँ। तू तो मेरा लख़्ते-जिगर था, नूरे-चश्म था, जान था, ईमान था। साला शराफ़त से फिर लिखना पड़ा- मैं आपको नहीं जानती। असल में एक और अब्दुल माजिद नागपुर से ही मेरा फ्रेंड था, मगर अभी आपकी प्रोफ़ाइल देखी आप वो नहीं हो। साला उसने लगातार मैसेज शुरू कर दिए। कॉलेज में जब

उसे लाइन मारना चाहिए था तब हमको भाव नहीं दिया था। जनाब को फिर ब्लॉक किया। तुझे याद है प्रतिमा राठौर? वो अब्दुल के लिए एक पैरोडी गाती थी... देखो-देखो जानम हम दिल अपना तेरे लिए लाए... सोचो-सोचो दुनिया में क्यों आए तेरे लिए आए... अब्दुल हमें चाहे, अब्दुल हमें भूले, हम तो बने रहेंगे अब्दुल के साए... देखो देखो जानम हम। वसुधा और सना ठहाकों में डूब गईं।

22

सना और वसुधा एयरपोर्ट के लिए एक ही टैक्सी में साथ निकले। सना के मोबाइल पर लगातार रिकॉर्डिंग, इंटरव्यू, ईवेंट मैनेजमेंट वालों के फ़ोन आते रहे। नागपुर के चमचमाते एयरपोर्ट पर दोनों के अलग होने का समय आ गया। सना ने मीकू को रुपए भरा एक लिफ़ाफ़ा पकड़ाया और वसुधा से देर तक लिपटी रही। दोनों एक-दूसरे की देहगंध चिन्हती थी। बरसों पहले गुज़रे वक़्त की ईमानदार साझेदार थीं, शुभचिंतक थीं। आत्मा से जुड़ी औरतें जब गले लगती हैं तो ज़ख़्मों को मलहम लगाती हैं। आसपास से गुज़रते लोगों से बेपरवाह दो जोड़ी आँखें आज वैसी ही नम थीं जैसे बरसों पहले हॉस्टल के आख़िरी दिन।

वसुधा का गला भर्रा गया, "ईश्वर जाने अब कब मिलेंगे? हम घरेलू औरतों के भाग्य में सास की तबीयत, बच्चे के एग्ज़ाम, मायके के फ़ंक्शन, नंद आ रही है जैसी बातों के बीच दूर शहर रहने वाली किसी सहेली से मिलने जाना आवारगी और फ़िज़ूलख़र्ची है। फ़ोन करना। मैं नहीं करूँगी, क्योंकि तू बहुत बिज़ी रहती है।

सना अब इस भावुक लम्हे के बोझिलपन को और नहीं खींचना चाहती थी, "वसुधा तेरे भीतर जो ख़ालीपन है न, उससे उबरने की कोशिश कर। एक हद के बाद गुम सामान को ढूँढ़ना, अधूरे ख़्वाब का पीछा और बिछड़े को पुकारना छोड़कर आगे बढ़ना चाहिए। चल बाय।"

सूटकेस सरकाती सना को जाते हुए वसुधा एकटक देख रही थी। सफ़ेद

ट्राउज़र, ग्रीन टी-शर्ट और महँगे स्पोर्ट्स शूज़ पहनी कितनी आधुनिक लग रही थी। सना थोड़ी दूर गई, ठिठकी और वापस आई, "वसुधा कॉलेज में एग्ज़ाम के दिन उस चॉकलेटी आँखों और डिंपल वाले लड़के ने कॉरीडोर में मुझसे पूछा था कि वसुधा शुक्ला किस रूम में मिलेगी और एग्ज़ाम ख़त्म होने के बाद तू ग़ायब और हमें ख़बर भिजवा दी कि नीरज भैया के साथ जा रही हूँ। अगले पूरा दिन भी तू अचानक ही नागपुर में प्रकट हुई किसी बुआ के घर फ़ंक्शन में गई थी, वो भी तब जब एग्ज़ाम चल रहे थे। वो लड़का तेरे भीतर ख़ुद को इतना तो छोड़ ही गया है कि तू अब भी इस दुनिया को प्यार लौटा पाए। चल मेरी जान बाय।"

वसुधा सना को काँच की दीवार के पार जाते देखती रही। तो सना को सब मालूम था? मीकू पास के स्टोर पर चिप्स लेने चला गया। फ़्लाइट का इंतज़ार करती वसुधा ने मोबाइल पर टाइप करना शुरू किया—

टूट के बादल जब भिगो दें तुमको फिर भी
मन सूखा रहे तब किससे कहोगे?
झरझराता सावन पलकों में ठहरे
ऐसी बिरहन बरसातों में बताओ फिर क्या करोगे?
नदियाँ-सी लह-लह गलियों में और
तुम भीतर-भीतर जलो फिर क्या करोगे?
ज़मीं से आसमाँ तक झमाझम धुआँ हो
कमरे में पतझड़ झड़े फिर क्या करोगे?
लथपथ बूँदों से आँगन तर-बतर हो तुम्हारा
बंजर अरमानों की धूल उड़े क्या करोगे?
पुरानी यादों की बिसरी-बिसरी लड़ियाँ
बौछार में नवेली बन झूलें फिर क्या करोगे?
ज़र्रे-ज़र्रे को मिली नमी की जब इनायत
तुम तन्हा सूखे फिर फ़रियाद किससे करोगे?
पत्ता-पत्ता क़ुदरत के करम में नहाया
तुम एक तरस के रह जाओ फिर क्या करोगे?

टाइपिंग ख़त्म कर मन इतना हल्का लग रहा था जैसे उससे अभी-अभी बात हुई हो। तभी नलिन का फ़ोन आया।

"हाँ! बस अब लोग पाँच मिनट में फ़्लाइट के भीतर होंगे।"

"मीकू क्या कर रहा है?"

"अरे! वो टैब में गेम खेल रहा है। आपका डिनर हो गया?"

"हाँ। चलो कल से तुम्हारे हाथ का खाने को मिलेगा। कुक ने बहुत बुरा बनाया। हम सबकी तबीयत ख़राब हो गई।"

"चलो। रखूँ अभी।"

आशीष और मेरी मुलाक़ात के बारे में सना जानती थी? सारा ढोंग पकड़ा गया, जैसे एक शालीन बेटी की छवि को धक्का पहुँचा, जैसे साफ़-सुथरे दामन पर दाग़ लग गया, जैसे नलिन के साथ दग़ा किया। सना साक्षी है कि मैं सज-धजकर आशीष से मिलने गई थी। वो गवाह है कि मैंने अपने परिवार के साथ ग़द्दारी की थी। लग रहा है जैसे उसने एयरपोर्ट में सबके सामने मेरे कपड़े खींच दिए। अब शायद सना को कभी फ़ोन नहीं कर पाऊँगी और पूनम ख़ुद किसी को फ़ोन नहीं करेगी। रेवा के घंटों निगेटिव बातों से तंग आकर मैंने ख़ुद उसे ब्लाक कर दिया है। जीवन से हम सबको किस चीज़ की तलाश है? बाबा ने अपनी ज़िंदगी से क्या पाया? दो बच्चे? दादी को मरते समय बुआ की याद नहीं आई होगी? बाबा और मुन्ना चाचा के डर से अपनी ही इकलौती बेटी के लिए तरसकर रह गई। जीवित बच्चे को नहीं देख पाना क्या एक माँ के लिए त्रासदी नहीं है? किसी ने दादी के मन को टटोला? दादी को क्या मिला अपनी ज़िंदगी से? क्या बुआ ने सोचा था कि माँ-बाप, घर-बार, भाई-भाभी को एक नज़र नहीं देख पाएँगी? आज मेरी माँ उस सूने आँगन में अपनी मौत के इंतज़ार में चुप उम्र गुज़ार रही है। नीरज भैया अधेड़ उम्र में अब कुछ-कुछ बाबा जैसे ही दिखने लगे हैं। ख़ासकर जब रात में दुकान से लौटते हैं। इंजीनियर बनना चाहते थे। बाबा के रहते एक दिन दुकान में नहीं बैठे। कहते थे, ब्लाउज़ और चड्डी ख़रीदने आई औरतों से एक-एक रुपए के लिए झिकझिक नहीं कर सकता। देखना जिस दिन दिल्ली-मुंबई में जॉब लगेगी तो धूम-धाम से बाबा की दुकान बंद करवा दूँगा। अब उसी दुकान में मोल-भाव करते ग्राहक पूरी दुकान बिखेरकर बिना ख़रीदे चले जाते हैं और नीरज भैया वापस सारे कपड़े तह करते हैं। नागपुर में जिस लड़की को बाइक पर घुमाते थे, क्या वो याद आती होगी उन्हें? शैंकी तो नहीं भुला पाया भव्या को, तभी तो बेटी का नाम भव्या रखा। अभी पूनम कहाँ और किस हाल में होगी? अपने बच्चों से दूर होकर

ख़ुश रह पाएगी? रेवा न्यूयार्क में अकेली भटक रही है। इस बात से हताश कि यदि वो मर जाए तो उसके अमेरिकी पड़ोसी पुलिस को कॉल करके बोलेंगे कि एक इंडियन सिंगल लेडी के घर से बदबू आ रही है, लेकिन कॉलवेल नहीं बजाएँगे। एक दिन फ़ोन पर बताते हुए रो ही दी थी, "वसुधा यार कल मैं न्यूयार्क के एक इंडियन स्टोर से नीबू का आचार ख़रीदी और इतनी ख़ुश हो गई। मेरी नानी के घर जैसा अचार बनता था वैसा ही दिख रहा था। जनरली मैं ऑफ़िस में ही लगे बुफ़े में डिनर और लंच कर लेती हूँ, क्योंकि हमारे लिए फ्री होता है। आज नहीं किया कि घर जाकर अचार के साथ खाने को गरम पूरियाँ बनाऊँगी। एक तो अकेले के लिए मैं कुछ पकाती नहीं हूँ। इंडियन फ़ूड पकाने का मतलब किचन में बहुत टाइम लगता है। फिर यहाँ किचन में बर्तन धोने से लेकर सारे काम ख़ुद को ही करने पड़ते हैं। आज गरम पूरी तलने की ख़ुशबू से ही मैं पागल हो गई। थाली में पूरियाँ लेकर जब अचार की बोतल खोलने की कोशिश की तो ढक्कन की सील इतनी टाइट थी कि खुला ही नहीं। मेरे पास में एक आदमी नहीं जिसे कह सकूँ कि तुम भी ट्राई करो। ढक्कन खोलने की कोशिश में हाथ लाल हो गए। पूरियाँ ठंडी हो गईं। मैंने फ्रस्ट्रेशन में काँच की बॉटल फ़्लोर में पटककर फोड़ दी। ख़ूब रोई अपने अकेलेपन पर। चुप होने के बाद फ़्लोर से अचार उठाकर खाई। वसुधा तू सोच नहीं सकती अकेला होना क्या होता है। यहाँ सड़क पर, मॉल में, हर जगह कपल्स या लोग फ़ैमिली में घूमते हैं। अमेरिका में वीकएंड के दो दिन पार्टी कल्चर है। मुझे ऑफ़िस के वर्किंग डेज़ ही ठीक लगते हैं। इंडिया में फिर भी घर पर काम करने मेड्स आते हैं, कचरा लेने वाला आता है। यहाँ कचरा भी आप बाहर जाकर सड़क किनारे रखे बॉक्स में डंप करो। मतलब मैं पंद्रह दिन नहीं निकली तो कॉलवेल बजाने वाला कोई नहीं।"

सना व्यस्त है या ख़ालीपन से जूझने काम के बोझ से ख़ुद को लादा हुआ है, मालूम नहीं। सपनों से भरे आनंद रॉय ने कभी नहीं सोचा होगा कि एक सेकेंड का हादसा होगा और वो सना को ऐसे छोड़कर चला जाएगा। आज की तारीख़ में सना, रेवा, पूनम तीनों निपट अकेली और तीनों अपनी मर्ज़ी की मालिक हैं। मैं कुछ घंटों बाद उस घर में घुसूँगी जहाँ की एक भी दीवार का रंग मेरी पसंद पूछकर नहीं किया जाता। हो सकता है मम्मी जी और पापा जी भी मुझ जैसी बहू नहीं चाहते थे और बेमन से निभा रहे हैं। अट्ठारह साल पहले शिलांग से नागपुर पहुँचा लड़का अपनी लाइफ़ से क्या चाहता था? हम सब लोग आज से पंद्रह-बीस साल पहले

क्या अपनी ज़िंदगी से यही चाहते थे? क्या हमारे सपने, उम्मीद, प्राथमिकताएँ उम्र के साथ बदलती हैं? मैंने बरसात की एक शाम जिस आशीष से विदा ली थी वो आशीष भी अब कोई और ही आशीष बन चुका होगा। यदि हम उम्र के साथ नहीं बदले तो भीतर से ख़त्म हो जाएँगे। यदि हर दिन ज़िंदगी को शुक्रिया नहीं कहा तो शिकायतों का पहाड़ खड़ा कर लेंगे, जिसके नज़दीक कोई भी खड़ा नहीं होना चाहेगा। ज़िंदगी समंदर की तरह क्यों है? किनारे पर लहरों की हलचल है, मगर गहराई में नीरव गतिहीनता है।

तभी फ़्लाइट में एंटर करने गेट पर बोर्डिंग की घोषणा हो गई। वसुधा और मीकू यात्रियों के संग क़तारबद्ध हो धीरे-धीरे बढ़ने लगे। अपनी सीट पर आँखें मूँदी वसुधा को सना से हुई मुलाक़ात बेमानी, बेमतलब लगने लगी। क्यों? मालूम नहीं। जब तक मिली नहीं थी तब तक अट्ठारह साल पहले की स्मृतियाँ थीं। मुलाक़ात होने के बाद वो सुखद यादें बिखर गईं। क्यों मैंने गुज़रे हुए मीठे समय को इस मुलाक़ात से नष्ट कर दिया। ऊपर वाले ने मुसाफ़िर भेजे और मुसाफ़िरों ने दुनिया नाम की इस सराय को ठौर मान लिया। ऊपर वाले ने मंच पर कठपुतलियाँ उतारीं, कठपुतलियों ने डोर की गति को अपनी ताक़त मान लिया। भूल गई कि मंच के पीछे से डोर खींचते ही खेल ख़त्म हो जाएगा। ऊपर वाले ने मल्लाहों को दरिया में उतारा, मल्लाह भूल गए कश्ती, पतवार, लंगर और लहरें किसी और के नियंत्रण में हैं, वो तो बस कश्ती में सवार है। ग़ज़ब तो ये है कि कठपुतलियाँ हर रोज़ डोर टूटती देख रही हैं, मल्लाह कश्ती डूबती देख रहे हैं, मुसाफ़िर सराय से लोगों को जाते देख रहे हैं, मगर वे भूल जाते हैं किसी भी समय उनके खेल समाप्ति की घंटी बज सकती है।

हम सब एक-दूसरे से हँसकर मिलते हैं, बातें करते हैं, पिक्स खिंचवाते हैं, मगर ये बात कोई नहीं जान पाता है कि भीड़ में दूसरे के भीतर कितना अकेलापन है। कोई कितना झूठा मुस्कुरा रहा है। ईश्वर की दी हुई ज़िंदगी में दर्द, बिछोह, सपनों के बिखरने और रिश्तों के टूटने का दर्द जीवन के आख़िरी दिनों तक मिलता रहेगा। सबके जीवन में बुरा समय आता है... बीत भी जाता है। नई ख़ुशियों पर लोग फिर से धीरे-धीरे मुस्काना सीख जाते हैं। ज़िंदगी है... आगे बढ़ेगी ही। लंबे चले किसी बुरे समय के दौरान की अपनी ही किसी तस्वीर में देख ख़ुद के लिए करुणा उपजती है। तस्वीर की अपनी वो छद्म हँसी एक अरसे बाद भी उदास कर

देती है। कोई नहीं समझ पाया था कि मुझ पर क्या गुज़र रही थी। कैसे मैंने काट लिए महीनों के लंबे रतजगे, जबकि वो ज़लज़ला काफ़ी था जान लेने की ख़ातिर।

ऊपर वाला जब-जब अँधेरा करता है, तब-तब ख़ुद को दिया सलाई ढूँढ़ने में व्यस्त कर लेना। अँधेरे कमरे में टटोलते हुए चिराग़ हाथ न भी लगे, तब भी ढूँढ़ने की कोशिश में कम-से-कम स्याह समय बीत जाता है। कभी-कभी हमारा कोई दुःख इतना निजी होता है, जितना एग्ज़ाम में मिला रोल नंबर। ढाढ़स देने वाला गले भी लगाए तो उसके आलिंगन में सिर्फ़ बदन जाता है, कोरी रूह अछूती ही दूर कहीं अकेली मातम मना रही होती है। कभी-कभी लगता है जीने का एक मौक़ा और मिलता तो सही तरीक़े से खेलते, मगर ऊपर वाले के यहाँ रीस्टार्ट का ऑप्शन नहीं होता। ज़िंदगी को जितनी गंभीरता से लो उतनी पीड़ा होगी। इसे तो कुछ इस तरह जियो कि उम्र एक सड़क है और सिर्फ़ चलना है... दुनिया एक चित्र है और देखना है... तारीख़ें एक दरिया हैं और हमें फ़क़त बहते जाना है।

हम इंतज़ार करते हैं कि एक दिन जब सब कुछ ठीक हो जाएगा तो जी लेंगे। अभी तो उम्र पड़ी है। असल में सब कुछ ठीक कभी नहीं होता। ख़्वाहिशें पूरी होते ही चार दिन में मोल खो देती हैं। भीतर वही ख़ालीपन। चाँद भी अगर झोली में आ जाए तो राई का दाना हो जाएगा। लोग मिलेंगे-बिछड़ेंगे, आस बनेगी-टूटेगी, ख़्वाब बिखरते-सँवरते रहेंगे। जीवन बहुत छोटा है। जीवन को व्यस्थित करने की अत्यधिक चाक़-चौबंद व्यवस्था करने वालों को अंत में समझ आता है कि सफ़र का सबसे हसीन हिस्सा परफ़ेक्शन में गुज़र गया।

जीवन में हर वक़्त कुछ न कुछ मिसिंग होगा ही। जीवन की पूर्णता को अपूर्णताओं के बीच ही तलाशना है। सांसारिक सफलता पद, पैसे, प्रतिष्ठा से घर भरने के साधन ज़रूर ख़रीद सकते हैं, इनसे लोग ख़रीदे जा सकते हैं... रिश्ते नहीं। असल कामयाबी बुरे समय को भी संयत तरीक़े से गुज़ार देने में है। यदि चंद ऐसे रिश्ते हैं जो बदन नहीं, रूह को गले लगाते हैं और अपनी नज़दीकियों से पलकें नम कर देते हैं तो आपका जीवन सुंदर और सफल है। यदि कुछ लोग लंबा सफ़र तय करके, समय निकालकर मिलने आते हैं तो हम कामयाब हैं। क्षितिज को मंज़िल समझने वालों के हिस्से सिर्फ़ थकान आती है। यदि अपनी अपूर्णताओं के साथ मुस्कुरा रहे हैं तो हम पूर्ण हैं। ये दुनिया भी एक हॉस्टल की तरह नहीं है? हर आदमी तय समय बिताने आया है। मन की ज़मीन पर ज़िंदगी से झड़े सारे

दु:ख इकट्ठे होते जाते हैं। कभी इतनी तेज़ हवा क्यों नहीं चलती कि मेरे सारे दर्द उड़ जाएँ और ज़मीन हल्की हो जाए? नवंबर में पत्तों के साथ-साथ कैसी उदासी झड़ाता है मौसम कि गुज़रते वक़्त का हर पल महसूस होता है। इस महीने में ऐसा क्या है कि समय सिर्फ़ घड़ी में बह रहा है, ज़ेहन में नहीं? एक उम्र में आने के बाद पतझड़ की तरह ही एक-एक कर सारे सपने भी झरते चले जाते हैं...। जो है, ठीक है। किसी चाहना के लिए विकलता नहीं, किसी अवसर के लिए बेसब्री नहीं...। ठूठ की तरह शांत रह बेध्यानी में ख़ुद को भूल जाना। पतझड़ के पेड़ कितनी भी कोशिश या कामना करें—नए पत्तों की, लेकिन समय के पहले नहीं आएँगे। नवंबर के अलसाए महीने में क़ुदरत का ढीलापन मन पर हावी होने लगा है। जीवन भी कहता है कि सब कुछ तेरे वश में नहीं तो अच्छा-बुरा बस गुज़र जाने दे।

अनुभवी इंसान भी पेड़ बन जाता है। समय आने पर ही सब सही होगा, बेख़्वाहिश मिज़ाज में रहते हुए सब्र रखना। पकी उम्र के लोगों में खिन्नता, ईर्ष्या, क्रोध और अधीरता देखने पर करुणा उपजती है कि उसने जीवन से कुछ नहीं सीखा। ज़िंदगी के सफ़र में चाहतों का सामान जितना अधिक होगा, मुसाफ़िर को उतनी मुश्किलें होंगी। राहत के लिए ख़्वाहिशों का बोझ कम ढोना।

इस बार का नवंबर अपनी लुनाई खो रहा है, नज़ारे बदरंग हो रहे हैं, हवा में रुखाई आ गई है। ऐसा समय जब कोई बेहद अज़ीज लंबे समय साथ रहने के बाद घर से विदा होने के लिए दरवाज़े पर खड़ा है। ख़ाली-ख़ाली घर, ख़ाली-ख़ाली मन। कुछ लोगों से हुई भेंट अनमना करती है। इस बार वर्धा जाने पर हुई मुलाक़ातों की तासीर में वही उदासी है।

विचारों के झंझावात से जूझती वसुधा को तभी एक झटके ने एहसास दिलाया कि विमान के चक्के दिल्ली के रनवे को छू चुके हैं...

▪▪▪